Eine sündige Nacht

SANDRA BROWN

Eine sündige Nacht

Roman

Aus dem amerikanischen Englisch
von Anne Döbel-Geiken

Weltbild

Die englische Originalausgabe erschien 1984
unter dem Titel *Bittersweet Rain* bei Warner Books, Inc., New York.

Besuchen Sie uns im Internet:
www.weltbild.de

Genehmigte Lizenzausgabe für Verlagsgruppe Weltbild GmbH,
Steinerne Furt, 86167 Augsburg
Copyright der Originalausgabe © 1984 by Sandra Brown
Copyright der deutschsprachigen Ausgabe © 2010 by Blanvalet.
Ein Unternehmen der Verlagsgruppe Random House GmbH, München.
Übersetzung: Anne Döbel-Geiken
Umschlaggestaltung: Atelier Seidel – Verlagsgrafik, Teising
Umschlagmotiv: Trevillion Images, Brighton (© Allan Jenkins)
Satz: Uhl + Massopust, Aalen
Gesamtherstellung: GGP Media GmbH, Pößneck
Printed in the EU
ISBN 978-3-8289-9655-7

2012   2011   010   2009
Die letzte Jahreszahl gibt die aktuelle Lizenzausgabe an.

Liebe Leserin, lieber Leser,

bevor ich anfing, die Bücher zu schreiben, für die ich mittlerweile bekannt bin, schlug mein Herz für Liebesromane. Das englischsprachige Original von *Eine sündige Nacht* erschien vor vielen Jahren herausgegeben. Diese Erzählung spiegelt die damals aktuellen Moden und Einstellungen wider, aber ihr Thema ist zeitlos und universell. Wie in allen Liebesgeschichten dreht sich die ganze Handlung um Personen, deren Liebe unter keinem guten Stern steht. Es gibt Momente der Leidenschaft, der Qual und der Zärtlichkeit – doch diese Gefühle gehören dazu, wenn man sich verliebt.

Es hat mir große Freude bereitet, romantische Geschichten zu schreiben, denn sie sind trotz der Irrungen und Wirrungen optimistisch und besitzen einen einzigartigen Charme gegenüber anderen Genres. Wenn Sie mit diesem Buch zum ersten Mal einen Liebesroman in den Händen halten, dann schwelgen Sie bitte einfach nur darin.

Sandra Brown

1

Sind Sie sicher?«

Der Arzt nickte niedergeschlagen. Seine grüne Operationskleidung sah noch immer makellos aus. Er war nicht lang genug im OP gewesen, um ihn durchzuschwitzen. »Es tut mir leid, Mrs. Lancaster. Es hat sich ausgebreitet und wuchert.«

»Sie können nichts mehr für ihn tun?«

»Nur, es ihm so angenehm wie möglich zu machen und ihn möglichst schmerzfrei zu halten.« Er berührte sie am Arm und sah den Mann, der neben ihr stand, bedeutungsvoll an. »Er hat nicht mehr lange zu leben. Höchstens noch ein paar Wochen.«

»Ich verstehe.« Sie drückte ein zerknülltes, feuchtes Taschentuch auf ihre Augen.

Sie tat dem Arzt entsetzlich leid. Wenn Angehörige auf die schlechte Nachricht hysterisch reagierten, fühlte er sich durchaus in der Lage, mit ihnen umzugehen. Die tapfere Hinnahme aber dieser so überaus femininen und zarten Frau verursachte das Gefühl in ihm, ein blutiger Anfänger und unbeholfen zu sein. »Wenn er nur früher zu einem Gesundheitscheck gekommen wäre, dann hätte man vielleicht...«

Sie lächelte traurig. »Das wollte er ja nicht. Ich habe ihn so gebeten, Sie aufzusuchen, als sein Magen ihm immer wie-

7

der Probleme bereitete, aber er beharrte darauf, dass es sich dabei nur um Verdauungsbeschwerden handelte.«

»Wir wissen ja alle, wie dickköpfig Roscoe sein kann«, sagte der Mann, mit dem sie ins Krankenhaus gekommen war. Granger Hopkins nahm Caroline Lancaster sanft in seinen rechten Arm. »Darf sie zu ihm?«

»Erst in einigen Stunden«, erwiderte der Arzt. »Er wird bis zum Nachmittag unter der Wirkung des Narkosemittels stehen. Warum gehen Sie nicht solange nach Hause und ruhen sich eine Weile aus?«

Caroline nickte und ließ sich von Granger, ihrem Anwalt und Freund, zum Fahrstuhl führen. Beide schwiegen bedrückt, während sie warteten. Sie war benommen, aber nicht überrascht. Noch nie war ihr Leben in rosigen und reibungslosen Bahnen verlaufen. Warum hatte sie nur in ihrer Naivität an der Hoffnung festgehalten, dass die diagnostische Operation lediglich zu Tage bringen würde, Roscoe würde an nichts Schlimmerem als einem Magengeschwür leiden, das man gut behandeln könnte?

»Geht's?«, fragte Granger leise, nachdem sich die Fahrstuhltür hinter ihnen geschlossen hatte und sie damit vor neugierigen Blicken geschützt waren.

Sie holte tief Luft und erzitterte. »So gut es einer Frau eben gehen kann, wenn sie erfährt, dass ihr Ehemann stirbt. Bald.«

»Es tut mir leid.«

Sie sah zu ihm hoch und lächelte. Granger wurde ganz warm ums Herz. Die Art, wie sie lächelte und sich dabei auf eine süße Art für eine nicht erkennbare Unzulänglichkeit zu entschuldigen schien, wirkte auf Frauen und Männer gleichermaßen rührend. »Das weiß ich, Granger. Ich kann dir gar nicht sagen, wie froh ich darüber bin, dich zum Freund zu haben.«

Sie durchquerten das Foyer des kürzlich renovierten Krankenhauses. Sowohl das Personal als auch die Besucher sahen Caroline an und schauten schnell wieder weg. Auf ihren abgewandten Gesichtern zeigte sich Neugier, aber auch Respekt. Jeder wusste bereits Bescheid. Wenn eine einflussreiche Persönlichkeit in einer Stadt von der Größe Winstonvilles im Sterben lag, verbreitete sich die Neuigkeit wie ein Buschfeuer.

Granger begleitete Caroline zu ihrem Auto und hielt ihr die Tür auf. Sie stieg ein, startete aber den Motor nicht gleich. Sie saß gedankenverloren da, starrte niedergeschlagen vor sich hin, voller Sorge, voller Trauer. Es gab so viele Dinge, um die sie sich kümmern musste. Wo sollte sie nur beginnen?

»Wir müssen Rink benachrichtigen.«

Der Name durchfuhr sie wie ein Eispickel, kalt, messerscharf und durchdringend. Er bohrte sich durch alle lebenswichtigen Organe. Sein Name hallte wie Donner in ihrem Kopf. Der Schmerz, mit dem das geschah, ließ sie erstarren.

»Caroline, hast du mich gehört? Ich habe gesagt, dass —«

»Ja, ich habe dich verstanden.«

»Bevor er in den Operationsraum gebracht wurde, nahm Roscoe mir das Versprechen ab, mit Rink Kontakt aufzunehmen, sollte es zu einer schlechten Prognose kommen.«

Caroline sah Granger fragend an. »Er hat dich gebeten, Rink zu benachrichtigen?«

»Ja, und zwar sehr nachdrücklich.«

»Das überrascht mich. Ich hatte gedacht, der Streit zwischen ihnen ließe sich nicht mehr beilegen.«

»Roscoe stirbt, Caroline. Ich denke, er wusste, dass er das Krankenhaus nicht mehr verlassen würde, wenn er erstmal drin wäre. Er möchte seinen Sohn sehen, bevor er stirbt.«

»Zwölf Jahre lang haben sie sich weder gesehen noch gesprochen, Granger. Ich bin mir nicht sicher, ob Rink zurückkommt.«

»Das wird er, wenn er die Umstände kennt.«

Wird er? Oh Gott, würde er wirklich? Würde sie ihn wiedersehen? Was würde sie dabei fühlen? Wie sah er wohl aus? Es war alles schon so lange her. Zwölf lange Jahre. Sie hielt sich mit den Händen an dem gepolsterten Lenkrad ihres Lincoln fest. Ihre Handflächen waren feucht. Sie fühlte, wie Schweiß sich überall auf ihrem Körper ausbreitete.

»Mach dir darüber keine Sorgen«, sagte Granger, der ihre Bedrängnis spürte. »Da du Rink nicht kennst, werde ich ihn anrufen, um es ihm zu sagen.«

Caroline belehrte ihn nicht eines Besseren. Dass Rink und sie sich kannten, war zwölf Jahre lang ein gut gehütetes Geheimnis geblieben. Sie hatte nicht vor, jetzt etwas daran zu ändern. Stattdessen legte sie ihre Hand auf die von Granger, der sich mit der anderen auf die Polsterung ihres Autofensters stützte. »Dank dir für alles.«

Er sah recht unscheinbar aus, und seine hängenden Gesichtspartien erinnerten ein wenig an einen Dackel. Seine Wangen baumelten wie leere Lederbeutel zu beiden Seiten seines Kiefers herunter. Zu seiner Erscheinung passte es so gar nicht, dass er bei ihrer Berührung wie ein Schuljunge errötete. Er war zerknittert und lief gebeugt, bewegte sich im Allgemeinen langsam. Er sprach leise und freundlich und hatte mit dieser Art schon viele hinters Licht geführt. Obwohl er so gutmütig und harmlos wirkte, hatte er aber einen messerscharfen Verstand, dem nichts entging. »Ich bin froh, wenn ich dir irgendwie helfen kann. Gibt es sonst noch etwas?«

Sie schüttelte den Kopf. Es war eine große Erleichterung für sie, dass er freiwillig angeboten hatte, Rink anzurufen. Wie hätte sie das jemals bewerkstelligen sollen? »Ich werde es Laura Jane sagen müssen.« Ihre grauen Augen füllten sich mit Tränen. »Das wird nicht leicht werden.«

»Du wirst das besser als jeder andere meistern.« Er tätschelte ihre Hand und trat zurück. »Ich ruf dich heute Nachmittag an und fahre dich zum Krankenhaus, wann immer du möchtest.«

Sie nickte, startete das Auto und legte den Gang ein. In der Stadt war viel los, als sie durch die Straßen fuhr. Roscoes Operation war für den frühen Morgen angesetzt gewesen. Inzwischen war das Geschäftsleben in vollem Gang. Die Menschen gingen ihren Alltagsgeschäften nach, ohne zu ahnen, dass Caroline Dawson Lancasters Welt sich wieder einmal auf den Kopf gestellt hatte.

Der Mann, der erst ihr Arbeitgeber, später ihr Ehemann geworden war, würde sterben. Ihre Zukunft, die für so kurze Zeit sicher gewesen war, schien wiederum ungewiss. Roscoes Tod bedeutete für sie nicht nur den Verlust eines wichtigen Menschen, sie würde außerdem diese Station ihres Lebens verlassen.

Sie fuhr an der Baumwoll-Entkörnungsanlage, der Lancaster Baumwollfabrik, vorbei. Dort rüsteten sich alle für ein reiches Erntejahr. Der Vorarbeiter musste bald erfahren, wie es um Roscoe stand. Das würde sie erledigen müssen, da sie sich in den letzten Monaten um alles dort gekümmert hatte,

11

als Roscoes schlechte Gesundheit ihn bereits davon abgehalten hatte. Der Vorarbeiter würde die Neuigkeit an die Arbeiter weitergeben. Dann dauerte es nicht mehr lange, bis jeder in der Stadt wusste, dass Roscoe Lancaster im Sterben lag.

Die stadtbekannten Klatschtanten kriegten sich gar nicht mehr ein, als Caroline Dawson und Roscoe Lancaster, der dreißig Jahre älter war als seine Braut, ihre Absicht einander zu heiraten verkündet hatten. Die Leuten fanden, dass das Dawson-Mädchen, das aus ärmlichen Verhältnissen stammte, seinen Lebensstandard ganz schön nach oben geschraubt hatte, wo sie jetzt im Herrenhaus mit dem Namen *The Retreat* lebte, einen neuen, blitzblanken Lincoln fuhr und allzeit in todschicken Kleidern auftauchte. Menschenskinder! Was glaubte die eigentlich, wer sie war? Es konnte sich noch jeder Einzelne von ihnen daran erinnern, wie sie geflickte Kleidung trug und nach der Schule bei Woolworth arbeitete. Jetzt aber, als Mrs. Roscoe Lancaster, der Frau des reichsten Mannes weit und breit, machte sie auf vornehm.

Genau genommen mied Caroline die Städter, um deren vielsagenden Blicken zu entgehen. Blicke, die ihr verrieten, dass die Leute sich das Hirn darüber zermarterten, über welche Zauberkräfte sie wohl verfüge, die den alten Roscoe dazu gebracht hatten, sie zu heiraten, nachdem er schon so viele Jahre Witwer gewesen war.

Schon bald würden eben diese Menschen zu ihr kommen, um Caroline ihr Beileid auszusprechen. Sie schloss kurz die Augen und schauderte bei dem Gedanken. Einzig der Anblick von *The Retreat* konnte ihre Trübsal ein wenig vertreiben. Bis zu dem Tag, an dem sie starb, würde wohl immer ein Blick auf dieses Haus ausreichen, um sie aufzuheitern. Zuerst hatte sie es als kleines Mädchen gesehen, das durch die Wälder tobte und durch die Bäume hindurch einen ersten Blick auf das Herrenhaus warf. Seit damals hatte es sie in seinen Bann gezogen.

Es stand umringt von prächtigen Eichen, deren starke Äste mit Zöpfen aus grauem, kraus herabhängendem Moos sich wie ein Schutzkreis um das Haus legten, als ob sie es beschützend umarmten. Das Haus selber wirkte wie eine kokette Südstaatenschönheit, die ihre weiten Reifröcke um sich herum drapiert hatte. Die Mauern leuchteten stets in einem makellosen weißen Anstrich. Eine Reihe korinthischer Säulen zierten die Hausfront, drei auf jeder Seite der Eingangstür. Sie stützten den Balkon im oberen Stockwerk, der über der imposanten, das Haus umlaufenden Veranda ragte. Weiße Korbmöbel, die nur in den kalten, nassen Wintermonaten hereingeholt wurden, waren auf der Veranda angeordnet. Weiß gestrichenes Gusseisen, das so zart gearbeitet war wie das Muster auf einem Unterrock, umrankte den Balkon. Holzläden in einem kräftigen Grün flankierten alle großen Fenster, die wie Spiegel im Sonnenlicht erglänzten.

Die Insekten summten aufgeregt, ja geradezu ekstatisch durch das überfließende Blumenmeer, aus dem die Farben so kräftig herausschillerten, dass es in den Augen schmerzte. An keinem Ort der Welt war das Gras grüner als das, das wie ein Teppich um *The Retreat* wuchs.

Das Haus wurde von einer Aura der Heiterkeit umgeben, so wie ein magischer Nebelschleier um eine Märchenburg schweben mochte. Solange sie denken konnte, stand das Haus für alles Erstrebenswerte, das es auf der Welt gab. Jetzt wohnte sie darin. Nach dem, was heute geschehen war, war ihr schmerzlich bewusst, dass ihr Aufenthalt nur vorübergehend sein würde.

Die Einfahrt, auf der sie ihren Wagen zum Stehen brachte, verlief in einem Bogen vor dem Haus. Sie brauchte einen Moment, um ihre Gedanken zu sammeln und die Kraft zu finden, die nächsten Stunden durchzustehen. Es würde kein angenehmer Nachmittag werden.

Nach der blendenden Sonne draußen kam es ihr in der Eingangshalle schummerig vor. *The Retreat* war in der typischen Bauweise des Herrenhauses eines Plantagenbesitzers aus der Zeit vor dem Bürgerkrieg errichtet worden. Eine weitläufige, mittig liegende Eingangshalle zog sich vom Eingang bis zur Rückseite des Gebäudes. Auf der einen Seite lagen das Esszimmer für gesellschaftliche Zwecke und die Bibliothek, die Roscoe als Arbeitszimmer benutzt hatte, auf der anderen Seite waren die formellen und privaten Empfangsräume, die durch enorme, in den Wänden versenkbare Schiebetüren voneinander und von der Eingangshalle getrennt wurden. Soweit sich Caroline erinnern konnte, waren diese Türen nie verwendet worden. Eine beeindruckende Treppe wand sich in majestätischem Schwung in den oberen Teil des Hauses und zu den dortigen vier Schlafsuiten.

Im Haus war es kühl, ein Zufluchtsort bei der hohen, sommerlichen Luftfeuchtigkeit. Caroline schälte sich aus ihrer Anzugjacke, hängte sie an die Garderobe und zupfte an ihrer Seidenbluse, die ihr feucht am Rücken klebte.

»Na? Was gibt's Neues?«

Die Haushälterin, Mrs. Haney, die seit dem Tag, an dem Marlena Winston Roscoe Lancaster geheiratet hatte, in *The Retreat* lebte, stand im Flur, der an der Decke gewölbt war und ins Esszimmer führte. Sie kam aus der Küche und trocknete ihre großen, rauen Hände, die dem Rest ihrer Erscheinung vollkommen entsprachen, an einem Geschirrhandtuch ab.

Caroline ging langsam auf sie zu und umarmte sie. Die starken Arme der Haushälterin schlossen sich um die schmale Frau. »So schlimm steht es?«, fragte sie leise und streichelte dabei Carolines Rücken.

»Noch schlimmer. Krebs. Er kommt nicht mehr nach Hause.«

Die beiden Frauen lehnten sich aneinander, spendeten sich gegenseitig Trost. Mrs. Haney mochte Roscoe zwar nicht sonderlich, respektierte ihn jedoch seit mehr als fünfunddreißig Jahren. Ihr Mitgefühl galt vielmehr denen, die er hinterließ, einschließlich seiner jungen Witwe.

Anfangs war Mrs. Haney der neuen Herrin auf *The Retreat* eher skeptisch und voreingenommen gegenübergetreten. Als sie dann aber sah, dass Caroline nicht vorhatte, irgendetwas in dem Haus zu verändern, sondern im Gegenteil beabsichtigte, alles so zu lassen, wie Marlena es eingerichtet hatte, bröckelte ihre starre Haltung langsam. Natürlich konnte das Mädchen nichts dafür, dass es aus dürftigen Verhältnissen stammte. Mrs. Haney war nicht so voreingenommen, sie nach ihrer Familie zu beurteilen. Caroline ging freundlich und liebevoll mit Laura Jane um. Für Mrs. Haney bedeutete allein das schon einen Eintrag in ihr persönliches Heiligenbuch.

»Mrs. Haney? Caroline? Was ist los?« Sie drehten sich zu Laura Jane um, die am Fuß der Treppe stand. Mit ihren zweiundzwanzig Jahren sah Roscoes Tochter kaum älter als ein Teenager aus. Ihr weiches braunes Haar, das durch einen Mittelscheitel geteilt war, fiel gerade herunter und umrahmte ihr fein geschnittenes Gesicht, was die junge Frau ätherisch wirken ließ. Ihr Teint war so durchscheinend wie Porzellan. Ihre großen, elfenhaften Augen, von langen Wimpern gesäumt, waren von einem samtigen Braun und blickten seelenvoll. Ihre Figur war nur in dem Maße gereift wie ihr Geist. Sie war eine exquisite Knospe kurz vor dem Erblühen. Alle fraulichen Rundungen waren im Ansatz zu sehen, würden aber nie zur Reife kommen. Genauso wie ihr Verstand war auch ihr Körper auf einer Stufe des Entwicklungsprozesses stehen geblieben. Sie würde für immer zeitlos bleiben.

»Ist Daddys Operation vorbei? Kommt er jetzt nach Hause?«

»Guten Morgen, Laura Jane«, sagte Caroline und ging zu ihrer Stieftochter, die nur fünf Jahre jünger war als sie selbst. Sie nahm das Mädchen in den Arm. »Kommst du mit mir hinaus? Es ist ein so schöner Tag.«

»In Ordnung. Aber warum weint Mrs. Haney denn?« Die Haushälterin tupfte sich die Augen mit ihrem Geschirrtuch.

»Sie ist traurig.«

»Warum?«

Caroline schob die junge Frau durch die Haustür auf die Veranda hinaus. »Wegen Roscoe. Er ist sehr krank, Laura Jane.«

»Ich weiß. Sein Magen tut ihm die ganze Zeit weh.«

»Der Arzt hat gesagt, dass das auch nicht besser wird.«

Sie schlenderten über den sehr gepflegten Rasen. Eine Arbeiterkolonne erschien ungeachtet der Jahreszeit zweimal wöchentlich auf *The Retreat*, um das Anwesen in makellosem Zustand zu halten. Laura Jane pflückte sich einen Stängel aus einem Strauß Gänseblümchen, der an dem von Flechten überzogenen Steinpfad wuchs.

»Hat Daddy Krebs?« Ihr Scharfsinn überraschte einen von Zeit zu Zeit.

»Ja, das hat er«, erwiderte Caroline. Sie würde Laura Jane nicht die Wahrheit über den Zustand ihres Vaters verschweigen. Das wäre grausam.

»Ich habe beim Fernsehen eine Menge über Krebs gelernt.« Sie hielt inne und sah Caroline an. Die beiden Frauen waren fast gleich groß, und ihre Augen trafen sich auf einer Höhe. »Daddy könnte an Krebs sterben.«

Caroline nickte. »Er *wird* sterben, Laura Jane. Der Arzt sagte, es könne in einer Woche oder so geschehen.«

In den dunkelbraunen Augen zeigten sich keine Tränen. Laura Jane hob das Gänseblümchen an ihre Nase, während sie über diese Neuigkeit nachdachte. Schließlich sah sie wieder zu Caroline. »Aber er kommt doch in den Himmel, oder?«

»Ich nehme es an … Ja, ja, natürlich kommt er in den Himmel.«

»Dann wird Daddy wieder mit Mama zusammen sein. Sie ist schon so lange da oben. Sie wird sich freuen, ihn zu sehen. Und ich habe dann immer noch dich und Mrs. Haney und Steve.« Sie sah zu den Stallungen hinüber. »Und Rink. Rink schreibt mir jede Woche. Er sagt, dass er mich immer liebhaben wird und dass er sich um mich kümmern will. Glaubst du, dass er das tun wird, Caroline?«

»Natürlich wird er das.« Caroline presste die Lippen aufeinander, um nicht in Tränen auszubrechen. Würde Rink jemals ein Versprechen halten? Wenigstens seiner Schwester gegenüber?

»Vielleicht kommt er schon bald nach Hause.« Sie wollte dem Mädchen nicht sagen, dass Rink zurückkommen würde, bevor er nicht tatsächlich da war.

Laura Jane war zufrieden. »Steve wartet auf mich. Die

Stute hat in der Nacht ihr Fohlen bekommen. Komm und sieh's dir an.«

Sie ergriff die Hände ihrer Stiefmutter und zog sie zum Stall. Caroline beneidete Laura Jane um ihre Unverwüstlichkeit und wünschte, sie könnte Roscoes Tod mit genau demselben unkomplizierten Glauben an die Zukunft begegnen wie seine Tochter.

Die Luft in dem weitläufigen Stall war warm und dick und duftete angenehm nach Pferden, Leder und Heu.

»Steve«, rief Laura Jane fröhlich aus.

»Hier bin ich«, kam es mit tiefer Stimme zurück.

Steve Bishop war der Stallmeister auf dem Anwesen der Lancasters. Die Zucht von Vollblütern war zwar eines von Roscoes Hobbys, aber die tatsächliche Pflege der Pferde interessierte ihn nicht sonderlich. Mr. Bishop trat aus einer Box auf den Mittelgang. Er war nur mittelgroß, hatte aber einen kräftigen Körperbau. Seine Gesichtszüge waren ungleichmäßig und grob, aber sein Ausdruck milderte die Derbheit seines Gesichtes. Er trug sein Haar lang, normalerweise mit einem Frotteestirnband um den Kopf oder, wie jetzt, mit einem Cowboyhut aus Stroh. Seine Jeans war alt und zerfranst, seine Stiefel staubig, Schweißflecken zeigten sich auf seinem Hemd, aber auf seinem Gesicht lag ein strahlendes Lächeln, als Laura Jane auf ihn zugesprungen kam. Nur der Ausdruck von Traurigkeit und Enttäuschung verließ nie seine Augen, nicht einmal, wenn er lächelte. Er war siebenunddreißig Jahre alt, aber seine Augen wirkten viel älter.

»Steve, wir wollen das Fohlen sehen«, sagte Laura Jane außer Atem.

»Es ist gleich hier.« Er zeigte mit seinem Kopf auf die Box, die er gerade verlassen hatte.

Laura Jane ging hinein. Steve sah Caroline fragend an. »Krebs«, beantwortete sie seine stumme Frage. »Es ist nur eine Frage der Zeit.«

Steve fluchte leise und sah dann zu der jungen Frau, die im Heu kniete und mit dem Fohlen schmuste. »Haben Sie es ihr schon gesagt?«

»Ja. Sie hat es besser als jeder andere aufgenommen.«

Er nickte und lächelte Caroline kläglich an. »Ja, das denke ich mir.«

»Oh, Steve. Es ist wunderschön, nicht wahr?«, rief Laura Jane.

Verlegen berührte er kurz Carolines Schulter, dann ging er in die Box. Sie folgte ihm und beobachtete, wie er sich ungelenk neben Laura Jane auf die Knie ließ. Im Vietnamkrieg hatte er den unteren Teil seines linken Beines verloren. Er trug eine Prothese, die kaum als solche zu erkennen war, es sei denn, er musste das Bein beugen, so wie jetzt.

»Es ist wirklich hübsch. Und seine Mama ist sehr stolz auf es.« Er klopfte der Stute auf die Seite, aber seine Augen blickten weiter auf Laura Jane. Caroline sah, wie er einen Strohhalm, der sich in Laura Janes Haar verfangen hatte, herauszog. Seine Finger streiften dabei ganz zart ihre makellose Wange. Laura Jane sah ihm in die Augen, dann lächelten sie sich an.

Einen Moment lang war Caroline über diesen intimen Austausch verblüfft. Hatten die beiden sich etwa ineinander verliebt? Sie wusste nicht recht, was sie von dieser Vorstellung halten sollte. Taktvoll zog sie sich zurück, aber Steve sah zu ihr hoch.

»Mrs. Lancaster, wenn ich irgendetwas tun kann …« Er beließ es bei diesem offenen Angebot.

»Danke, Steve. Machen Sie erstmal so weiter wie bisher.«

»Ja, Ma'am.« Er wusste, dass ihre Meinung ausschlaggebend für seine Einstellung bei Roscoe gewesen war. Sie hatte damals noch für Mr. Lancaster gearbeitet, als Steve Bishop auftauchte, um sich als Stallmeister zu bewerben, und seine Bitterkeit wie einen Schild vor sich hertrug. Sein Pferdeschwanz hing ihm bis zur Hälfte des Rückens herunter, seine Jeansweste war übersät mit Friedenszeichen und Stickern mit Anti-Kriegs-Parolen und Anti-Amerika-Slogans. Er war mürrisch und streitlustig gewesen, fast hatte er Roscoe dazu herausgefordert, ihm einen Job, eine Chance zu geben, die ihm so viele andere verweigert hatten.

Caroline hatte durch seine Maske gesehen und den wahren Mann in ihm erkannt. Er war verzweifelt gewesen. Sie hatte ihn wie von selbst in ihr Herz geschlossen. Sie kannte den Schmerz, der daher rührte, mit einem Etikett versehen zu werden, und wusste, wie es war, wenn man nach seiner äußerlichen Erscheinung und seiner Herkunft, für die man nichts konnte, beurteilt wurde. Weil der Kriegsveteran angab, vor dem Krieg in einer Pferderanch in Kalifornien gearbeitet zu haben, überredete Caroline Roscoe, ihn einzustellen.

Ihr Mann hatte diese Entscheidung niemals bereut. Steve stutzte seinen Pferdeschwanz und veränderte sein Aussehen sofort, als ob die Insignien der Rebellion nicht länger vonnöten wären. Er war fleißig und gewissenhaft und stand auf erstaunliche Art in innerem Zwiegespräch mit den Vollblütern. Der Mann hatte lediglich jemanden gebraucht, der ihm sein Vertrauen entgegenbrachte, damit er wieder Achtung vor sich selber hatte.

Caroline dachte auf ihrem Weg zum Haus über all das nach. Steve und Laura Jane waren ineinander verliebt. Sie schüttelte den Kopf und trat lächelnd in die Halle. Das Telefon läutete. Sie nahm automatisch ab, bevor Mrs. Haney drangehen konnte. »Hallo?«

»Caroline, Granger hier.«

»Ja?«

»Ich habe mit Rink gesprochen. Er kommt irgendwann heute Abend an.«

Es schien, dass an diesem Nachmittag eine Million Dinge erledigt werden mussten, eine Million Personen mussten benachrichtigt werden. Roscoe hatte außer seinem Sohn und seiner Tochter keine lebenden Verwandten mehr. Aber jeder im Bezirk und viele Menschen im Staat Mississippi würden von Roscoes Erkrankung erfahren wollen. Caroline teilte sich die Liste der anstehenden Telefonate mit Granger und verbrachte viel Zeit mit deren Erledigung.

»Mrs. Haney, würden Sie bitte Rinks altes Zimmer auf Vordermann bringen. Er wird heute Abend nach Hause kommen.«

Als sie das hörte, brach die Haushälterin in Freudentränen aus. »Gelobt sei der Herr, gepriesen sei der Herr. Ich habe immer gebetet, dass der Tag kommt, an dem mein Baby nach Hause zurückkehrt. Seine Mama wird heute im Himmel tanzen. Oh ja, das wird sie sicher. Ich muss nur das Bett frisch beziehen, denn ich habe das Zimmer immer sauber gehalten für den Tag, an dem er zurückkommt. Oh mein Gott, ich kann es kaum erwarten, ihn zu sehen.«

Caroline versuchte, nicht an den Augenblick zu denken, wenn sie den verlorenen Sohn ansehen musste, mit ihm sprechen sollte. Sie lenkte sich schnell mit der Vielzahl anderer Aufgaben ab, die zu erledigen waren.

Sie dachte auch nicht an Roscoes bevorstehenden Tod. Das würde sie später tun, wenn sie allein war. Nicht einmal, als sie später am Nachmittag noch einmal ins Krankenhaus fuhr und an seinem Bett saß, ließ sie den Gedanken zu, dass er diesen Ort niemals wieder verlassen würde. Er stand noch immer unter dem Einfluss des Narkosemittels, aber sie meinte, einen leichten Gegendruck gespürt zu haben, als sie zum Abschied seine Hand ergriff und sie drückte.

Beim Abendessen erzählte sie Laura Jane von Rinks bevorstehender Rückkehr. Das Mädchen schnellte aus seinem Stuhl, packte Mrs. Haney und wirbelte sie durch das ganze Zimmer. »Er hat mir versprochen, dass er eines Tages zurückkommt, richtig, Mrs. Haney? Rink kommt *heim*! Das muss ich Steve erzählen.« Sie raste durch die Hintertür hinaus in Richtung der Ställe, wo Steves Wohnung lag.

»Das Mädchen wird noch als lästige Fliege angesehen, wenn sie diesen jungen Mann nicht in Ruhe lässt.«

Caroline lächelte geheimnisvoll. »Das glaube ich nicht.« Mrs. Haney zog fragend eine Augenbraue hoch, aber Caroline ging nicht näher darauf ein. Sie nahm ihren Eistee, in dem ein Minzzweiglein schwamm, und ging damit auf die Veranda hinaus. Als sie sich in einem Schaukelstuhl niederließ, fiel ihr Kopf nach hinten auf ein geblümtes Kissen und sie schloss die Augen.

Diese Tageszeit war ihr die liebste auf *The Retreat*: der frühe Abend, wenn die Lichter aus dem Inneren des Hauses durch die Fenster schienen und die Glasscheiben in Juwelen verwandelten. Die Schatten waren lang und dunkel, einer ging in den anderen über, sodass es keine scharfen Kanten oder exakte Umrisse gab. Der Himmel über ihr leuchtete in einem ungewöhnlichen und wundervollen Violett, dicht und undurchdringlich. Die Bäume standen wie schwarze Radierungen dagegen. Vom Nebenlauf des Flusses her hörte man das heisere Quaken der Ochsenfrösche, die Zikaden füllten mit ihren schrillen Soprantönen die windstille, feuchte Luft. Die Fruchtbarkeit der Erde konnte man riechen, und aus jeder einzelnen Blüte stieg ein einzigartiger und berauschender Duft empor.

Nach einer ausgedehnten Ruhepause öffnete Caroline ihre Augen. Und erblickte ihn.

Er stand reglos unter den Ästen einer ausladenden Eiche. Ihr Herz schlug ihr bis zum Hals, und ihre Sicht war schlagartig verschwommen. Sie war sich nicht sicher, ob er wirklich dort stand oder ob sie ein Trugbild erblickte. Ihr wurde ganz schwindlig, und sie verstärkte ihren Griff um das rutschige Glas mit dem Eistee fester, damit es ihr nicht durch die kalten, steifen Finger rutschte.

Er stieß sich von Stamm der Eiche ab und bewegte sich geräuschlos wie ein Panther auf sie zu, bis er an den steinernen Stufen stand, die auf die Veranda führten.

Er war nur ein Schatten unter vielen, aber seine klare maskuline Figur konnte man nicht übersehen, wie er da mit weit gespreizten Beinen stand. Körperlich hatten ihm die letzten Jahre nichts ausmachen können. Er sah genauso fit aus wie damals, als sie ihn zum ersten Mal gesehen hatte. Die Dunkelheit versteckte sein Gesicht vor ihr, aber sie erhaschte einen Blick auf seine geraden, weißen Zähne, als er zögernd lächelte.

Es war ein träges Lächeln, das zum Klang seiner Stimme passte: »Na, so wahr ich hier stehe, das ist doch Caroline

23

Dawson.« Er stellte einen Fuß auf die unterste Stufe und zog seinen Oberkörper nach vorne, um die Arme auf sein Knie zu stützen. Er sah zu ihr hoch, sodass das Licht der Eingangshalle auf sein Gesicht fiel. Ihr Herz zog sich zusammen – vor Schmerz und vor Liebe. »Nur, dass du nun Lancaster heißt, richtig?«

»Ja, mein Name ist jetzt Lancaster. Hallo, Rink.«

Dieses Gesicht! Das war das Gesicht, das sie in ihren Träumen heimgesucht hatte und das durch ihre Fantasien gespukt war. Es war noch immer das wunderbarste Gesicht, das sie jemals gesehen hatte. In seinen Zwanzigern sah er toll aus, aber jetzt, in seinen Dreißigern, war er umwerfend. Sein pechschwarzes Haar, das vom Teufel persönlich hätte stammen können, ließ schon auf sein wildes Wesen schließen, einige Strähnen standen kreuz und quer und ließen sich nicht zähmen. Seine Augen, die sie vom ersten Augenblick an verwirrt hatten, faszinierten sie aufs Neue. Menschen ohne besondere Vorstellungskraft würden sie hellbraun nennen. Aber sie waren golden, so golden wie der reinste dunkle Honig, wie der feinste Likör, wie glitzernde Topasse.

Als sie das letzte Mal in diese Augen geblickt hatte, hatten sie vor Leidenschaft geglüht. *Morgen… Morgen, Baby. Hier. An unserem Ort. Oh Gott, Caroline, küss mich noch einmal.* Dann: *Morgen, Morgen.* Nur, dass er am nächsten Tag nicht zurückgekehrt war.

»Wie lustig, dass wir denselben Nachnamen haben«, sagte er in einem Ton, der erkennen ließ, dass er das ganz und gar nicht lustig fand.

Darauf wusste sie keine Antwort. Sie wollte ihn anschreien, dass sie sich bereits seit Jahren denselben Namen hätten teilen können, wenn er kein Lügner gewesen wäre, wenn er sie nicht hintergangen hätte. Aber einige Dinge blieben besser ungesagt. »Ich habe dein Auto gar nicht gehört.«

»Ich bin hergeflogen und habe auf der Landepiste aufgesetzt. Von dort aus bin ich gelaufen.«

Die Landepiste war ungefähr eine Meile weit weg. »Oh. Warum?«

»Vielleicht, weil ich nicht wusste, welche Art von Empfang mich hier erwarten würde.«

»Dies ist dein Zuhause, Rink.«

Er fluchte unflätig. »Na klar, da hast du allerdings recht.«

Sie befeuchtete ihre Lippen mit der Zunge und wünschte sich den Mut herbei aufzustehen, traute sich aber nicht, weil sie befürchtete, ihre Beine würden nachgeben. »Du hast noch nicht gefragt, wie es deinem Vater geht.«

»Granger hat mich aufgeklärt.«

»Dann weißt du ja, dass er bald stirbt.«

»Ja. Und dass er mich sehen will. Wunder gibt es immer wieder.«

Seine bissige Bemerkung ließ sie aus ihrem Stuhl hochfahren, ohne dass sie darüber nachdenken musste. »Er ist ein alter, kranker Mann. Nicht mehr derselbe Mensch, den du kanntest.«

»Solange er noch am Leben ist, ist er genau der Mann, den ich kenne.«

»Darüber will ich nicht mit dir streiten.«

»Ich streite nicht.«

»Und ich lasse es nicht zu, dass du ihn oder Laura Jane oder Mrs. Haney aufregst. Sie freuen sich darauf, dich zu sehen.«

»*Du* lässt es nicht zu? Soso. Dann betrachtest du dich also als Herrin von *The Retreat*?«

»Rink, bitte. Die nächsten Wochen werden auch so schon schwer genug werden, ohne dass …«

»Ich weiß, ich weiß.« Sie hörte seinen langen Seufzer, während sie angespannt auf der Veranda stand, die Hände fest ineinander gepresst. Aus Furcht, es fallen zu lassen, hatte sie ihr Glas auf dem Verandageländer abgestellt. »Ich kann es auch kaum abwarten, die beiden endlich zu sehen«, sagte er und sah zu den Stallungen herüber. »Vor einer Weile habe ich gesehen, wie Laura Jane aus dem Haus lief, aber ich wollte nicht plötzlich aus dem Nichts vor ihr auftauchen und sie erschrecken. Ich erinnere mich an sie als kleines Mädchen. Kaum zu glauben, dass sie jetzt erwachsen ist.«

Das Bild, wie Laura Jane und Steve nebeneinander im Heu knien und seine rauen Finger ihre Wange streicheln, stieg Caroline vor die Augen. Sie fragte sich, was Rink wohl von der Romanze seiner Schwester halten würde. Es bereitete ihr Unbehagen, darüber zu grübeln. »Sie ist eine Frau geworden, Rink.«

Sie fühlte, wie er sie in Augenschein nahm, sein Blick wanderte über ihren Körper, untersuchte sie, taxierte sie. Wie ein warmer Brandy durchrieselte dieser Blick sie und berührte sie überall. Er sagte leise: »Na, und du? Du bist jetzt auch erwachsen, nicht wahr, Caroline? Eine Frau.«

Zu seinem Erstaunen sah sie noch genauso aus wie damals. Die Schönheit, die sie als Fünfzehnjährige besaß, als er sie kannte, war nur weicher geworden. Er hatte gehofft, sie würde dick, ungepflegt, altbacken sein, mit farblosem Haar und breiten Hüften. Stattdessen war sie immer noch zierlich und hatte eine Wespentaille. Ihre Brüste waren voll, weich und rund, und verlockten dazu, sie zu berühren. *Verdammt!* Wie oft hatte sein Vater sie angefasst?

Langsam nahm er eine Stufe nach der anderen, wie ein Raubtier, das nicht hungrig war, sondern seine Beute lediglich quälen wollte. Seine goldenen Augen, die in der Dunkelheit glühten, waren fest auf ihre gerichtet. Auf seinen breiten, sinnlichen Lippen lag ein listiges, wissendes Lächeln, als ob er ahnte, dass sie sich an Dinge erinnerte, die sie lieber vergessen wollte, wie sich zum Beispiel seine Lippen auf ihrem Mund, auf ihrem Hals, auf ihren Brüsten anfühlten.

Sie drehte sich auf dem Absatz herum. »Ich werde Mrs. Haney rufen. Sie wird ...«

Doch er umfasste fest ihr Handgelenk, hielt sie zurück und zwang sie, sich ihm zuzuwenden und ihn anzusehen. »Warte eine Minute«, sagte er sanft. »Glaubst du nicht, dass wir uns nach zwölf Jahren etwas herzlicher begrüßen könnten?«

Seine freie Hand legte sich um ihren Nacken und zog ihren Kopf gefährlich nahe an seinen heran. »Denk dran, wir sind jetzt verwandt«, bemerkte er spöttisch. Dann waren seine Lippen plötzlich auf ihren. Er nahm brutal von ihnen Besitz, um Caroline für all die vielen Nächte zu bestrafen, die er an sie hatte denken müssen, an seine unberührte Caroline, die ihr Bett mit seinem eigenen Vater teilte.

Ihre Fäuste bohrten sich in seine Brust. In ihren Ohren rauschte es. Ihre Knie wurden weich. Sie kämpfte gegen ihn. Viel stärker kämpfte sie jedoch gegen sich selbst, weil sie ihre Arme um seinen Hals werfen und ihn ganz fest halten wollte, weil sie wieder den Zauber seiner Umarmung spüren wollte.

Aber dies war keine Umarmung, dies war eine Beleidigung. Sie musste all ihre Kräfte aufbringen, um ihren Mund zu befreien.

27

Als sie es geschafft hatte, schob er seine Hände in die Jeanstaschen und grinste spöttisch, während er ihren empörten Gesichtsausdruck und ihre lädierten Lippen betrachtete. Schleppend sagte er: »Hallo, Mom.«

2

Caroline rang nach Luft, denn sie war wütend und fühlte sich erniedrigt. »Wie mies von dir, das zu sagen! Wie kannst du nur so ekelhaft sein?«

»Wie konntest du den gemeinen alten Mann heiraten, der zufällig mein Vater ist?«

»Er ist nicht gemein. Zu mir war er immer sehr gut.«

Sein Gelächter klang wie ein kurzes Bellen. »Oh ja, ich kann sehen, wie gut er zu dir gewesen ist. Sind das Perlenstecker? Und das hier ein Diamantring?« Er zeigte auf ihre Ohrläppchen und ihren rechten Ringfinger. »Du bist ganz schön was geworden, nicht wahr, Caroline? Du wohnst jetzt hier, in *The Retreat*. Und hast du mir nicht einmal gesagt, du würdest alles dafür geben, in einem Haus wie diesem zu leben?« Er beugte sich zu ihr herunter und sprach mit knurrender Stimme weiter. »Lass mich doch mal raten, was du dafür getan hast, damit mein Vater dich geheiratet hat.«

Sie haute ihm eine runter. Es war geschehen, bevor sie darüber nachdenken konnte. In einem Moment spuckte er seine Schmähungen heraus, im nächsten Moment knallte ihre Handfläche auf seine Wange, so hart, dass ihre Hand brannte und sie hoffte, dass ihm der Schlag ebenso wehtat.

Er tat einen Schritt zurück und bedachte sie mit einem

hämischen Grinsen, das sie sogar noch wütender machte als seine herablassenden Worte. »Was immer es war, das ich ihm gegeben habe, es war mehr, als er von dir in den letzten zwölf Jahren bekommen hat. Er war am Boden zerstört, allein in diesem Haus, wo er sich nach dir verzehrte.«

Er lachte erneut. »Verzehrte? Das ist wirklich gut, Caroline. Verzehrte.« Er beugte ein Knie, sodass sich sein Gewicht auf ein Bein verlagerte. Er verschränkte die Arme vor der Brust, senkte den Kopf und sprach in seiner überheblichen Art weiter. »Warum bloß fällt es mir so schwer, mir meinen Vater vorzustellen, wie er sich nach irgendetwas verzehrt? Besonders nach meiner Anwesenheit?«

»Ich bin überzeugt, er hätte dich lieber hier gehabt.«

»Er war ebenso wie ich froh darüber, dass ich fortging«, sagte er barsch. »Also erspare mir bitte weitere Sentimentalitäten. Wenn du meinst, ich hätte Roscoe gefehlt, dann versichere ich dir, hast du dir das nur eingebildet.«

»Ich weiß nicht, worüber ihr damals gestritten habt, aber er ist jetzt krank, Rink. Sterbenskrank. Mach die ganze Sache bitte nicht noch schwerer, als sie schon ist.«

»Wer kam auf die Idee, mich zu rufen, warst du es oder Granger?«

»Roscoe.«

»Das hat Granger mir auch gesagt, aber ich glaube euch nicht.«

»Es ist die Wahrheit.«

»Dann liegt es auf der Hand, dass er Hintergedanken dabei hatte.«

»Roscoe möchte noch einmal seinen Sohn sehen, bevor er stirbt!«, rief sie aus. »Das ist der einzige Grund.«

»Nicht für Roscoe, nein. Er ist ein durchtriebener, berech-

30

nender Bastard, und wenn er mich hierhaben möchte, um ihm beim Sterben zuzusehen, dann glaub mir, hat er einen Grund dafür.«

»Du solltest nicht auf diese Art mit mir über ihn sprechen. Er ist schließlich mein Ehemann.«

»Das ist dein Problem.«

»Caroline? Wer ist – Oh, mein Gott. *Rink!*« Mrs. Haney raste durch die Gittertür und riss Rink in einer Umarmung an sich, die einen weniger starken Mann schier erdrückt hätte. Er zog sie ebenso fest an sich. Caroline kamen die Tränen, als sie beobachtete, wie seine bittere, höhnische Miene einem munteren Grinsen wich. Seine goldenen Augen leuchteten vor Glück, und er lächelte so breit, dass seine weißen Zähne zu sehen waren.

»Mrs. Haney! Oh Gott, wie habe ich Sie vermisst!«

»Du hättest ruhig öfter schreiben können«, schnüffelte sie, riss sich zusammen und versuchte, entrüstet auszusehen.

»Es tut mir wirklich sehr leid«, sagte er kleinlaut, wobei seine Augen genauso schelmisch funkelten wie damals, wenn die Haushälterin ihn mal wieder beim Stibitzen von Süßigkeiten erwischt hatte. Wodurch er dann jedes Mal davonkam. So wie jetzt.

»Wie ich sehe, hast du Caroline bereits kennengelernt«, sagte Mrs. Haney und strahlte sie beide an.

»Oh ja. Ich habe Caroline getroffen. Wir werden uns schon bald besser kennenlernen.«

Der Haushälterin entging der Blick, den er Caroline zuwarf. »Du hast nicht anständig gegessen, das kann ich sehen. Verdienst mehr als genug, ständig ist dein Bild in den Zeitungen zu sehen, aber immer noch siehst du aus, als ob du nie eine richtige Mahlzeit bekommen würdest. Na los, wir gehen hinein. Ich habe dir das Abendessen warm gehalten.«

»Und es riecht auch nach Pekannusskuchen«, zog er sie auf und schubste sie durch die Tür.

»Den habe ich aber nicht extra für dich gebacken.«

»Aber Mrs. Haney! Sie und ich, wir beide wissen das doch besser.«

»Und es ist reiner Zufall, dass wir heute Abend Hühnchen-Gumbo hatten.«

Nach Carolines Einzug als neue Herrin von *The Retreat* hatte sie sich wochenlang als Gast dort gefühlt, der nicht wirklich dorthin gehört. Seitdem waren viele Monate vergangen. Laura Jane hatte sie als Freundin akzeptiert, und Mrs. Haney mochte sie inzwischen. Aber in diesem Moment, in dem sie Rink in seinem Zuhause sah und hörte, wie seine Stiefelabsätze auf dem antiken Hartholzboden hallten, wie seine Stimme von den hohen Zimmerdecken zurückgeworfen wurde, kam sie sich wieder wie ein Eindringling vor. Rink gehörte hierher. Sie nicht.

Als sie ihnen schließlich in die Küche folgte, hatte Mrs. Haney Rink an dem großen, runden Eichentisch Platz nehmen lassen und ihm einen gehäuften Teller vor die Nase gestellt. Er sah sich im Zimmer um.

»Es hat sich nichts verändert«, sagte er in einem warmen Tonfall.

»Vor einigen Jahren habe ich der Küche einen neuen Anstrich verpassen lassen«, erklärte ihm Mrs. Haney. »Aber ich habe Mr. Lancaster gleich gesagt, dass ich keine andere Farbe haben wollte. Ich wollte, dass alles gleich bliebe für den Tag, an dem du zurückkommen würdest.«

Rink schluckte und schob eine Gabel voll Hühnchen-

Gumbo auf seinem Teller hin und her. »Ich bin aber nicht für immer heimgekommen, Mrs. Haney. Nur bis Vater… sich wieder beruhigt hat.«

Mrs. Haney hielt einen Moment inne, obwohl sie sonst nie stillstand, sondern immer mit etwas beschäftigt war. Sie sah den Mann an, als ob er immer noch der Junge sei, der in ihre Obhut gegeben worden war. »Ich möchte nicht, dass du dich gleich wieder aus dem Staub machst, Rink. Du gehört hierher.«

Sein Blick flog zu Caroline, dann wieder zu seinem Teller.

»Hier hält mich nichts mehr«, sagte er zornig, bevor er sich eine weitere Gabel in den Mund schob.

»Aber vergiss nicht Laura Jane«, erinnerte Caroline ihn leise. Um nicht länger im Türrahmen zu stehen, zwang sie sich, die Küche zu betreten. Sie wollte nicht, dass Rink merkte, wie sehr seine Anwesenheit sie in ihrem eigenen Heim einschüchterte. Sie war noch nicht die Witwe von Roscoe, und als seine Ehefrau hatte sie schließlich jedes Recht, hier zu sein. Sie ging zum Kühlschrank und schenkte sich von dort noch ein Glas Eistee ein, obwohl sie gar keinen Durst hatte.

»Gott sei ihrem Herzchen gnädig, Rink«, steuerte Mrs. Haney bei und polierte ein bereits glänzendes Glas. »Sie prügelt mich jeden Tag zum Briefkasten, um nachzusehen, ob ein Brief von dir drin ist. Ihretwegen hättest du nicht so lange wegbleiben dürfen, egal, wie schrecklich dein Vater und du gestritten habt.«

»Ich fand es entsetzlich, dass ich nicht für sie da war. Geht es ihr gut?«

»Sicher, sicher. Sie ist wunderschön.«

»Das meine ich nicht.«

Mrs. Haney stellte das Glas krachend auf der Theke ab.

»Ich weiß, was du meinst«, sagte sie gepresst. »Und ja, es geht ihr gut. Auf die Art, wie du in deinen Briefen nach ihr gefragt hast, kann ich dir sagen, dass du keine Ahnung hast, was wirklich mit Laura Jane los ist. Sie hatte vielleicht nicht das Zeug für all das Schulbuchwissen, aber sie ist schlau wie ein Fuchs in anderen Dingen. Du warst nicht hier, um auf sie aufzupassen, aber du bist so besitzergreifend wie eine Bärin, die ihr Junges verteidigt. Aber pass bloß auf! Sie ist jetzt erwachsen und nimmt es dir vielleicht übel, wenn du sie wie einen zerbrechlichen Gegenstand behandeln willst. Sie ist eine wunderschöne junge Frau. Wenn sie unter Menschen käme, würden sicherlich nur wenige merken, dass sie anders ist.«

»Aber sie ist es«, beharrte er.

»Nicht so sehr anders«, sagte Caroline. »Sie weiß genau, was vor sich geht, aber ihre zarten Gefühle machen sie zerbrechlich. Ich mache mir mehr Sorgen über ihre Verletzbarkeit als über ihre geistigen Defizite. Wenn jemand, den sie liebt, sie enttäuschen würde, käme sie möglicherweise darüber nicht hinweg.«

Sein Blick war die ganze Zeit fest auf ihre Augen gerichtet, während er sich mit der Leinenserviette den Mund abwischte, diese anschließend zur Seite warf und seinen Stuhl vom Tisch wegstieß. »Vielen Dank für diese Predigt, Schwester Caroline. Ich werde es mir zu Herzen nehmen.«

»Ich meinte nicht unbedingt ...«

»Natürlich hast du das«, blaffte er, griff nach der Kaffeekanne und schenkte sich eine Tasse davon ein.

»Rink Lancaster, du hast kein Recht, so auf Caroline loszugehen.« Mrs. Haney war über diese sofortige Antipathie zwischen den beiden entsetzt. Sie kannten sich kaum fünf Minuten, und schon flogen jedes Mal, wenn sie sich ansa-

34

hen, die Funken. Wahrscheinlich konnte Rink sich nicht damit anfreunden, dass sein Vater sich eine so junge Frau wie Caroline genommen hatte. Aber er war doch vor zwölf Jahren fortgegangen. Welchen Unterschied machte Roscoes Ehe dann für ihn? Es sei denn, es hatte mit *The Retreat* zu tun. »Wo sind die Manieren geblieben, die deine Mama und ich dir beigebracht haben? Erinnere dich, dass Caroline die Ehefrau deines Vaters ist und daher deinen Respekt verdient.«

Rink zog einen Mundwinkel zu einem spöttischen Lächeln hoch und sagte, den Blick immer noch auf Caroline gerichtet: »Meine Stiefmutter. Wie kann ich das nur immer wieder vergessen?«

»Da kommt Laura Jane«, warnte Mrs. Haney mit einem besorgten Blick auf die beiden in der Küche. »Reg sie nicht auf, Rink. Einen Schock hat sie heute schon bekommen, und sie hat ihn gut weggesteckt.«

Laura Janes sanfte Stimme schwebte ihr durch die Fliegengittertür voraus. Sie erstarrte, ihr schlanker Körper wirkte wie eine griechische Statue, wie sie dort in der Tür stand und ihren Bruder ansah. Einen Moment lang blieb ihr Gesicht ausdruckslos, dann begann es zu glühen, und dieses Glühen bahnte sich seinen Weg über ihre Wangen bis in ihre Augen und wurde zu einem strahlenden Lächeln.

»Rink«, flüsterte sie.

Sie schmiegte sich an ihn, legte ihre dünnen Ärmchen um seinen Nacken und vergrub ihr Gesicht in seinem Hemdkragen. Er schlang seine Arme um sie und schaukelte sie hin und her, während er sie eng an sich gedrückt hielt. Seine Augen hatte er fest zusammengekniffen, um seine Gefühle unter Kontrolle zu halten. Laura Jane löste sich als Erste aus der Umarmung. Mit ihren Fingern, die zu zerbrechlich schienen, als dass Leben in ihnen sein konnte, erforschte sie sein Gesicht, sein Haar, seine Schultern, wie um sich zu versichern, dass er wahrhaftig da war.

»Du bist so groß«, bemerkte sie. »Und stark.« Sie lachte und fühlte seinen Bizeps.

»Du bist so schön und so erwachsen.« Seine Augen saugten alles von ihr auf – sie war eine in ihrer Zartheit wunderschöne junge Frau. Dann brachen beide vor lauter Freude, sich zu sehen, in Lachen aus. Sie umarmten sich wieder.

»Daddy wird sterben, Rink«, sagte Laura Jane feierlich, als sie sich endlich losgelassen hatten. »Hat Caroline dir das erzählt?«

»Ja«, sagte er sanft und fuhr mit dem Finger über ihr Kinn.

»Aber jetzt bist du ja hier. Und Mrs. Haney, Caroline und Steve … Oh, meine Güte! Ich habe ganz vergessen, euch vorzustellen.« Sie drehte sich zum Stallmeister um, der sie zum Haus begleitet hatte und nun noch immer in der Hintertür stand. Laura Jane nahm seine Hand und zog ihn mit sich. »Steve Bishop, das ist mein Bruder Rink.«

Steve musste seine Finger erst aus Laura Janes Griff befreien, bevor er Rinks Hand schütteln konnte, der ihn argwöhnisch betrachtete. »Mr. Lancaster, ich freue mich, Sie kennenzulernen.«

»Nennen Sie mich Rink«, erwiderte er mit festem Händedruck. »Wie lange arbeiten Sie schon hier?«

»Seit einem guten Jahr.«

Rink sah seine Schwester an, dann den Stallmeister. »Laura Jane hat Sie in ihren Briefen erwähnt.«

»Eine der Stuten hat gestern ein Fohlen bekommen, Rink«, informierte ihn Laura Jane aufgeregt. »Steve hat ihr dabei geholfen.«

»Und ich muss auch wieder zu den beiden zurück«, sagte Steve.

»Bleiben Sie doch noch ein wenig und essen ein Stück Kuchen mit uns«, lud Mrs. Haney ihn ein.

Sein Blick wanderte zu Rink, dann sah er weg. »Nein, danke. Ich muss nach dem Fohlen sehen.«

»Ich komme morgen früh rüber, um es zu besuchen. Ist das in Ordnung, Steve?«, fragte Laura Jane und nahm wieder seine Hand.

»Natürlich«, sagte er sanft und betrachtete lächelnd ihr unschuldiges Gesicht. »Es würde dich vermissen, wenn du es nicht besuchen kommst.«

Er zog seine Hand aus ihrem Griff und ging zur Hintertür.

»Gute Nacht, Steve«, rief Laura Jane.

»Gute Nacht, Laura Jane«, antwortete er. Dann tippte er als Gruß an alle anderen an den Rand seines Cowboyhutes und verschwand leicht hinkend in der Dunkelheit.

Rink lehnte am Türpfosten und starrte ihm hinterher. Mrs. Haney wuselte herum, schnitt großzügige Stücke vom Pekannusskuchen ab und schaufelte Vanilleeis darauf.

»Für mich nicht, Mrs. Haney, danke«, sagte Caroline. Aus den Augenwinkeln sah sie, wie Rink sich zu ihr umdrehte. »Es war ein langer Tag. Ich glaube, ich gehe lieber hoch.«

»Brauchen Sie irgendetwas?« fragte Mrs. Haney besorgt.

»Nur ein paar Stunden Schlaf«, sagte Caroline. Sie beugte sich über Laura Jane und hauchte ihr einen Kuss auf die Wange. »Gute Nacht. Morgen fahren wir zum Krankenhaus, dann kannst du deinen Daddy besuchen.«

»Ja, das möchte ich gerne. Gute Nacht. Caroline, ist es nicht herrlich, dass Rink wieder zu Hause ist?«

»Ja, das ist es.« Caroline richtete sich auf und bemerkte, dass Rink sie betrachtete. »Mrs. Haney hat dein altes Zimmer für dich vorbereitet. Gute Nacht, Rink.«

Bevor er antworten konnte, hatte sie bereits das Zimmer verlassen und war auf dem Weg durch das Esszimmer zur Treppe nach oben. Sich im selben Raum mit ihm aufzuhalten, war einfach zu viel für sie. Außerdem hatten Laura Jane, er und Mrs. Haney, die nach Marlenas Tod wie eine Mutter für sie geworden war, ein wenig Zeit nur für sich verdient.

Ihre Schritte auf dem oberen Flur wurden durch den orientalischen Läufer gedämpft, der über die gesamte Länge ausgelegt war. Zwei Nachttischlampen erhellten mit sanftem Licht ihr Schlafzimmer. Sie schaltete eine von ihnen aus. Die Dunkelheit schien ihr tröstlich in dieser Nacht, als ob sie verstecken könnte, was man nicht sehen und worüber man nicht nachdenken wollte. Sie ging zu dem breiten Fenster, durch das man auf das Gelände hinter *The Retreat* blickte, auf den sanft abfallenden grasbewachsenen Hügel bis zum Flussarm. Der Mond zeigte sich nur zur Hälfte, aber sie konnte sein Spiegelbild dort hinten im Wasser ausmachen. Alles sah so friedlich aus.

Carolines Gemütszustand war alles andere als friedlich. Heute war sie von drei schockierenden Ereignissen erschüttert worden: Sie hatte erfahren, dass ihr Ehemann sterben würde. Sie wusste, dass Steves Zuneigung zu Laura Jane über die Grenzen der Freundschaft oder des Mitgefühls hinausging. Und Rink war nach Hause zurückgekommen.

Sie stieß einen langen Seufzer aus, als sie vom Fenster wegging, und zog sich aus. Sie ließ sich ein heißes Bad ein, um wenig später dankbar in dem duftenden Schaum zu versinken. Sie schloss die Augen. Erst jetzt erlaubte sie sich selber, ein paar Tränen zu vergießen. Sie weinte um Roscoe. Er war wegen seiner Krankheit niedergeschlagen gewesen, trotzdem hatte er sich hartnäckig geweigert, einen Arzt aufzusuchen. Ein vitaler Mann konnte sich schließlich nicht eingestehen, schwach zu sein. Vielleicht war es daher besser, dass sein Ende schon bald kommen würde. Es wäre unmenschlich, einen so intelligenten und ehrgeizigen Mann wie Roscoe Lancaster zu zwingen, monatelang nutzlos und leidend im Krankenhausbett zu liegen.

Sie war schon lange in der Badewanne, als ihre Tränen endlich versiegten und das Wasser abkühlte. Sie stieg aus der Wanne und zog sich ein Nachthemd und darüber einen Morgenmantel an. Im Haus war es still geworden. Sie zog gerade die Decken von ihrem Bett, als es vorsichtig an ihre Zimmertür klopfte und sie vor Schreck zusammenfuhr.

Sie öffnete die Tür nur einen Spaltbreit und starrte in den dunklen, stillen Flur. »Was willst du?«

»Mit dir reden.«

Rink drückte die Tür auf und machte eine Bewegung ins Zimmer. Wenn sie keine Szene heraufbeschwören wollte, blieb ihr keine andere Wahl, als ihn hineinzulassen und die Tür hinter ihm zu schließen. Er stand in der Mitte des Raumes und drehte sich langsam um sich, nahm die Schlafzimmereinrichtung in Augenschein. Er ging zum Fenster und ließ seine Finger über die Vorhänge gleiten, als ob er sich aus früheren Zeiten daran erinnerte, wie sie sich anfühlten. Dann betrachtete er die Gegenstände auf dem antiken Frisiertisch und starrte in sein Spiegelbild. Suchte er etwa nach dem kleinen Jungen, der er einmal gewesen war?

»Früher war dies das Zimmer meiner Mutter«, sagte er schließlich.

39

Caroline klammerte ihre Hände in Taillenhöhe aneinander fest. »Ja, ich weiß. Es ist ein hübsches Zimmer. Eines meiner Lieblingszimmer im Haus.«

Als er sie weiter anstarrte, wurde Caroline sich ihres Aufzuges unangenehm bewusst. Ihr Nachthemd und ihr Morgenmantel konnten Rinks sengendem Blick nicht lange standhalten. Sie fühlte sich völlig nackt, obwohl sie von oben bis unten bekleidet war. Und am schlimmsten war der Gedanke, dass es Rink ebenso ging.

Seine Augen wanderten über ihren Körper, hielten auf ihren Brüsten betont inne, ihrer Taille, im Schambereich. Als ob sie auf einen unhörbaren Ruf reagierten, kam auf einmal Leben in diese erogenen Zonen. Ihre Brustwarzen wurden steif. Ihr Schoß vibrierte. Caroline verfluchte die Regungen ihres Körpers, verfluchte sich und war dennoch nicht in der Lage, diesen Wellen der Erregung entgegenzuhalten, die mit jedem Blick dieser tiefgoldenen Augen durch sie hindurchwogten.

Rink hielt ein Whiskyglas mit Bourbon in der Hand und nahm genüsslich einen Schluck. Mit Vergnügen fühlte er den Alkohol durch seine Kehle und in seinen Magen fließen. »Daddy steht immer noch auf teuren Whisky«, bemerkte er. »Und schöne Frauen. Du siehst sehr hübsch aus in diesem Zimmer, wie dir das Lampenlicht so auf das Haar fällt.« Noch einmal betrachtete er sie eingehend im Spiegel, dann drehte er sich weg, ging in eine andere Zimmerecke und streckte sich dort auf der Chaiselongue aus. Seine Stiefel hingen über den Rand, da die Couch eher für zierliche Frauen gedacht war. Er balancierte das Whiskyglas auf seinem Bauch und stützte es mit einer Hand, während er den anderen Arm unter seinen Kopf zog, wobei er Caroline die ganze Zeit anstarrte. Nervös stand sie noch immer auf demselben Platz, von dem sie sich nicht gerührt hatte, seit er in ihr Schlafzimmer gekommen war.

»Mutter und Vater waren hier nie zusammen«, sagte er wie nebenbei, aber Caroline war auf der Hut. Rink sagte niemals etwas, nur um zu reden. »Ich erinnere mich, als ob es gestern gewesen wäre, wie er ihr nach Laura Janes Geburt gesagt hat, dass sie gar nicht daran denken brauchte, wieder in sein Schlafzimmer zurückzuziehen. Mutter hat anschließend stundenlang geweint. Er hat nie wieder mit ihr geschlafen.« Er nippte an seinem Whisky und lachte rau auf. »Ich glaube, er hat ihr Laura Jane nie vergeben.«

»Er liebt Laura Jane«, protestierte Caroline. »Er hat immer nur getan, was zu ihrem Besten war.«

Er lachte noch einmal, noch abwertender. »Oh ja, darin ist er gut, mein lieber Vater. Er glaubt immer, er weiß, was das Beste für alle anderen ist.«

Caroline zwang sich, sich zu bewegen. Sie ging zu ihrem Bett, ließ sich dort auf der Kante nieder und zog die Kordel ihres Morgenmantels durch ihre Finger. »Wolltest du darüber mit mir sprechen?«

»Über Männer, die mit ihren Ehefrauen schlafen?«, fragte er und zog eine Braue hoch. »Oder über Laura Jane?«

Er verhielt sich absichtlich so provozierend. Wo waren seine liebenswerten Seiten geblieben? All die Zärtlichkeit, mit der er ihr begegnet war, wenn sie sich an geheimen Orten getroffen und sich einander ihren Kummer von der Seele redeten? Das hier war jemand, den sie nicht kannte und mit dem sie dennoch sehr vertraut war.

Sein Hemd stand offen. Seine Brust hob und senkte sich mit jedem Atemzug. Sie hatte vor Augen, wie er aussah, als sie ihn das erste Mal gesehen hatte, das Flusswasser rann ihm

41

über die muskulöse Brust und seine dunklen Haare klebten ihm am Kopf. Sein Bauch war jetzt noch immer genauso hart und flach, von Muskeln durchzogen. Ein Streifen schwarzer Haare teilte ihn in zwei Hälften und verschwand dann hinter dem Bund seiner Jeans. Der Hügel hinter dem Reißverschluss seiner eng sitzenden Hose ließ darauf schließen, dass er gut ausgestattet war.

Verlegen sah Caroline von ihm weg. »Warum willst du wegen der einen oder anderen Sache überhaupt mit mir sprechen? Ich möchte in den Streit zwischen deinem Vater und dir nicht hineingezogen werden.«

Er fand das urkomisch und lachte eine Weile in sich hinein, während er bedächtig sein Whiskyglas leerte. Dann stand er von der Chaiselongue auf und kam mit großen Schritten auf sie zu. Die einzige Lampe, die brannte, warf Schatten auf seine dunklen Gesichtszüge. Auf teuflische, gefährliche und verbotene Weise wirkte er anziehend, wie er da so stand und sich seine Umrisse abzeichneten. Seine Knie berührten ihre beinahe, so dicht stand er bei ihr. Obwohl sie Angst hatte, zwang sie sich, nicht vor ihm zurückzuweichen. Sie hatte keine Angst davor, was er ihr antun könnte, aber sie war sich nicht sicher, wie sie darauf reagieren würde.

»Ich brauche morgen früh ein Auto. Ich wollte dich fragen, ob ich mir deines ausleihen kann.«

»Natürlich«, sagte sie erleichtert. »Ich hole dir die Schlüssel.« Sie stand vom Bett auf, wobei sie darauf achtete, ihn möglichst nicht zu berühren. Aber als sie sich an ihm vorbeiquetschte, rieb für eine Schrecksekunde ihre Hüfte an seiner und sie fühlte die Muskeln dort sich zusammenziehen. Sie ging schnell weiter zur Kommode, auf der ihre Tasche lag. Mit zitternden Händen fingerte sie nach dem Schlüssel, fand ihn schließlich und ließ ihn in seine Hand fallen. »Wo willst du morgen denn hin?«

»Ich möchte erst mit dem Arzt sprechen, bevor ich meinen Vater sehe. Vormittags bin ich zurück, um Laura Jane und dich ins Krankenhaus zu fahren, wenn ihr wollt.«

»Ja, das wäre gut. Ich habe morgen früh erst mal hier einiges zu erledigen.«

»Wegen der Gin?«

»Ja. Ich mache die Buchführung.«

»Das hat mir Granger schon erzählt. Er sagte, deine Arbeit wäre für Vater unentbehrlich geworden, bevor er dich geheiratet hat.« Er kam einen Schritt näher, und sie konnte seinen warmen Atem fühlen, der nach dem köstlichen teuren Whisky roch.

»Granger übertreibt häufig mit seinen Komplimenten.«

»Das bezweifle ich. Ich wette, du bist für Vater auf mehreren Gebieten unentbehrlich, oder?«

Ihre Augen blitzten auf, als sie zu ihm hochsah. »Warum musst du mir unbedingt diese gemeinen Seitenhiebe versetzen, Rink?«

»Weil es mich unheimlich anmacht, dich wütend zu machen, darum. Caroline, so jung, so süß, so züchtig, so… rein.« Das letzte Wort kam wie ein Knurren.

Sie hob die Hand, aber er ergriff sie und drehte ihren Arm auf ihren Rücken, wobei er sie an sich riss. Ihre Brüste wurden erbarmungslos gegen seine harte Brust gedrückt. Ihre Zehen stießen unangenehm gegen seine Stiefelspitzen. Er brachte sein Gesicht bis auf wenige Zentimeter an ihres heran. Als er sprach, stieß er jedes Wort zwischen seine zusammengebissenen Zähne hindurch.

»Einmal lass ich dir so etwas durchgehen, aber wenn du

43

mich jemals wieder ohrfeigst, wirst du bei Gott wünschen, du hättest es nicht getan.«

»Was willst du tun? Zurückschlagen?«

Er lächelte auf eine Art, die nichts Gutes verhieß. »Oh nein. So nehme ich keine Rache. Ich würde etwas machen, was dir ganz und gar nicht gefallen würde.« Er zog sie noch näher an seinen erregten Körper, damit sie auch ganz gewiss seine Anspielung verstand. Sein Gesicht berührte beinahe ihres. »Oder würde es dir vielleicht doch sehr wohl gefallen, Caroline? Hm?« Seine Gürtelschnalle drückte durch ihr Nachthemd und schürfte die Haut auf ihrem Bauch auf. »Vielleicht bist du für jeden anderen hier Mrs. Roscoe Lancaster, aber für mich bist du immer noch nur Caroline Dawson, das Mädchen, das an einem Sommertag auf dem Weg zur Arbeit durch den Wald lief... und das mich zwischenzeitlich allmählich in den Wahnsinn getrieben hat.«

Caroline starrte ihn an. Ihr Gesicht drückte ihren Widerstand aus. Ihre Augen waren dunkel wie eine Gewitterwolke, die vom Golf heraufzog und Regen, Wind und Blitze mit sich brachte. Das Haar, das er früher bewundert hatte, fiel aus ihrem Gesicht zurück nach hinten, wo es in schweren Wellen auf ihrem Rücken lag. »Also weißt du es doch noch, Rink. Ich habe mich schon gefragt, ob du überhaupt keine Erinnerung mehr daran hast.«

Rinks Augen wurden groß, bevor er sie zu Schlitzen verengte. Sie untersuchten intensiv ihr Gesicht, blieben lange an ihrem Mund haften, glitten über ihren Hals bis zu ihren Brüsten, die in diesem Ausschnitt besonders gut zur Geltung kamen, dann wanderten sie denselben Weg wieder zurück. Sie konnte in seinen Augen lesen, dass er innerlich mit sich kämpfte.

»Ja«, sagte er mit rauer Stimme. »Ja, gottverdammt. Ich erinnere mich.«

Er ließ sie so plötzlich frei, dass sie taumelte und sich am Frisiertisch festhalten musste, um nicht zu stürzen. Als sie ihr Gleichgewicht wiedergefunden hatte, war er bereits zornig aus dem Zimmer gelaufen.

Verdammt! Er wünschte, er würde sich nicht erinnern. Als er wieder in seinem Zimmer war, riss er sich das Hemd vom Leib, füllte sein Glas erneut mit der Whiskyflasche, die er aus dem Arbeitszimmer seines Vaters mitgenommen hatte, und warf sich in den Ledersessel, der schon immer neben dem Fenster gestanden hatte. Er trank einen Schluck, aber der Alkohol hatte seinen Reiz verloren und Rink setzte das Glas mit Widerwillen zur Seite ab. Er beugte sich vor, um seine Stiefel auszuziehen, und ließ sie mit einem leisen Bums auf den Teppich fallen. Er lehnte sich zurück, legte seinen Kopf an das dicke Sesselkissen und ließ seine Gedanken kreisen, zurück zu dem Sommer, in dem er so viel Gin, wie er ergattern konnte, mitnahm und sich aufmachte, um der ewigen Litanei seines Vaters und der feuchten Mississippi-Hitze zu entkommen. Er war zum Fluss gelaufen, hatte sich nackt ausgezogen und sich an einer kühleren Stelle ins Wasser geworfen. Er hatte sie entdeckt, als er wieder an Land war, sich trockengeschüttelt hatte und gerade seine Jeans anzog.

»Du lieber Gott!«, rief Rink aus. Seine Finger fummelten wie irre herum, um den Reißverschluss seiner Jeans schnell hochzuziehen. »Wie lange stehst du denn schon da?« Er musste beinahe lachen, als er ihren Gesichtsausdruck sah. Er war ja schon ziemlich überrascht, hier ein Mädchen zu treffen, aber sie war total gelähmt bei seinem Anblick.

Er glaubte schon nicht mehr, dass sie antworten würde, als sie stotternd sagte: »Ich … ich bin gerade erst gekommen.«

»Na, das ist aber verdammt noch mal gut so, weil ich nämlich nichts anhatte beim Baden. Wenn du eher hier gewesen wärst, wäre es für uns beide peinlich geworden.«

Sein Lächeln war breit und selbstsicher, mit mehr als nur einer Spur von Überheblichkeit, und er betrachtete ihre geflochtenen Schuhe und ihre Mädchensöckchen. Sie stand noch immer zitternd da, bekam aber ein kleines, verschüchtertes Lächeln hin. »Ich hoffe, ich habe dich nicht gestört«, sagte sie mit einer Höflichkeit, die ihn unter diesen Umständen amüsierte.

»Nein. Ich war fertig. Es ist so heiß heute. Ich musste einfach ins Wasser.«

»Ja, es ist wirklich heiß. Darum habe ich auch den Weg hier am Flussarm genommen. Es ist kühler als der Weg an der Straße entlang.«

Er hatte sich gleich für sie interessiert. Nicht nur, weil sie ein außergewöhnlich hübsches Mädchen war, sondern weil sie anders war. Ihr Rock war aus Baumwolle, zwar sauber und gebügelt, aber völlig aus der Mode. Ihre weiße Bluse roch eher nach Waschpulver und Stärke statt nach diesem Parfum, *Youth Dew*, das zu der Zeit alle anderen Mädchen zu benutzen schienen.

Unter der Bluse konnte man die Umrisse eines weißen Büstenhalters erkennen, der aussah, als ob er ungefähr so bequem sein musste wie eine Zwangsjacke. Die meisten Mädchen, die er kannte, trugen etwas, das Halbschalen-Push-up hieß, der, so glaubte er zumindest, sicherlich seinen Dienst damit verrichtete, dass er die Jungs bei den Verabredungen verrückt machte.

Er riss seine Augen von ihrer Brust los, etwas beschämt, dass er sie auf dieselbe Art einschätzte wie seine ganzen anderen Frauenbekanntschaften. Sie war doch noch ein Kind. Fünfzehn? Sechzehn? Höchstens. Und sie sah immer noch so aus, als ob sie furchtbar Angst vor ihm hatte.

Aber, Gott im Himmel, sie war heiß. Sie hatte eine reine Haut. Ihre Augen waren von derselben Farbe wie der Nebel, der tief über den sumpfigen Flussarmen wehte, und sie hatten einen festen, durchtrainierten Körper, der eine Weichheit an sich hatte, die unglaublich weiblich war. Ihr Haar glänzte in einem dunklen Ton, wie poliertes Mahagoniholz. Jedes Mal, wenn ein Luftzug durch die Kronen der Bäume über ihnen glitt, schickte die Sonne einen Funkenregen durch die vollen Strähnen.

»Wohin gehst du?«

»In die Stadt. Ich arbeite bei Woolworth.«

Er kannte keine Mädchen, die in den Sommerferien arbeiteten. Die meisten lagen auf den Wiesen der privaten oder öffentlichen Schwimmbäder, checkten die Anwesenden ab, bis sie jemanden sahen, den sie kannten, und fingen dann an, die abendlichen Partys zu planen.

»Ich heiße Rink Lancaster.«

Sie sah ihn seltsam an, und es dämmerte ihm, dass ihre Faszination daher rührte, dass er spärlich bekleidet war. Sie kämpfte mit ihrer Neugier, aber ihre Augen flogen immer wieder über seine Brust, seinen Bauch und den immer noch unverschlossenen Reißverschluss. Normalerweise wäre dadurch sein Selbstvertrauen derart aufgebläht worden, dass er davon ausgegangen wäre, dieses Mädchen wäre leicht zu erobern. Er hätte eine solche Taxierung als Aussage dafür genommen, dass die Frau willig und zu haben war. Aber die

Unschuld in den Augen des Mädchens machten ihn zu seinem Ärger befangen. Während ihre Augen wieder und wieder zu seinem Hosenstall flogen, bemerkte Rink zu seiner Verwunderung, dass er die ansteigende Schwellung dahinter für unwillkommen hielt.

Damit die ganze Szene nicht aus dem Ruder lief, trat er vor und streckte ihr seine Hand hin. Sie schreckte kurz zurück, dann legte sie schüchtern ihre Hand in seine. »Caroline Dawson«, sagte sie zittrig und sah hoch, um ihm in die Augen zu sehen.

Sie starrten sich an.

Die Zeit verging, Insekten summten um sie herum, ein Flugzeug heulte über ihren Köpfen, das Flusswasser klatschte auf die moosigen Steine am Ufer. Es dauerte viele, viele Augenblicke, bis sie sich wieder bewegten und ihre Hände fallen ließen.

»Dawson?«, fragte Rink schließlich und wunderte sich, dass seine Stimme wie vor zehn Jahren klang, als er im Stimmbruch gewesen war. »Pete Dawsons Tochter?«

Sie blickte zu Boden, und er sah, wie ihre Schultern nach unten sackten. Verdammt! Warum nur hatte er das in diesem ungläubigen Ton gefragt? Jeder kannte Pete Dawson. Er spielte den ganzen Tag Domino in den Billardkneipen, bettelte jeden um Geld an, der dumm genug war, stehen zu bleiben und mit ihm zu sprechen, bis er so viel zusammengeschnorrt hatte, dass er sich eine billige Flasche Whisky kaufen konnte, die ihn durch den nächsten Tag bringen sollte.

»Ja«, sagte sie leise. Dann hob sie ein wenig bebend den Kopf und sagte mit einem Stolz, bei dem Rink ganz warm ums Herz wurde: »Ich muss jetzt gehen, sonst komme ich zu spät zur Arbeit.«

»Es hat mich gefreut, dich kennengelernt zu haben.«

»Mich auch.«

»Sei vorsichtig, wenn du durch den Wald gehst.« Sie lachte. »Was ist denn daran so lustig?«

»Du ermahnst mich, vorsichtig zu sein, wo du doch eben selbst hier geschwommen hast.« Sie zeigte aufs Wasser. »Da könnten Schlangen und Gott weiß was für Dinge drin sein. Warum gehst du nicht ins Schwimmbad in der Stadt?«

Er zuckte mit den Achseln. »Mir war heiß.«

Ihm war heiß. Er war heiß. Als sie lachte, war ihr Kopf nach hinten gekippt und gewährte einen Blick auf ihre weiße Kehle, die verletzlich und einladend aussah. Ihre Haare lagen schimmernd auf ihrem Hals und ihren Schultern. Der Geruch ihres Waschmittels und der Wäschestärke kamen ihm kostbarer vor als jedes exklusive Parfum, das er je wahrgenommen hatte. Dieser Geruch passte so sehr zu dem sauberen, frischen Duft ihrer Haut. Ihr heiseres Lachen war in seiner Einzigartigkeit wie ein greifbares Etwas, das die Hand nach ihm ausgestreckt und ihn gestreichelt hatte. Ihn dort gestreichelt hatte, wo es sich verdammt gut anfühlte und wo es höllisch schmerzte. Oh ja, ihm war sehr heiß. So heiß, dass er beinahe in Flammen aufging. »Wann hast du Schluss?« Die Frage überraschte ihn genauso sehr wie sie.

»Um neun.« Behutsam entfernte sie sich.

»Nach Einbruch der Dunkelheit? Du gehst allein im Dunkeln nach Hause?«

»Ja, aber dann nehme ich nicht den Weg durch den Wald. Das mach ich nur am Tag.«

Er dachte darüber nach. Dieses Mädchen war anders als alle anderen, die er jemals getroffen hatte, hier in Winston oder in Mississippi.

»Ich werd noch zu spät kommen«, wiederholte sie und ging weiter von ihm weg, obwohl er spürte, dass sie ihn nur widerwillig allein lassen wollte.

»Ja, natürlich. Das wäre nicht gut. Wir sehen uns, Caroline.«

»Tschüs, Rink.«

Zwar hatten sie nur wenige Worte miteinander gewechselt, dennoch hatte die zufällige Begegnung für beide eine tiefere Bedeutung. Er rechnete fest damit, sie wiederzusehen. Sie dachte nicht, dass das jemals geschehen würde.

Er war zu seinem Cabrio zurückgegangen und schwang sich hinters Steuer, ohne sich die Mühe zu machen, die Tür zu öffnen. Er fuhr in Rekordzeit nach Hause, rannte die Treppe hinaus, wobei er immer zwei Stufen auf einmal nahm, und ging ohne Umwege direkt in sein Zimmer, wo er …

Jetzt, genau wie damals, ließ der Gedanke an Caroline ihn nicht mehr los. Er konnte sich selbst sehen, wie er vor zwölf Jahren in eben dieses Zimmer gegangen war. Er hatte seine überflüssige Kleidung auf den Boden geworfen und sich in diesen Sessel fallen lassen. Damals hatte er in derselben zusammengesackten Haltung hier gesessen und pausenlos an dieselbe Frau gedacht. Noch immer war sie für ihn ein Geheimnis, das schwer fassbar war und ihn quälte, seine Obsession.

Und jetzt, so wie damals, wusste er, dass es ohne Belang wäre, was immer er auch versuchte; es gab wenig Hoffnung, diese schmerzende, pochende Sehnsucht loszuwerden.

3

Sie erwachte früh am Morgen, sosehr sie auch gehofft
hatte, länger schlafen zu können und das Aufwachen hinaus-
zögern zu können, damit sie sich nicht mit Roscoes Krankheit und Rinks Heimkehr nach Winstonville beschäftigen
musste.

Sie hörte, wie unten die Eingangstür leise geöffnet und
wieder geschlossen wurde. Caroline warf die Decken von
sich und ging über den Flur auf den Balkon im oberen Stockwerk. Die Sonne hatte es noch nicht bis über die Baumwip-
fel geschafft, obwohl der Himmel im Osten bereits pfirsich-
farben gefärbt war. Ein einziger Stern und der Halbmond
schienen immer noch leuchtend hell von einem zinnober-
roten Himmel. Nebel stieg in Schwaden vom taugetränkten
Gras auf. Ein weiterer feuchter Tag stand ihnen bevor.

Unter ihr lief Rink gerade die Verandatreppe hinunter. Er
blieb auf der untersten Stufe stehen und sah sich die Landschaft an, von der Caroline wusste, dass er sie liebte. Sie war
für ihn so lebensnotwendig wie die Luft zum Atmen. Sie be-
mitleidete ihn wegen all der Jahre, die er sich selbst von dem
Zuhause, das er so liebte, verbannt hatte.

Langsam ging er zu dem Auto, das vor dem Haus ge-
parkt war. Er trug Jeans und ein Sportsakko, was eine prot-
zige Aufmachung für einen Westentaschen-Cowboy gewe-

sen wäre, für ihn aber genau richtig. Die Jeans waren der Mode gemäß ausgeblichen, aber sie waren gestärkt und so kunstvoll gebügelt, dass messerscharfe Bügelfalten über seine Oberschenkel verliefen. Caroline sah ihm zu, wie er in seiner Brusttasche nach dem Autoschlüssel wühlte.

Er schwang die Autotür auf. In diesem Moment sah er sie zufällig dort oben auf dem Balkon stehen, wie sie ihn beobachtete. Er stützte einen Arm auf dem Autodach auf und starrte sie ebenfalls an.

Sie stand absolut still, ohne zu sprechen, ohne ihn zu grüßen. Nur ihre Augen... Sie fanden seine und hielten den Blick. Und hielten. Eine sehr lange Zeit standen sie dort im rosigen Gold der Dämmerung und sahen einander an. Das dunstige Morgenlicht, das um sie herum züngelte, schien unwirklich, jenseits der Zeitrechnung zu entstehen. Während dieses stummen Moments der Intimität konnten sie all ihre Abwehr ruhen lassen. Sie konnten sich selbst nachgeben. Nichts existierte in der Welt außer ihnen.

Dann endlich, ohne ein Wort gesprochen zu haben, setzte er sich in ihren Lincoln und fuhr davon. Niedergeschlagen kehrte Caroline zu ihrem Zimmer zurück und zog sich an. Sie betrachtete sich im Spiegel und fragte sich, wie das nur hatte geschehen können?

Der einzige Mann, den sie jemals geliebt hatte oder bei dem sie der Liebe ganz nah gewesen war, war Rink Lancaster. Für eine nur kurze Zeit hatten sie etwas Besonderes und Seltenes miteinander geteilt. Wenigstens war es das für sie gewesen. Sie hatte sich sogar den Traum erlaubt, dass das Unmögliche möglich werden könnte. Sie war so betört worden, dass sie ihm alles geglaubt hatte, was er ihr in diesem Sommer erzählt hatte. Seine Worte waren bedeutungslos ge-

52

wesen. Sie war für ihn kaum mehr gewesen als ein neues Spielzeug.

Durch eine skurrile Laune des Schicksals war sie jetzt mit seinem Vater verheiratet. Seinem *Vater!* Als Roscoe sie gebeten hatten, seine Frau zu werden, war ihr das wie die Antwort auf alle ihre Träume vorgekommen. Sie würde geschätzt werden, hätte Geld. Leute, die ihr ganzes Leben lang auf Caroline herabgeblickt hatten, würden sie mit Respekt behandeln.

Rink war verschwunden, um nie zurückzukehren. Warum hatte sie nicht bedacht, dass er zurückkommen könnte und wie sie sich dann fühlen würde? War sie ganz ehrlich zu sich selbst gewesen? Hatte sie Roscoe vielleicht nicht deshalb geheiratet, um ihn glücklich zu machen, ihm bei seinen Geschäften zu helfen und um eine Freundin für Laura Jane zu sein, sondern, um Rink eifersüchtig zu machen, damit es ihm leidtun sollte, dass er sie verlassen hatte? Versuchte sie, es ihm heimzuzahlen, dass er ihr Herz gebrochen hatte und sie untröstlich war, als er weggegangen war? Hatte sie möglicherweise heimlich darauf gehofft, dass er von dieser Ehe erfahren würde, sich an ihren Sommer vor zwölf Jahren erinnerte und außer sich wäre?

Sie lächelte traurig ihr Spiegelbild an. »Er ist lediglich belustigt, Caroline. Belustigt und angewidert.«

Mrs. Haney war bereits in der Küche, als Caroline kurze Zeit später hereinkam, um sich eine Tasse Kaffee zu holen. »Guten Morgen.«

»Na, Sie sind heute ja früh auf den Beinen«, warf ihr die Haushälterin über die Schulter zu.

»Ich muss die Löhne fertig machen, und ich möchte das

früh erledigt haben, um den Rest des Tages frei zu haben.«
Sie nahm einen kleinen Schluck Kaffee. »Sie selbst sind aber
auch eher auf als sonst.«

»Ich möchte ein besonders gutes Frühstück für Rink machen.«

»Er ist bereits weg.«

Sie wirbelte herum und sah Caroline direkt an, um zu sehen, ob sie die Wahrheit gesagt hatte. »Schon?«

»Ja, vor ungefähr einer Stunde.«

Mrs. Haney schüttelte den Kopf. »Er isst nicht richtig. Da
will ich ihm sein Lieblingsfrühstück zubereiten, und er haut
ab, bevor ich auch nur die Chance dazu bekomme. Also
wirklich.«

Caroline legte ihr beruhigend eine Hand auf den Arm.
»Warum machen Sie es nicht für Laura Jane zurecht? Rufen
Sie Steve rüber, damit sie zusammen frühstücken können.
Ich bin mir ganz sicher, dass ihnen das gefallen würde.«

»Okay«, murmelte sie. »Aber ohne Rink wird's nicht dasselbe sein. Nichts hier in diesem Haus war jemals wieder
dasselbe, seit er damals dieses Mädel geheiratet hat und die
Stadt verlassen hat.«

Damit hatte Mrs. Haney recht, dachte Caroline auf ihrem
Weg nach hinten in Roscoes Arbeitszimmer. Es tat ihr weh,
an den Tag zu denken, an dem Rink nicht zu ihrem Rendez-
vous erschienen war. Niedergeschlagen war sie zur Arbeit gegangen, wo sie nichts anderes hörte als Gerüchte darüber,
dass Rink Lancaster Marilee George, eine von Winstonvilles
prominenten Debütantinnen, heiraten würde. Für Caroline
war damals eine Welt zusammengebrochen.

Sie ackerte sich durch die Buchhaltung, ohne allzu viel
überlegen zu müssen. Sie telefonierte mit der Baumwoll-

54

fabrik, deren Schichtführer ihr versicherte, dass alles in Ordnung war.

»Wir haben hier eine Maschine, die Zicken macht, aber darüber müssen Sie sich in Zeiten wie diesen keine Sorgen machen.«

»Ich verlasse mich darauf, dass Sie so weitermachen, als ob nichts Ungewöhnliches geschehen wäre, Barnes. Solange er lebt, wird Roscoe hier das Sagen haben, und ich werde ihm direkt Bericht erstatten.«

»Ja, Ma'am«, antwortete der Vorarbeiter, bevor er auflegte.

Sie war sicher, dass es einigen Männer widerstrebte, Anweisungen von einer Frau entgegenzunehmen, vor allem von der Tochter vom alten Pete Dawson. Wenn es so war, hatte es ihr noch keiner gesagt. Sie fürchteten sich zu sehr vor Roscoe. Aber was würde geschehen, wenn er nicht mehr da war?

»Probleme?«

Sie riss den Kopf hoch und sah Rink, der sich an den Türrahmen lehnte. Ihr fiel auf, dass sie ihre Augenbrauen sorgenvoll zusammengezogen hatte, und entspannte sie wieder. »Nur unbedeutende. Du weißt ja, wie es mit der Gin so läuft.«

»Eigentlich nicht.« Er schlenderte ins Zimmer. Sein Sportsakko hatte er über die Schulter geworfen und hielt es mit einem Zeigefinger fest. Die oberen drei Knöpfe seines karierten Hemdes standen offen und gaben den Blick frei auf seine sonnengebräunte Kehle und einige vorwitzige Brusthaare. »Ich habe die Stadt verlassen, bevor ich allzu viel über die geschäftlichen Dinge, die mit einer Entkörnungsanlage einhergehen, lernen konnte.« Inzwischen war er an der Schreibtischkante angelangt. Er beugte sich weit vor, bis sein

55

Gesicht auf gleicher Höhe mit ihrem war. »Warum erzählst du mir nicht, wie's geht, Lady Boss?«

Wütend sprang sie auf, wobei sie ihren Schreibtischstuhl so heftig fortstieß, dass er auf seinen Rollen nach hinten sauste. Sie starrten einander an wie gegnerische Kämpfer im Boxring, die darauf warteten, dass die Glocke die erste Runde einläutete.

»Rink, Mrs. Haney hat mich geschickt, dich zu suchen. Der Bruch ist gerade fertig, und sie möchte, dass du es jetzt auch isst.« Laura Jane hüpfte glücklich ins Zimmer, um ihren Bruder zu umarmen. »Guten Morgen, Caroline. Dich soll ich auch mitbringen. Und Mrs. Haney sagte, sie lässt keine Entschuldigung gelten.«

Wieder war ein Streit verhindert worden, aber Rink wollte sie nicht so einfach davonkommen lassen. Er bot ihr seine Hand.

»Caroline.« Ihr blieb keine andere Wahl, als seine Hand zu ergreifen und sich von ihm vom Schreibtisch wegführen zu lassen. Auch ließ er ihre Hand auf dem ganzen Weg zum Esszimmer nicht los. Dass er auf der anderen Seite Laura Janes Hand hielt, spielte keine Rolle. Wo seine Haut ihre berührte, wo seine Finger sich besitzergreifend um ihre schlossen, prickelte es in Carolines Händen.

Trotz des opulenten Brunch, den Mrs. Haney für sie zubereitet hatte, konnten sie die Mahlzeit nicht recht genießen. Rink schien es nicht recht zu sein, dass Steve neben Laura Jane saß. Steve wiederum blickte sich immer wieder unbehaglich um, als ob er damit rechnen würde, dass jederzeit jemand ihn auffordern würde zu gehen.

Die Feindschaft zwischen Rink und Caroline war spürbar,

56

obwohl sie sich aus Höflichkeit den anderen gegenüber in Ruhe ließen. Mrs. Haney konnte sich keinen Reim darauf machen. Außerdem war sie eingeschnappt, weil die Spannung zwischen ihnen all die Arbeit, die sie in dieses besondere Willkommensessen gesteckt hatte, zunichte machte.

»Warum sind alle missgestimmt?«, fragte Laura Jane plötzlich.

Sie wandten sich ihr entgeistert zu. Sie war die Einzige, die fröhlich war, die die Gesellschaft derer, die sie liebte, genoss. Aber sie besaß eine scharfe Wahrnehmung, und sie hatte die Feindseligkeiten, die in der Luft lagen und für eine angespannte Atmosphäre sorgten, schnell aufgefangen.

Caroline war es, die ihr endlich antwortete.

»Wir machen uns alle Sorgen um Roscoe«, sagte sie sanft und streckte sich über den Tisch, um Laura Janes Hand zu tätscheln.

»Aber Rink ist hier. Und Steve.« Sie beglückte ihn mit einem vor Verliebtheit strahlenden Blick. »Lasst uns doch fröhlich sein!«

Sie beschämte sie derart, dass alle sich jetzt Mühe gaben. Rink hörte auf, Steve misstrauische Blicke zuzuwerfen und sich jedes Mal, wenn dieser Laura Jane ansah, zu versteifen. Caroline und er warfen sich keine glühenden Blicke mehr zu und schafften sogar eine Unterhaltung über die Leute in der Stadt, mit denen Rink vor Jahren zu tun hatte. Sie teilte ihm mit, wer wen geheiratete hatte, wer geschieden war, wem es gut ging und wem schlecht.

Als alle das Essen beendet hatten, stand Steve auf und bedankte sich bei Mrs. Haney, um danach in Richtung Küche zu entschwinden. »Warte einen Moment, Steve«, rief Laura Jane. »Ich komme mit dir, um nach dem Fohlen zu sehen.«

»Wir wollen ins Krankenhaus fahren, Laura Jane«, sagte Rink kurz angebunden.

»Aber ich möchte das Fohlen sehen. Ich habe Steve versprochen, dass ich heute Morgen in den Stall komme.«

Steve trat unbehaglich von einem Fuß auf den anderen. »Laura Jane, dein Vater wird traurig sein, wenn du ihn nicht besuchst. Das Fohlen geht doch nirgendwohin«, sagte er. »Du kannst es auch später noch sehen.«

»In Ordnung, Steve«, gab sie sanftmütig nach. »Dann komme ich nachher, sobald ich zurück bin.«

Steve nickte, dankte Mrs. Haney noch einmal und ging schnell fort. Er sah Rink nicht direkt an, bevor er den Raum verließ.

Caroline stand hastig auf. »Ich bin in ein paar Minuten so weit, Rink. Laura Jane, willst du dich noch frisch machen, bevor wir fahren?«

»Ich denke schon.«

Sie kamen wenig später wieder nach unten. Rink wartete in der Halle auf sie. Mrs. Haney stand neben ihm mit einer Vase frisch geschnittener Rosen in der Hand. »Mrs. Haney will in ihrem Auto hinterherfahren und Vater die Rosen mitbringen, dann fährt sie wieder zurück. Laura Jane, wie wär's, wenn du mit ihr fährst und die Rosen hältst, damit sie nicht umkippen?«

»Lass mich das machen«, bot Caroline ihre Dienste schnell an. Rinks stählerner Blick zeigte, dass er andere Pläne hatte.

»Ich möchte unterwegs mit dir reden.« Herrisch half er ihr in den Lincoln, während Mrs. Haney den Kombi fuhr, der zu *The Retreat* gehörte, aber ihr zur Verfügung stand.

»Hast du heute Morgen mit dem Arzt gesprochen?«, fragte Caroline, um die angespannte Stille zu durchbrechen.

»Ja. Er hat mir dasselbe gesagt, was er auch Granger und dir mitgeteilt hatte.«

»Hat... hat er gesagt, wann...?«

»Jederzeit.«

Erst als sie den Highway Richtung Stadt befuhren, fing Rink wieder an zu sprechen. »Wer ist dieser Steve?«

»Steve Bishop.« Automatisch fühlte sich Caroline in die Defensive gedrängt. Sie war sicher, dass sie wusste, was nun folgen würde, und sie verspürte keine große Lust, dieses Gespräch zu führen.

Verärgert presste Rink seine Lippen zusammen. »Kannst du ein wenig ausführlicher werden?«

»Er ist ein Vietnam-Veteran.«

»Zieht er deshalb das Bein nach? Eine Kriegsverletzung?«

»Er hat sein linkes Bein unterhalb des Knies verloren.« Sie drehte sich zu ihm, als sie ihm das sagte. Er blickte weiterhin nach vorne, aber sie sah, wie sich seine Hände um das Lenkrad verkrampften und er seine Unterarmmuskeln anspannte. Auf seinem Gesicht zeigten sich scharfe Linien, Zeichen für einen eisernen Willen und eine zähe Beharrlichkeit. Und Stolz. So viel Stolz.

Sie wusste, dass er versuchte, Steve nicht zu mögen. Das Wissen, dass er für immer mit diesem Handicap leben musste, machte diese Aufgabe nicht gerade leichter. »Er war verbittert und grimmig, als er sich für den Job beworben hat. Ich glaube, dass sein Benehmen eine Abwehrhaltung gegen eine mögliche Ablehnung war. Er ist gewissenhaft, arbeitet hart und ist ehrlich.«

»Mir gefällt es nicht, wie sehr Laura Jane an ihm hängt.«

»Warum nicht?«

»Musst du das wirklich fragen?«, wollte er wissen und

59

drehte seinen Kopf so, dass er sie ansehen konnte. »Es ist ungesund und gefährlich, darum. Sie sollte nicht so viel Zeit mit einem alleinstehenden Mann verbringen.«

»Ich sehe da kein Problem. Sie ist eine alleinstehende Frau.«

»Und völlig unwissend, was Sex angeht. Absolut unschuldig. Ich habe meine Zweifel, ob sie überhaupt den Unterschied zwischen Männlein und Weiblein kennt und warum es ihn gibt.«

»Aber natürlich weiß sie das!«

»Auch gut, ein Grund mehr, dass sie nicht die ganze Zeit bei ihm herumhängen sollte. Weil ich dir nämlich garantiere, dass er den Unterschied genau kennt.«

»Ich finde, er tut ihr gut. Er ist freundlich und geduldig. Er ist verwundet worden, und zwar nicht nur körperlich. Er weiß, wie es ist, ein Außenseiter zu sein und abgelehnt zu werden, so wie Laura Jane es ihr ganzes Leben lang erfahren hat.«

»Und was ist, wenn er daraus Vorteile zieht? Sexuell?«

»Das würde er nicht.«

Rink pustete. »Aber natürlich würde er das. Er ist ein Mann und sie eine wunderschöne Frau, und daraus ergeben sich schon unsägliche Gelegenheiten.«

»Und damit kennst du dich ja schließlich aus, nicht wahr?«

Die hitzige Antwort war raus, bevor sie sie zurückhalten konnte. Mittlerweile waren sie auf dem Krankenhausparkplatz. Er brachte das Auto kreischend zum Stehen und drehte sich jäh um, damit er sie ansehen konnte. Er sah genauso wütend aus wie sie. Sie war zum Flussufer gegangen, jetzt konnte sie genauso gut ins Wasser springen.

»Du kennst dich ja bestens aus damit, junge Mädchen auszunützen, sie zu belügen und ihnen falsche Hoffnungen zu machen.«

»Sprichst du von dem Sommer damals?«

»Ja! Ich habe niemals verstanden, wie du mit mir auf diese besondere Art zusammen sein konntest und es gleichzeitig geschafft hast, Marilee zu schwängern. Du musst dich völlig verausgabt haben. Oder war ich nur das Vorprogramm zum Aufwärmen für das große Finale?«

Er erweiterte ihr Vokabular um einige Schimpfwörter, bevor er die Autotür aufriss und sie hinter sich wieder zuwarf. Erst dann bemerkte Caroline, dass Mrs. Haney und Laura Jane bereits am Krankenhauseingang auf sie warteten und sie erwartungsvoll ansahen. Caroline ballte ihre eiskalten Händen zusammen, zwang sich aber, sie zu entspannen, als Rink ihr die Tür öffnete und ihr aus dem Wagen half. Die kleine Gruppe lief durch die Eingangshalle auf den Fahrstuhl zu, und sie hatte ihre Gefühle hinter eine Maske der Gelassenheit versteckt.

Die Krankenschwester, die sie auf Roscoes Flur begrüßte, erlaubte ihnen, zusammen in sein Zimmer zu gehen, wenn sie nicht zu lange blieben.

»Er hatte eine anstrengende Nacht und musste starke Schmerzen aushalten«, teilte sie ihnen traurig mit.

»Vielleicht wäre es besser, wenn ich erst einmal allein hineinginge, um ihm zu sagen, dass du hier bist«, sagte Caroline. Niemand widersprach. Rink wirkte steif und unnahbar. Mrs. Haney war sehr kleinlaut, was sonst gar nicht ihrem Naturell entsprach. Laura Janes große Augen waren noch größer geworden, und sie wirkte, als ob sie kurz davor stand zu fliehen.

61

Caroline drückte die schwere Krankenzimmertür auf und ging in die größte und teuerste Privatsuite, die das Krankenhaus zu bieten hatte. Blumensträuße und Gestecke säumten bereits das Fensterbrett und den Fernsehtisch. Sie fand es zwar schrecklich, sich das einzugestehen, aber leider hatte sich Roscoe in seinem Leben nur wenige Freunde machen können. Aber viele Menschen verehrten oder fürchteten ihn, wie die üppige Menge an Karten und Blumengrüßen bewies.

Gerade jetzt, als er die Augen öffnete und sie ansah, wirkte er nicht besonders einschüchternd. Seine Haut war teigig und bereits vom gräulich-gelben Farbton des Todes durchzogen. Dunkle Schatten lagen unter seinen Augen. Seine Lippen schimmerten bläulich, aber seine Augen glänzten so dunkel und lebendig wie immer.

»Guten Morgen.« Sie beugte sich über ihn, nahm seine Hand und gab ihm einen Kuss auf die Stirn. »Die Krankenschwester hat mir gesagt, dass du eine schlimme Nacht hattest. Hast du dich ein wenig ausgeruht?«

»Sei bitte nicht so herablassend, Caroline.« Er schüttelte ihre Hand ab. »Mir steht die ganze gottverdammte Ewigkeit zum Ausruhen zur Verfügung.« Er lachte keuchend. »Oder zum Brennen, wie sicherlich einige hoffen. Hast du die Löhne fertig?«

»Ja«, sagte sie und nahm die Ablehnung ihrer Zuneigung pragmatisch hin. Er war ernsthaft krank. Ihm stand einiges an Widerspenstigkeit zu. »Heute Morgen. Ich bringe die Schecks am Nachmittag zur Baumwollfabrik.«

»Gut. Nicht, dass die meinen, ich wäre schon tot.« Er legte eine Hand auf seinen Bauch, krümmte sich vor Schmerzen und stieß einen fürchterlichen Fluch aus.

Als er sich wieder entspannt hatte, sagte Caroline leise: »Bist du in der Stimmung für Besuch?«

»Wer ist denn da?«

»Laura Jane und Mrs. Haney.«

»Mrs. Haney! Diese scheinheilige Kuh. Sie hasst mich, seit sie mich zum ersten Mal gesehen hat. Sie dachte, ich würde Marlena wegen ihres Geldes und wegen *The Retreat* heiraten. Hat mir die Schuld daran gegeben, dass Rink abgehauen ist. Hat mir die Schuld an allem gegeben, was in dieser Familie schiefgelaufen ist.«

Caroline spielte den Advocatus Diaboli. »Warum hast du sie nicht schon vor Jahren entlassen?«

Er kicherte. »Weil es mir Spaß gemacht hat, mit ihr die Klingen zu kreuzen. Hat meinen Verstand wach gehalten. Und jetzt kommt sie, um an meinem Sterbebett zu schluchzen. Ha!«

Caroline hatte ihn schon öfter in solch einer Stimmung erlebt, aber sie jedes Mal ignoriert und abgewartet, bis sie vorüberging. Es tat ihr leid, dass er sich während ihrer letzten gemeinsamen Tage so verhielt. »Bitte, Roscoe. Sei nicht wütend. Mrs. Haney hat frische Rosen aus dem Garten für dich dabei.«

Er knurrte, dass er einverstanden sei, die Haushälterin zu sehen. »Laura Jane soll nicht hierherkommen. Dieses Zimmer würde sie völlig verängstigen. Weiß sie, dass ich nicht wieder nach Hause komme?«

Caroline vermied den Kontakt mit seinem rasiermesserscharfen Blick. »Ja. Ich habe es ihr gestern gesagt.«

»Was hat sie gesagt?«

»Sie sagte, du würdest in den Himmel kommen und mit Marlena zusammen sein.«

Er lachte, bis ihn eine Schmerzattacke zusammenzucken ließ. »Na ja, für solche Gedanken muss man schon ein Einfaltspinsel sein.«

Caroline empfand seine Wortwahl als zutiefst beleidigend, aber sie hielt sich zurück. Nur wenige ließen sich jemals auf einen Streit mit Roscoe ein, schon gar nicht wegen seiner Ausdrucksweise. »Soll ich ihnen sagen, dass sie jetzt zu dir können?«

»Ja, ja«, sagte er und wedelte kraftlos mit seiner dünnen rechten Hand. »Lass es uns hinter uns bringen.«

»Da wartet noch jemand, Roscoe.«

Ihr ruhiger Tonfall ließ seine Augen zu ihr zurückschießen. Er starrte sie durchdringend an, auf eine Art forschend, die sie unerklärlicherweise nervös machte. »Rink? Ist Rink gekommen?«

Sie nickte. »Er kam sofort, nachdem Granger ihn angerufen hatte.«

»Gut, gut. Ich möchte meinen Sohn sehen, ihm ein paar Dinge sagen, bevor es zu Ende geht.«

Carolines Herz pochte vor Freude. Es war höchste Zeit, dass diese beiden starrköpfigen Männer ihre Differenzen beilegten. Sie eilte zur Tür und bemerkte den kalten, berechnenden Ausdruck in Roscoes Augen nicht, mit dem er ihr hinterhersah.

Laura Jane kam als Erste ins Zimmer. Sie rannte zum Bett, warf ihre Arme um den Hals ihres Vaters und drückte ihn kräftig.

»Ich vermisse dich zu Hause, Daddy«, sagte sie. »Wir haben ein neues Stutfohlen. Es ist wunderschön.«

»Ja, das ist toll, Laura Jane«, antwortete er und schob sie sanft von sich weg. Caroline sah ihm dabei zu und wünschte, er würde bloß ein einziges Mal Laura Janes spontane Art, ihm ihre Zuneigung zu zeigen, erwidern. »Wie ich sehe, haben Sie die Rosenbüsche geplündert«, brummte er missgestimmt und sah die Haushälterin stirnrunzelnd an.

Mrs. Haney war es seit vielen Jahren gewohnt, von ihm schikaniert zu werden. Daher war sie dadurch auch jetzt nicht im Mindesten eingeschüchtert. »Ja. Das ist aber nur die Hälfte davon. Die anderen stehen auf dem Esstisch.«

Roscoe bewunderte ihren Mumm. Seit über dreißig Jahren führten sie schon miteinander einen kalten Krieg, und er betrachtete sie als würdigen Gegner. »Zur Hölle mit den Blumen. Haben Sie mir was zu essen mitgebracht?«

»Sie wissen ganz genau, dass Sie nur das Krankenhausessen zu sich nehmen sollen.«

»Was zum Teufel sollte das jetzt noch ausmachen?«, donnerte er. »Hä? Erklärt mir das!«

Eine nach der anderen bedachte er die Frauen mit unheilvollen Blicken und drehte dann den Kopf, um Rink anzusehen, der wiederum ihn nicht aus den Augen gelassen hatte. Einen nicht enden wollenden Moment lang sahen sich die beiden Männer in die Augen. Keiner rührte sich. Schließlich fing Roscoes Brust an, sich mit einem tiefen, rumpelnden Lachen zu heben und zu senken. »Bist du immer noch wütend auf mich, Rink?«

»Das habe ich schon vor langer Zeit hinter mir gelassen, Sir.«

»Ist das der Grund für deine Rückkehr? Um Frieden mit deinem alten Herrn zu schließen, bevor er stirbt? Oder wegen der Testamentseröffnung?«

»Ich brauche nichts von deinem verdammten Erbe.«

Mrs. Haney trat mit diplomatischen Absichten vor. Sie

65

hatte schon befürchtet, dass das Wiedersehen nicht gerade friedlich verlaufen würde. »Ich fahre Laura Jane jetzt nach Hause. Laura Jane, gib deinem Vater einen Kuss, dann gehen wir.«

Das Mädchen erledigte pflichtbewusst, was ihm gesagt wurde.

Roscoe schenkte ihrem Abschied kaum Beachtung. Sein Blick bohrte sich immer noch in die Augen seines Sohnes. Caroline blieb mit zwei Generationen Lancaster-Männern zurück, die sehr viel mehr trennte als das Alter.

»Du bist zu einem gut aussehenden Mann gereift, Rink«, sagte sein Vater sachlich. »Aber auch zu einem harten und gemeinen. Die Gemeinheit sieht man nicht auf diesen Zeitungsfotos, auf denen du immer lächelst, aber ich habe immer schon angenommen, sie wäre in dir.«

»Ich hatte einen guten Lehrer.«

Dasselbe Lachen, ein furchtbares Geräusch, füllte wieder das Zimmer. »Und ob du den hattest, mein Sohn, und ob. Das ist die einzige Art, wie man weiterkommt in der Welt. Sei gemein zu jedem, dann kann dir keiner was.« Mit ungeduldiger Geste sagte er: »Setzt euch beide hin.«

»Ich stehe lieber«, erwiderte Rink. Caroline nahm auf einem Stuhl Platz. Noch nie zuvor hatte sie Roscoe so zynisch erlebt. Kein Wunder, dass Rink gezwungen war, sein Zuhause zu verlassen. Sie wusste, dass die Feindschaft zwischen ihnen erbittert war, aber das hier hatte sie nicht vermutet.

»Aus den Zeitungsartikeln entnehme ich, dass diese Fluggesellschaft, die du da gegründet hast, dich langsam reich macht.«

»Mein Geschäftspartner und ich hatten von Anfang an

große Erwartungen an Air Dixie. Bisher haben wir alles erreicht, was wir uns vorgenommen haben.«

»Eine schlaue Firmenpolitik betreibt ihr da: Scheucht die Passagiere rein, wieder raus, niedrige Flugpreise, die Maschinen immer in Betrieb.«

Wenn Rink darüber erstaunt war, dass sein Vater die Erfolgsgeschichte seiner Fluggesellschaft verfolgt hatte, ließ er es sich nicht anmerken. »Wie gesagt, wir sind sehr froh über unseren Erfolg.«

Eine Krankenschwester kam herein. In den Händen trug sie ein Edelstahltablett, auf dem eine Spritze lag. »Ich möchte Ihnen etwas gegen Ihre Schmerzen geben, Mr. Lancaster.«

»Stecken Sie sich das Ding in Ihren eigenen Hintern und lassen Sie meinen in Ruhe«, brüllte Roscoe sie an.

»Roscoe«, rief Caroline, die über seine vulgäre Ausdrucksweise schockiert war.

»Anweisungen des Arztes, Mr. Lancaster«, sagte die Krankenschwester unerschütterlich.

»Es interessiert mich nicht, was dieser Quacksalber zu sagen hat. Das ist mein Leben, oder jedenfalls das, was davon übrig ist, und ich möchte keine verfluchte Spritze, die mir die Schmerzen erleichtert. Ich möchte alles fühlen. Verstanden? Und jetzt raus hier.«

Die Krankenschwester schürzte ihre Lippen und wollte ihm sichtlich widersprechen, doch dann verließ sie stumm das Zimmer.

»Roscoe, sie macht doch nur ihren…«

»Du bist nicht meine Mutter, um Gottes Willen, Caroline!« In diesem Ton hatte er noch nie mit ihr geredet. Sie zuckte zurück, als ob er sie geschlagen hätte, und verstummte, mit zusammengepressten Lippen. »Wenn alles,

67

was ich von dir zu erwarten habe, geschmackloses Mitleid ist, dann komm nicht wieder her.«

Schwer atmend griff Caroline nach ihrer Tasche und verließ das Krankenzimmer mit wahrhaft königlicher Würde. Sobald sich die Tür hinter ihr geschlossen hatte, wirbelte Rink zu seinem Vater herum.

»Du Scheißkerl.« Seine goldenen Augen sprühten vor Wut. Jeder harte Muskel in seinem athletischen Körper war vor Zorn angespannt. »Du hast kein Recht, so zu mit ihr zu sprechen, egal, wie viele Schmerzen du gerade hast.«

Roscoe kicherte in sich hinein. Sein Lachen war ein übles Geräusch, so übel wie sein berechnender Gesichtsausdruck. »Ich habe jedes Recht. Sie ist meine Ehefrau. Vergessen?«

Rinks Hände ballten sich zu Fäusten. Tief aus seiner Kehle kam ein wildes Knurren, dann drehte er sich plötzlich um und stürmte aus dem Zimmer.

Erst sah er Caroline gar nicht, doch dann entdeckte er sie am Ende des Ganges. An einer Wand zusammengesackt, sah sie starr aus dem Fenster. Er näherte sich ihr von hinten. Er hob seinen Arm, um sie zu berühren, zögerte, überlegte es sich noch einmal, und mit dem Gedanken, dass es nichts zu bedenken gab, legte er seine Hand auf ihre Schulter. Sie reagierte instinktiv und versteifte sich.

»Geht's dir gut?«

Oh Gott, dachte sie. Warum musste er das fragen, in diesem ganz besonderen Tonfall? Auf genau dieselbe Art hatte er sie das schon einmal gefragt, zu einer anderen Zeit. Dieselben Worte, derselbe Tonfall, dieselbe sanfte Besorgung, die sich im heiseren Timbre seiner Stimme widerspiegelte.

Sie drehte sich ein wenig, um ihn über ihre Schulter hinweg anzusehen. Tränen traten ihr in die Augen. Der Anlass dafür hätte genauso gut die Demütigung sein können, die sie gerade durch ihren Ehemann erfahren hatte. Aber das war nicht wirklich der Auslöser. Es waren Tränen der Erinnerung. Sie sah in seine Augen und wanderte in Gedanken zurück, zurück zu ihrer ersten gemeinsamen Nacht…

Die Autoscheinwerfer warfen ihre Lichter von hinten auf sie, und sie ging schneller. Sie mochte es nicht besonders, allein nach Hause zu gehen. Natürlich hätte sie auf Papa warten können, aber Gott allein wusste, wann er bereit sein würde, nach Hause aufzubrechen. Und außerdem wäre er in seinem Zustand auch keine große Hilfe, sollte sie überfallen werden.

Sie war am Nachmittag vor Schande fast gestorben, als Rink Lancaster gleich herausgefunden hatte, dass sie die Tochter des stadtbekannten Säufers war. Dann wusste er sicher auch, dass sie in einer alten, schäbigen Hütte wohnte und ihre Mutter anderer Leute Wäsche wusch, um etwas zu essen auf den Tisch zu bringen, und die abgetragene Kleidung ihrer Kunden für Caroline erwarb.

Sie hatte ihn sofort erkannt. Jeder hier kannte die Lancasters. Sie hatte Rink schon oft von Weitem gesehen, wie er wie der Teufel in seinem leuchtend roten Sportcabrio fuhr und der Wind ihm sein schwarzes Haar ums Gesicht wehte. Fast immer saß ein Mädchen neben ihm, das ihren linken Arm um seine Schultern gelegt hatte. Immer dröhnte das Autoradio. Rink hupte und winkte jedem zu, den er kannte, einschließlich der Hilfssheriffs, die über seine schamlose Geschwindigkeitsüberschreitung hinwegsahen. Jeder kannte Rink Lancaster, Footballheld, Kapitän des Basketballteams, Leichtathletikstar, Erbe von *The Retreat* und der größten Entkörnungsanlage der umliegenden fünf Verwaltungsbezirke.

Ihre Gedanken hatten sich an jenem Tag während der Arbeit bei Woolworth nur um ihn gedreht. Jetzt wollte sie schnell nach Hause, um ins Bett zu krabbeln und weiter an ihn zu denken und an das, was er zu ihr gesagt hatte. Natürlich würde er sich wahrscheinlich gar nicht an sie erinnern –

»Hi, Caroline.« Das Auto, das sich von hinten genähert hatte, fuhr jetzt langsam neben ihr her. Ungläubig starrte sie in Rinks lächelndes Gesicht, als er sich über den Beifahrersitz beugte und die Wagentür aufstieß. »Steig ein. Ich fahr dich nach Hause.«

Sie sah die Straße auf und ab, als ob sie etwas Verbotenes getan hätte. »Ich weiß nicht, ob ich wirklich einsteigen soll.«

Er lachte. »Warum nicht?«

Weil Jungs wie Rink Lancaster keine Mädchen wie Caroline Dawson in der Gegend herumfuhren, deshalb. Aber das sagte sie nicht. Sie sagte gar nichts. Ihr Herz, das ihr bis zum Hals schlug, ließ keinen Platz für Worte.

»Na, komm schon. Steig ein«, forderte er sie mit einem unwiderstehlichen Lächeln auf. Sie glitt auf den Ledersitz und zog die Tür hinter sich zu. Der Autositz hüllte sie in Luxus, und sie konnte sich gerade noch beherrschen, nicht mit den Händen über den Bezug zu streicheln, um dessen Weichheit zu spüren. Die Anzeigen und Apparaturen am Armaturenbrett leuchteten in vielen Farben.

»Magst du Schokoladen-Milchshakes?«

Sie hatte erst einen gehabt. Einmal, an einem Tag, nachdem Mama Geld für ihre Waschdienste bekommen hatte, waren sie in einen Imbiss gegangen und hatten sich einen geteilt, als ganz besondere Leckerei. »Ja.«

»Ich war gerade noch kurz im Dairy Mart. Nimm dir einen.« Er neigte seinen Kopf zur Seite, um damit auf einen

Pappbecher zu deuten, der in der Konsole zwischen den Sitzen stand. Er hatte einen Deckel, und der Trinkhalm steckte in einem Loch in der Mitte des Deckels.

»Danke«, sagte sie schüchtern, nahm den Becher und fing an, am Trinkhalm zu saugen. Der Milchshake war kalt und cremig und lecker, und sie lächelte vor Vergnügen. Er lächelte zurück.

Das Radio spielte nicht sehr laut, und das Stoffverdeck war hochgefahren. Er wollte nicht, dass irgendjemand sie beide zusammen sah. Sie verstand das, und es machte ihr nichts aus. Er war gekommen, um sie mitzunehmen, und er hatte ihr einen Schokoladen-Milchshake mitgebracht. Das war wirklich genug.

»Wie war die Arbeit?«

»Ich habe einen Satz Teller verkauft.«

»Ja?«

»Sie waren ziemlich hässlich. Ich glaube nicht, dass ich gerne davon essen würde.«

Er lachte. »Dann planst du also nicht, den Rest deines Lebens Teller zu verkaufen?«

»Nein.«

»Was möchtest du denn machen?«

Aufs College gehen, dachte sie mit der Verzweiflung, die den hoffnungslos Hoffnungsvollen anhaftet. »Ich weiß nicht. Ich mag Mathe. Ich war zwei Jahre nacheinander auf der Bestenliste.«

Sie wollte ihn unbedingt mit etwas beeindrucken, ihm etwas erzählen, woran er sich erinnern würde, weil sie wusste, sie würde diesen Abend nie vergessen, solange sie lebte. Sie, Caroline Dawson, fuhr durch die Gegend mit Rink Lancaster! Warum machte er das? Er hätte jede andere dazu ein-

71

laden können, ältere, erfahrenere Mädchen als sie es war. Mädchen mit hübschen Kleidern, die zu Klubtreffen gingen, Mädchen mit Müttern, die in Festausschüssen saßen und lange Autos fuhren, Mädchen, die sich niemals dazu herablassen würden, mit Caroline Dawson zu sprechen.

»Mathe, echt? Vielleicht hätte ich deine Hilfe auf dem College brauchen können. Ich hab's nur so eben gerade durch die Mathekurse geschafft.«

»Warst du gerne auf dem College?«

»Ja, klar. Es war super. Aber ich bin auch froh, dass es vorbei ist.«

»Hast du deinen Abschluss gemacht?«

»Vor sechs Wochen.«

»Und in was?«

»In Landwirtschaft und Ingenieurswissenschaften. Ich fand, ich wusste schon genug über Landwirtschaft, also habe ich Ingenieurswissenschaften als Hauptfach genommen.«

»Das wird sicherlich nützlich sein bei der Arbeit in der Baumwollfabrik.«

»Anzunehmen.« Ohne nach dem Weg fragen zu müssen, bog er von der Hauptstraße auf einen Nebenweg ab, der zu ihrem Haus führte.

»Du brauchst mich nicht ganz bis nach Haus zu fahren«, sagte sie schnell.

»Hier ist es ja stockfinster.«

»Es macht mir nichts aus, den restlichen Weg zu laufen, ehrlich. Bitte halt an.«

Ohne etwas zu erwidern, hielt er den Wagen an. Sie wollte nicht, dass er sie bis nach Hause brachte. Ihre Mutter würde eine Erklärung erwarten. Aber dieser Tag war einfach zu besonders, den wollte sie mit niemandem teilen.

Und vor allem wollte sie nicht, dass er sah, wie ärmlich sie lebte.

Als der Motor aus war, setzte Schweigen ein. Er schaltete die Scheinwerfer aus und ließ das Verdeck herunter. Der Mond warf sein silbrig-weißes Licht auf sie. Eine Brise spielte leichthin mit ihrem Haar.

Er legte seinen Arm auf die Rücklehne ihres Sitzes. Sein Knie stieß an ihres, als er sich umdrehte, um sie anzusehen. Er ließ es dort. Der Duft seines Rasierwassers wehte zu ihr rüber, und sie konnte den schwachen Ansatz eines Bartes erkennen. Er war kein Junge, er war ein Mann. Sie hatte noch nie eine Verabredung gehabt, war noch nie mit einem Mann allein gewesen, egal, wie alt.

Sie wurde verlegen, weil er nichts sagte, und hielt sich weiter am Trinkhalm fest. Er sah sie intensiv an. Bei jedem Zug am Strohhalm spürte sie seinen Blick auf ihren Lippen. Es gab einen lauten, schlürfenden Ton, als sie den Boden erreichte, woraufhin sie entsetzt zu ihm blickte.

Er lächelte. »Hat er dir geschmeckt?«

»Sehr, danke.« Sie gab ihm den leeren Becher, und er beugte sich vor, um ihn unter den Sitz zu schieben.

Beim Aufrichten lehnte er sich ein wenig vor, sodass sie einander ins Gesicht schauten. So wie am Nachmittag hörten sie auf, sich zu unterhalten, um ihrer unbändigen Neugier nachzugeben. Sie sah ihn genauso forschend an wie er sie. Sie sah, wie seine Augen über ihr Gesicht, ihren Hals, ihre Brust wanderten. Das erweckte in ihr ein warmes, wohliges Gefühl, fast als ob sie schwerelos sei. Gleichzeitig machte sich in den tieferen Körperteilen eine wachsende Schwere breit.

Eine Hitze, die sie bisher nicht gekannt hatte und die sich

köstlich anfühlte, teuflisch und himmlisch zugleich, pumpte durch ihre Adern.

Er legte seinen Daumen der Länge nach unter ihren Mund und berührte dabei mit seinem gepflegten Fingernagel den unteren Rand ihrer Lippe. Sie glaubte, sie würde gleich ersticken. Plötzlich konnte sie nicht mehr atmen.

»Du bist sehr schön«, sagte er heiser.

»Danke.«

»Wie alt bist du?«

»Fünfzehn.«

»Fünfzehn.« Er stieß einen leisen Fluch aus und drehte seinen Kopf zur Seite. Als ob er keine Kontrolle über sie hätte, schossen seine Augen wieder zurück. »Ich musste heute den ganzen Tag an dich denken, nach unserer Begegnung im Wald.« Seine Hand lag jetzt auf ihrer Wange, und sein Daumen streichelte auf hypnotische Weise ihre Unterlippe.

»Wirklich?«

»Hmm«, murmelte er. »Den ganzen Nachmittag bist du mir nicht aus dem Kopf gegangen.«

»Ich musste auch an dich denken.«

Das schien ihm zu gefallen. Er grinste schief. »Was hast du denn gedacht?«

Ihre Wangen glühten, und sie war dankbar dafür, dass die Dunkelheit ihr mädchenhaftes Erröten versteckte. Um ihm nicht in die Augen schauen zu müssen, sah sie durch seinen offenen Hemdkragen auf seine Kehle. »Na, so Sachen«, sagte sie heiser und zuckte in gespielter Gleichgültigkeit die Schultern.

»Sachen?« Er lächelte. Aber es war ein leichtes, kurzes Lächeln, das ihn nicht bei der Untersuchung ihres Gesichtes störte. »Hast du vielleicht an…« Er schien die richtigen Worte zu suchen.

»Rummachen« kam ihr in den Sinn. Das machten junge Leute doch, wenn sie miteinander ausgingen? Darüber tuschelten sie doch, wenn sie in Gruppen zusammenstanden, zu denen sie nie eingeladen wurde.

Aber das war es nicht, was Rink sagen wollte. Er sagte: »Hast du an uns beide gedacht, wie wir zusammen sind? Uns vielleicht berühren?«

»Berühren?«, fragte sie atemlos.

»Küssen?«

Sie öffnete den Mund, aber sie brachte keinen Ton heraus. Das Einzige, was sie hörte, war das Hämmern ihres eigenen Herzens.

»Hat dich schon mal jemand geküsst?«

»Ein paarmal«, log sie.

»Du bist so furchtbar jung«, stöhnte er und schloss einen Moment seine Augen, bevor er sie schnell wieder öffnete. »Hättest du Angst, wenn ich dich küssen würde? Ich meine, würde es dir gefallen, wenn ich dir einen Kuss geben würde?«

»Ich habe keine Angst vor dir, Rink.«

»Und das andere?«, drängte er sanft und berührte ihr Haar.

»Ich… ich glaube, ich hätte es gerne, wenn du mich… küssen würdest.«

»Caroline«, hauchte er und kam näher. Zuerst fühlte sie seinen Atem auf ihrem Gesicht und schloss die Augen. Dann berührten seine Lippen ihre – sanft, ruhig, zögernd. Als sie nicht zurückzuckte, legte er seinen Kopf zur Seite und drückte seine Lippen stärker auf ihren Mund. Wieder und wieder trafen sich ihre Lippen in kurzen, leichten Küssen,

75

Küsse, die sie von ganzer Seele nach etwas dürsten ließen, das sie nicht benennen konnte. Auch »Rummachen« war es nicht. Weil das jeder machen konnte, aber was hier geschah, das wusste sie, hatte noch nie jemand erfahren.

Er nahm ihr Gesicht in beide Hände und presste seinen Mund, diesmal mit geöffneten Lippen, auf ihren. Sie fühlte seine feuchte Zunge ganz dicht an ihren Lippen, dann, ein wenig zuckend, auf ihnen.

Er stöhnte leise, bevor er seine Zunge gegen ihre Lippen drückte. Vor Schreck wurden Carolines Augen ganz groß. Sie erstarrte. Dann wurde ihr Widerstand durch das Vergnügen, das er ihr bereitete, gebrochen, und sie öffnete ihre Lippen. Seine Zunge glitt durch die Öffnung und berührte ihre Zungenspitze, rieb sich an ihr, streichelte, drängte tiefer.

Als er sie mit seinen Armen umschloss, krallte sie sich in den Stoff seines Hemdes und hielt sich in Brusthöhe daran fest. Ihr Innerstes war aufgewühlt, wurde um und um gewirbelt mit einer Gefühlsregung, die sie bisher noch nicht kannte, mit Erregung. Sie fühlte den unwiderstehlichen Drang, immer dichter an ihn heranzurücken. Der Zwang, seinen Körper zu berühren, wurde zu einer Besessenheit, die sie kaum unter Kontrolle halten konnte. Sie fürchtete und gleichzeitig genoss sie diese Regungen, die er in ihr zum Leben erweckt hatte.

Unwillig löste er sich von ihr, küsste sie zart auf die Lippen, dann schob er sich zurück und schuf so einen unwillkommenen Abstand zwischen sie. Er streichelte ihr über den Rücken, bevor er erneut ihr Gesicht in seine Hände nahm. Sie hielt ihre Augen geschlossen. Und als sie ihre schweren Augenlider hob, geschah das mit einer Trägheit, die ihren ganzen Körper befallen hatte.

»Geht's dir gut?«

Hier im kühlen Krankenhausgang gab sie ihm dieselbe Antwort wie vor zwölf Jahren nach ihrem ersten Kuss an einem warmen, milden Sommerabend: »Ja, Rink, mir geht's gut.«

Auch Rink schien in der Erinnerung gefangen zu sein. Er sah sie eine lange Zeit an, drehte sich dann brüsk um und sagte: »Wir sollten besser gehen.«

4

Es ist so schön.«

»Genau wie du.«

Laura Jane, die gerade den Hals des Fohlens gestreichelt hatte, hielt in ihrer Bewegung inne und richtete ihre glänzenden, dunklen Augen auf Steve, der sie mit sanfter Inbrunst angesprochen hatte. »Findest du das wirklich?«

Ihre Reaktion ließ ihn innerlich über seine Bemerkung fluchen. Sie war so verletzlich, verstand alles wörtlich. Er sollte seine Gedanken nicht laut äußern. Ihre Gefühle waren so zart und konnten furchtbar leicht verletzt werden.

Er stemmte sich vom Boden hoch, der mit Heu ausgestreut war, wobei er sein Gewicht hauptsächlich auf sein unversehrtes Bein verlagerte.

»Du bist sehr schön«, sagte er kurz, drehte sich um und verließ den Stall.

Immer öfter hatte er es in letzter Zeit für nötig befunden, zwischen Laura Jane und sich eine Distanz herzustellen. Sie hatte keine Ahnung, was ihre Nähe, ihr blumiger Duft, die weiche Wärme ihrer Haut bei ihm auslöste. Hätte sie gewusst, welche Reaktionen sie in seinem Körper hervorrief, würde sie Angst vor ihm bekommen.

Er zog einen Sattel von der Halterung in der Sattelkammer. Rink hatte ihm am Tag zuvor gesagt, dass er vorhatte,

78

am nächsten Morgen auszureiten, und Steve wollte, dass alles perfekt war. Er kannte den Grund für Rinks offensichtliche Ablehnung ihm gegenüber. Der Mann war weder blind noch unsensibel und hatte sofort mitbekommen, dass er das Mädchen begehrte. Steve wusste, dass sein Verlangen nach Laura Jane so offensichtlich war, wie wenn er eine Reklametafel mit Neonlichtern um seinen Hals gehängt hätte.

Er machte Rink keine Vorwürfe wegen seines Misstrauens. Laura Jane war seine Schwester, eine besondere Schwester, die ihr ganzes Leben lang besonderer Fürsorge bedurft hatte. Wenn so jemand einen Platz in Steves Leben hätte, würde er sie genauso entschlossen beschützen, wie Rink es tat.

Trotzdem – er konnte doch nichts dafür, dass er sie liebte, oder? Die Liebe gehörte nicht gerade zu den Dingen, nach denen er gesucht hatte. Er hatte nicht erwartet, in seinem Leben überhaupt einen anderen Menschen zu lieben. Aber genau das tat er, und er vermisste Laura Jane in jeder Minute, die sie nicht bei ihm war. Sie stand ganz dicht neben ihm, als er jetzt Sattelseife in das Leder rieb. Jedes Mal, wenn sein Ellbogen bei seinen sägeartigen Bewegungen nach hinten schwang, berührte er beinahe ihre Brust.

Er ging mit Elan an seine Aufgabe heran und versuchte, nicht darüber nachzudenken, wie sich ihre Brüste wohl unter seinen schwieligen Händen anfühlen würden oder wie weich die Haut an ihrer Kehle unter seinen Lippen wäre.

Laura Jane, die ein wenig enttäuscht darüber war, dass Steve nicht weiter darüber gesprochen hatte, wie schön sie war, streichelte das Fohlen noch einmal und folgte ihm dann.

»Tut dir dein Bein weh?«

Ohne hochzusehen, antwortete er: »Nein. Warum?«

»Weil du die Stirn runzelst, genau so, wie du es manchmal tust, wenn du Schmerzen im Bein hast.«

»Ich strenge mich hierbei bloß an, mehr nicht.«

Sie kam näher. »Ich werd dir dabei helfen, Steve. Lass mich dir helfen.«

Er ging einen Schritt zur Seite und gab vor, einen Lappen holen zu müssen. Sein Herz schlug wie verrückt. Sie war so süß, so süß. Aber die Gefühle, die sie in ihm weckte, waren alles andere als süß. Er kam sich vor wie ein sabbernder Wilder in der Nähe einer Jungfrau, die den Göttern geopfert werden sollte. »Nein, du brauchst nicht zu helfen. Ich bin in einer Minute fertig.«

»Du traust mir das nicht zu, richtig? Jeder denkt, ich bin zu nichts zu gebrauchen.«

Er hob ruckartig den Kopf und senkte seine Hand, mit der er den Polierlappen hielt. »Natürlich traue ich dir das zu.«

Er erkannte den Schmerz, der sich in ihren wunderschönen dunklen Augen zeigte. Sie schüttelte den Kopf, sodass ihr weiches braunes Haar über ihre Schultern flog. »Alle glauben, ich bin dumm und zu nichts zu gebrauchen.«

»Laura Jane«, stöhnte er kläglich und legte seine Hände auf ihre Schultern. »Ich glaube das überhaupt nicht.«

»Warum darf ich dir dann nicht helfen?«

»Weil man bei dieser Arbeit schmutzig wird und ich nicht möchte, dass du dich besudelst.«

Mit einem kindlichen Bedürfnis, ihm zu vertrauen, sah sie zu ihm hoch. »Ist das der einzige Grund? Wirklich?«

»Wirklich.«

Er ließ sie nicht los, wie es sich gehört hätte, sondern be-

80

hielt seine Hände auf ihren Schultern. Sie schaute zu ihm hoch, und ihr Gesicht strahlte in dem weichen bernsteinfarbenen Licht der Stallbeleuchtung. Sie sah wie ein Engel aus, wenn da nicht dieses Feuer wäre, das in ihren Augen loderte. Wenn er es nicht besser gewusst hätte, hätte er dieses Feuer mit sexuellem Verlangen in Verbindung gebracht.

»Ich weiß, dass ich nicht klug bin, aber einige Dinge kann ich ganz gut.«

»Natürlich!« Oh Gott! Ihre Lippen waren weich und feucht und rosa, während sie die Worte formten. Er wollte sie küssen. Was würde er alles dafür geben, sie an sich zu reißen, ihren wunderschönen, anmutigen Körper an seinem schweren, verwundeten und deformierten Körper zu fühlen. Das wäre Balsam für seine Seele.

»Ich bemerke Dinge. Ich weiß zum Beispiel, dass Rink nicht glücklich ist. Er lacht und versucht, so zu tun als ob, aber seine Augen sind traurig. Caroline und er mögen sich nicht. Ist dir das aufgefallen?«

»Ja.«

»Ich frage mich, warum.« Ihr Gesicht legte sich vor lauter Konzentrieren in Falten. »Oder vielleicht mögen sie sich sogar sehr gerne, versuchen aber alle anderen davon zu überzeugen, dass sie sich nicht mögen.«

Steve lächelte über ihre Empfindungsgabe. Dieselben Rückschlüsse hatte er nach dem Brunch gezogen, den er mit ihnen am Morgen zu sich genommen hatte. Sie waren beide bereit – entweder für den Kampf oder für die Liebe. Wobei er Letzteres für wahrscheinlicher hielt. Er tätschelte Laura Janes Kinn. »Damit könntest du richtig liegen.«

Sie lächelte ihn an und kam näher. »Du glaubst, ich bin clever? Und hübsch?«

81

Seine dunklen Augen wanderten über ihr Gesicht. »Du bist wunderschön.«

»Ich finde dich auch schön.« Sie hob ihre Finger, die so fein waren wie reines Porzellan, zu seinem Gesicht und fuhr mit ihnen sein hartes Jochbein nach, dann ließ sie sie zu seinem Kinn heruntergleiten.

Er fühlte ihre Berührung nicht nur auf seiner Haut. Dieses Gefühl schoss direkt in seine Lenden. Er atmete schwer und ging einen Schritt zurück, wobei er seine Arme von ihren Schultern fallen ließ.

»Nicht!«, sagte er mit unbeabsichtigter Barschheit.

Laura Jane prallte zurück, als ob er sie geschlagen hätte.

»Oh Gott, Laura Jane, es tut mir leid. Es tut mir leid.« Er streckte seine Arme nach ihr aus, um sie zu trösten, aber er schaffte es nicht. Sie hatte ihr Gesicht in ihren Händen versteckt und weinte still. »Bitte, weine nicht.«

»Ich bin ein schrecklicher Mensch.«

»Schrecklich? Du könntest niemals schrecklich sein.« In seinem ganzen Leben hatte er sich noch niemals so erbärmlich gefühlt. Er war verdammt, wenn er sie berührte, und verdammt, wenn er es nicht tat. Es kam seinem Selbstmord gleich, ihr seine Zuneigung zu zeigen, Rink würde ihn umbringen, wenn er es herausfände. Andererseits, wie konnte er ihr jemals auf diese Weise wehtun, sodass sie sich zurückgewiesen vorkam, ungeliebt, ungewollt? »Du bist wunderbar«, flüsterte er eindringlich. »Du bist so, wie jeder sein sollte.«

»Nein, das bin ich nicht.« Ihr Gesicht war tränenüberströmt. »Ich liebe Rink, seit ich denken kann. Ich dachte, wenn er erst mal wieder zu Hause ist, kommt alles in Ordnung. Ich dachte, er sei der stärkste, hübscheste Mann auf der ganzen Welt. Aber jetzt ist er hier, und mir wird klar, dass das alles nicht stimmt.« Sie befeuchtete die Lippen mit ihrer Zunge. »Denn das bist du.« Ihre kleinen Brüste bebten unter ihrem Sommerkleidchen. Tränen rollten ihr die Wangen hinab. »Steve, ich liebe dich mehr als Rink!«

Bevor er irgendwie reagieren konnte, hatte sie sich bereits an ihn geworfen, ihn flüchtig geküsst und war dann aus dem Stall gerannt.

Das Herz schlug ihm bis zum Hals. Er war gleichzeitig glücklich und niedergeschlagen. Oh Gott, was konnte er nur tun?

Nichts. Absolut gar nichts.

Er löschte die Stalllampen und ging hinüber in seine schöne, aber leere Wohnung am Ende des Gebäudes. Er warf sich auf sein schmales Bett und bedeckte seine Augen mit dem rechten Unterarm. Seit er damals im Armeekrankenhaus aufgewacht war und erfahren hatte, dass er nach Hause fahren würde – allerdings ohne seinen linken Unterschenkel –, war er nicht mehr so verzweifelt gewesen.

»Oh, entschuldige, Rink. Ich habe nicht gesehen, dass du hier bist.«

»Ist schon in Ordnung«, sprach er aus dem Schatten heraus. »Dies ist dein Haus.«

Caroline ließ die Fliegengittertür hinter sich zufallen und setzte sich in einen der Korbsessel. Sie atmete die kühle Abendluft tief ein. Sie schloss müde die Augen und lehnte ihren Kopf gegen die Rückenlehne des Sessels. »Dies ist dein Haus, Rink. Ich bin nur ein Gast, solange ...«

»Solange mein Vater noch lebt.«

»Ja.«

Er antwortete nicht. Er war die ewigen Streitereien leid. »Du warst heute nicht noch einmal im Krankenhaus.«

»Ich habe angerufen. Sie hatten ihn schließlich doch noch zu einer Spritze überreden können, danach ist er eingeschlafen. Der Arzt sagte, ich müsste nicht vorbeikommen. Roscoe würde es überhaupt nicht mitbekommen. Ich fand, ich wäre hier zu Hause sehr viel nützlicher, wenn ich mich um die Baumwollfabrik kümmern würde. Die Erntezeit steht bevor, und wir müssen sicherstellen, dass wir alles vorbereitet haben.«

»Ich möchte nicht dabei sein, wenn Roscoe im Krankenhaus aufwacht und feststellt, dass er einen Tag verloren hat.«

Caroline rieb sich die Stirn, als ob sie bereits unter den Kopfschmerzen leiden würde, die sein wütendes Geschrei bei ihr verursachen würde. »Geht mir auch so.«

»Behandelt er dich öfter so wie heute Morgen?«

»Nein. Niemals. Ich habe gesehen, wie er bei anderen Leuten die Beherrschung verloren hat. Dann bin ich zu ihm gegangen und habe ihn beruhigt. Heute hat er zum ersten Mal seine Wut an mir ausgelassen.«

»Dann hattest du bisher Glück gehabt«, sagte Rink. »Er ist so mit meiner Mutter umgegangen, ständig hat er auf sie eingehackt wegen Kleinigkeiten, die er sich ausgedacht hatte. Gott«, er knallte seine Faust auf die Sessellehne, »es gab Tage, an denen habe ich gewünscht, ich könnte sein Schandmaul mit meiner Faust einschlagen. Sogar als kleines Kind habe ich ihn schon dafür gehasst, dass er sie unglücklich machte, wo sie ihm doch alles gegeben hatte. Alles.«

Er sah zu ihr rüber, und sie hatte den Eindruck, es sei ihm peinlich, ihr seine Gefühle zu zeigen.

»Kann ich dir was zu trinken holen?«, fragte er kurzangebunden.

»Nein, danke.«

Er seufzte in die Dunkelheit. »Entschuldige. Ich habe vergessen, dass du ja nicht trinkst.«

»Nachdem ich in Pete Dawsons Haus aufgewachsen bin? Nein«, sagte sie und lächelte leise dabei, »ich trinke nicht.«

»Dann will ich auch nichts.« Er beugte sich über seine Sessellehne und setzte sein Whiskyglas auf dem Boden ab.

»Ach nein, bitte. Es stört mich nicht. Es riecht an dir anders als an ihm.«

Diese Bemerkung war viel zu persönlich. Sie sah ihn an, um herauszufinden, ob er irgendetwas in das, was sie gesagt hatte, hineininterpretieren würde. Seine goldenen Augen hielten ihren Blick durch die Dunkelheit, die sie trennte. Sie schaute als Erste weg.

»Mrs. Haney hat mir erzählt, dass dein Vater gestorben ist«, sagte Rink schließlich. Er ließ das Glas auf der Veranda stehen.

»Ja. Man hat ihn eines Morgens tot in einem Graben am Highway gefunden. Der Leichenbeschauer meinte, er wäre an einem Herzinfarkt gestorben. Ich glaube, er hatte sich letztlich selber vergiftet.«

»Und deine Mutter?«

»Sie starb vor einigen Jahren.« Sie blickte ins Dämmerlicht, ohne etwas zu sehen. Ihre Mutter war kaum fünfzig geworden. Trotzdem war sie eine gebeugte, runzlige alte Frau gewesen, als sie vor Erschöpfung und Verzweiflung starb.

Rink stand aus seinem Sessel auf und setzte sich auf die oberste Treppenstufe, um näher bei ihr zu sein. Er verschränkte seine Knöchel und lehnte sich zurück, wobei er sich auf seine Ellbogen stützte. Seine Schulter stieß an den Rahmen ihres Sessels, gefährlich dicht an ihrer Wade. »Caroline, erzähl mir, was du gemacht hast nach diesem Sommer, als ich weg war?«

Sie sehnte sich danach, nach unten zu greifen, in sein Haar zu fassen und seine dicken Strähnen mit ihren Fingern zu durchkämmen. Die männliche Kraft seines schlanken, sehnigen Körpers war immer zu sehen, egal ob er sich gerade bewegte oder einfach nur ruhig dasaß.

»Ich habe die Highschool abgeschlossen und bekam ein Stipendium am College.«

»Ein Stipendium? Wie denn?« Er riss den Kopf herum, dabei stieß sein Kinn an ihr Schienbein. Er zuckte schnell zurück.

»Das weiß ich nicht.«

Er setzte sich auf, drehte sich zu ihr und sah sie fragend an. »Du weißt es nicht?«

Sie schüttelte den Kopf. Sie konnte ihre Gedanken nicht ordnen. Sie waren bei seiner Berührung wie Blätter im Herbstwind durcheinandergewirbelt. Jetzt saß er mit angezogenen Knien da, seine Arme hatte er locker um seine Beine gelegt. Er müsste seine herabhängenden Finger nur ein bisschen anheben, um ihr Bein berühren zu können.

Er wartete auf eine Erklärung, also riss sie sich zusammen und fing an zu erzählen, zuerst zögerlich. »Eines Tages rief mich der Direktor der Highschool in sein Büro. Das war wenige Tage vor dem Abschluss. Er sagte, ich hätte über einen Wohltäter ein Stipendium erhalten. Dieser Mensch hatte den Wunsch, anonym zu bleiben. Ich bekam sogar fünfzig Dollar Taschengeld im Monat. Bis heute weiß ich nicht, wer mir das ermöglicht hat.«

»Mein Gott«, flüsterte er. Mrs. Haney hatte ihm in einem ihrer mit Tratsch vollgestopften Briefe geschrieben, dass »das

Dawson-Mädchen« aufs College ging (»Du wirst dich wahrscheinlich nicht an sie erinnern, sie war einige Klassen unter dir. Das Kind vom alten Pete Dawson. Na, jedenfalls ist
sie auf und davon, um aufs College zu gehen, und alle fragen sich, wie sie sich das leisten kann.«) Und viel später hatte
er einen Brief von Laura Jane bekommen (»Daddy hat mir
heute erzählt, dass jemand namens Caroline Dawson einen
Jungen vom College geheiratet hat. Er sagte, dass sie früher
hier gewohnt hat und du sie vielleicht noch kennst.«).

»Nachdem ich mein Diplom hatte, bin ich wieder herge-
zogen«, fuhr Caroline fort.

»Deine Ehe hat wohl nicht lange gehalten.«

Seine absichtlich beiläufige Bemerkung verblüffte Caroline. »Ehe?«

»Mit dem Kerl, den du am College kennengelernt hast.«

Sie sah ihn an, als ob er den Verstand verloren hätte. »Ich
weiß nicht, worüber du sprichst, Rink. Ich hatte noch nicht
einmal einen Freund da, geschweige denn einen Ehemann.
Um das Stipendium nicht zu verlieren, musste ich einen
Zweier-Durchschnitt halten. Ich habe die ganze Zeit gelernt.
Wie um alles in der Welt kommst du auf die Idee, ich hätte
geheiratet?«

Auch Rink war geschockt. Hatte Laura Jane sich das ausgedacht? Nein. Laura Jane hatte Caroline erst kennengelernt,
als sie anfing, für Roscoe zu arbeiten.

Roscoe.

Er hatte durchaus einen Verdacht. Was ihm da einfiel, war
zu teuflisch, um diesen Gedanken weiterzuspinnen. Aber
wenn Roscoe beteiligt war... »Mir war zu Ohren gekommen, dass du geheiratet hast. Ich weiß nicht mehr, wer es
mir erzählt hat.«

»Wer immer es war, hat dir etwas Falsches erzählt. Meine erste Ehe ist die mit ...«

»Meinem Vater.«

Nach einem betretenen Schweigen fragte Caroline endlich, was sie seit vielen Jahren beschäftigt hatte. »Was ist mit dir und Marilee geschehen?«

»Es war der reinste Rosenkrieg«, sagte er mit einem kurzen Lachen. Caroline sagte nichts. Sie saß sehr steif da, ihre Finger ineinander geflochten. »Unsere Ehe war von Anfang an zum Scheitern verurteilt. Sie wollte das Baby genauso wenig wie ich. Sie benutzte es als Falle, um mich zur Ehe zu zwingen. Nach Alyssas Geburt begannen wir mit den Scheidungsvorbereitungen.«

»Siehst du das Kind überhaupt? Alyssa?«

»Nein. Nie«, sagte Rink. Sein Gesichtsausdruck war unergründlich, aber sein Ton zeigte deutlich an, dass das Thema damit beendet war. Es ging Caroline sehr nahe, dass er sein einziges Kind nicht liebte. Wie konnte jemand nur so gefühllos sein? Viele Jahre lang hatte sie sich nach ihrem Sommer damals gewünscht, sie hätte ein Kind von ihm. Dann wäre ein Teil von ihm immer bei ihr gewesen, ein Teil, den sie hätte lieben können, wenn er selbst schon nicht bei ihr sein konnte.

»Als die Scheidung endlich durch war – es hat Jahre gedauert –, habe ich mich darauf konzentriert, die Fluggesellschaft an den Start zu bringen.«

»Ich bin sehr stolz darauf, dass du das geschafft hast, Rink«, sagte sie mit einer Stimme, die so weich und aufrichtig klang, dass er ihr in die Augen sehen musste.

Er lächelte trocken. »Na ja, ich habe schon wie blöd daran gearbeitet, dass es funktioniert. Es hat mich beschäftigt und mich davon abgehalten, an andere ... Dinge zu denken.«

»Welche anderen Dinge? Dein Zuhause?«

Seine Augen blieben lange Zeit auf ihre geheftet. Er blickte sie hart und durchdringend an.

»Ja«, sagte er kurz und stand auf. Er drehte ihr den Rücken zu und lehnte sich mit der Schulter an einen der Holzpfosten. »*The Retreat*. Laura Jane. Meinen Vater. Die Entkörnungsanlage. Winstonville war mein Zuhause. Ich hatte nie vorgehabt, es zu verlassen.«

»Du hast dir in Atlanta ein neues Leben aufgebaut.«

»Ja.« Aber nichts Besonderes, hätte er noch hinzufügen können. Sein Haus war zu neu, zu protzig. Es hatte weder Charakter noch Stil. Die Partys waren zu laut. Die Frauen… Die Frauen waren zu schick, zu welterfahren, zu falsch. Er durchschaute sie, so wie sie ihn.

Das Leben, das er führte, war eine Scharade. Nicht, dass er nicht glücklich wegen Air Dixie gewesen wäre. Das war er. Auf seine Fluggesellschaft konnte er mit Fug und Recht stolz sein, schließlich hatte es ihn Jahre gekostet, bis sie so gut lief wie jetzt.

Aber sein beruflicher Erfolg hatte ihm nie viel bedeutet. Seine Wurzeln waren hier, in seiner Stadt, in dieser satten Flussniederung, in diesem Haus. Jedes andere Leben war nur Augenwischerei. Er würde seinem Vater niemals vergeben, dass er ihn von hier verscheucht hatte. Niemals.

Plötzlich fuhr er Caroline an. »Warum hast du ihn geheiratet?«

Beinahe hätte sie sich unter dem Ansturm seiner Wut geduckt. »Ich werde nicht mit dir über mein Privatleben mit deinem Vater reden, Rink.«

»Ich will gar nichts hören über euer Privatleben. Ich habe dich lediglich gefragt, warum du ihn geheiratet hast. Er ist

89

fast alt genug, um dein Großvater zu sein, um Himmels Willen.« Er trat vor und beugte sich über sie, stemmte seine Hände auf die Lehnen und hielt sie so in ihrem Sessel gefangen. »Warum? Warum bist du überhaupt nach deinem Collegeabschluss hierher zurückgekommen? Für dich gab es hier doch nichts mehr zu tun.«

Ihr Nacken schmerzte, als sie ihn in eine Position zwang, aus der sie Rink ansehen konnte. »Meine Mama lebte damals noch. Ich kam zurück, nahm einen Job bei der Bank an und hatte innerhalb weniger Monate so viel Geld zur Seite gelegt, dass wir aus diesem Schweinestall, der unser Zuhause gewesen war, in ein gemietetes Haus in der Stadt ziehen konnten. In der Bank habe ich deinen Vater kennengelernt. Er war freundlich zu mir. Als er mich gefragt hat, ob ich für ihn in der Baumwollfabrik arbeiten wollte, habe ich zugesagt. Er zahlte mir doppelt so viel wie die Bank, und das ermöglichte mir, meine Mutter mit so etwas wie Würde zu beerdigen.«

Sein Atem traf in schnellen Stößen auf ihr Gesicht. Dunkle Strähnen seines gewellten Haars fielen ihm in die Stirn. Seine Hemden schienen nie für lange zugeknöpft zu bleiben. Dieses stand auch offen. Ihre Augen waren auf gleicher Höhe mit seiner muskulösen Brust. Er war männlich, er strotzte vor Energie, er war attraktiv, gefährlich attraktiv. Sie wollte die Augen vor seiner Anziehungskraft verschließen.

»Nach einer Weile kam ich hierher, um zu arbeiten, anstatt in das Büro in der Gin.«

»Ich wette, das hast du genossen, diese Einladungen ins Haus.«

»Ja, das habe ich«, rief sie zu ihrer Verteidigung aus. »Du weißt genau, wie sehr ich *The Retreat* immer geliebt habe.

Für das naive kleine Mädchen, das durch den Wald zur Arbeit geht, war es, als ob es ein Märchenschloss betreten würde. Das leugne ich gar nicht.«

»Erzähl weiter. Ich bin ganz fasziniert. War mein Vater der Prinz in deinem Märchen?«

»Natürlich nicht. So war es ganz und gar nicht. Nach Mamas Tod habe ich mehr Zeit hier verbracht. Mit der Zeit hat er sich in geschäftlichen Dingen auf mich verlassen. Laura Jane und ich wurden Freundinnen. Roscoe hat das unterstützt, weil sie keine gleichaltrigen Freunde hatte.«

Hastig befeuchtete sie ihre Lippen. Gierig verfolgte er die Bewegung ihrer Zunge. »Es passierte allmählich. Es erschien richtig, weil ich sowieso schon so viel Zeit hier verbrachte. Als er mich bat, ihn zu heiraten, sagte ich ja. Er konnte mir all das bieten, was ich jemals haben wollte und auf keine andere Weise bekommen hätte.«

»Einen neuen Namen.«

»Ja.«

»Kleider.«

»Ja.«

»Geld.«

»Ja.«

»Ein schönes Haus.«

»Das ich schon immer geliebt habe.«

»Und für diese Dinge hast du dich an meinen Vater verkauft!«, zischte er.

»So könnte man es auch sehen.« Sein Abscheu gab ihr das Gefühl, schmutzig zu sein. Sie suchte Zuflucht in weiteren Rechtfertigungen. »Ich wollte als Freundin immer für Laura Jane da sein. Ich wollte deinem Vater helfen.«

»Also hast du aus selbstlosen Motiven gehandelt.«

91

»Nein«, gab sie zu und senkte den Blick. »Ich wollte in *The Retreat* leben. Ich wollte den Respekt, den ich als Roscoes Ehefrau von den anderen bekommen würde. Ja, all das wollte ich. Und um das zu verstehen, müsstest du in einer Baracke aufgewachsen sein, müsstest du wissen, wie es ist, jeden Tag von der Hand in den Mund zu leben, schäbige Klamotten zu tragen, wenn die anderen Mädchen farblich aufeinander abgestimmte Pullover und Röcke anhatten, jeden Tag nach der Schule arbeiten gehen zu müssen, auch am Sonntag, während die anderen Kids in ihren schicken Cabrios herumfuhren oder ins Eiscafé oder zu Footballspielen gingen, und du müsstest das Kind eines stadtbekannten Säufers sein, Rink Lancaster!«

Als sie seinen Namen ausrief, schoss sie aus ihrem Sessel hoch, aber er rührte sich nicht. Sie stießen heftig zusammen. Er schloss seine Hände fest um ihre Oberarme und hielt sie sicher an sich gepresst. Sie atmeten abgehackt und schwer, als ob sie gerade schnell gerannt wären.

Sie hob ihren Kopf nicht, um ihn anzusehen. Würde sie es tun, wüsste sie nicht, was geschehen würde. Also starrte sie das V seines Ausschnittes an, sah den rasenden Puls dort. Ihre untere Körperhälfte fühlte sich vor lauter Leidenschaft schwer, zäh und schwach an. Sie konnte kaum sprechen. »Bitte, lass mich gehen, Rink. Bitte.«

Er beachtete ihre Bitte nicht. Stattdessen legte er sein Gesicht auf die rechte Seite ihres Halses. Hilflos fiel ihr Kopf zurück. Seine Lippen bewegten sich über ihre Haut hin und zurück und hinterließen den feuchten Dampf seines Atems, der sie kühlte und erregte.

»Obwohl ich weiß, dass du mit meinem Vater verheiratet bist, und obwohl ich die Gründe kenne, wie es dazu gekommen ist, will ich dich. Warum nur?« Mit rasender Leidenschaft wanderte sein Mund auf die andere Seite ihres Halses. Sie neigte den Kopf, um ihm Platz zu machen.

Schwach bekämpfte sie ihre eigene Reaktion auf ihn. »Nein, Rink, nein.«

»Ich will dich so sehr, dass es schmerzt.« Er bedeckte ihren Hals mit heißen, drängenden Küssen. Seine Lippen saugten leicht an ihr. »Ich will dich. Warum, verdammt noch mal, warum?«

Caroline stöhnte. »Oh Gott, steh mir bei«, keuchte sie. Nichts auf der Welt wollte sie mehr, als sich ihm hinzugeben. Sie brauchte ihn, wie er sie brauchte, um das jahrelange Elend zu mildern, in dem sie beide gelebt hatten. Einige kostbare Augenblicke lang wollten sie alles andere außer sich selbst vergessen.

Aber es war unmöglich. Diese Erkenntnis gab ihr die Kraft, ihm zu widerstehen und es noch einmal zu schaffen, von ihm loszukommen.

Genauso schnell, wie er sie in den Arm genommen hatte, ließ er sie jetzt los, seine Hände fielen zu beiden Seiten herab. Er trat zurück, und atmete dabei schwer und schnell. Sie eilte zur Eingangstür.

»Caroline.« Der Ton seiner Stimme hielt sie auf und befahl ihr, sich zu ihm umzudrehen. »Ich war noch nie besonders gut darin, Dinge zu akzeptieren, die ich nicht mochte. Ich hatte kein Recht, dich dermaßen in die Mangel zu nehmen. Es geht mich nichts an.«

Durch ihre Tränen konnte sie ihn nur noch verschwommen ausmachen. Sie wusste, wie viel Stolz er hatte besiegen müssen, um das zuzugeben. Sie lächelte ihn sanft an auf eine Art, die vieles von dem sagte, was sie nicht laut aussprechen durfte. »Wirklich nicht, Rink?«, fragte sie ruhig. Dann ging sie ins Haus und hoch in ihr Schlafzimmer.

»Hi.«

»Was machst du da?«

»Ich angle.« Er deutete mit dem Kopf auf den Zuckerrohrstängel, den er in den Morast am Ufer gesteckt hatte. Die Schnur hing im Wasser. Er war kein ehrgeiziger Angler. »Du bist heute früher dran als gestern.«

Sie errötete und wendete sich von seinem umwerfenden Lächeln ab. Als sie vor einer halben Stunde ihr Zuhause verlassen hatte, hätte sie darauf schwören können, dass nicht mal die geringste Chance darauf bestand, dass er sich im Wald aufhielt, oder wenn doch, dass sie Zeit hätte, ein wenig bei ihm zu bleiben. Sie hatte sich sehr sorgfältig angezogen und trug ihren besten Rock mit ihrer besten Bluse, sie hatte ihre Haare nach der Wäsche so lange gebürstet, bis ihre Kopfhaut prickelte. Sie hatte sogar ihre Fingernägel maniküert.

Als sie letzte Nacht aus seinem Auto ausgestiegen war, war sie nach Hause gerannt. Er hatte sie geküsst. Und er war hinterher so zärtlich gewesen und hatte sie gefragt, ob es ihr gut ginge. Aber sie hatte nicht angenommen, dass sie ihn jemals wiedersehen würde.

Aber jetzt saß er hier, unter den Weiden, in seinen kurz abgeschnittenen Jeans und einem ärmellosen T-Shirt, und sah so selbstsicher und attraktiv aus wie ein Filmstar. Die Muskeln seiner athletischen Arme und Beine traten hervor. Die Behaarung auf seinen Extremitäten faszinierte sie, aber wenn sie ihn zu lange ansah, bekam sie Schmetterlinge im Bauch.

»Mrs. Haney, das ist unsere Haushälterin, hat mir ein paar Brote eingepackt. Magst du geräucherten Truthahn?«

»Das weiß ich nicht. Habe ich noch nie gegessen.«

»Na, dann stehst du jetzt kurz davor«, sagte er grinsend. Er breitete eine Decke auf dem Gras aus und bot ihr einen Platz darauf an. Dann öffnete er einen Deckelkorb und gab ihr ein in Folie eingewickeltes Sandwich. Während sie aßen, unterhielten sie sich.

»Willst du in der Baumwollfabrik arbeiten? Übrigens schmeckt geräucherter Truthahn köstlich.«

»Freut mich, dass er dir schmeckt.« Er lehnte sich mit dem Rücken an einem Baumstamm und kaute. »Ich nehme an, dass ich das werde«, sagte er nachdenklich. »Wenn Vater und ich uns bei einigen Dingen jemals einigen können.«

Sie wollte gerne fragen, um welche Dinge es ging, tat es aber nicht. Er würde denken, dass sie sich in seine Angelegenheiten einmischte.

Aber er sah sie an, sah, wie sie ihm aufmerksam zuhörte, und sprach weiter. »Weißt du, Vater will nicht auf die Gewinne zurückgreifen, um die Gin zu verbessern. Er ist mit ihr zufrieden, wie sie ist. Man könnte sie auf viele Arten verbessern, sie erneuern und zu einem sichereren Arbeitsplatz für die Arbeiter machen. Ich konnte ihn bisher nicht davon überzeugen, dass sich einige größere Investitionen auf lange Sicht bezahlt machen werden.«

»Vielleicht könntet ihr euch für den Anfang auf ein paar kleinere Veränderungen einigen?«

»Vielleicht«, sagte er zweifelnd. Er langte in den Deckelkorb und zog eine Saftdose heraus. Er zwinkerte ihr zu. »Für eine Dose kaltes Bier würde ich sterben. Aber ich hatte Angst, dass ich sofort verhaftet werde, wenn ich erwischt

95

würde, wie ich mit einem so jungen Mädchen Alkohol trinke.« Wenn sie überrascht würden, wäre die Wahl seines Getränkes das kleinste Problem, das wussten sie beide. Sie aßen ihre Brote, anschließend half Caroline ihm gewissenhaft, die Reste im Korb zu verstauen. Sie übernahm seinen Platz am Baum, er streckte sich seitlich aus und stützte den Kopf auf seinen Ellbogen. Er sah zu ihr hoch.

»Worüber denkst du nach?«, fragte er.

Sie sah ihm in die Augen. »Über deine Mama.«

»Mutter?« Er konnte die Überraschung in seiner Stimme nicht verbergen.

»Ich war traurig, als ich erfuhr, dass sie gestorben war, Rink. Sie war eine sehr nette Frau.«

»Wo hast du sie kennengelernt?«

»Habe ich nicht, aber sie kam manchmal zu Woolworth. Ich habe immer gefunden, dass sie die … feinste Person war, die ich je gesehen habe.«

Rink lachte. »Ja, das war sie. Ich kann mich nicht daran erinnern, sie jemals anders als makellos gesehen zu haben.«

»Sie war so schön und immer wunderbar angezogen.« Ihr Gesichtsausdruck war weich. »Woran ist sie gestorben, Rink?«

Er studierte ihren Rocksaum, fuhr mit dem Zeigefinger über die lange Reihe winziger handgenähter Stiche.

»An einem gebrochenen Herzen«, sagte er mit leiser Stimme.

Caroline sah, wie traurig er war, und es machte ihr das Herz schwer, ihn so zu sehen. Sie wollte seinen Kopf an ihre Brust ziehen, um ihn zu trösten und ihre Finger durch sein Haar gleiten lassen. »Wie kann man nur ein gebrochenes Herz haben, wenn man in einem Haus wie dem eurem leben kann?«

Er ignorierte ihre Frage und stellt seine eigene. »Dir gefällt *The Retreat*?«

Ihre Augen glänzten. »Es ist das schönste Haus auf der ganzen Welt«, sagte sie ehrfürchtig, und er musste lachen. Sie errötete. »Jedenfalls ist es das schönste Haus, das ich je gesehen habe.«

Er wirkte überrascht. »Warst du schon mal drinnen?«

»Oh nein, noch nie. Aber ich bin schon oft dran vorbeigegangen. Es gefällt mir, in seiner Nähe zu sein und es einfach nur anzusehen. Ich würde alles dafür geben, in so einem Haus zu leben.« Sie sah unbehaglich zur Seite. »Du denkst wahrscheinlich, dass ich verrückt bin.«

Er schüttelte den Kopf. »Ich liebe *The Retreat* auch. Und ich kann es auch immer wieder ansehen, ohne dass es mir über ist. Eines Tages lade ich dich ein, damit du dich im Haus umsehen kannst.«

Sie wussten beide, dass er das nie tun würde, und einen Moment lang konnten sie sich nicht in die Augen blicken. Schließlich sagte Caroline: »Deine kleine Schwester ist sehr hübsch. Ich habe sie ein paarmal mit eurer Mutter gesehen.«

»Sie heißt Laura Jane«.

»Ich habe sie aber noch nie in der Schule gesehen. Geht sie auf eine Privatschule?«

Rink pflückte einen schwertförmigen Grashalm ab und biss auf dessen Stängel. Seine Zähne waren sehr gerade und sehr weiß. »Auf eine Schule für zurückgebliebene Kinder. Sie ist nicht sonderlich zurückgeblieben, aber ihr Verstand hatte es in seiner Entwicklung nicht sehr eilig. Sie lernt nicht so schnell wie andere Kinder.«

Carolines Wangen brannten. »Entschuldige... Es tut mir leid... Ich wusste nicht...«

»Hey,« sagte er und nahm ihre Hand. »Ist schon in Ordnung. Laura Jane ist ein tolles Mädchen. Ich liebe sie sehr.«

»Sie hat sehr viel Glück, einen Bruder wie dich zu haben.« Er legte seinen Kopf wieder in seine Hand und sah schelmisch zu ihr hoch. Das Sonnenlicht glitzerte auf dem schwarzen Ring seiner Augenlider. »Findest du?«

»Ja.«

Gefesselt versanken sie in den Augen des anderen, und Worte wurden überflüssig. Sein Blick fiel auf ihre Hand, die auf ihrer Hüfte lag. Er nahm sie, drehte sie um und betrachtete die noch nicht sehr ausgeprägten Linien in ihrer Handfläche. Er wanderte mit den Fingern von ihrer Hand bis zu der empfindlichen Grube in ihrem Ellbogen. Bei seiner Berührung breitete sich ein Prickeln über ihren ganzen Körper aus. In ihrer Brust fühlte sie ein beunruhigendes Zucken, und sie wunderte sich über ihre Brustwarzen, die hart wurden und anschwollen.

»Ich muss bald los«, sagte sie atemlos.

»Ich wünschte, du müsstest nicht gehen«, sagte er heiser. Langsam hob er seine Augen, um sie anzusehen. »Ich wünschte, wir könnten den ganzen Tag hier verbringen und miteinander reden.«

Ihr Herz hämmerte. In ihren Ohren sauste ein Sturmgeheul, das alle anderen Geräusche außer seiner Stimme niederrang. »Ich bin mir sicher, dass viele deiner Freunde in der Stadt unterwegs sind, mit denen du zusammen sein könntest. Sie reden doch mit dir, oder?«

»Sie reden nur alle durcheinander«, sagte er. »Da ist keiner dabei, der zuhört, einfach nur zuhört, so wie du, Caroline.«

Seine goldenen Augen hielten ihre gefangen. Langsam setzte er sich auf. Seine Hand schob sich am Nacken unter ihre

Haare und umfasste die schlanke Säule. Er zog sie ganz nah an sich heran, und sie ließ sich ohne den geringsten Widerstand zu ihm ziehen, bis ihre Lippen sich berührten. Sie verschmolzen miteinander, stöhnten ihre Befriedigung heraus zum Wohlbefinden des anderen.

Seine Lippen waren so zärtlich wie in der letzten Nacht, aber ihre süße Bereitwilligkeit erregte ihn diesmal rasch. Sein Kuss wurde schnell drängender.

Caroline wurde von ihrer Leidenschaft mitgerissen, sie war berauscht von seinem Geschmack, seinem Geruch, dem Druck seines Körpers auf ihrem. Bald lag sie über seinen nackten Beinen, und er beugte sich über sie. Seine Zunge tanzte wild in ihrem Mund, während ihre Finger sich in seine schwarze Mähne krallten.

Er hob ein wenig den Kopf, keuchte und presste heiße Küsse auf ihr Gesicht. »Caroline, du musst dich gegen mich wehren. Sag nein. Lass mich das nicht mit dir tun.« Er schob ihren Blusenkragen zur Seite, sodass seine Hand unter den Stoff gleiten konnte. Ihre Haut war warm und weich wie Seide an seiner Hand. Er spielte mit ihrem BH-Träger. Seine Fingerspitzen streiften ihre Haut, und er stöhnte. »Du bist noch ein Kind. Ein *Kind*. Gott, steh mir bei. Du bist nicht alt genug, um es besser zu wissen, aber ich schon. Wir spielen mit dem Feuer, Süße. Halt mich auf. Bitte.«

Wieder küsste er sie, innig und lange.

Tief in ihrem Inneren wurde sie immer unruhiger. Ihre Beine zuckten vor Erregung. In ihren Brüsten pochte es schmerzhaft, und sie wollte sie am liebsten mit ihren Händen bedenken. Mit seinen Händen. Sie warf die Arme um seinen Hals und zog sich hoch.

Aber er machte sich von ihr los, schnappte nach Luft

und presste seine Augen dabei fest zusammen. »Das kann so nicht weitergehen, Caroline. Wenn wir nicht damit aufhören, wächst uns das alles über den Kopf. Verstehst du, wovon ich spreche?«

Sie nickte stumm und wünschte, er würde sie wieder halten, sie weiterküssen, dass seine Hände sie überall berührten.

Er zog sie auf ihre Füße und hielt sie fest, da sie gegen ihn fiel. Er streichelte ihren Rücken, hauchte leise Worte in ihr Haar. Völlig unbefangen schlang sie ihre Arme um seine Taille. Als er sie von sich wegschob, lächelte er bedauernd. »Ich würde es mir nie verzeihen, wenn du wegen mir deinen Job verlierst«, flüsterte er.

»Oh, mein Gott!«, rief sie und hob die Hände an ihre glühenden Wangen. »Wie spät ist es?«

»Du kommst noch pünktlich, wenn du sofort gehst.«

»Mach's gut«, sagte sie, stopfte ihre Bluse in den Bund ihres Rockes und schüttelte ihr Haar aus, um es zu ordnen.

Er griff nach ihrer Hand: »Ich kann dich heute Abend nicht abholen.«

»Das habe ich auch nicht erwartet, Rink«, sagte sie aufrichtig.

»Ich möchte es zwar, aber ich habe schon ältere Pläne für heute.«

»Es ist in Ordnung. Wirklich.« Sie bewegte sich langsam zum Rand der Lichtung. »Danke fürs Mittagessen.« Sie drehte sich herum und schoss durch die Bäume. Er raste hinter ihr her.

»Caroline!«, rief er so herrisch, dass sie mitten im Lauf anhielt und sich zu ihm umdrehte.

»Ja?«

»Wir sehen uns morgen. Hier. Okay?«

Als sie ihn anlächelte, machte das Leuchten auf ihrem Gesicht dem Glanz der Sonne Konkurrenz. »Ja«, rief sie ihm zu und lachte. »Ja… ja… ja…«

Er traf sie dort am nächsten Tag und am Tag darauf und wieder am Tag darauf und an den meisten Tagen während der nächsten Wochen. Und wenn er es schaffte, holte er sie an irgendeinem Punkt ihres Nachhauseweges ein.

Caroline rollte sich auf ihre Seite und starrte durch die Äste vor ihrem Fenster den Mond an. Wie herrlich waren diese fernen Tage gewesen! Plötzlich war ihr Leben so aufregend, und sie genoss die Gefühle, die seine Küsse bei ihr auslösten und die sie gleichzeitig unzufrieden machten, weil alles in ihr nach mehr schrie. Er teilte seine Zukunftsträume mit ihr, und sie erzählte ihm ihre Geheimnisse. Sie gingen so vertrauensvoll miteinander um, wie sie es noch mit niemandem erlebt hatten.

Jede gestohlene Stunde, die sie miteinander verbrachten, trug einen goldenen Schein, und das lag nur teilweise an der Sommersonne. Weil es nämlich an einem Tag, an dem sie sich trafen, geregnet hatte.

Dieser Tag wurde der goldenste von allen.

Caroline schluchzte einmal auf, dann ließ sie ihren Tränen freien Lauf. Sie betete um Vergebung, rechnete aber nicht damit, dass sie freigesprochen würde. Denn sie versuchte, um ihren Ehemann Roscoe zu weinen, aber ihre Tränen galten Rink, ihrer großen Liebe.

5

Caroline schlief länger, als sie vorgehabt hatte. Sie zog ihren Morgenmantel über und ging hinunter in die Küche, um sich eine Tasse Kaffe zu holen, bevor sie sich in der Bibliothek an die Arbeit machen wollte. Mrs. Haney summte vor sich hin, während sie die Teller spülte. Für automatische Geschirrspüler hatte sie nur Verachtung übrig.

»Guten Morgen. Sie klingen fröhlich.«

»Rink hat gut gefrühstückt«, sagte sie strahlend.

Caroline lächelte. Die Haushälterin sprach über ihn, als ob er vier Jahre alt sei. »Er ist schon wach und auf den Beinen?«

»Aber ja.« Mrs. Haney wies mit dem Kopf zur Hintertür, und Caroline trank einen Schluck Kaffee, während sie dorthin ging. Rink stand neben einem der preisgekrönten Lancaster-Pferde und sprach mit Steve. Sie beobachtete, wie er sich in den Sattel schwang und seine Füße, die in Stiefeln steckten, in die Steigbügel schob. Der Hengst tänzelte überheblich herum, bis Rink entschlossen am Zügel zog. Das Pferd reagierte sofort, und als Rink Steve dankend zugenickt hatte, verschwanden Ross und Reiter quer über die Wiesen in Richtung Straße.

Caroline sah ihm hinterher, solange er zu sehen war. Im frühen Morgenlicht war sein Haar schwarz und glänzend wie

Pech. Die Muskeln an seinem Rücken und seinen Schenkeln spannten sich, als er mühelos über einen Zaun sprang und das Pferd in den Wald lenkte.

Als Caroline sich abwandte, sah sie, dass Mrs. Haney sie neugierig betrachtete. Nervös fasste sich Caroline an die Kehle. »Ich muss einige Anrufe erledigen, ich gehe dann jetzt in die Bibliothek«, plapperte sie los und verließ eilig die Küche. Sie konnte nicht gegen ihre Schwäche für Rink ankommen, aber sie musste aufpassen, dass niemand sonst davon Wind bekam.

Die Schwester im Krankenhaus hatte wenig Neues zu berichten, als sie dort anrief. »Er ist noch nicht wach. Er hat fast die ganze Nacht geschlafen. Einmal ist er aufgewacht, aber wir haben ihm gleich ein weiteres Beruhigungsmittel gegeben.«

»Danke«, sagte sie, legte auf und wählte Grangers Nummer. »Gibt es etwas, das ich tun sollte und an das ich bisher nicht gedacht habe?«, fragte sie den Anwalt. »Ich möchte nicht so dreist sein und den Anschein erwecken, dass ich irgendwas mit Roscoes geschäftlichen oder privaten Angelegenheiten zu tun habe, aber ich würde mich gerne nützlich machen, soweit ich kann.«

»Ich würde dich niemals für dreist halten«, sagte Granger freundlich. »Und es ist dein Recht, dir Sorgen zu machen.«

»Ich mache mir keine Sorgen um mich. Ich möchte bloß sichergehen, dass Laura Jane gut versorgt ist. Und Rink natürlich auch.«

Der Anwalt schwieg, und Caroline wusste, dass er sich selbst an seine berufliche Schweigepflicht erinnerte. »Ich kenne nicht alle von Roscoes Vorkehrungen, Caroline. Ich schwöre bei Gott, dass es so ist. Vor einigen Jahren hat er ein

103

neues Testament aufgesetzt, und er hat mich dabei um Rat gefragt. Ich bin überzeugt, dass er einige Vorkehrungen für dich getroffen hat. Ich glaube nicht, dass uns Überraschungen erwarten.«

Sie hoffte stark, dass er recht hatte, aber behielt ihre Befürchtungen diesbezüglich für sich. Sie besprachen noch einige unbedeutendere geschäftliche Dinge und verabschiedeten sich danach voneinander.

Kaum hatte sie aufgelegt, klingelte das Telefon wieder. »Hallo?«

»Mrs. Lancaster?«

Der Lärm im Hintergrund verriet ihr, dass der Anruf aus der Entkörnungsanlage kam. »Ja.«

»Barnes hier. Erinnern Sie sich an die Maschine, von der ich Ihnen gestern erzählt habe? Heute Morgen klang sie, als ob sie ihre eigenen Eingeweide zermahlen würde, also haben wir sie abgestellt.«

Caroline rieb sich die rechte Schläfe. Sie konnten sich einen Maschinenschaden der schlimmeren Art nicht leisten, jetzt, wo die Erntezeit bevorstand. Die Cotton Gin trennte die Samenkapseln von den Baumwollfasern. Mit nur einem einzigen Maschinenstillstand konnte man während der Ernte viele wertvolle Produktionsstunden verlieren.

»Ich komme gleich rüber«, sagte sie schnell.

Während sie die Treppenstufen hinaufeilte, kippte sie den Rest ihres inzwischen kalt gewordenen Kaffees hinunter. Innerhalb einer halben Stunde hatte sie gebadet und sich angemessen mit einem Popeline-Rock und einem Stricktop gekleidet. Sie trug Schuhe mit flachen Absätzen. Ihre Haare hatte sie zu einem Pferdeschwanz im Nacken zusammengefasst und ein knallig gemustertes Tuch darum gebunden.

Wenn sie zur Fabrik ging, war sie immer einfach gekleidet. Ein Grund dafür war, dass es sonst unpraktisch gewesen wäre. Der andere Grund, der schwerer wiegte, war ihre Absicht, dass die Arbeiter sie als eine der ihren ansehen sollten und nicht nur als die Frau vom Boss.

Sie rief Mrs. Haney einen Gruß zu und erklärte, wohin sie ging. Dann griff sie ihre Tasche und rannte aus der Haustür. Rink lenkte gerade den Hengst wieder zum Stall. Als er sie sah, warf er dem wartenden Steve die Zügel zu und lief rüber zu ihr.

»Wohin gehst du so schnell? Ins Krankenhaus?«

Sein Gesichtsausdruck sagte ihr, dass Rink annahm, sie hätte es eilig, weil der Zustand seines Vaters sich verschlechtert hatte. Trotz der Spannungen zwischen ihnen dachte Caroline, dass Rink sich etwas aus seinem Vater machte und es furchtbar fand, wie sehr er leiden musste. Sie beruhigte ihn umgehend. »Nein. Da habe ich vorhin angerufen. Roscoe war noch nicht wach, aber sie versicherten mir, dass er eine ziemlich friedliche Nacht hinter sich hatte. Ich muss zur Gin.«

»Probleme?«

»Ja, mit einer der Maschinen.«

Er nickte. »Ist es schlimm?«

»Könnte sein. Der Vorarbeiter musste sie stilllegen.« Sie sah, wie er fieberhaft überlegte, und ehe sie nachdenken konnte, ob sie klug handelte, fragte sie ihn: »Willst du mitkommen, Rink?« Er blickte sie forsch an, und er musste kräftig schlucken. »Vielleicht könntest du sie dir mal ansehen und herausfinden, was kaputt ist. Ich vertraue deinem Urteil. Jeder andere würde vielleicht versuchen, einen Vorteil aus meiner jetzigen Situation zu ziehen.«

Er sah sie so lange und so nachdenklich an, dass sie schon damit rechnete, er würde ablehnen, doch dann streckte er die Hand aus. »Ich fahre.«

Sie ließ die Schlüssel des Lincoln in seine Handfläche fallen, und gemeinsam rannten sie zum Auto und stiegen schnell ein. Er fuhr so, wie er alles andere anpackte: aggressiv. Das Auto verließ aufheulend die Einfahrt, die Reifen schleuderten Kieselsteine in die Luft und zurück blieb eine Staubwolke.

»Hattet ihr vorher schon mal Probleme mit dieser Maschine?«, fragte er sie.

»Ja, ein wenig.«

»Kürzlich?«

»Ja.«

Sie wünschte, er würde weiterreden. In seiner Nähe konnte sie nicht mehr klar denken, da ihre Sinne sich verwirrten. Er roch nach frischer Morgenluft, nach Wind, nach Pferd, nach einem anregenden Duftwasser und – nach Mann. Das Bild, wie er hoch zu Ross saß, stieg wieder vor ihrem inneren Auge auf.

Ganz deutlich erinnerte sie sich an den Tag, an dem er zu ihrer Verabredung auf einem Pferd ohne Sattel geritten kam. Sie war vor dem Tier zurückgewichen, weil es ihr enorm groß erschien. Rink hatte lachend ihre Angst verscheucht und bestand darauf, dass sie mit ihm ritt. Mit Leichtigkeit hatte er sie vor sich auf den Pferderücken gehoben. Glücklicherweise hatte sie an diesem Tag einen Tellerrock an, sodass sie sich rittlings hinsetzen konnte.

Noch heute konnte sie sich daran erinnern, wie sich das struppige Pferdefell an ihren Beinen anfühlte, wusste, wie sich seine Körpermitte an ihrer Hüfte angefühlt hatte, als er sich hinter sie aufs Pferd schwang, wie seine Beine mit den Bewegungen des Pferdes immer wieder an ihre stießen und zurückfielen und wie stark sich seine Arme anfühlten, als er sie um sie legte, um die Zügel zu halten. Sein Körper war warm und ein klein wenig feucht durch seinen angenehmen Schweiß gewesen. Sein Kinn lag auf ihrem Haar. Sogar jetzt noch konnte sie seinen Atem auf ihrer Wange spüren, auf ihren Augenlidern. Er roch heute genauso wie damals, an diesem Tag vor zwölf Jahren.

An den Rest des Rittes, den sie unter einem Dach von niedrigen Ästen zurücklegten, hatte sie kaum noch Erinnerungen, nur das Hämmern ihres Herzens, unter dem seine Hand lag, war ihr noch gegenwärtig. Sie wusste noch, dass sie sich vor nichts anderem fürchtete als davor, es könnte ihm nicht gefallen, wie sie sich anfühlte, als seine Hand ihre Brust streifte. Sie konnte sich die spitzenbesetzte Reizwäsche nicht leisten, die die anderen Mädchen trugen. Ihre weiße Unterwäsche war einfach und zweckmäßig, also nicht besonders schön. Sie hatte sich sehr gewünscht, sich unter seiner Hand weich und verführerisch und sexy anzufühlen. Und sie fürchtete, dass sie das nicht tat.

Als sie jetzt im Auto saßen, sah sie auf seine Hände. Er hatte schöne Hände. Dunkel und stark, schlank und zu den Fingerspitzen zulaufend. Seine Nägel waren einfach quer abgeschnitten. Dunkle Haare wuchsen auf seinen Knöcheln, auf seinem Handrücken und dem Handgelenk.

»Ich helfe dir runter«, hatte er gesagt und seine Hände nach ihr ausgestreckt.

Sie hatte ihr Bein über den Pferderücken geschwungen und ihm ihre Hände auf die Schultern gelegt. Seine Hände hatten ihre Unterarme umfasst, während sie langsam vom Rücken des Tieres glitt. Lange, nachdem sie schon auf dem Boden stand, hielt er sie noch dort, seine Handballen bohrten sich ins Fleisch ihrer Brüste. Und er hatte ihren Namen gesagt.

»Caroline. Caroline.«

Sie zuckte zusammen, als sie merkte, dass seine Stimme nicht Teil ihrer Träumerei war.

»Wie bitte?« Sie sah ihn an, und es war deutlich zu sehen, wie aufgewühlt sie war. Ihre Augen waren verhangen und geweitet von der Erinnerung an den berauschenden Kuss, der dann gefolgt war. Ihre Brust hob und senkte sich in rascher Folge, wie an dem Tag, als seine Hände auf ihre Brüste glitten, um sie in langsamen, kreisenden Kreisen zu massieren, bis ihre Brustwarzen hart wurden.

Rink sah sie seltsam an. »Ich habe dich gefragt, ob du einen eigenen Parkplatz hast.«

»Oh. Ja. Neben der Tür. Er ist gekennzeichnet.«

Er lenkte das Auto in die Parklücke, auf deren Betonboden ihr Name mit Schablonenbuchstaben gemalt worden war, und schaltete den Motor aus. Er sah sie noch einmal mit einem forschen Blick an.

»Willst du jetzt hineingehen?« Er klang nicht davon überzeugt, dass sie es wirklich wollte.

Aber sie musste aus dem Auto fliehen, ihren Erinnerungen entkommen. Fast schrie sie ihm das Ja entgegen, warf die Autotür auf und fiel in ihrer Hast beinahe heraus.

Der Lärm und der Staub in der Entkörnungsanlage waren willkommene Vertraute. Sie trat mit Rink zusammen ein und führte ihn zum Büro seines Vaters.

Rink sah, dass sich nur wenig verändert hatte. Die meisten Arbeiter, die in Gruppen herumstanden, kannte er von früher.

»Barnes!«, rief er aus. »Immer noch hier?«

»Bis zum Tag meiner Beerdigung.« Er schüttelte Rinks Hand wie einen Pumpenschwengel. »Es ist schön, Sie zu sehen, Junge.«

Es kamen weitere Arbeiter, die ihn ebenso enthusiastisch begrüßten. Er fragte sie nach ihren Familienangehörigen und konnte sich sogar noch an Namen erinnern, die andere längst vergessen hätten. Aber diese Leute waren Teil von Rinks Erbe. Solange er lebte, würden sie zu ihm gehören, wie das Blut, das durch seine Adern floss.

»Wo liegt das Problem?«, fragte er Barnes und lief auf die kaputte Maschine zu, die in einer Reihe mit vielen stand.

»Hauptsächlich im Alter«, erwiderte der Vorarbeiter unbehaglich. »Seit Jahren flicken wir diese Maschinen immer wieder, Rink. Ich weiß nicht, wie viel Bastelei die noch aushalten. Besonders, wenn die Ernte dieses Jahr so gut ausfällt wie erwartet. Dann werden wir Tag und Nacht arbeiten müssen.«

Rink hob die Baumwollfasern auf, die als Letztes aus der Maschine gekommen waren, und rieb sie zwischen seinen Fingern. Reste von Blättern und Samenkapseln waren daran. Sowohl Barnes als auch Caroline vermieden den Blickkontakt mit ihm, als er sie scharf ansah. »Nennst du das eine gute Baumwollqualität?«

»Sie war schon einmal besser«, gab Caroline schließlich zu, als Barnes stumm blieb.

»Die Lancaster-Maschinen haben immer standardgemäß gute und bessere Qualität hergestellt. Was zum Teufel geht hier vor?«

»Lass uns ins Büro gehen, Rink«, schlug Caroline leise vor. Sie drehte sich um und ging voraus, in der Hoffnung, dass

Rink ihr folgen würde und er sie vor den Arbeitern nicht betteln ließ.

Sie saß im lederbezogenen Stuhl hinter dem Schreibtisch, als er durch die Bürotür trat und sie hinter sich zuschmiss, sodass das Milchglas in der oberen Hälfte der Tür nur so klirrte.

»Dies hier war mal einer der besten Umschlagplätze für Baumwolle im ganzen Land«, wütete er ohne Einleitung los.

»Das ist sie immer noch.«

»Nicht, wenn das die beste Baumwolle ist, die wir herstellen können. Wenn ich Plantagenbesitzer wäre, würde ich meine Baumwolle ganz sicher nicht hierher bringen. Warum ist das Produktionsergebnis so mangelhaft?«

»Ich habe dir doch gesagt, dass wir Probleme mit den Maschinen haben. Sie sind –«

»Uralt«, fiel er ihr ins Wort. »Sieh dich nur um. Im Vergleich zu anderen Gins ist dies ein Dinosaurier. Das ist weder uns noch den Bauern gegenüber fair. Es ist ein Wunder, dass sie ihre Ernte nicht woanders hinbringen.« Er brach plötzlich ab, und seine Augen verengten sich. »Oder passiert das bereits?«

»Wir haben letztes Jahr ein paar Kunden verloren, ja.«

Er setzte sich, lehnte sich über den Schreibtisch und sagte mit einer Stimme, die keinen Widerspruch duldete. »Erzähl mir davon.«

»Einige von Lancaster Gins treuesten Kunden haben letztes Jahr ihre Baumwolle zu anderen Anlagen gebracht, die Gebühr für das Entkörnen dort bezahlt und dann direkt an die Händler verkauft.«

Sie rutschte ungemütlich auf dem Lederstuhl hin und her, während er sie durchbohrend ansah. »Also nehmen sie lieber die ganze Mühe auf sich, anstatt dass wir ihre Ernte kaufen, sie entkörnen, zu Ballen verarbeiten und sie an die Händler verkaufen.« Sie nickte, und er sprach aus, was sie beide dachten. »Sie schlagen mehr Profit dabei heraus, als wenn sie uns die Baumwolle verarbeiten lassen, weil wir sie für eine schlechtere Qualität bezahlen.«

»Ich nehme an, das ist die Überlegung, die dahintersteckt.«

Er stand auf und ging zum Fenster. Dort drehte er seine Handflächen nach außen und ließ die Hände in die Gesäßtaschen seiner Jeans gleiten. Er erweckte den Anschein, als ob er die Landschaft betrachtete, aber Caroline wusste es besser.

»Du wusstest davon, stimmt's? Stimmt's?«, wiederholte er sich und wirbelte zu ihr herum, weil sie ihm nicht gleich antwortete.

»Ja.«

»Aber du hast nichts dagegen unternommen.«

»Was kann *ich* schon tun, Rink? Anfangs war ich bloß die Buchhalterin. Wie die Cotton Gin-Maschinen arbeiten und wie der Markt funktioniert, habe ich erst nach und nach gelernt, indem ich zugehört habe, gelesen habe und den Arbeitern auf die Nerven gegangen bin. Ich treffe hier keine betrieblichen Entscheidungen.«

»Du bist seine Frau! Gibt dir das nicht ein Verfügungsrecht hier?« Er hob beide Hände. »Das nehme ich zurück. Die Ehefrauen von Roscoe Lancaster kritisieren weder ihn selbst noch was er tut, sie stehen ihm nur widerspruchslos auf sein Zeichen hin zur Verfügung und bieten… ehefrauliche Annehmlichkeiten.«

Sie hob ihr Kinn, ballte ihre Hände zu Fäusten und verschränkte ihre Arme in Taillenhöhe. »Ich habe dir bereits gesagt, dass ich mein Privatleben mit Roscoe nicht mit dir besprechen werde.«

»Und ich habe dir bereits gesagt, dass es mich nicht interessiert, was ihr in seinem Bett getrieben habt.«

Sie wussten beide, dass das nicht stimmte. Rink sah peinlich berührt aus, weil er eine so offensichtliche Lüge erzählt hatte. Caroline war weise genug, ihn nicht darauf hinzuweisen. »Wenn deine Hilfe nur daraus besteht, mich zu beleidigen, dann lass es bleiben.«

Er stieß ein Schimpfwort aus und fuhr sich frustriert mit den Fingern durch die Haare. Beide starrten sich feinselig an, bis sie stillschweigend einen Waffenstillstand beschlossen.

»Ich werde so gut helfen, wie ich kann«, grummelte er.

Sie schob ihren Stolz beiseite und fragte: »Kannst du die Maschine reparieren?«

»Ich brauche einiges an Werkzeugen, aber ich schätze, ich werde es schon hinbekommen. Ich bin schon mit Flugzeugmotoren zurechtgekommen, die ich auseinander- und wieder zusammengebaut habe. Eure Maschine ist sicherlich nicht komplizierter als das. Aber versprechen kann ich dir gar nichts, Caroline. Welche Reparaturen ich auch immer hier anbringe, sie können nicht die Antwort auf eure Probleme sein.«

»Das verstehe ich.« Sie entspannte sich und ihre steife Haltung wurde weicher, als sie entschuldigend und ein wenig schüchtern lächelte. »Ich freue mich über jede Hilfe von dir.«

Diesmal war sein Fluch sogar noch anstößiger, aber stumm. Und er war gegen sich selbst gerichtet. Alles, was er in diesem Moment wollte, war, sie in den Arm zu nehmen, sie zu beschützen, seine Lippen mit ihren verschmelzen zu lassen, seinen Körper an ihren zu pressen. Was für ein verdammter Idiot er war! Die Vorstellung, wie ihr Körper mit dem seines Vaters verschlungen dalag, brachte ihn zur Weißglut. Gott! Manchmal glaubte er, der Gedanke daran würde ihn in den Wahnsinn treiben.

Und dennoch konnte er sie nicht verachten, sosehr er es wollte. Jedes Mal, wenn er sie ansah, wurde sein Verlangen stärker. Er sollte fortgehen. Sofort. Bevor er etwas tat, was ihn in eine peinliche Situation bringen konnte. Aber auch das konnte er aus vielerlei Gründen nicht tun. Wegen Laura Jane. Wegen seinem Vater. Aber am meisten wegen Caroline. Dieses Wiedersehen nach zwölf Jahren hielt ihn davon ab, freiwillig so schnell wieder zu verschwinden.

»Du weißt, wo du mich finden kannst«, sagte er und verließ das Zimmer.

Caroline kümmerte sich im Büro um den Papierkram, während Rink die Arbeiter für die Suche nach geeigneten Werkzeugen einspannte. Nach einer Stunde ging sie zu ihm, als er gerade das Innere der Maschine begutachtete. »Rink, ich fahre jetzt für eine Weile ins Krankenhaus. Einer der Männer kann dich nach Hause fahren, wenn du fertig bist, bevor ich zurück bin.«

Er lächelte kläglich. »Keine Chance. Ich werde hier noch eine ganze Weile bleiben.«

Sie grinste. Er hatte den Eindruck, dass ihre halb erhobene Hand seinen Arm berühren wollte. Stattdessen verabschiedete sie sich schnell murmelnd von ihm und ging.

Nach dem Getöse und dem Durcheinander in der Fabrik war es im Krankenhaus kühl und ruhig. Roscoe lag im Bett, seine Augen klebten förmlich am Fernsehbildschirm, der Ton war ausgestellt. Einige Schläuche ernährten ihn, andere leiteten menschliche Abfallstoffe aus seinem Körper heraus. Die Monitore blinkten und piepsten und hielten seine Lebenszeichen fest. Er war ein bemitleidenswerter Anblick, aber Caroline lächelte breit und tapfer, als sie ins Zimmer ging.

Durch reine Willenskraft schaffte sie es, ihre Begegnung vom Vortag aus ihren Gedanken zu streichen. Er hatte furchtbare Schmerzen gehabt und war für sein Verhalten nicht verantwortlich. Sie war lediglich ein willkommener Sündenbock gewesen, an dem er seine Frustration hatte auslassen können.

»Hallo, Roscoe.« Sie küsste ihn auf seine kalkweiße Wange. »Wie geht es dir?«

»Das kann ich gegenüber einem so empfindlichen Mädchen wie dir nicht aussprechen«, grollte er. Er sah ihren Aufzug und fragte: »Warst du in der Fabrik?«

»Ja. Den ganzen Morgen über, um ehrlich zu sein, sonst wäre ich auch eher hier gewesen. Wir haben ein Problem mit einer der Maschinen.«

»Was für eine Art von Problem?«

»Ich weiß es nicht genau. Etwas Mechanisches. Rink schaut sie sich an. Diese Blumen von der Kindergottesdienstgruppe sind sehr hübsch.«

»Was zum Teufel meinst du damit, Rink schaut sie sich an?«

Sie hatte sich die Blumensträuße angesehen, die seit gestern geliefert worden waren, und sammelte die Karten ein, damit sie wusste, wem sie dafür danken konnte. Bei seinen Worten wirbelte sie alarmiert zu ihm herum. Aus ihren dunklen Löchern glitzerten Roscoes Augen sie teuflisch an. So bedrohlich hatte sie ihn noch nie gesehen. Oder war es nur seine Krankheit, die ihn so bösartig aussehen ließ?

»Verdammt noch mal, antworte mir!«, brüllte er mit viel mehr Kraft, als sie in ihm vermutet hätte. »Was hat Rink in der Nähe der Cotton Gin zu suchen?«

Sie war konsterniert und schaffte es kaum, die Wort schnell genug herauszubekommen. »Ich … ich habe ihn gebeten, sich die kaputte Maschine einmal anzusehen. Er ist Ingenieur. Er könnte uns sagen, was …«

»Du hast es gewagt, meinen Sohn in meine Baumwollfabrik zu lassen?« Er bemühte sich, sich aufzurichten. »Er hat alle Rechte an Lancaster Gin aufgegeben, als er vor zwölf Jahren fortgegangen ist. Ich will ihn nicht in der Nähe der Gin haben, nicht mal in der Nähe. Hast du das kapiert, Frau?« Sein Gesicht glänzte vor Schweiß, und seine Augen traten vor Zorn hervor.

Caroline hatte Angst, sowohl vor seiner Raserei als auch um sein Leben. »Roscoe, bitte beruhige dich. Alles, was ich gemacht habe, war, Rink zu bitten, sich eine kaputte Maschine anzusehen. Er stellt keine Ansprüche an das Unternehmen.«

»Ich kenne ihn. Er wird an allem dort etwas zu meckern finden und dir sagen, wie du mein Geld ausgeben sollst.« Er richtete einen krummen Finger auf sie und sagte scharf: »Hör mir zu, und hör mir genau zu. Du wirst nicht einen einzigen Cent für die Fabrik ausgeben, ohne dass ich es dir vorher erlaube.«

Sie wollte diesen Finger, der sie zu Unrecht anklagte, zur Seite schlagen.

»Das habe ich noch nie getan, Roscoe«, sagte sie ruhig.

115

»Bisher war Rink ja auch noch nie in der Gegend gewesen.«

»Und wessen Schuld ist das?«

Ihre nicht sehr weise Frage prallte von den sterilen Wänden ab und sauste zurück auf sie. Einige Sekunden lang vergaß sie zu atmen, sondern starrte nur den siechen Körper ihres Mannes an, der in seiner Schwäche gefährlich wirkte, wie ein normalerweise friedliches Tier, das durch eine Verwundung auf jeden losging, der ihm helfen wollte.

Er stieß wieder dieses schreckliche Lachen aus, als er sich auf die Kissen fallen ließ. »Hat er dir das erzählt? Dass ich ihn weggeschickt habe, weil er uns Schande gemacht hat, indem er das George-Mädchen geschwängert hat?«

Caroline senkte ihre Augen auf ihre Hände. Ihre Fingerspitzen waren eisig, wofür die Klimaanlage des Krankenhauses nur zum Teil verantwortlich war. Ihre Handflächen waren schweißnass.

»Nein. Wir haben dieses Thema nicht erörtert«, sagte sie ehrlich.

»Na, damit du nicht auf falsche Gedanken kommst, werde ich dir mal erzählen, wie es wirklich war. Ich habe Rink nicht gebeten, zu verschwinden und zwölf Jahre lang wegzubleiben. Er wusste, dass ich stinksauer auf ihn war, aber nicht wegen diesem schwangeren Mädchen.« Er kicherte. »So was in der Art hatte ich schon erwartet. Jungs sind eben Jungs. Sie holen es sich, wo sie es bekommen können, nicht wahr?«

Sie drehte sich weg. Seine Worte drangen wie Lanzenspitzen in sie ein. »Wahrscheinlich.«

Er lachte knurrend. »Oh, glaub mir. Ein Mann würde alles tun, alles sagen, um unter den Rock einer Frau zu gelangen. Besonders, wenn sie halbwegs willig ist.«

Sie schloss die Augen, unterdrückte die Tränen, schob seine Worte beiseite, verdrängte ihr eigenes Schamgefühl.

»Natürlich will ein Mann nicht auf die Art dabei erwischt werden wie Rink. Als Frank George zu mir kam, um mir zu sagen, dass Rink seine Marilee flachgelegt hatte und sie schwanger wäre, habe ich sofort gesagt, Rink würde sie heiraten. Das war die einzig ehrenhafte Lösung, oder?«

»Ja.« Es schmerzte sie, das Wort auszusprechen.

»Na, dieser Spitzbube sagte mir jedenfalls, dass er nichts davon wissen wolle. Das war die eigentliche Schande. Nicht, dass Rink mit runtergelassener Hose erwischt worden war, sondern dass er nicht für seinen leichtsinnigen Fehler einstehen wollte. Er teilte mir mit, dass er für immer fortgehen würde, wenn ich ihn zwingen würde, das Mädchen zu heiraten.«

Er seufzte, als ob ihm die Erinnerung daran wehtat. »Ich musste das Richtige tun, oder, Caroline? Ich zwang ihn, das Mädchen zu heiraten. Es war seine Entscheidung, danach abzuhauen, nicht meine. Also brauchst du ihn nicht zu bedauern, egal, was er dir erzählt. Er hat sich sein Bett gemacht und muss den Rest seines Lebens darin liegen.«

Er verstummte. Sie stand eine lange Zeit am Fenster und starrte hinaus. Sie war sich sicher, dass er ihre Verzweiflung sofort entdecken würde, wenn sie sich umdrehte. Als sie sich wieder im Griff hatte, ging sie zu ihm zurück. Sie sah, dass seine Augen geschlossen waren, als sie sich über ihn beugte, und vermutete, er würde schlafen. Leise machte sie sich auf, das Zimmer zu verlassen, aber plötzlich schoss seine Hand mit unheimlicher Geschwindigkeit und Stärke hervor und umfasste ihr Handgelenk. Erschrocken schnappte sie nach Luft.

»Du benimmst dich doch immer noch wie eine Ehefrau, Caroline?«

Sie fürchtete sich vor seinen glühenden Augen, genauso wie vor seiner Frage. »Natürlich. Wie meinst du das?«

»Ich meine das so, dass du es bereuen würdest, wenn du dich auf eine Art aufführtest, die nicht zu dem Benehmen einer trauernden, untröstlichen Ehefrau passen würde, die ihrem Ehemann beim Sterben zusieht.« Seine Finger verdrehten ihre zierlichen Fingerknochen so lange, dass sie Angst hatte, sie würden gleich brechen. Woher nahm er diese Stärke?

»Sprich doch bitte nicht übers Sterben, Roscoe.«

»Warum denn nicht? Das ist nun mal eine Tatsache.« Wieder versuchte er, sich aufzusetzen. Spucke sammelte sich in seinen bläulichen Mundwinkeln, als er sie anzischte. »Aber merke dir eins: Bis ich tot bin, bist du meine Ehefrau und benimmst dich gefälligst auch so.«

»Das werde ich«, schwor sie außer sich und versuchte, ihm ihre Hand zu entziehen. »Ich meine, das tue ich.«

»Ich habe nie allzu viel von der Religion gehalten, aber ich glaube an eine Sache. Wenn man darüber nachdenkt, ein Gebot zu übertreten, dann gilt es als übertreten. Hast du das auch in der Sonntagsschule gelernt?«

»Ja«, rief sie verzweifelt aus. Sie fürchtete sich vor ihm und wusste nicht, warum.

»Hast du daran gedacht, ein Gebot zu übertreten?«

»Nein.«

»Wie zum Beispiel Ehebruch?«

»Nein!«

»Du bist meine Ehefrau.«

»Ja.«

»Denk immer dran.«

Damit verließen ihn seine Kräfte, und er fiel zurück in seine Kissen, keuchend, nach Luft ringend. Caroline entwand ihre Hand diesem Todesgriff und rannte zur Tür. Sie hatte nur noch Flucht im Sinn, fing sich aber gerade noch rechtzeitig und ging auf eine Krankenschwester zu. »Mein Mann«, japste sie. »Ich glaube, er braucht eine Injektion. Er ist furchtbar aufgewühlt.«

»Wir kümmern uns um ihn, Mrs. Lancaster«, sagte die Schwester freundlich. »Wenn ich es mir erlauben darf zu sagen: Sie sehen selbst ziemlich angeschlagen aus. Warum gehen Sie nicht ein wenig nach Hause?«

»Ja, ja«, sagte Caroline und versuchte, sich in den Griff zu bekommen. Ihr Herz raste. Sie zitterte vor Angst. Warum fürchtete sie sich auf einmal vor ihrem eigenen Ehemann? »Ich glaube, das wird das Beste sein.«

Granger verließ den Fahrstuhl, als sie zusteigen wollte. »Caroline, ist etwas geschehen?« Ihr Zustand ängstigte ihn.

»Nein, nein. Ich muss zur Fabrik zurück. Es gibt Ärger dort, aber bitte erwähne es nicht Roscoe gegenüber. Er ist so aufgebracht.« Jetzt atmete sie stoßweise und lehnte sich an die Fahrstuhlwand, als ob sie sich dort vor einem unaussprechlichen Schrecken, der sie verfolgte, verstecken könne.

»Kann ich dir helfen?«

»Nein«, sagte sie und schüttelte heftig den Kopf, als die Fahrstuhltür langsam zuging. »Das wird schon wieder. Geh nur zu Roscoe. Er braucht dich.«

Die Türen schlossen sich. Sie legte eine Hand auf ihren Mund, um die Schluchzer zu unterdrücken, die ihren Weg durch ihre Kehle bahnten.

»Gott, oh Gott«, wiederholte sie und fragte sich, wie er es geschafft hatte, sie derart in Angst zu versetzen. Ihr Magen bäumte sich auf. Ihren Körper durchlief es heiß und kalt.

Sie zwang sich dazu, die Eingangshalle des Krankenhauses zu durchqueren, ohne sich ihre Verzweiflung im Geringsten anmerken zu lassen. Als sie bei ihrem Auto ankam, hatte das schlimmste Zittern bereits aufgehört. Sie ließ die Fensterscheibe herunter und verließ die Stadt auf der Straße am Fluss entlang. Der Wind wehte durch ihr Haar und zog all die Düfte des Sommers hinter sich her. Der Verkehr war übersichtlich, und sie fuhr schnell, um ihren Kopf von den Ängsten zu befreien, die sie gerade in ihren Klauen hatten.

Sie hatte es zugelassen, dass ihre Fantasie mit ihr durchging. Roscoe konnte einfach nichts über Rink und sie und ihren gemeinsamen Sommer wissen. Rink hätte es ihm niemals erzählt. Und sie hatte es ganz sicher auch nicht getan. Niemand hatte sie jemals zusammen gesehen, andernfalls wären sie das Stadtgespräch gewesen. Nein, es war unmöglich, dass Roscoe etwas wusste. Genauso wenig würde er vermuten, dass sie beide aufeinander eine große Anziehungskraft ausübten. Er ging davon aus, dass sie sich erst vor wenigen Tagen getroffen hatten.

Seine verschleierten Drohungen und Warnungen waren Produkte ihrer Vorstellungskraft und ihres schlechten Gewissens. Vielleicht waren seine sorgfältig ausgewählten Worte gar nicht als Drohungen zu verstehen gewesen? Nein, sie schüttelte den Kopf. Es waren Drohungen gewesen, so gern sie sich selbst von etwas anderem überzeugen würde. Aber warum hatte Roscoe sie ausgestoßen?

Welche andere Beschäftigung blieb ihm denn noch? Ihm blieb ja nichts anderes zu tun, als zu denken, zu spekulieren und dabei paranoid und misstrauisch zu werden. Ein Mann, der über die Gehirnleistung eines Roscoe Lancasters verfügte, musste es einfach hassen, den ganzen Tag im Bett zu liegen. Er verachtete diese Art der Handlungsunfähigkeit. So war alles, was ihm blieb, seine mentale Kraft, und sein Verstand musste den Ausfall seines dahinsiechenden Körpers kompensieren, indem er Überstunden machte.

Schmerz und Qual gaben allem, was ihm durch den Kopf ging, mehr Gewicht, und so kam ihm alles schlimmer vor, als es in Wirklichkeit war. Er hatte eine Ehefrau, die mehr als dreißig Jahre jünger war als er. Er hatte einen starken, gut aussehenden, vor Vitalität strotzenden Sohn. Und zurzeit lebten beide im selben Haus. Er hatte die Tatsachen derart kombiniert, dass sie zu einem schrecklichen Verdacht führten.

Er irrte sich. Sie hatte nichts getan, was sich für eine Ehefrau nicht schickte.

Andererseits hatte er auch recht. An Sex mit Rink zu denken, war eine ebenso große Sünde, wie es wirklich zu tun. Und sie hörte nie auf, daran zu denken.

Sie musste sich von diesem Gedanken befreien. Wenn sie ihn eher als einen Freund behandelte, so grotesk das auch schien, eher wie eine freundliche Stiefmutter den Frieden innerhalb der Familie aufrechterhalten wollte, würden die Erinnerungen an frühere Zeiten vielleicht verblassen. Sie musste die Dinge in ein anderes Licht rücken, ins Hier und Jetzt und alles, was früher geschehen war, vergessen.

Als sie zur Gin zurückkehrte, warf die Nachmittagssonne durch die hoch angebrachten Fenster ihre schrägen Strahlen auf den Boden der Fabrik. Sie sah sich ungläubig um. Der Einzige, der noch da war, war Rink, der auf dem Rücken lag, ein Bein angezogen hatte und die Maschine untersuchte. Er klopfte mit einem Schraubenschlüssel gegen das Metall. Der läutende Klang war laut und verschluckte ihre Schritte. »Wo sind denn alle?«

Der Lärm hörte auf. Er schob seinen Kopf unter der Maschine hindurch und setzte sich auf. Dann zückte er ein Taschentuch und wischte damit über seine verschwitzte Stirn. »Hi. Ich habe dich gar nicht reinkommen gehört. Ich habe mir die Freiheit genommen, alle früher nach Hause zu schicken. Es gab hier nicht viel zu tun, während ich versucht habe, die da wieder in Gang zu kriegen.« Er deutete mit dem Daumen über seine Schulter hinweg auf die Maschine. »Überall flog der Staub. Bei der maroden Verkabelung hier hätte es leicht zu gefährlichen Situationen kommen können.«

Sie hätte mit Rink wegen seiner Eigenmächtigkeit schimpfen sollen, aber sie tat es nicht. Auf der langen Fahrt zurück hatte sie beschlossen, dass Roscoes Entscheidungsfähigkeit durch seinen Krankenhausaufenthalt in Mitleidenschaft gezogen worden war. Die Vorstellung, etwas hinter seinem Rücken zu tun, war ekelhaft, aber was er nicht wusste, tat ihm schließlich nicht weh. Auf lange Sicht würde er wollen, dass sie tat, was für Lancaster Gin das Beste war.

Sie hockte sich neben Rink. »Wie läuft's denn? Hast du das Problem gefunden?«

»Ja, und es ist ein Prachtexemplar von Problem.«

»Kann man es reparieren?«

»Notdürftig.« Er seufzte und wischte sich mit dem rechten Hemdsärmel über seine Augenbrauen. »Wie geht's Vater heute?«

Die Erinnerung an die Szene im Krankenhaus ließ sie erzittern. »Nicht so gut. So wie gestern.« Er musterte sie eingehend, aber ihr gefasster Gesichtsausdruck gab nichts preis. Um das Thema schnell zu wechseln, fragte sie: »Hast du irgendwas gegessen?«

»Nein. Mir ist auch zu heiß, um etwas zu essen. Außerdem bin ich zu dreckig dafür.« Es stimmte, dass er schmutzig war. Sein Gesicht war schmuddelig und schweißverschmiert. Dadurch wirkten seine Zähne noch weißer, als er lächelte. »Außerdem wollte ich damit keine Zeit verschwenden.«

Sie lächelte und griff in die weiße Papiertüte, die sie bei sich hatte. »Ich habe dir ein spätes Mittagessen mitgebracht. Du brauchst deine Arbeit dafür nicht zu unterbrechen – diese Mahlzeit kannst du trinken.« Sie steckte einen Strohhalm durch den Plastikdeckel des Papierbechers.

»Was ist es denn?«

Sie schob ihm den großen kalten Becher in die Hand und stand auf. »Ein Schokoladenmilchshake.«

6

Was hatte denn das zu bedeuten?

Verdammt, keine Ahnung, beantwortete Rink sich seine Frage, als er in die Duschkabine griff, um das Wasser anzustellen. Er zog seine verschwitzten Kleidungsstücke aus, an denen Öl und Schmutz klebten. Er nippte an seinem Drink und setzte ihn danach auf dem Frisiertisch ab.

Zuerst hatte sie ihm den Schokoladenmilchshake gebracht. Das war ein so offensichtliches Freundschaftsangebot wie eine Friedenspfeife. Sie war den ganzen Nachmittag in der Fabrik geblieben. Sie hatte ihm gesagt, sie hätte noch eine Menge Papierkram zu erledigen, aber sie verbrachte mehr Zeit damit, neben ihm auf dem Boden zu knien und ihn zu fragen, ob sie irgendwie helfen konnte, ob sie ihm etwas holen sollte, als im Büro. Mit der Tüchtigkeit einer Krankenschwester hatte sie ihm die richtigen Werkzeuge in die Hand gelegt, wann immer er sie ausgestreckt hatte.

Sie sprachen über unverfängliche Dinge. Bei den meisten Themen waren sie einer Meinung. Allerdings sprachen sie auch über Familienangelegenheiten. Für keine einzige fanden sie eine Einigung.

»Hast du Laura Jane heute schon gesehen?«, fragte sie ihn.

»Nein. Hast du?«

»Nein. Sie wirkte gestern niedergeschlagen. Ich frage

mich, ob sie jetzt allmählich den Ernst von Roscoes Erkrankung erkennt.«

»Vielleicht. Aber es könnte auch mit Mr. Bishop zu tun haben.«

»Warum sagst du das?«

»Gib mir bitte noch einmal den Schraubenzieher.«

»Den mit dem roten oder den mit dem gelben Griff?«

»Dem roten. Als er mir heute Morgen das Pferd gebracht hat, war er so gereizt wie ein hungriges Krokodil.«

»Vielleicht schüchterst du ihn ein.«

»Ich hoffe doch sehr, dass ich das tue.«

Er erwartete einen Streit. Obwohl er genau sehen konnte, dass sie nicht mit ihm einer Meinung war, sagte sie nichts dazu. Da der Boden der Entkörnungsanlage sehr staubig war, hatte sie sich einen Hocker in seine Nähe gezogen – zu nah. Sogar, wenn sein Kopf in der Maschine steckte und er sie gar nicht ansah, war er sich ständig ihrer Gegenwart bewusst. Ihr Duft war so durchdringend wie die Nachmittagshitze. Unter seiner Kleidung machten sich Schweißperlen breit, bildeten kleine Pfützen und kitzelten ihn, als sie in kleinen Rinnsalen seinen Rücken herunterliefen. Als er aber einmal aus Versehen ihre Hand berührte, fand er sie kühl und trocken. Er hätte sie gern an sein Gesicht, seinen Hals, seine Brust gedrückt.

Er verfluchte seine Erinnerungen an den Nachmittag und trank noch einen Schluck. Das war nur der Anfang dessen gewesen, wo er ihre Hände noch überall gerne gehabt hätte.

Auf dem Nachhauseweg war sie gesprächig gewesen. Gleich als sie das Haus durch die Vordertür betreten hatten, drehte sie sich zu ihm um: »Lass dir nur Zeit beim Duschen. Ich werde Mrs. Haney sagen, dass sie mit dem Abendessen

125

warten soll, bis du Gelegenheit hattest, dich abzukühlen und zu entspannen. Ich mach dir einen Drink, den kannst du mit hochnehmen. Was hättest du gerne?«

Was er gerne gehabt hätte, war eine Erklärung für ihre freundliche, kameradschaftliche Art und was sie damit bezwecken wollte. Hatte Roscoe sie dazu angestiftet? Oder hatte sie sich das selbst ausgedacht? Warum benahm sie sich plötzlich wie die neue Stiefmutter, die ihrem Stiefkind unbedingt gefallen wollte?

Na, egal, was sie vorhatte, es würde so nicht funktionieren, dachte er bei sich, als er unter die Dusche stieg. Er würde nie als Stiefmutter an sie denken, und wenn sie etwas anderes dachte, musste sie wohl alles vergessen haben, was sich damals im Sommer zugetragen hatte. Ihr Sommer. Der entfernteste Gedanke daran ließ sein Herz schon höher schlagen.

Er schnaubte verächtlich. Zwölf Jahre später, und er führte sich noch immer wie ein vernarrter Trottel auf. Hey, Rink Lancaster, Herzensbrecher. Ha! Er hatte niemals zuvor Probleme mit Frauen gehabt, außer sie wieder loszuwerden, wenn er ihrer überdrüssig geworden war. War es denn da ein Wunder gewesen, dass ihn seine Gefühle für Caroline in eine emotionale Zwickmühle gebracht hatten?

Der Sommer damals war konfliktgeladen. Er war glücklicher und gleichzeitig trauriger als jemals zuvor gewesen. Wenn er nicht bei Caroline war, zählte er die Minuten, bis er sie wiedersehen würde. Wenn sie zusammen waren, kostete er jeden Augenblick aus, aber fürchtete sich bereits vor dem Moment, an dem sie sich würden verabschieden müssen. Er war frustriert, weil er sie nicht wie bei einer normalen Verabredung irgendwo mit hinnehmen konnte, und hatte gleichzeitig große Angst, sie könnten zusammen gesehen werden. Er hatte die ganze Zeit furchtbaren Hunger, wollte aber nichts essen. Er lief in einem ständigen Zustand sexueller Erregung herum, aber sein Verlangen wurde nicht gestillt. Er würde nicht mit Caroline schlafen, und er wollte kein anderes Mädchen als Lückenbüßer.

Er wollte Caroline Dawson. Und konnte sie nicht haben.

Tag und Nacht haderte er mit sich selbst. Sie ist ein kleines Mädchen, um Gottes Willen. *Fünfzehn!* Das gibt großen Ärger, Lancaster. Richtig großen Ärger.

Und an jedem neuen Tag wartete er wieder im Wald auf sie und wagte kaum zu atmen, aus Angst, sie würde nicht kommen. Sein beklemmendes Gefühl würde ihn erst verlassen, wenn er sie – im Sonnenlicht gebadet – zwischen den Bäumen entdeckte.

Aber an einem Tag, dem letzten Tag, schien die Sonne nicht. Es regnete …

Es war noch sonnig gewesen, als er das Haus verließ. An diesem Tag war er sogar noch begieriger gewesen, sie zu sehen, als sonst. Er hatte am Morgen mit seinem Vater gestritten. Roscoe verstieß gegen die Regeln des Baumwollbörsenhandels. Was er tat, war zwar nicht ungesetzlich, aber unethisch. Als Rink ihn vorsichtig darauf hingewiesen hatte, war Roscoe rasend vor Wut geworden. Wie konnte es sein Sohn, der noch immer nicht trocken hinter den Ohren war, wagen, ihm vorschreiben zu wollen, wie er sein Unternehmen zu führen hatte oder sein Leben zu gestalten? Er hatte Lancaster Gin nicht zu dem gemacht, was es heute war, indem er alle Leute nett behandelte.

Rinks Herz war schwer wegen der Veränderungen, die er mit ansehen musste, aber nicht aufhalten konnte. Er musste mit Caroline sprechen. Sie hörte ihm immer zu.

Sie war schon am Treffpunkt, lehnte sitzend an einem Baum und hatte ihre Beine sittsam unter sich verschränkt. Ihr Gesicht leuchtete auf, als sie ihn auf sich zulaufen sah. Wortlos ließ er sich vor ihr auf ein Knie fallen, nahm ihr Gesicht in seine Hände und küsste sie. Seine Zunge glitt tief in ihren Mund, und die Zärtlichkeiten lenkten ihn von der hässlichen Auseinandersetzung mit seinem Vater ab. Ihre Küsse ließen ihn immer die Trübsal vergessen, die sein wunderschönes Zuhause umgab.

Als er sich schließlich kurz von ihr löste, murmelte er: »Oh Gott, es tut so gut, dich zu sehen.« Dann war sein Mund wieder fest auf ihrem. Langsam und ohne Vorwarnung ließ er sie auf den Boden herabsinken, auf ein Bett aus Farnen und Moos. Widerstandslos legte sie sich hin, und er streckte sich neben ihr aus, legte ein Bein über ihres.

Er hob den Kopf und sah auf sie herunter. Ihre graublauen Augen blickten ihm hinter ihren schwarzen Wimpern verträumt ins Gesicht. Ihre Lippen waren feucht und voll nach seinen feurigen Küssen. Ihr Haar war fächerartig auf dem Boden ausgebreitet wie ein dunkler Seidenmantel auf dem grünem Unterholz. Ein leiser Wind spielte mit den Strähnen auf ihren Wangen.

»Du bist wunderschön«, flüsterte er. Er beugte sich runter und küsste ihre Augenlider.

»Du auch.«

Er schüttelte abwehrend den Kopf. »Ich bin ein selbstsüchtiger Schweinehund. Was glaube ich eigentlich, wer ich bin, dass ich so auf dich zugestürmt komme, dich küsse und selbstverständlich annehme, dass du geküsst werden möchtest, ohne dir vorher auch nur Hallo zu sagen? Warum lässt du mich das tun?«

Sie hob anmutig ihre Hand, um die Strähnen, die ihm tief über die Augenbrauen fielen, zurückzustreichen.

»Weil du mich heute auf die Weise gebraucht hast«, erwiderte sie.

Er legte seinen Kopf an ihre Schulter, sie schloss leicht die Arme um seinen Hals. »Du hast recht. Vater und ich haben uns heute Morgen ganz furchtbar angeschrien.«

»Das tut mir leid.«

»Mir auch, Caroline.« Seine Stimme war vor Verzweiflung abgehackt, zerrissen. »Warum können wir uns nicht lieben? Oder wenigstens mögen?«

»Tut ihr das nicht?«

Er nahm sich Zeit, um sorgfältig über seine Antwort nachzudenken. Er wusste damals, wie wichtig das war. »Nein, tun wir nicht. Nicht mal ein kleines bisschen. Ich hasse es, aber so ist es nun mal.«

»Erzähl mir davon.«

»Er hat meine Mutter wegen ihres Namens und ihres Geldes geheiratet. Er hat sie nicht geliebt, und sie wusste es. Er ist schuld daran, dass sie so unglücklich war und so früh gestorben ist. Ich habe es ernst gemeint, als ich gesagt habe, dass sie an gebrochenem Herzen gestorben ist. Und mich mag er nicht, weil ich ihn durchschaue, und das kann er nicht ausstehen. Er hat schon so viele andere zum Narren gehalten, aber nicht seinen Sohn, und das lässt ihm die Galle überkochen.«

Sie fuhr ihm mit den Fingern weiter tröstend durch sein Haar. »Vielleicht beurteilst du ihn zu hart. Er ist ein Mann,

Rink, kein Gott. Er hat Fehler. Dürfen Eltern keine Fehler haben?« Sie streichelte seine Wange und drückte leicht auf sein Jochbein, bis er zu ihr hochblickte.

»Ich glaube, du bist ein wenig intolerant. Verzeih mir, wenn ich das so sage. Du verlangst Perfektion und erträgst es nicht, wenn du selbst mal etwas falsch machst. Aber du erwartest von allen anderen dasselbe, und das ist nicht fair, Rink. Es ist nicht richtig, uns allen deine eigenen Maßstäbe aufzudrücken. Wir sind alle nur Menschen.«

Sie streichelte seine Lippen mit ihren Fingerspitzen. »Es tut mir so leid, dass euer Verhältnis überhaupt nicht so ist, wie es sein sollte. Obwohl mein Vater so ist, wie er ist, kann ich nicht anders, als ihn zu lieben. Hauptsächlich, weil er so auf Liebe angewiesen ist.« Sie lächelte ihn an. »Halt den Ball flacher, Rink. Sei nicht so ungeduldig. Dein Vater lebt schon sehr lange auf seine Weise. Eine Veränderung braucht eben Zeit.« Sie blickte ihn wehmütig an. »Aber ich bewundere dich sehr dafür, wie du kompromisslos für deine Vorstellung von Recht und Richtig einstehst, auch wenn das bedeutet, deinen Vater zu verärgern.«

Er lächelte langsam und unendlich zärtlich. »Du bist was ganz Besonderes, weißt du das? Wie schaffst du es, dass nichts mehr so schlimm erscheint? Hm? Wie kommt es, dass die Dinge nicht mehr so düster und hoffnungslos wirken, wenn ich mit dir zusammen bin? Wieso komme ich mir so vor, als hätte ich die Antworten auf alles, wenn du in meiner Nähe bist? Du haust mir auf die Finger und baust mich gleichzeitig wieder auf.«

Ihre Freude über das, was er sagte, war deutlich zu sehen. Sie senkte schüchtern ihre Augenlider. »Das alles bin ich für dich?«

Er kam näher, türmte sich über ihr auf und blickte sie mit seinen warmen goldenen Augen an. Er war hart und heiß.

»Du bist sehr viel für mich«, sagte er mit schwerer Zunge und rieb seine Vorderseite an ihr. Ihre Augen wurden groß, und sie erzitterte. Er verfluchte sich selbst und entfernte sich von ihr. »Verdammt! Was ist nur los mit mir? Ich sollte so etwas nicht mit dir tun. Es tut mir leid.«

Sie streckte ihre Hände nach ihm aus und sagte: »Das war es ja gar nicht.« Sie hielt ihren Arm hoch und zeigte ihm die Gänsehaut darauf. »Es ist kühler geworden. Ich glaube, es wird bald regnen.«

Kaum hatte sie das gesagt, fielen die ersten Regentropfen auf ihr Gesicht. Er rollte sich auf seinen Rücken und sah zu, wie die Wolken sich öffneten. Der Regen wurde schnell stärker, und sie lachten wie zwei unbeschwerte Kinder, die auf ihren Rücken lagen und sich vollregnen ließen. Die Wucht des plötzlich aufgekommenen Sommersturmes war bald verebbt, und der Regen wandelte sich zu einem weichen Tröpfeln.

Rink schob sich auf seinen linken Ellbogen und sah auf Caroline hinab. Ihrem Gesicht hatte es keinen Abbruch getan, dass der Regen ihr bisschen Make-up abgewaschen hatte. Es glühte vor jugendlichem Liebreiz. Seine Augen wanderten ihren Hals hinab, dann weiter. Sein Atem stand still. Ihre weiße Bluse war nass geworden und schmiegte sich an ihre Brüste. Sie trug keinen Büstenhalter an dem Tag.

Er sah sie überrascht und fragend an.

Ihre Stimme war leise und ein wenig heiser vor Verlegenheit. »Ich habe keine schönen Sachen, die ich anziehen könnte. Ich dachte… wenn ich nichts anhabe, könnte auch nichts hässlich aussehen. Ich… oh…« Sie gab ein wimmerndes Geräusch von sich und verschränkte die Arme über ihren Brüsten. »Das wollte ich nicht.«

»Schh«, machte er und schob langsam ihre Arme zur Seite. Für einen langen Augenblick, während alles, was man hören konnte, der tropfende Regen war, sah er sie bewundernd an. Die nasse Bluse brachte jedes Detail zur Geltung, die weichen Hügel, die Brustwarzenhöfe, die spitzen Brustwarzen.

»Ich glaube, es hat gerade gedonnert«, flüsterte sie zittrig.

Er hob ihre Hand und legte sie auf sein eigenes nasses Hemd. »Nein. Das ist mein Herz, das so schlägt.«

Er beugte sich über sie und presste seinen Mund auf ihren. Es war ein sanfter, süßer, überaus zärtlicher Kuss. Seine Zunge stieß leicht an ihre Mundwinkel, umfuhr sachte ihre Linien. Aus ihrer Kehle kam ein leises Schnurren. »Oh, Caroline«, hauchte er rau.

Der Kuss veränderte sich. Er blieb nicht länger zärtlich. Seine Lippen drängten sie, öffneten ihre. Seine Zunge drückte sich in ihren Mund und erforschte die hinteren Zonen ihrer Mundhöhle. Seine Hand lag jetzt auf ihrer Taille, drückte sie leicht, wanderte dann langsam, sehr langsam hoch, bis sie auf ihren Brüsten lag.

Noch nie in seinem Leben hatte sich etwas so gut und so richtig angefühlt wie ihre Brust unter seiner Hand, die bereits voll war, aber noch nicht gänzlich entwickelt. Er umkreiste den empfindsamen Hügel mit einem Finger. Er erkundete sie mit ausreichend Feingefühl, um sie nicht zu erschrecken, aber mit ausgereifter Technik, die ihre ganze Sinnlichkeit wachrief. Sie drückte sich an ihn, jede ihrer Bewegungen war unbeabsichtigt, verführerisch und einladend.

Als seine Finger ihre Brustwarze schließlich erreichten, wölbte sich ihr Rücken aus dem feuchten Gras. Ihre Leidenschaft war geweckt. Seine Finger spielten vorsichtig mit ihr, bis sie immer härter wurde. Und was seine Fingerspitzen mit ihrer Brustwarze anstellten, das erledigte in ihrem Mund seine Zungenspitze mit ihrer. Er bemerkte nicht einmal, dass er stöhnte, sein Atem war heiß und schnell auf ihrem Gesicht und ihrem Hals.

Seine Finger wanderten zu den Knöpfen ihrer Bluse, die er eilig öffnete. Caroline keuchte leise und griff nach seiner Hand, die den nassen Stoff von ihr lösten. »Rink, nicht«, flüsterte sie, obwohl sie das gar nicht meinte. Sie warf ihren Kopf hin und her. Ihre Zähne bissen kleine Gruben in ihre Unterlippe.

»Baby, Baby«, murmelte er. »Ich werd dir nicht wehtun. Ich möchte dich nur ansehen, dich berühren.«

Sein Mund saugte sich wieder an ihrem fest. Er hatte sie vollkommen in seinen Bann gezogen, als er ihre Bluse öffnete und seine Hand unter den Stoff auf ihre weiche Brust legte. Als er ihre Haut auf seiner fühlte, explodierte in ihm ein neues Feuer, heißer und ungezügelter als alles, was er bisher an sexueller Erregung erlebt hatte.

Und in diesem Moment wusste er, dass keine andere Frau der Welt ihm jemals wieder dieses Gefühl geben konnte außer dieser. Er hatte sie gefunden, die Frau, die ihn komplett machte.

Er spielte mit ihr, schob ihre Brust hoch, rieb ihre Brustwarze mit seinem Daumen. Er rutschte langsam an ihrem Körper herunter, hauchte ihr dabei Küsse auf ihren Hals, auf ihre Brust. Dann nahm er eine der rosigen Perlen in den Mund und saugte ganz vorsichtig daran. Caroline schluchzte. Sie fuhr ihm mit den Händen durch das Haar und hielt seinen Kopf fest. Sein Herz wollte vor Liebe zerspringen, als er hörte, dass seine Liebkosungen wohliges Stöhnen bei ihr auslösten.

Caroline hatte instinktiv ihre Knie angezogen, sie hatte nicht darüber nachgedacht. Er legte eine Hand auf ihr nacktes Knie, streichelte es und fuhr dann ihre langen Schenkel entlang hoch, die sich weich wie Seide anfühlten. Ihr weiter Tellerrock konnte ihn nicht abschrecken. Er stoppte seine Reise an ihrem Bein entlang erst, als er an ihr Höschen gelangte.

Ihr Rücken wölbte sich noch höher, sie griff nach seiner Schulter.

»Rink, Rink.« Ihr Schrei drückte sowohl Verzückung als auch Panik aus, und er konnte beides verstehen.

»Es ist in Ordnung, Liebste. Ich werde dir nie wehtun. Ich schwöre, das werde ich nicht.«

Seine Berührung war ganz leicht. Er streichelte sie so lange, bis er jedes kleinste Stück Stoff zwischen ihnen weggestreichelt hatte. Seine Finger berührten ihr flauschiges Haar, ihre weiche Haut, ihre Eingeweide.

»Oh, mein Gott«, stöhnte er und vergrub seine Lippen in ihrem Hals. »Du bist so süß. Oh Gott.«

Seine Finger spielten mit ihrem Körper und entdeckten immer wieder neue Stellen, an denen er sie liebkoste. Als sie schneller atmete, wusste er, dass er ihre Klitoris gefunden hatte. Geschickt wandte er genau den richtigen Druck an, während er mit dem Finger kleine Kreise zog und sie streichelte, bis ihre Kehle sich vorschob und sie ihren Kopf nach hinten warf. Ihre Schreie vermischten sich mit dem raschelnden Wind, der durch die regennassen Bäume fuhr.

Er schaute in ihr Gesicht, auf dem ein erhabener, fast triumphierender Ausdruck lag. Er sah, wie sie blinzelte, wie sie versuchte, sich wieder in der Welt einzufinden und langsam zur Wirklichkeit zurückzukehren nach ihrem Ausflug in die Sphären, in denen es nur Glückseligkeit gibt.

Mit der Wirklichkeit überfiel sie auch die Verwirrung. Sie schob den Rock, der ihr um die Hüften lag, nach unten. »Rink?«, fragte sie mit hoher Stimme. »Rink, was war das? Halt mich fest. Ich habe Angst.«

Er lehnte sich zu ihr hinunter, beschützte sie mit seinem Körper. Er hielt sie ganz dicht an sich, seine Hände lagen rechts und links an ihrem Kopf. Seine Lippen hauchten sanfte Küsse auf ihr Gesicht, er versuchte, sie zu beruhigen. »Weißt du denn nicht, was gerade mit dir geschehen ist, Caroline?« So viel Gefühl steckte in seiner Stimme, dass sie rau klang.

Sie forschte in seinen Augen, sah seinen Mund an, berührte ihn, als ob sie über das Wunder, das er für sie war und das er über sie gebracht hatte, staunte. »Aber du hast nicht... ich meine... du warst nicht... in mir.«

Aufstöhnend presste er seine Stirn an ihre. »Nein, war ich nicht. Aber ich hätte es so sehr gewollt. Ich wollte tief in dir sein, dich mit mir ausfüllen, dir alles geben, was ich bin.« Er küsste sie, seine Zunge war tief in ihr, vollzog den Liebesakt mit ihrem Mund. Aber der Kuss erinnerte ihn zu stark an das, was er nicht mit ihr tun durfte, sodass er sich losreißen musste.

Sie weinte. Ihre Tränen vermischten sich mit den letzten Regentropfen. Er wischte sie mit seinem Daumen von ihren Wangen. »Wein doch nicht.« Er stand auf und zog sie mit sich hoch, hielt sie fest an sich gedrückt. Immer noch weinte sie. »Warum weinst du, Caroline?« Oh Gott, wenn er sein Versprechen gebrochen und ihr wehgetan hatte, würde er sich das niemals verzeihen. Hasste sie ihn jetzt, hatte sie vielleicht sogar Angst vor ihm? »Bitte, sag mir, warum du weinst.«

»Du wirst nicht wiederkommen. Nicht nach heute. Nicht nachdem, was ich getan habe … du denkst jetzt sicher, ich bin billig.«

Erleichterung durchfuhr ihn. »Oh, Süße«, flüsterte er eindringlich und zog sie noch enger zu sich. »Ich liebe dich.«

Langsam hob sie den Kopf und sah ihn an. »Du liebst mich?«

»Ich liebe dich«, schwor er, weil er wusste, dass das stimmte. Würde er sie nicht lieben, würden sie noch immer im Gras liegen und er würde machen, wonach seine Lenden lechzten. »Ich liebe dich und würde Himmel und Hölle in Bewegung setzen, um dich morgen wiederzusehen.« Er drückte sie fest und küsste sie atemlos. Während er sie in dieser festen Umarmung eng an sich hielt, flüsterte er ihr ins Ohr: »Wir sitzen ganz schön in der Tinte, Caroline.« Er stieß sich ein wenig von ihr ab und sah ihr in die Augen. »Das weißt du doch, oder?«

»Natürlich!«, weinte sie still vor sich hin. »Ich habe schon immer gewusst, dass das zwischen dir und mir hoffnungslos ist.«

»Nicht hoffnungslos. Ich werde mich darum kümmern, dass unsere Lage besser wird. Heute Abend.«

»Heute Abend? Was willst du tun?«

»Ich werde dafür sorgen, dass wir normal miteinander ausgehen können, uns mit anderen Leuten treffen und dieses ganze Versteckspiel aufhört.«

Sie griff nach seinem Oberarm. »Nein, Rink, lieber nicht. Lass uns lieber so weitermachen wie bisher, solange es geht.«

»Ich muss sterben, wenn wir so weitermachen.«

»Warum?«

»Wenn wir zusammen sind, ist es für mich unerträglich, nicht beenden zu können, was wir anfangen.«

Einen Moment lang schwieg sie, blickte auf seine Kehle, während ihre Finger langsam, ohne Druck, seinen Hemdkragen hoch und runter glitten. Sie befeuchtete ihre Lippen. »Rink, es würde mir nichts ausmachen, wenn ... also, wenn du willst, würde ich, ähm ...«

Er hob ihr Kinn an. »Nein.« Er sprach leise, aber bestimmt. »Ich mag diesen üblen Beigeschmack an der Sache nicht. Auf gar keinen Fall will ich die Dinge noch komplizierter machen oder riskieren, dir wehzutun, wenn ich mit dir schlafe.« Er beugte sich so weit herunter, dass er sie hätte küssen können. Er schloss seine Augen fest und stieß seinen Atem zwischen zusammengepressten Zähnen hindurch. Als er seine Augen wieder öffnete, sagte er: »Ich möchte es. Gott, wie ich es möchte! Aber ich habe dir gesagt, erinnerst du dich, dass ich niemals etwas tun würde, das dich verletzt?«

»Ja, das hast du gesagt. Und ich glaube dir.«

»Dann überlass alles mir. Mach dir um nichts Sorgen. Ich werde das schon geradebiegen, und dann brauchen wir uns niemals wieder heimlich zu treffen.«

»Bist du dir ganz sicher, Rink?« Die Sorge stand ihr immer noch ins Gesicht geschrieben, und er wusste, ihre Besorgnis galt ihm, nicht ihr.

»Ich bin sicher. Morgen komme ich mit guten Nachrichten. Morgen, Baby. Hier. An unserem Ort.« Seine Hände umschlossen ihr Gesicht. »Oh Gott, Caroline, küss mich noch mal.« Seine Lippen lagen brennend auf ihren, aber diesmal wurde es kein langer Kuss. Er vertraute sich selbst nicht mehr genug, um sicher zu sein, dass er sein Versprechen halten würde. Er wollte sie so sehr, ungeachtet aller Konsequenzen.

»Morgen, morgen«, wiederholte er, während er sich rückwärts gehend von ihr entfernte. Er hielt ihr seine Hand entgegen, um ihre ausgestreckte Hand zu berühren, bis sich ihre Fingerspitzen nicht mehr berühren konnten. Er rannte durch den regengetränkten Wald zu seinem Auto, bestrebt, nach Hause zu kommen ...

»Du Idiot«, sagte Rink zu seinem benebelten Abbild im Spiegel, als er aus der Dusche kam. Er sah nur ein verschwommenes Bild und fand, dass dieser Zustand gut zu seinem eigenen in den letzten zwölf Jahren passte. »Wie konnte ich nur so naiv sein und denken, es würde alles so laufen, wie ich es geplant hatte?«

Er stürzte den Rest seines Whiskys hinunter, ohne zu bemerken, wie dünn er schmeckte. Er bedauerte nur, dass die geschmolzenen Eiswürfel den Alkohol verwässert hatten.

Wenn er sich an den Abend erinnerte, an dem er zu seinem Vater ins Arbeitszimmer gegangen war, um ihn um ein Gespräch zu bitten, wurde ihm immer noch schlecht. Jedes Mal kam ihm vor Wut und Hass die Galle hoch, wenn er daran dachte, wie bescheuert zuversichtlich er damals gewesen war. Was für ein Einfaltspinsel. Was für ein Trottel. Er war David, der sich Goliath gegenüberstellte. Oh, den Mut dazu hatte er wohl gehabt. Aber er hatte seine Schleuder und die Steine nicht mitgebracht. Und Roscoe hatte mit einer Kanone auf ihn gefeuert.

Er war in das Arbeitszimmer gegangen und hatte verkündet: »Vater, ich habe das Mädchen gefunden, das ich heiraten werde.«

»Da hast du verdammt recht«, knurrte Roscoe ihm entgegen und rollte seine fette Zigarre von einem Mundwinkel zum anderen. »Frank George hat mich vorhin angerufen. Marilee ist schwanger. Im dritten oder vierten Monat. So, wie er es darstellte, weint sie sich die Augen aus, weil du dich nicht mehr bei ihr hast blicken lassen. Glückwunsch, mein Sohn. Du stehst kurz davor, Ehemann und Vater zu werden.«

Auch heute noch zog sich sein Inneres zusammen, als hätte jemand dort eine Stahlschraube angebracht und sie angezogen, wenn er an die Worte dachte, die sein Vater ihm entgegengeschleudert hatte. Dieser Bastard. Dieser hassenswerte, manipulative, hinterhältige Schweinehund.

Und Caroline, *seine* Caroline, war die Frau seines Vaters. Jetzt hörte sie ihm zu, sprach mit ihm, war ihm Beistand und Ansporn. Roscoe berührte ihren süßen Mund, diese Brüste, diese Schenkel.

Rink presste die Handballen auf seine Augen, während die Vorstellungen von ihnen zusammen sich wie eine obszöne Diashow in seinem Geiste abspielten. Darüber nachzudenken, war beinahe unerträglich.

Sein ganzer Körper tat ihm weh. Und es gab absolut gar nichts, was er tun konnte, um den Schmerz zu mildern.

»Danke, Steve.«

»War mir ein Vergnügen.«

»Rink sagte, der Toaster ist hinüber und Mrs. Haney sollte einfach einen neuen kaufen. Aber sie meinte, es macht keinen Sinn, einen neuen zu kaufen, wenn man den alten reparieren kann. Rink wollte ihn reparieren, aber er ist die ganze Zeit mit der Cotton Gin beschäftigt. Ich habe ihm gesagt, er soll sich keine Gedanken wegen des Toasters machen, ich würde dich fragen. Es macht dir doch nichts aus, oder?«

»Natürlich nicht. Ich bin froh, dass ich ihn wieder hingekriegt habe.«

Er schützte eifriges Aufräumen der Werkbank in der Garage vor, in der kleinere Werkzeuge untergebracht waren.

»Bist du mir böse, Steve?«

Er ließ alles fallen und starrte Laura Jane an. Sie trug ein rückenfreies Sommerkleid, ihre Haut sah so weich und cremig wie eine Magnolienblüte aus. Das Verlangen nach ihr traf ihn wie ein Vorschlaghammer. Schroff drehte er sich ab. »Warum sollte ich auf dich böse sein?«

Sie holte etwas wackelig Luft und kauerte sich auf die oberste Stufe einer Trittleiter. Unruhig nestelte sie mit den Fingern an dem Gürtel ihres Kleides. Sie ließ ihren Kopf so weit hängen, dass er beinahe ihre Brust berührte. »Weil ich dich kürzlich geküsst habe«, sagte sie leise. »Seitdem bist du böse auf mich.«

»Ich habe dir gesagt, dass ich nicht böse bin.«

»Warum siehst du mich dann nicht an?«

Er tat es nun. Ihr Anliegen, das sie in einem verärgerten Schreien ausstieß, brachte ihn dazu, seinen struppigen Kopf zu drehen und sie in sprachloser Ehrfurcht anzusehen. Er hatte es bisher nicht erlebt, dass sie die Beherrschung verlor oder ihre Stimme hob. Da war nur wenig Kindliches in dem Gesicht zu entdecken, das ihn herausfordernd ansah. Er blickte in das Gesicht einer verschmähten Frau.

Er schaffte es unter Schwierigkeiten zu schlucken. »Ich sehe dich an.«

»Deine Augen gleiten nur so über mich hinweg. Sie sehen mich nicht mehr an. Warum, Steve?«, fragte sie, stand von dem Stufentritt auf und ging auf ihn zu. »Warum? Gefällt dir nicht, wie ich aussehe?«

Seine Augen konnten sich an ihr nicht sattsehen, blickten von ihrem weichen, schweren Haar bis zu ihren schlanken Füßen, die in Sandalen steckten. Als seine Augen wieder bei ihren angekommen waren, sagte er heiser: »Doch, Laura Jane, mir gefällt es sogar sehr gut, wie du aussiehst.«

Sie lächelte, aber nur kurz. »Ist es wegen dem Kuss? Habe ich das nicht richtig gemacht?«

Seine Hände rutschten an den Außenseiten seiner Oberschenkel hoch und runter, als er versuchte, den Schweiß aus seinen Handflächen in seine Jeans zu wischen. »Du hast alles richtig gemacht.«

Sie zog die Stirn in Sorgenfalten. »Ich glaube nicht. Die Frauen im Fernsehen küssen die Männer immer sehr lange. Sie bewegen ihre Köpfe von einer Seite auf die andere. Ich glaube, sie machen das mit offenem Mund.«

Sein ganzer Körper stöhnte auf. »Laura Jane«, flüsterte er heiser, »du solltest nicht mit einem Mann darüber sprechen.«

»Du bist nicht ›ein Mann‹, du bist Steve.«

»Du solltest auch mit mir nicht übers Küssen sprechen.«

Sie war total überrascht. »Warum nicht?«

»Weil es gewisse Dinge gibt, über die ein Mann und eine Frau nicht miteinander reden sollten, wenn sie nicht verheiratet sind.«

»Es ist in Ordnung, diese Dinge zu tun, aber nicht, darüber zu reden?«, fragte sie neugierig.

Er lachte schnaubend trotz des Ernstes der Lage. Laura Jane hatte eindeutig mehr Verstand als er. »Ja, so in etwa.«

141

Sie schwebte auf ihn zu und legte ihm ihre Hände auf die Brust. Sie legte den Kopf in den Nacken, um ihm in die Augen zu sehen. »Dann lass uns nicht weiter über diese Dinge reden. Lass sie uns tun.«

Ihre Stimme war so leicht wie ihr Atem, der ganz nah an seiner Kehle war.

Seine Hände bedeckten ihre. »Es ziemt sich auch nicht für uns, sie zu tun.«

»Aber warum denn, Steve?«

Er litt Höllenqualen. Er brauchte jedes Quäntchen Disziplin, dessen er habhaft werden konnte, um ihre Hände von ihm zu lösen und sich von ihr abzuwenden. »Weil es so ist.« Er ging in das Stallgebäude zurück und griff sich das Zaumzeug, an dem er vorhin in der Sattelkammer gearbeitet hatte, als sie ihn gerufen hatte.

Untröstlich sah sie ihm hinterher, als er die Garage verließ und den Hof überquerte. Sie nahm den Toaster, der ihr nur als Vorwand gedient hatte, und machte sich wieder auf den Weg ins Haus. Als sie Carolines Auto sah, das die Einfahrt hochfuhr, blieb sie stehen, um auf sie zu warten.

»Hallo, Laura Jane. Was machst du denn damit hier draußen?«, fragte Caroline und zeigte auf den Toaster, als sie ausstieg.

»Steve hat ihn für Mrs. Haney repariert. Ich bringe ihn gerade wieder zurück.«

Der Klang ihrer Stimme erregte Carolines Aufmerksamkeit. »Wie geht es Steve? Ich habe ihn schon seit einigen Tagen nicht mehr gesehen.«

Laura Jane zuckte mit den Schultern. »Ich schätze, es geht ihm gut. Er benimmt sich manchmal seltsam.«

»Seltsam?«

»Ja. Als ob er nicht länger mein Freund sein möchte.«

»Das bezweifle ich.«

»Es stimmt. Das macht er schon, seitdem ich ihn geküsst habe.«

Caroline blieb abrupt stehen. »Du hast ihn geküsst?«

Sie warf rasch einen besorgten Blick um sich, weil sie hoffte, dass niemand sie gehört hatte, und schickte ein kleines Stoßgebet gen Himmel aus Dankbarkeit darüber, dass Rink nicht in der Nähe war.

»Ja.« Laura Janes Augen waren schuldlos und ruhig, als sie in Carolines ungläubiges Gesicht schaute. »Ich liebe ihn.«

»Hast du ihm das gesagt?«

»Ja. War das schlimm?«

»Nein, nicht schlimm. Nicht wirklich.« Caroline wusste, dass sie ihre Worte sorgfältig wählen musste. Dies war Laura Janes erste und wahrscheinlich letzte Romanze. Wie hieß man jemanden vorsichtig sein, ohne ihm Angst zu machen? »Es könnte sein, dass du die Sache ein wenig überstürzt hast. Wahrscheinlich hast du ihn total überrascht. Vielleicht hätte er dich als Erster küssen wollen.«

»Ich glaube, das hätte er nicht getan, und ich konnte nicht länger warten.«

Caroline lächelte. »Ich glaube, wenn du ihm ein wenig mehr Zeit gelassen hättest, hätte er sich schon noch getraut.«

»Glaubst du, dass Rink sich traut?«

»Was soll er sich denn trauen?«

»Dich zu küssen. Er will das nämlich.«

Zum zweiten Mal in einer Minute war Caroline wie vor den Kopf gestoßen. »Laura Jane, so etwas darfst du nicht sagen! Er will mich ganz und gar nicht küssen.«

»Warum starrt er dich dann so an?«

143

Ihr Mund wurde trocken. »Macht er das?«

»Immer, wenn du gerade wegsiehst. Und er gibt sich so viel Mühe in der Fabrik für dich.«

»Nicht für mich. Für alle dort, für die Arbeiter und die Farmbesitzer, die die Gin brauchen, und für euren Vater.«

»Aber du hast ihn darum gebeten. Ich glaube, erst wollte er es gar nicht tun, oder?«

Caroline dachte an den Abend, nachdem er die Maschine repariert hatte. Sie hatte den ganzen Nachmittag daran gearbeitet, ein anderes Verhältnis zu ihm aufzubauen, und war sich sicher, dass sie es geschafft hatte. Aber als sie heimgekehrt waren und er nach der Dusche zum Abendessen heruntergekommen war, war er feindseliger denn je gewesen. Sie hatte sich geweigert, das zur Kenntnis zu nehmen. Sie war nicht bereit, das bisschen an Boden, das sie gewonnen hatte, aufzugeben.

Während des Abendessens und später im Wohnzimmer mit Mrs. Haney und Laura Jane hatte sie ihn mit Freundlichkeit überschüttet, bis er schließlich nicht mehr jedes Mal, wenn er sie ansah, düster dreinschaute. Zum Schluss hatte sie sogar so viel Mut aufgebracht, dass sie ihn bitten konnte, sich noch einige andere Dinge in der Fabrik anzusehen, die ihrer Meinung nach nachgesehen werden mussten. Brummig hatte er sich einverstanden erklärt. In den letzten drei Tagen hatte er dort genauso hart gearbeitet wie jeder bezahlte Arbeiter.

»Ich bin sehr dankbar, dass er hier ist, um uns zu helfen, jetzt, da euer Vater krank ist. Rink arbeitet sehr hart.«

»Du auch. Du siehst müde aus, Caroline.«

Sie war auch müde. Furchtbar müde. Was Rink anging, so balancierte sie noch immer auf einem Drahtseil. Sie hoffte, sie konnte die Kommunikationskanäle offenhalten, ohne intime Dinge anzusprechen. Und Roscoe. Seine verbalen Angriffe auf sie wurden bei jedem Besuch im Krankenhaus beißender. Sie fuhr mindestens einmal am Tag zu ihm, wenn sie es aushielt, auch zweimal. Sie erzählte ihm nichts über Rinks Einsatz in der Gin, weil sie wusste, dass er das nicht billigen würde. Nichts, was sie tat, fand seine Zustimmung. Er kritisierte alles an ihr, angefangen von ihrer Kleidung bis hin zu der Art, wie sie die Anweisungen des Arztes annahm, als wären sie in Stein gemeißelte Gebote.

»Ich bin müde«, gab sie Laura Jane gegenüber zu. »Noch mal wegen Steve«, sagte sie dann und kehrte damit zum ursprünglichen Thema zurück, »vielleicht war er nicht in der richtigen Stimmung. Dräng ihn nicht. Die meisten Männer reagieren empfindlich darauf. Ich denke, wenn ihr euch wieder küsst – solltet ihr das überhaupt wollen –, dann sollte es von ihm kommen, nicht von dir.«

»Ich glaube auch«, murmelte sie und ließ den Kopf tief hängen.

Caroline vermutete, den Grund hinter Steves plötzlicher Kühle zu kennen. Er war ja offensichtlich in Laura Jane verliebt, wollte sie aber zu nichts ermutigen, weil er fürchtete, Rinks Zorn damit zu erregen. Sie fühlte mit ihnen allen.

»Lass uns einen Happen zu Abend essen«, sagte sie freundlich und ergriff sanft die Hand der jüngeren Frau.

»Wo ist Rink?«

»Das weiß ich nicht. Er sagte, er käme bald wieder...«

Sie wurde durch lautes Autohupen unterbrochen. Als sie sich umdrehten, sahen sie, wie Rick einen glänzenden neuen Pickup auf die Einfahrt lenkte und hinter dem Lincoln anhielt. Er sprang aus dem Wagen.

»Na, wie findet ihr ihn?«

Seine Ausgelassenheit erinnerte Caroline so sehr an den jungen Mann im Wald, dass sie fast auf ihn zugerannt wäre, um unbedacht ihre Arme um seinen Hals zu werfen.

»Gehört der dir, Rink?«, fragte Laura Jane, die fröhlich auf und ab hüpfte und in die Hände klatschte. »Die Farbe ist schön.«

»Nachtblau«, sagte er und sank in eine tiefe Verbeugung vor ihr. »Solange ich hier bin, brauche ich eine eigene Transportmöglichkeit und mit einem Pickup habe ich schon lange geliebäugelt. Wie ich allerdings den Wagen und das Flugzeug zurück nach Atlanta kriegen soll, weiß ich noch nicht.«

Sie lachten zusammen, und Carolines Herz schmolz bei seinem Anblick, denn seine Haare waren vom Wind zerzaust und seine Augen funkelten vor Freude.

»Ich bin kurz vor dem Verhungern. Ist das Abendessen schon fertig?« Er schlang einen Arm um Carolines Schulter, den anderen um Laura Janes. »Ladys, lasst mich euch ins Esszimmer geleiten.«

Noch ehe sie die vordere Veranda betreten konnten, rannte Mrs. Haney durch die Fliegentür auf sie zu und rief: »Caroline, Rink! Gott sei Dank seid ihr hier! Der Arzt hat gerade angerufen. Mr. Lancaster geht es schlechter. Er sagte, ihr beide solltet besser schnell ins Krankenhaus kommen.«

7

Nur eine einzelne Lampe über Roscoes Bett verbreitete im Zimmer gedämpftes Licht. Die Lampe war fest installiert. Der Metallschirm zeigte nach unten, sodass das Licht hart und gespenstisch auf die vom Schmerz gezeichneten Züge des Mannes fiel. Als Rink und Caroline das Krankenzimmer betraten, beugte sich gerade eine Schwester über ihn.

Mit seinen Armen, in denen intravenöse Zuleitungen steckten, winkte er sie ungeduldig weg.

»Verschwinden Sie und lassen Sie mich allein. Sie können hier nichts tun.«

»Aber Mr. Lancaster…«

»Raus«, zischte er böse. »Ich möchte mit meiner Frau und meinem Sohn sprechen.« Er sprach die Bezeichnungen so schleifend aus, dass sie wie Beleidigungen klangen.

Die Krankenschwester ging, ihre Kreppsohlen quietschten leise auf dem Linoleumboden. Caroline trat an Roscoes Bett und nahm seine Hand. »Wir sind gleich gekommen, als der Arzt anrief.«

Er schaute sie mit seinen dunklen Augen ganz finster an und wirkte dabei so bedrohlich wie der Lauf eines Revolvers. Sein Gesicht war hässlich und vom Verfall gekennzeichnet, der aber nicht physisch, sondern geistiger Natur war, eine

147

Verkommenheit, die seit Jahren in seinen Eingeweiden gelebt hatte und erst jetzt sichtbar wurde.

»Ich hoffe, ich halte dich nicht von etwas Wichtigem ab«, sagte er höhnisch und entriss seine Hand ihrem Griff.

Caroline ließ sich nicht provozieren. Ruhig antwortete sie ihm. »Natürlich nicht, Roscoe. Du weißt, dass ich hier bei dir sein möchte.«

Er lachte wie ein Wahnsinniger. »Damit du es als Erste mitbekommst, wenn ich tot bin? Damit du sofort weißt, wann du von mir befreit bist?«

Sie zuckte zusammen, als ob er sie auf den Kopf geschlagen hatte. »Warum sagst du nur solche schrecklichen Sachen? Glaubst du wirklich, ich möchte, dass du stirbst? Habe ich dich nicht schon lange, bevor du zugestimmt hast, immer wieder gedrängt, den Arzt aufzusuchen? Ich habe dir noch nie Grund gegeben, an meiner Zuneigung zu dir zu zweifeln.«

»Bloß, weil du keine Gelegenheit dazu hattest.« Seine Augen glitten zu Rink, der am Fuß des Bettes stand und dessen Gefühle nicht zu erkennen waren, weil sein Gesicht im Schatten verborgen war.

»W-was meinst du damit?«, stammelte Caroline, und Roscoe sah wieder sie an.

»Ich meine, dass jetzt, da der Mann, den du wirklich wolltest, unter demselben Dach lebt wie du, du vielleicht in die Versuchung kommen könntest, diese Zuneigung zu deinem Ehemann, auf die du dich berufst, zu vergessen.«

Ihr stockte der Atem. Sie starrte sprachlos auf ihren Ehemann. Das hinterhältige Grinsen lag ihm noch immer auf den Lippen. Seine Augen glühten wie Höllenlichter.

»Sprichst du über Rink?«, fragte sie.

»Rink?«, wiederholte er und ahmte sie nach. »Rink, *Rink*. Ja, Herrgott noch mal! Natürlich meine ich Rink.«

Sie fuhr mit der Zunge über ihre Lippen, um sie zu befeuchten. »Aber Rink und ich… wir haben niemals… wir sind uns vorher nicht…«

»Lüg mich nicht an.« Er schaffte es in eine sitzende Position und fauchte sie an wie ein angsteinflößender Dämon, der durch Plastikschläuche an sein Bett gefesselt war. »Spiel mir nichts vor, kleines Mädchen. Ich weiß alles über Rink und dich.«

Caroline wich von ihm zurück, zog dabei ihre Schultern nach vorne und legte ihre Arme schützend um ihren Oberkörper. Verzweifelt suchten ihre Augen die von Rink. Er hatte sich nicht bewegt. Er stand noch immer steif am Ende des Bettes, in dem sein Vater langsam starb, und in seinen Augen glühte Hass. Er brach als Erster das entsetzliche Schweigen.

»In der Nacht, in der du mir sagtest, dass Marilee schwanger war, wusstest du schon über Caroline Bescheid, richtig?«

Roscoe fiel auf seine Kissen zurück. Wenn er atmete, klang es, als ob Papier raschelte. Körperlich hatte es ihn eine Menge gekostet, seine triumphale Botschaft herauszuschreien, aber sein Gesicht zeigte eine selbstgefällige Zufriedenheit, als er seine bösartigen Augen auf seinen Sohn richtete.

Er lachte. »Ich wusste es. Alles.« Er lächelte spöttisch. »Du hättest wissen müssen, dass du dich nicht jeden Tag in den Wald verdrücken konntest, ohne dass ich neugierig werden würde. Ich hatte mich gefragt, was für einen Blödsinn du wohl aushecken würdest. Also habe ich einen meiner Lakaien hinter dir her geschickt und habe mit Interesse seinem

Bericht gelauscht. Du hast dich jeden Tag mit einem Flittchen am Fluss getroffen.«

Carolines heulte auf. Roscoe sah nicht einmal in ihre Richtung. Sein Kampf galt seinem Sohn, so war es immer gewesen. Sie hatte ihm nur dabei geholfen, ohne es zu wissen.

»Das Mädchen, für das du dich weggeschlichen hattest, war erst ein Kind, sagte der Mann, aber so saftig wie ein reifer Pfirsich.« Roscoe leckte sich die Lippen. Caroline schloss die Lippen und versuchte, gegen ihre Übelkeit anzukämpfen. Rink wippte kaum wahrnehmbar vor und zurück und bemühte sich nach Kräften, die Wut, die ihn beinahe entzweiriss, unter Kontrolle zu bekommen. »Wir mussten furchtbar lachen, als wir herausfanden, dass dein Püppchen die Tochter vom alten Pete Dawson war.« Er zwinkerte Rink zu. »Aber ich konnte nicht anders, als dein starkes Verlangen nach ihr zu bewundern. Du wärst wegen ihr im Gefängnis gelandet, dennoch warst du bereit, das Risiko einzugehen.«

»Komm schon, erzähl weiter«, zischte Rink. »Du wusstest, dass Marilees Baby nicht meines war, oder?«

»Ich dachte, es könnte genauso deines sein wie das eines anderen, und du konntest nichts anderes beweisen. Jeder in der Stadt wusste, dass sie es nicht so genau nahm, mit wem sie ins Bett stieg.«

»Es war gar nicht dein Kind?«

Rinks Kopf fuhr herum, und er sah Caroline direkt in die Augen. Ihre Stimme war gebrochen, einerseits vor Ungläubigkeit, andererseits war da noch etwas. Freude? Ihre Augen schwammen hinter Tränen. »Nein, Caroline«, sagte er. »Das Kind war nicht von mir.«

»Du hattest aber was mit Marilee gehabt, oder nicht?«, fragte Roscoe von seinem Bett aus.

Rink sah weiter Caroline an. »Ja. Aber lange, bevor sie schwanger wurde. Ich war mit niemandem zusammen in diesen Sommer, nachdem ich Caroline getroffen hatte. Alyssa ist nicht mein Kind.« Er drehte sich wieder zu seinem Vater um. »Und du wusstest das ganz genau. Ich habe dir gesagt, dass das Baby nicht von mir ist, dass ich seit mindestens einem Jahr nicht mehr mit Marilee geschlafen hatte. Trotzdem hast du mich in diese Ehe hineingezwungen. Warum?«

»Wie bequem von dir zu vergessen, dass es deine Wahl war, sie zu heiraten.«

»Aber nur, weil du gedroht hast, Laura Jane in ein Heim zu stecken, wenn ich es nicht tue!«, brüllte Rink und ließ endlich seiner Wut freien Lauf, die lange unter der Oberfläche hatte brodeln müssen, bis sie endlich heraus durfte.

»Oh, mein Gott.« Caroline hielt sich die Hände vors Gesicht. Wann würde dieser Albtraum endlich aufhören? Roscoe hatte Rink dazu erpresst, ein Mädchen zu heiraten, das ein Kind von einem anderen Mann bekam. Wie hatte er das nur tun können?

»Warum war es dir so verdammt wichtig, dass ich Marilee heiraten sollte? Warum hast du ihrem Vater nicht einfach ins Gesicht gelacht und ihn nach Hause geschickt? Der Skandal, der dadurch hätte verursacht werden können, hat dich sicherlich nicht geschreckt. Du hast dich nie um irgendwelche gesellschaftlichen Feinheiten geschert. Und ich weiß, dass der alte Mr. George dir keine Angst einjagen konnte. Warum also hast du mich gezwungen, sie zu heiraten?« Seine Rede hatte in einem Schrei geendet, und seine Frage hing noch lange in der Luft, als er sie schon längst gestellt hatte.

151

»Geld«, sagte Roscoe lakonisch. »Er hatte Geld. Ich brauchte welches. So einfach war das. Ich habe dich verkauft, Junge, für fünfundzwanzigtausend Dollar.«

Rink war fassungslos. Obwohl er schon das Schlimmste über seinen Vater wusste, hätte er niemals vermutet, dass etwas so Banales wie Geld dahinter hätte stecken können.

»Aber nach Alyssas Geburt hast du die Scheidung nicht verhindert«, sagte er verdutzt.

»Es gab keine zeitliche Begrenzung bei unserem Geschäft. George wollte lediglich einen Ehemann für seine Tochter und einen Daddy für das Kleine. Er wollte, dass ein anständiger Name auf der Geburtsurkunde des Kindes stand.«

»Anständig«, höhnte Rink und sah an die Decke. Er fluchte. »Wir stinken geradezu vor Anständigkeit, nicht wahr?«

»Nebenbei«, fuhr Roscoe aalglatt fort, »schien es ein bequemer Weg, dich vor einem großen Fehler zu bewahren.«

»Welchem Fehler?«

»Dich mit Gesindel einzulassen, diesem Fehler.« Roscoe neigte seinen Kopf in Carolines Richtung.

»Lass sie da raus«, sagte Rink drohend. »Das hat nichts mit Caroline zu tun.«

Roscoe kicherte bösartig. »Es hat alles mit Caroline zu tun. Ich konnte es ja schlecht zulassen, dass du so ein kleines Mädchen flachlegst. Daraus wäre ja ein fürchterlicher Schlamassel entstanden.«

»So war es ja gar nicht.« Rinks stieß die Worte durch zusammengebissene Zähne aus.

»Nach dem, was mein Informant mir zutrug, kam es dem aber verdammt nahe. Er sagte, dass du kaum deine Hände von ihr lassen konntest.« Roscoes Augen verengten sich zu

152

Schlitzen, als er seinen Sohn ansah. Seine Lippen kräuselten sich verächtlich. »Du Narr. Kannst du dir vorstellen, wie schwer es für mich war, nicht laut loszulachen, als du vor mir standest, um mir zu sagen, dass du das Mädchen getroffen hättest, das du heiraten wolltest?«

Carolines Reaktion darauf war ein Zusammenzucken. Ihre Augen flogen zu Rink. Er sah sie an, aber jetzt war nicht der richtige Augenblick, um auf die Frage einzugehen, die er in ihren grauen Augen lesen konnte.

Gnadenlos fuhr Roscoe fort. »Marilee war eine kleine Schlampe. Sie ließ ungefähr jeden zwischen ihre Beine, aber wenigstens stammte sie aus einer anständigen Familie.« Seine Augen glitten zu Caroline. »Wenigstens war ihr Vater nicht ein stadtbekannter Säufer.«

»Warum hast *du* mich überhaupt geheiratet?«, wollte Caroline wissen und brach damit endlich ihr Schweigen. Roscoe war schuld daran, dass sie so an Liebeskummer hatte leiden müssen. Die ganze Zeit hatte sie gedacht, dass Rink Marilee zu der Zeit geschwängert hatte, als sie beide sich getroffen hatten. Roscoe hatte volle Arbeit geleistet. Er hatte es geschafft, ihrer beider Leben zu ruinieren. Sie hatte nichts mehr zu verlieren, wenn sie jetzt gegen ihn anging.

»Ich habe dich geheiratet, um etwas von meiner Investition zu haben«, sagte Roscoe unverblümt.

»Wie meinst du das?« Etwas in ihr sagte ihr, dass sie eigentlich gar nichts mehr erfahren wollte. Aber sie musste es wissen. Dies war die Nacht der Enthüllungen. Sie glaubte, sie könnte nicht noch einmal eine Begegnung dieser Art überstehen. Es war sicherlich besser, alles auf einmal zu erfahren. »Welche Investition?«

153

»Verdammt noch mal«, sagte Rink leise, als ihm die Wahrheit dämmerte.

»Ah, du hast es dir zusammengereimt, ja?«, gackerte Roscoe.

»Kann mir einer von euch mal sagen, wovon wir hier reden?«, schrie Caroline.

»Ich glaube, du hast mit deinem geheimnisvollen Wohltäter zusammengelebt, Caroline«, sagte Rink leise.

Sie starrte ihn an, bis der geistige Nebel sich hob und sie endlich verstand und sah, was im Grund die ganze Zeit offensichtlich gewesen war, wenn sie nur danach gesucht hätte.

»Das Stipendium?«, fragte sie heiser und sah eindringlich auf Roscoe herunter.

»Ich wollte nicht, dass du in der Stadt bist, wenn Rink eventuell nach erfolgreicher Scheidung wiederkommen würde, um dich zu holen.«

»Du hast meine Ausbildung finanziert?« Sie versuchte, die Fakten aufzunehmen, die sich jetzt so rasch offenbarten. »So wichtig war es dir, dass ich deinen Sohn und seinen Familiennamen nicht beschmutze?«

»Oh, es ging nicht nur darum«, sagte Roscoe affektiert. »Du musstest so aufgemotzt werden, dass du den letzten Teil des Planes erfüllen konntest.«

»Und der war?«, fragte sie und konnte dabei kaum Luft holen.

»Der war, dass du Mrs. Lancaster wirst. Mrs. *Roscoe* Lancaster.«

Sie schlang beide Arme um ihre Taille und knickte ein. Erniedrigung erfüllte sie mit jedem schmerzenden Schlag ihres Herzens. »Du hast das alles vor vielen Jahren geplant? Und dann deinen Plan in die Tat umgesetzt?«

»Wie glaubst du, hast du gleich nach deinem Collegeabschluss den Job bei der Bank bekommen? Hast du wirklich
gedacht, es sei Zufall gewesen, dass ich dich dort getroffen
habe? Ich habe den Arbeitsplatz in der Fabrik geschaffen, als
die Zeit dafür reif war. Soll ich weitermachen?«

»Aber warum?«, schrie sie. »Warum?«

Roscoe sagte nichts darauf, sondern ließ seine hinterhäl-
tigen Augen zwischen Rink und ihr hin und her pendeln.
Rink war es, der schließlich antwortete. »Weil ich dich
wollte. Und er das wusste. Und er wollte alles tun, egal wie
gewissenlos es sein mochte, sogar dich heiraten, damit ich
dich nicht haben konnte.«

»Du warst schon immer ein schlauer Junge.« Roscoe warf
ihm einen anzüglichen Blick zu.

»Du hast Laura Jane gesagt, sie solle mir schreiben, dass
Caroline heiraten wollte.«

»Das war leicht. Sie würde alles tun, um mir zu gefallen,
und es innerhalb von Stunden vergessen. Du hättest eine
Menge über Respekt und Ergebenheit von deiner einfältigen
Schwester lernen können, mein Junge.«

»Respekt.« Rink spuckte das Wort aus.

»All diese Jahre hast du unser aller Leben manipuliert,
nur aufgrund eines Grolls, den du gegen Rink gehegt hast?«,
sagte Caroline, die immer noch nicht glauben konnte, dass
ein Mann derart von Hass zerfressen sein konnte. »Ich war
nicht gut genug für ihn, aber du hast mich geheiratet. Du
hast mir deinen Namen gegeben, hast mich nach *The Retreat*
gebracht. Ich kann es nicht verstehen.«

»Es war leicht, dich dazu zu verführen, meine Liebe. Es
war mir klar, dass wir Lancasters und *The Retreat* für dich alles darstellten, das du bei deiner Herkunft nie hattest. Das

155

Haus und der Familienname waren die Köder für dich, denen du nicht widerstehen konntest, nicht wahr? Nicht mal, wenn Haus und Name zu deinem lange verlorenen Liebsten gehörten. In der Tat war ich manchmal dankbar dafür, dass du es mir so einfach gemacht hast. Du kannst dich gut ausdrücken und warst sauber, das sprach für dich. Du bist kultiviert. Gott allein weiß, woher das stammen könnte, aber es ist angenehm. Du bist ganz hübsch, was es den Leuten leichter machte zu glauben, dass sich ein geiler, alter Bock wie ich in dich verlieben konnte. Tja, Caroline, danke für dein Entgegenkommen.«

Von Entsetzen gepeinigt, drehte sie ihm ihren Rücken zu. Sie war auf abscheulichste Weise benutzt worden. Nur seltsamerweise gab sie sich selbst die Schuld daran und nicht ihrem hinterlistigen Mann. Wenn sie nicht so leichtgläubig gewesen wäre!

Wenn sie Rink nicht so schnell verurteilt hätte! Wenn sie für sich selbst nicht so hohe Ziele gehabt hätte! Wenn, ach, wenn … Hatte sie sich nicht selbst am meisten geschadet?

Die Augen des Sterbenden strotzten vor Vitalität, während sie zwischen den beiden hin und her sausten. »Wie war es denn so, im selben Haus miteinander zu leben? Wie eine Folter? In dieser Woche hatte ich so viel Spaß wie nie zuvor, als ich euch dabei zugesehen habe, wie ihr euch gedreht und gewunden habt. Ihr dachtet, keiner wüsste Bescheid, nicht wahr? Oh, wie habt ihr mich gut unterhalten in eurem Bemühen, es zu verstecken, wie ihr versucht habt, euch nicht anzusehen, um euch nicht zu verraten.«

Sein Blick traf Rink. »Du warst wieder heiß auf sie, Junge, oder? Hast ein Zucken zwischen deinen Beinen, das du kaum aushalten kannst, hä? Hast du an sie gedacht, wie sie in meinem Bett liegt und was wir miteinander treiben?«

Caroline wirbelte herum, aufgebracht und verletzt. »Hör auf, Roscoe!«

»Sieh sie dir an, mein Sohn. Sie hat einen vortrefflichen Körper, nicht wahr?«

»Sei still«, stieß Rink hervor.

»Eine ganze Frau. Von oben bis unten weiblich, jedes noch so kleine weiche Stückchen von ihr.«

»Sprich nicht so über sie, verdammt!«

Roscoe kicherte bösartig. »Ich spreche nichts aus, was du nicht schon gedacht hast. Hast du dir vorgestellt, wie du sie küssen würdest? Sie im Arm halten? Sie ausziehen? Mit ihr schlafen? Bist wohl scharf auf die Frau deines Vaters, mein Junge?«

»Oh Gott.« Am Boden zerstört, verließ Caroline das Zimmer.

Roscoe sah ihr lachend hinterher.

»Du Hurensohn.« Rink sprach zu seinem Vater mit Grabesstimme.

»Da hast du recht.« Mit Mühe richtete Roscoe sich auf und stützte sich auf einem Ellbogen ab. »Ich werde in der Hölle brennen und jede einzelne Minute davon genießen, weil ich weiß, dass es dir hier auf Erden viel schlechter geht als mir. Seit dem Tag, an dem du geboren wurdest, warst du ein Stachel in meinem Fleisch.«

»Weil ich dich in deiner ganzen Hässlichkeit erkannte. Weil du meine Mutter umgebracht hast. Du hättest ihr ebenso gut eine Kugel durch den Kopf jagen können, so klar ist es, dass du für ihren Tod verantwortlich bist.«

»Vielleicht, vielleicht. Sie war eine schwache Frau. Hat

157

mir nie Paroli geboten. Aber du. Du hast es getan. Ich konnte es nie ausstehen, wie du mich mit diesem Ausdruck rechtschaffenden Vorwurfs ansahst. Und je älter du wurdest, umso schlimmer wurde es. Du hast dich selbst zu meinem Gewissen ernannt, und ich wollte kein Gewissen.«

Er zeigte mit einem seiner knochigen Finger zitternd auf seinen Sohn. »Na ja, ich hab's dir jedenfalls zurückgezahlt, mein Sohn. Es hat Jahre gedauert, aber ich hab's dir in gleicher Münze heimgezahlt. Die Frau ist für immer unantastbar für dich, Rink. Ich kenne dich. Dein dämlicher Winston-Stolz wird es nicht zulassen, dass du sie bekommst.« Er machte eine bedeutungsvolle Pause und fuhr dann fort. »Weil ich sie zuerst hatte. Denk dran. Sie war *meine* Frau, und ich hatte sie als Erster!«

Die vier Insassen der Limousine waren schweigsam, während der Wagen langsam die Allee entlangfuhr, die zum Friedhof führte. Rink und Caroline saßen auf Fensterplätzen und sahen hinaus. Laura Jane, die zwischen ihnen saß, knetete ein Taschentuch zwischen ihren Fingern. Mrs. Haney war auf dem Notsitz platziert, analysierte das Verhalten aller Anwesenden, sagte aber nichts. Jedenfalls, solange sie es aushielt.

»Sieht gut besucht aus«, kommentierte sie, denn sie konnte durch das Rückfenster sehen und hatte so einen Blick auf den Leichenwagen und die Prozession der nachfolgenden Autos.

Niemand sagte etwas darauf. Schließlich bemerkte Caroline: »Wahrscheinlich kommt fast jeder aus der Stadt.«

»Ich kann mich kaum an Mamas Beerdigung erinnern. Du aber schon, oder, Rink?«, fragte Laura Jane eingeschüchtert. Wenn Rinks Augen so hart ausschauten wie jetzt, hatte sie immer Angst vor ihm.

»Ja«, sagte er in beißendem Tonfall. »Ich kann mich gut daran erinnern.« Dann fiel ihm ein, dass er mit seiner Schwester sprach, er drehte den Kopf zu ihr und lächelte sie weich an. Er nahm ihre Hand, küsste ihren Handrücken und nahm sie zärtlich in seine. »Damals kamen auch viele Leute.«

»So habe ich mir das auch vorgestellt«, sagte sie mit zittrigem Lächeln. Sie war froh, dass er nicht mehr mit diesem kalten, nichts Gutes verheißenden Blick ins Nichts starrte.

»Die Leute werden über diese Beerdigung reden«, prophezeite Mrs. Haney. »Weil es keinen Gottesdienst in der Kirche gibt. Der Prediger war schockiert. Wie auch sonst jeder.«

»Dann bleibt ihnen nichts anderes übrig, als schockiert zu sein. Von mir aus sollen sie ruhig tratschen«, sagte Rink grob.

»Du musst ja auch nicht hier leben«, schnaubte Mrs. Haney. »Wir schon.«

»Kein Gottesdienst«, sagte Rink kratzig. »In Ordnung, Mrs. Haney?« Sein durchdringender Blick und der Befehlston in seiner Stimme brachten sie zum Schweigen.

»Ja, Sir.« Eingeschnappt setzte sie sich gerade hin. Er sah wieder aus dem Fenster.

Caroline fühlte tief mit Mrs. Haney und Laura Jane. Sie hatten ja keine Ahnung, wie furchtbar tief die Abgründe in Roscoes Geist gewesen waren, und konnten daher nicht verstehen, warum Rink so überaus kalt auf den Tod seines Vaters reagierte. Was sie selbst anging, so dachten die beiden, dass sie durch die Trauer wie betäubt sei.

Mrs. Haney hatte ihre Hand genommen und zu ihr ge-

159

sagt: »Sie haben eine starke Seele, Caroline, aber irgendwann will das Weinen durchkommen. Wenn Sie allein sind und der ganze Aufruhr erstmal vorüber ist, werden Sie schon weinen.«

Mrs. Haney lag falsch. Caroline würde keine einzige Träne um den Mann weinen, der ihr Ehemann gewesen war. Seit dem Moment, an dem sie in tiefster Demütigung das Krankenhauszimmer verlassen hatte, hatte sie keine einzige Träne mehr vergossen. Rink war ihr eine Weile später nachgekommen. Man hätte meinen können, er sei in der Hölle gewesen und hätte den Teufel persönlich getroffen. Sein Gesichtsausdruck war entsetzlich, steinern. Und er war so geblieben.

Die ganze, lange Nacht hatten sie in den Stühlen aus Chrom und Plastik verbracht und Wache gehalten. Sie sprachen nicht miteinander. Sie sahen einander nicht an. Sie wollte sich so oft dafür entschuldigen, dass sie geglaubt hatte, er hätte ihre Liebe verraten, indem er sie mit Marilee betrog. Sie hatte ihn anfassen wollen, ihn halten, mit ihm um all die Jahre trauern, in denen man sie einander ferngehalten hatte. Aber sie waren noch immer voneinander getrennt. Jede gespannte Linie und jeder verkrampfte Muskel in seinem Gesicht sprachen das aus. Also hielt sie Distanz und schwieg.

Roscoe wurde stark sediert, nachdem Rink das Zimmer verlassen hatte. Einmal war der Arzt bei Caroline, hatte sich vor sie hingekniet und ihre Hand genommen. »Es wird nicht mehr lange dauern. Wenn Sie möchten, können Sie zu ihm hinein, aber er wird nicht wissen, dass Sie da sind.«

Sie hatte mit dem Kopf geschüttelt. Sie wollte nie wieder sein Gesicht sehen. Als der Arzt ihnen schließlich mitgeteilt hatte, dass Roscoe gestorben war, verließ sie mit Rink das

Krankenhaus, ohne vom Tod ihres Ehemannes betroffen zu sein.

Jetzt musste sie die Rolle der leidenden Witwe spielen. Die Limousine hielt an. Der aufmerksame Bestatter half ihr aus dem Rücksitz und führte sie zu dem Zelt, das man neben dem Grab für die Beerdigung aufgestellt hatte. Sie setzte sich steif auf den von ihm angewiesenen Stuhl, Rink saß neben ihr, neben ihm Laura Jane. Mrs. Haney wollte lieber hinter Laura Jane stehen und ihr tröstend die Hände auf die Schultern legen.

Caroline hörte der Lobpreisung durch den Priester nicht zu. Ihre Augen starrten direkt durch den mit Rosen geschmückten Sarg. Als die Beerdigung vorüber war, nahm sie die Beileidsbekundungen derer, die zu Rink und ihr kamen, mit formeller Höflichkeit entgegen.

»Hält sie sich nicht tapfer?«, murmelten die Trauergäste einander zu.

»Nicht eine Träne.«

»Natürlich wusste sie nach seiner Operation, dass es nur noch eine Frage der Zeit sein würde.«

»Ja. Sie hatte Zeit, sich darauf vorzubereiten.«

»Trotzdem, sie hätte ja auch einen großen Auftritt hinlegen können. Du weißt ja, wie solche Leute sind. Sie neigen dazu, in der Öffentlichkeit gefühlvoll zu werden.«

»Was wohl mit der Fabrik passiert?«

»Ich nehme an, sie wird sie weiterführen.«

»Und was ist mit Rink?«

»Er wird bleiben.«

»Er wird zurück nach Atlanta gehen.«

»Ich weiß es wirklich nicht.«

Auf dem Weg zu der wartenden Limousine hörte sie die

geflüsterten Spekulationen, sie berührten sie in keinster Weise. Die Dimensionen, die Roscoes Verrat angenommen hatte, hielt ihren gesamten Geist gefangen. Wenn sie ihre Beherrschung auch nur teilweise verlor, würde sie sich lächerlich machen, weil sie dann wie eine Wildgewordene losschreien würde. Also ließ sie sie lieber in dem Glauben, sie sei stoisch. Sie würde nicht um Roscoe Lancasters Seele beten und schon gar nicht um sie weinen. Er hatte nicht nur sie zutiefst verletzt, sondern auch den einzigen Mann, den sie je geliebt hatte. In ihrem Herzen gab es für eine solch tiefgreifende Gemeinheit keine Vergebung.

»Das ist Gott sei Dank vorüber«, sagte Rink und ließ sich auf den Rücksitz fallen, nachdem er dem Priester das letzte Mal die Hand geschüttelt hatte.

Aber es war noch nicht vorbei. Den ganzen Nachmittag über war *The Retreat* überfüllt mit Menschen, die angeblich dort waren, um den Hinterbliebenen von Roscoe ihr Beileid auszusprechen. Caroline dachte bei sich, dass die meisten eher aus Neugier gekommen waren. Wollten sie vielleicht sehen, was sie an Marlena Winston Lancasters Haus verändert hatte? Sie hatte den Eindruck, dass die meisten darüber enttäuscht waren, dass alles gleich geblieben war. Hatten sie scharlachrote Tapeten und Lampenschirme mit Fransen erwartet?

Sie waren unersättlich in ihrer Neugier auf Rink und sein Leben in Atlanta. Er wurde aufs Kleinste über sein Unternehmen ausgefragt, über sein Privatleben, was er in all den Jahren getan hatte, als er nicht zu Hause war, und was er für die Zukunft plante. Geschickt wand er sich aus diesen heiklen Verhören heraus.

Gleichermaßen galt ihre Neugier Caroline. Von ihrem

Platz aus, auf dem sie in finsterer Würde residierte, beobachtete sie, wie die Gäste sie heimlich betrachteten, und fragte sich, was sie wohl erwarteten. Hatten sie vermutet, sie würde etwas anderes als ein einfaches schwarzes Kleid tragen? Erwarteten sie, dass sie unbeherrscht weinte? Oder sollte sie vielleicht lachen, weil ihr reicher, alter Mann gestorben ist? So, wie das Haus die Gäste enttäuscht hatte, spürte Caroline, dass sie selbst sie auch enttäuschte. Das Dawson-Mädchen hatte ihnen nichts geboten, worüber sie später reden konnten.

Endlich verabschiedeten sich die Trauergäste, und das Haus war wieder leer. Lange Abendschatten fielen in Streifen durch die Fensterläden auf den Hartholzboden. Mrs. Haney räumte schmutzige Gläser, Papierservietten und gefüllte Aschenbecher weg.

»Wer möchte etwas essen?«

»Ich nicht, danke, Mrs. Haney«, sagte Caroline halbherzig.

»Nein, danke.« Rink schenkte sich einen Schluck Bourbon in ein Whiskyglas. »Gehen Sie ruhig zu Bett, Mrs. Haney. Es war ein langer Tag für Sie.«

Sie wuchtete das beladene Tablett hoch. »Sobald ich diese Sachen abgewaschen habe, werde ich dich beim Wort nehmen. Brauchen Sie noch irgendetwas, Caroline?«

Caroline lächelte sie dankbar an und schüttelte den Kopf. »Gute Nacht, Mrs. Haney.«

»Sollte jemand der Hunger überfallen, der Kühlschrank ist gestopft voll. Gute Nacht.«

Sie ließ die beiden allein im Wohnzimmer zurück. Caroline lehnte ihren Kopf an das Sofakissen, schloss die Augen und massierte ihre Schläfen. Sie öffnete den obersten Knopf ihres Kleides und schlüpfte mit einem Seufzer der Erleichterung aus ihren Schuhen.

Rink hatte das Jackett des schwarzen Anzuges ausgezogen und seine Hemdsärmel aufgekrempelt. Nun stand er an einem der hohen Fenster. Eine Hand steckte in seiner Hosentasche, die andere führte in Abständen das Glas zu seinem Mund. Sie waren zum ersten Mal allein, seit sie gemeinsam vor zwei Nächten das Krankenhaus verlassen hatten. Es schien, als ob sie sich noch immer nichts zu sagen hatten.

Caroline öffnete langsam ihre Augen und sah ihn prüfend an. Das Schwarz seiner Haare stand farblich in starkem Kontrast zu seinem weißen Hemdkragen. Sie betrachtete seine breiten Schultern und ließ ihren Blick langsam über den schmaler werdenden Rücken, über dem er eine Weste trug, bis zu seiner Taille gleiten. Unter der maßgeschneiderten Hose zeichnete sich sein schmaler, fester Hintern ab, seine langen Schenkel waren hart und schlank. Sie wollte nichts lieber in der Welt, als zu ihm zu gehen. Sie konnte es beinahe spüren, wie sie die Arme um seinen straffen Körper legte und ihre Hände sich auf seinen flachen, muskulösen Bauch legten. Ihre Brüste schmerzten vor Sehnsucht, sie wollten sich an seinen starken Rücken schmiegen. Sie sehnte sich danach, ihre Wange an seine Schulter zu legen und seinen Duft einzuatmen, jede kleinste Nuance davon.

Ihre Beobachtungen wurden unterbrochen, als sein Körper sich anspannte und sie ein gemurmeltes »Was zum Teufel?« von ihm hörte, bevor er sein Glas donnernd auf dem antiken Sideboard abstellte und mit verzerrtem Gesicht aus dem Zimmer raste. Aufgeschreckt sprang Caroline vom Sofa und eilte zum Fenster.

Steve und Laura Jane liefen über den Rasen. Sie gingen

langsam auf das Haus zu. Sein Arm lag um ihre Schulter und hielt sie sicher. Sie hatte ihren Kopf an seine Brust gelehnt. Er beugte seinen Kopf beschützend über ihren. Caroline sah, wie seine Lippen sich bewegten, während er leise mit Laura Jane sprach. Dann hielten seine Lippen für einen zarten Kuss auf ihre Schläfe kurz inne.

Sie wirbelte auf ihrem bestrumpften Fuß herum und raste hinter Rink her – jetzt wusste sie, was er gesehen hatte. Sie musste bei ihm sein, bevor ...

Noch während sie das dachte, hörte sie schon die Haustür hinter ihm ins Schloss knallen und seine Schritte auf der Veranda.

»Laura Jane«, rief er.

Caroline rannte hinter ihm her, sauste die vordere Treppe hinunter. »Rink, nein.«

Laura Jane hob ihren Kopf von Steves Brust, machte aber keine Anstalten, sich von ihm zu lösen. Ganz im Gegenteil, sie zog ihn mit sich, während sie auf den Ruf ihres Bruders reagierte. Caroline sah, wie Steves Schritte zögerlich wurden. Er war nicht so naiv wie Laura Jane und hatte den Ausdruck in Rinks Augen gleich richtig eingeschätzt. Trotzdem ließ Steve den Bruder des Mädchens nicht aus den Augen, während er auf ihn zuging.

»Ja, Rink?«, fragte Laura Jane.

»Wo bist du gewesen?«

»Ich war bei Steve und habe ferngesehen.« Sie lächelte den Stallmeister an. »Er hat versucht, mich von Daddys Beerdigung ein wenig abzulenken.«

Rink bebte vor Zorn. »Es ist schon spät. Du solltest besser ins Bett gehen.«

»Das hat Steve auch gesagt.« Sie seufzte. »Gute Nacht, ihr

alle.« Sie warf Steve noch einen innigen Blick zu, bevor sie durch die Haustür nach drinnen schwebte.

Nachdem sich die Tür geschlossen hatte, ließ Rink noch einige Sekunden verstreichen. Dann trat er grimmig einen Schritt vor. »Lassen Sie Ihre Finger von meiner Schwester, klar? Wenn ich nochmal sehe, dass Sie sie betatschen, sind Sie gefeuert und so schnell weg von hier, dass Ihnen schwindelig wird.«

»Ich habe sie nicht betatscht, ich habe sie lediglich getröstet«, sagte Steve ruhig. »Sie ist wegen dem Tod ihres Vaters … und wegen anderer Dinge ziemlich durcheinander.«

»Sie braucht Ihre Art von ›Trost‹ nicht.«

»Rink«, unterbrach Caroline ihn und legte besänftigend eine Hand auf seinen Arm. Er schüttelte sie ab.

»Was wollen Sie damit sagen?«, fragte Steve.

»Sie wissen ganz genau, was ich damit sagen will. Sie könnten sich eine ganze Menge bei ihr herausnehmen, solange Sie das ›trösten‹ nennen.«

Steve nagte an seiner Unterlippe, und Caroline wusste, dass nur die Angst, seinen Job zu verlieren und damit Laura Jane, ihn davon abhielt, Rink zu schlagen.

»Sie können von mir halten, was immer Sie wollen, Mr. Lancaster, aber merken Sie sich ein für allemal: Ich habe niemals etwas getan, was Laura Jane verletzen könnte, noch werde ich das jemals.«

Rink sah ihn drohend an. »Dann gibt es ja kein Problem hier, oder? Aber nur um sicherzugehen, dass ich zukünftig nichts missverstehe, werden Sie sich einfach von ihr fernhalten.« Damit drehte er sich um und stapfte ins Haus zurück.

Caroline warf Steve einen entschuldigenden Blick zu und folgte Rink hinein. Sie holte ihn in der großen Eingangshalle ein und riss ihn am Arm zu sich herum. »Du gemeiner Kerl! Hat es dir wenigstens Genugtuung verschafft, deinen Ärger an Steve auszulassen? Fühlst du dich jetzt besser?«

»Nicht so ganz.«

Er kehrte ihre Rollen um und wurde zum Angreifer. Mit eisernen Fäusten packte er ihre Oberarme, stieß sie ins Wohnzimmer und zog die Tür hinter sich zu. Mit seinem Körper drückte er sie an die Wand, beugte seinen Kopf so weit vor, dass er ihr Gesicht fast berührte, und fragte sie schwer atmend: »Wie konntest du nur mit ihm schlafen? Wie, Caroline?«

8

Der Kuss, der auf diese Frage folgte, war brutal. Sein
Mund zwang ihre Lippen, sich zu öffnen, dann stieß er seine
Zunge in ihren Mund. Seine Hüften schnellten vor und
bohrten sich in ihre. Eine Hand ließ ihren Arm los und legte
sich auf ihre Brust. Er drückte ohne jede Zärtlichkeit zu. Er
wollte sie mit seinen Berührungen erniedrigen.

Sie kämpfte gegen ihn. Ihre freie Hand drückte abwechselnd gegen seine unnachgiebige Brust oder schlug auf seine
Schulter. Sie versuchte, ihren Mund dem Angriff seiner Lippen zu entziehen, schaffte es aber nicht. Ihre Schreie kamen
nur als hohe entstellte Geräusche heraus, die durch seinen
Mund gedämpft wurden.

Das war nicht Rink. Caroline wusste, dass er ihr nicht
auf diese Art wehtun wollte. Der Ärger, der sich sein ganzes Leben hindurch angestaut hatte, hatte ihn übermannt.
Sein Feind war tot, gegen wen sollte er jetzt kämpfen? Frustriert ließ er seinen Zorn an ihr aus, weil sie unwissentlich ein
Teil von Roscoes Plan gewesen war. An diesem Punkt verstand sie, dass ihre beste Verteidigung stillhalten war. Und so
wurde sie in seinen Armen schwach.

Es dauerte ein wenig, bis Rink wieder zu Sinnen kam und
bemerkte, dass sie sich nicht länger gegen ihn wehrte. Seine
Lippen wurden weich, und der stürmische Kuss verwandelte

sich in ein leichtes Knabbern an ihren Lippen. Er quetschte nicht mehr entwürdigend ihre Brust, sondern streichelte sie nun sanft.

Gegen diese Zärtlichkeit jedoch musste sie jetzt ankämpfen. Der brutale Übergriff gerade stammte nicht von dem Mann, den sie gekannt und geliebt hatte, sondern von einem Mann, der von Verrat und Bitterkeit zerfleischt wurde. Jetzt waren seine Berührungen schmerzhaft vertraut und verbunden mit quälenden Erinnerungen an den Sommer, in dem jede Berührung sie in höhere Sphären versetzt hatte.

»Rink.« Sein Name kam als leises Stöhnen, das Sehnsucht und Hoffnungslosigkeit hinter sich her zog.

»Habe ich dir wehgetan?«

»Nein.«

»Das hatte ich nicht vor.«

»Ich weiß.«

Er beugte sich vor und legte seine Arme vom Ellbogen bis zu den Fingerspitzen an die Holzpaneele hinter ihr. Er presste die Stirn fest an das Holz, als er seinen Kopf knapp oberhalb ihres eigenen an die Wand lehnte. Sein Atem bewegte ihr Haar. »Warum möchte ich lieber mit dir Liebe machen als atmen? Warum schaffe ich es nicht, dir zu verzeihen? Warum bin ich nach all der Zeit immer noch von dir besessen?«

Er bewegte sich auf sie zu, bis ihre Körper wie zusammengeheftet waren. Ihre Haltung war so unverhohlen sexuell, dass ihre Herzen gegeneinander hämmerten. »Wir könnten in genau dieser Position miteinander im Bett liegen, Caroline.«

»Oh Gott.« Sie vergrub ihre Nase an seinem Hals. »Sprich nicht darüber, Rink.«

»Das ist es, woran du denkst. Und ebenso, woran ich denke.«

»Denk nicht daran.«

»Daran werde ich immer denken.«

Er rieb seinen Körper an ihrem, und seine harte Brust drückte sanft auf ihren Busen. Bei jedem flachen Atemzug, den sie taten, massierten sie einander den Bauch. Er veränderte seine Haltung, sodass sein Verlangen nach ihr noch stärker wurde. Ihre Schenkel waren gegeneinander gepresst, und er drückte sein Geschlecht an ihre Vagina.

Obwohl sie komplett angezogen waren und sich nicht bewegten, waren sie miteinander intim. Sie machten Liebe. Alles fand in ihrer Vorstellung statt, nicht jedoch in der Realität. Aber jeder dachte so intensiv an den Akt, dass nichts anders gewesen wäre, hätte er wirklich stattgefunden.

Rink fuhr mit den Händen durch ihr Haar und vergrub seine Nase darin. Er flüsterte immer wieder ihren Namen. Ihre Gefühle füreinander ließen sie beide erzittern. Dann standen sie sehr still.

Minuten vergingen, in denen sie sich weder bewegten noch sprachen. Sie standen nur da, tauchten ein in die Nähe des anderen, bedauerten, was nie passiert war, und trauerten darum, dass es nie wahr werden würde.

Ganz langsam glitt Rink nach hinten, bis sie sich nicht mehr berührten. Er untersuchte eindringlich ihr Gesicht. Sie sah hoch, ihm direkt in die Augen. »Wie konntest du es mit ihm tun, Caroline?«, brachte er rau hervor. Er stieß sich von der Wand ab und fuhr sich mit der Hand durchs Haar. Er fragte nicht noch einmal, aber sein strenger Gesichtsausdruck mahnte sie zu antworten.

»Er war mein Ehemann.« Es war eine einfache Aussage,

die alles erklären sollte. Stattdessen erregte sie damit erneut seinen Zorn.

»Wie hast du ihn bloß heiraten können? Wie, um Gottes Willen? Nachdem, was zwischen uns war, wie konntest du ausgerechnet *ihn* heiraten?«

»Das ist unfair, Rink!«, erzürnte sie sich. »Du hast mich verlassen, es war nicht anders herum.«

»Du weißt, warum ich Marilee geheiratet habe.«

»Erst seit zwei Tagen.«

Er stemmte die Hände in die Hüften und sah sie verärgert an. »Dann hast du tatsächlich geglaubt, dass ich jemanden gefickt habe, während ich alles riskiert habe, um dich treffen zu können?«

Seine vulgäre Ausdrucksweise schockierte sie. »Wie sollte ich denn etwas anderes denken? Du hast dich nicht mal verabschiedet. Jemand erzählte mir, dass du Marilee George heiraten würdest, weil sie schwanger war. Was hätte ich denn denken sollen?«

Er fluchte und drehte sich weg, um ihrer überzeugenden Argumentation zu entgehen. »Ich hätte dir doch niemals die Wahrheit erzählen können. Du hättest mir genauso wenig geglaubt wie alle anderen.«

»Vielleicht doch.«

»Tatsächlich?«, griff er sie an. Sie senkte die Augen, weil sie seinen anklagenden Blick nicht mehr aushielt. »Nein, hättest du nicht«, antwortete er für sie. »Du hättest gedacht, was jeder andere auch gedacht hat, nämlich, dass das Baby von mir war.«

Er ging zur Couch, ließ sich darauf fallen und streckte seine Beine weit von sich. Er rieb seine Augen mit Daumen und Mittelfinger. »Im Übrigen hatte ich Angst, dass

171

du noch irgendwie darin verwickelt würdest, wenn wir uns nochmal trafen. Ich wusste, dass die Gerüchteküche in der Stadt brodelte und dass ich mit Argusaugen verfolgt wurde. Alle meine Aktivitäten wären sofort pflichtbewusst berichtet worden. Ich wollte es nicht riskieren, dich auch noch in diese Katastrophe hineinzuziehen.«

Sie lief herum und zog Beileidskarten aus den Blumenarrangements, die vor der Beerdigung geliefert worden waren. »Wer war der Vater des Babys, Rink?«

Desinteressiert nannte er einen Namen. Caroline drehte sich erstaunt zu ihm um. »Aber das ist der Mann, den Marilee nach eurer Scheidung geheiratet hat.«

Er lachte freudlos. »Sie konnte es gar nicht abwarten, endlich zu ihm zurückzukehren, aber zuerst musste sie mich noch finanziell ausbluten lassen. Das war meine Strafe dafür, dass ich sie nicht wollte.«

»Aber zu einem früheren Zeitpunkt hattest du sie gewollt«, flüsterte sie fast unhörbar und erinnerte sich daran, was er vor ein paar Tagen in Roscoes Krankenzimmer gesagt hatte.

Sein Kopf schoss hoch. »Willst du das gegen mich halten? Mein Gott! Ich war doch noch ein Kind, Caroline.« Er war offensichtlich gereizt. »Ich habe mir die Hörner abgestoßen. Ja, ich war ein paarmal mit ihr zusammen. So wie jeder Kerl hier in der Stadt. Aber ich war schlau genug, Vorkehrungen zu treffen, damit sie nicht schwanger wurde. Ein paar Techtelmechtel auf dem Rücksitz meines Autos bedeuteten mit Sicherheit nicht, dass ich sie heiraten wollte.«

Sie sah eingehend ihre Fingernägel an. »Und stimmt es, dass du mit niemanden sonst damals …«

»Caroline«, sagte er leise, und sie hob den Kopf. »Willst

du wissen, ob ich zu derselben Zeit, als wir uns trafen, mit ihr geschlafen habe?« Die Augen liefen ihr über, während sie ihn ansah. »Nein«, sagte er mit sanfter Betonung. »Ich war mit niemandem sonst in jenem Sommer zusammen.«

»Hast du wirklich Ro–, ich meine, deinem Vater gesagt, dass du mich heiraten wolltest?«

»Ja. Ich teilte ihm mit, ich hätte das Mädchen gefunden, das ich heiraten würde.«

Sie sahen einander in die Augen, und für lange Zeit verharrten sie so. Ihr Kopf fiel nach vorne, und sie drehte sich weg. »Wie war das Baby, Alyssa?«

Rinks Mundwinkel hoben sich für ein kurzes Lächeln, bevor sein Gesicht wieder traurig wurde. »Sie war ein tolles kleines Mädchen.«

Caroline hörte seinen weichen Tonfall und sagte ohne jeden fragenden Unterton in ihrer Stimme: »Du hast sie geliebt.«

Er genierte sich nicht deswegen. »Ja«, sagte er und lachte leise. »Verrückt, nicht wahr? Aber als sie erst mal auf der Welt war, wollte ich sie behalten.«

Carolines Herz quoll über vor Liebe zu ihm. Sie setzte sich neben ihn auf das Sofa. »Ich will dich nicht ausfragen, Rink. Aber wenn du darüber reden willst, dann höre ich dir zu.«

Seine Augen wanderten über ihr Gesicht. »Du warst schon immer eine gute Zuhörerin. Erzähl mir – hast du dich an meinen Vater geschmiegt und ihm zugehört, während er dir sein Herz ausgeschüttet hat?«

Sie stieß einen unterdrückten Schrei aus und sprang auf ihre Füße. Er ergriff ihr Handgelenk und hinderte sie an der Flucht. »Es tut mir leid. Bitte, setz dich wieder.«

Sie bemühte sich noch, ihren Arm freizubekommen, als er

plötzlich kurz und heftig daran zog, sodass sie auf das Sofa zurückfiel. »Ich habe gesagt, es tut mir leid. Die Bemerkung war unpassend. Alte Gewohnheiten sind nun mal schwer zu ändern. Wenn du etwas über meine Missheirat erfahren willst, dann hör zu. Du kennst all den anderen Dreck aus meinem Leben, dann ich dir genauso auch den Rest erzählen.«

»Ich habe dir gesagt, ich will dich nicht ausfragen.«

»Ja, und ich glaub's dir auch«, sagte er brüsk. »Okay?« Sie nickte eingeschnappt, und er ließ sie los. »Marilee hat mich nicht mehr geliebt als ich sie. Damit hatte Roscoe recht. Sie hatte nur behauptet, dass das Baby von mir war, damit sie nicht enterbt würde. Na, wir zogen jedenfalls fort, womit sie nicht gerechnet hatte, und gingen nach Atlanta. Ich musste mir eine Arbeit suchen, weil ich von meinem Vater keinen Cent annehmen wollte. Die Ehe ging schnell in die Brüche, aber ich liebte Alyssa. Sobald sie geboren war, tauchte plötzlich ihr richtiger Vater auf und die beiden machten da weiter, wo sie aufgehört hatten.«

»Machte dir das nichts aus?«

»Zum Teufel, nein. Ich konnte es gar nicht abwarten, sie endlich loszuwerden. Aber ich machte mir Sorgen um das Baby. Marilee war nicht gerade die pflichtbewussteste aller Mütter. Als sie die Scheidung aufgrund von seelischer Grausamkeit eingereicht hatte, habe ich dem nicht widersprochen, aber damit war sie noch nicht fertig mit mir. Sie verlangte eine ungeheuerliche Abfindung. Bis dahin hatte ich ihren Freund und sie sogar noch finanziell unterstützt. Langer Rede kurzer Sinn: Ich musste jahrelang Tag und Nacht arbeiten, um sie aus meinem Leben heraus zu kaufen. Ich fand es furchtbar, Alyssa zu verlieren, aber Marilee bestand auf dem Sorgerecht für sie.«

»Hat Alyssa jemals erfahren, dass du nicht ihr Vater bist?«
Caroline konnte den Gedanken an ein kleines Mädchen,
das sich nach einem Vater sehnte, der es nie besuchen kam,
kaum aushalten.

»Oh, ja«, sagte er angeekelt. »Alyssa war fast drei Jahre alt,
als die Scheidung endlich durch war. Sie weinte und klammerte sich an mich, während Marilee versuchte, sie mir aus
dem Arm zu reißen. Sie wollten zurück nach Winstonville,
ich blieb in Atlanta. Alyssa rief mich, weinte, sie wolle zu
ihrem Daddy. Marilee sagte ihr, wenn sie zu ihrem Daddy
wollte, müsste sie mit nach Winstonville, weil ich nicht ihr
Daddy sei.«

»Oh Rink«, murmelte sie und schauderte bei der Vorstellung an die schreckliche Szene damals.

»Sie ist jetzt elf, und wie ich gehört habe, ist sie ein richtiger Wildfang, die Plage der Winstonville Junior High
School.« Er schüttelte traurig den Kopf. »Das ist sehr schade,
denn sie war so ein süßes Mädchen. Wie du weißt, hatte sie
eine ganze Reihe ›Stiefväter‹. Ich glaube nicht, dass sie sich
überhaupt an mich erinnert.«

Sie schwiegen lange, dann sagte Caroline: »Hast du damals Air Dixie gegründet?«

»Noch nicht. Ich habe den Flugschein während meines
ersten Semesters am College gemacht. Als ich nach Atlanta
zog, hatte ich bereits genug Flugstunden zusammen, um als
Charterpilot anzuheuern. Ich habe weitere Flugstunden ge-
sammelt, um die Flugerlaubnis für größere Flugzeuge zu erhalten. Ich traf meinen jetzigen Geschäftspartner, und wir
fingen an, Ideen für einen gemeinsamen Charterservice zu
entwickeln. Als eine Fluggesellschaft pleiteging, schafften
wir es, genug Geld zusammenzukratzen, um eine Anzahlung

dafür zu leisten. Dann kamen wir ganz groß ins Geschäft und konnten unsere Kredite Jahre vor der Fälligkeit ablösen und der Nachfrage nicht mehr gerecht werden. Wir kauften eine größere Maschine, dann noch eine und noch eine.«

»Und so ging es immer weiter.«

»Ja.«

Der Schein der Lampe bildete einen Lichtkreis um sie herum. Ihr dunkles Haar fiel auf ihre Schultern und verschmolz mit ihrem schwarzen Kleid. Nur ihr Gesicht und ihr Hals schimmerten cremig und blass im goldenen Licht. Ihre Augen glänzten auf dem Schatten heraus und sahen tief in seine.

»Caroline?«, fragte er leise.

Ihr Herz hämmerte wie verrückt. Es war eine Schande, dass sie an dem Tag, an dem sie ihren Ehemann beerdigt hatte, so fühlen konnte, aber sie wusste genau, dass sie, wenn Rink auf sie zuginge, ihm entgegenfliegen würde. Sie liebte ihn noch immer, hatte nie damit aufgehört. Aber sie bewunderte ihn nicht mehr wie ein Teenager einen Erwachsenen. Sie liebte ihn, wie eine Frau einen Mann liebte. Trotz seines aufbrausenden Temperaments, seiner Intoleranz menschlichen Schwächen gegenüber, trotz seines Zorns über ihre Beziehung zu Roscoe liebte sie ihn.

»Ja, Rink?«

»Hast du jemals an mich gedacht, wenn du mit meinem Vater im Bett warst?«

Wenn er ihr einen Dolch ins Herz gestoßen hätte, wäre die Verletzung nicht schlimmer gewesen. Voller Schmerz schrie sie auf und schoss vom Sofa hoch. »Du Scheißkerl! Sag so etwas nie wieder zu mir.«

Er stand vom Sofa auf, um ihr in die Augen zu sehen. Er

schob stolz sein Kinn vor. »Ich will es wissen. Hat es nicht wenigstens ein kleines bisschen dein Gewissen geplagt, dass du meinen Vater geheiratet hast, obwohl wir selbst knapp davor gewesen waren, miteinander zu schlafen?«

»Nur zu deiner Erinnerung: Ich war bereit dazu, deine Geliebte zu sein. Du hast einen Rückzieher gemacht. Du warst nicht bereit, das Risiko einzugehen.«

»Das stimmt. Ich wollte nicht riskieren, dir wehzutun.«

»Ich wollte aber, dass du mir wehtust!« Es lag so viel Gefühl in ihrer Stimme, dass ihr Ausruf fast wie ein Schluchzen klang.

Er knirschte mit den Zähnen und sprach mit donnernder Stimme weiter. »Ich wollte dir auf die Art wehtun, ja. Ich wollte der Erste sein, um mit dir diesen schmerzhaften Moment zu erleben, durch den wir für immer zusammengehört hätten.« Er kam einen Schritt näher, und seine aufgestauten Gefühle brodelten über. »Aber ich hatte einen unangebrachten Anfall von Anstand. Noch blöder war wohl, dass ich dich durch diese Behandlung von den anderen Mädchen, mit denen ich vorher zusammen gewesen war, abheben wollte.«

»Und es waren eine Menge vor mir gewesen, oder?«

»Ja.«

»Vor mir und nach mir.«

»Ja.«

»Wie kannst du mir dann vorwerfen, dass ich Roscoe geheiratet habe?«

»Weil du mir gesagt hattest, dass du *mich* liebst!«

»Hast du all diese anderen Frauen geliebt, Rink? Hast du?« Er wendete sich abrupt ab, aber sie hatte die Schuld in seinen Augen schon entdeckt. »Du warst nicht hier, Rink. Du warst mit einer anderen verheiratet. Soweit es mich betraf,

177

dachte ich, dass ich für dich lediglich ein weiteres Spielzeug gewesen war, das dir geholfen hat, diese trägen Sommertage damals zu überstehen. Du hättest mir schreiben können, mich anrufen, irgendetwas. Ich hatte Zweifel, ob du dich überhaupt an mich erinnern würdest, außer vielleicht, weil ich nicht so hochgestochen war wie die Frauen, an die du sonst gewohnt warst.«

»Du weißt, warum ich keinen Kontakt zu dir aufgenommen habe. Weil ich nicht wollte, dass du in diesen ganzen Ärger mit Marilee hineingezogen wirst. Als die Ehe endlich vorüber war, warst du auf dem College, und man hatte mir gesagt, du seist verheiratet. Ich gab die Hoffnung auf, dich jemals wiederzusehen. Das Nächste, was ich erfuhr, war, dass du das Bett mit meinem Vater geteilt hast.«

Sie schlug sich die Hände vors Gesicht. Sie konnte fühlen, wie er immer feindseliger ihr gegenüber wurde. Sie nahm die Hände vom Gesicht und sah tapfer in seine wütenden Augen.

»Wir können so nicht weitermachen, Rink!«, sagte sie leise. »Wir machen uns gegenseitig kaputt damit.«

Seine Schultern sackten herab, und wieder malträtierten seine harkenden Finger sein Haar. »Ich weiß. Ich werde morgen früh abreisen.«

Wie ein bleiernes Gewicht fiel ihr Herz nach unten. Sie hatte nicht vorgehabt, ihn zu vertreiben, sie wollte nur Frieden zwischen ihnen wiederherstellen. »Das ist nicht nötig. Dies ist dein Zuhause. Mein Aufenthalt hier war nur vorübergehend. Ich wusste immer, dass ich nach Roscoes Tod nicht hierbleiben würde.«

»Wenn du gehst und ich bleibe, wie würde das dann aussehen? Alle würden glauben, ich hätte die Witwe meines Vaters rausgeworfen. Nein. Ich fahre morgen nach Atlanta zurück.«

»Aber die Testamentsverlesung und die Fabrik…« Sie griff nach jedem rettenden Strohhalm, der ihn veranlassen könnte zu bleiben. Für sie beide gab es keine Hoffnung mehr, aber sie konnte die Vorstellung nicht ertragen, dass er sie noch einmal verlassen würde. Noch nicht. Später, aber jetzt noch nicht.

»Ich werde zur Testamentsöffnung zurück sein. Dann können wir auch über die Wohnverhältnisse entscheiden. Bitte, bleib hier bei Laura Jane, das würde mich sehr beruhigen. Was die Gin betrifft« – er lächelte sarkastisch –, »mach einfach so weiter, wie du das unter Roscoes Aufsicht schon getan hast.«

Ihr trostloses Gesicht quälte ihn, und so näherte er sich ihr wieder an, nahm sie in seine Arme und zog sie zu sich. Sie ließ ihren Kopf nach hinten fallen, als er sich dicht über sie beugte.

»Sieh mich doch nicht so an. Glaubst du wirklich, ich möchte gehen? Mein Zuhause verlassen? Mein Haus? Laura Jane und Mrs. Haney?« Seine Stimme machte einen bedeutsamen Schlenker nach unten. »*Dich?*« Er nahm sie fester in die Arme und stöhnte, als sich ihr Körper an ihn schmiegte, der wie für ihn gemacht zu sein schien. »Verdammt. Verdammt, Caroline.«

Er küsste sie hart und fordernd, aber diesmal war sie darauf vorbereitet und öffnete ihre Lippen. Er verbarg seine Zunge in ihrer warmen Mundhöhle. Es wurde ein langer, heißer Kuss, sein Kopf neigte sich erst zu einer, dann zur anderen Seite, um sie überall zu schmecken. Seine Hände streichelten ihr Gesicht, während sein Mund innig ihre Lippen umschloss.

Er hörte so plötzlich auf, dass sie mit Schwindel darauf reagierte. »Hol dich der Teufel dafür, dass du zuerst ihm gehört hast.« Seine Stimme war schroff.

Einen Herzschlag später war sie allein.

»Laura Jane?« Steve kniete sich ins Heu und berührte ihre Schulter. »Was zum Henker machst du denn hier?«

»Hmm?« Sie rührte sich im Schlaf und rollte sich von der Seite auf den Rücken. »Steve?«, murmelte sie. Sie blinzelte träge, denn sie brauchte ihre Zeit, um wach zu werden. »Ist es schon Morgen?«, fragte sie weich und streckte sich kraftlos. Sie wölbte ihren Rücken und reckte ihm auf die Art ihre Brüste entgegen.

»Noch nicht ganz«, sagte er und riss seine Augen von ihrem Busen los. »Warum bist du hier?«

Sie setzte sich auf und schüttelte Heu aus ihrem Haar. Schwaches Morgenlicht schien durch das Stallfenster auf ihre nackten Schultern. Die Luft war nach der Nacht noch kühl, aber das Heu, auf dem sie geschlafen hatte, war warm und duftete. In mehreren Boxen schnaubten die Pferde und warteten hungrig auf ihre Morgenration Hafer. Staubschwaden flogen durch die Luft und fingen die ersten Sonnenstrahlen ein.

Laura Janes schläfrige Augen nahmen Steve ins Visier. Sie lächelte und berührte seine Wange, die frisch nach der Rasur rosig leuchtete. »Caroline und Rink haben letzte Nacht gestritten. Ich konnte sie bis in mein Zimmer hören. Mrs. Haney schlief schon, also konnte ich nicht zu ihr gehen. Aber ich musste aus dem Haus raus. Warum sind Caroline und Rink nur immer so böse aufeinander? Ich verstehe das nicht, Steve.«

Sie lehnte sich vor, legte ihren Kopf auf seine Brust und schlang ihre Arme um seine Taille. »Jedenfalls bin ich hierhergekommen. Deine Wohnungstür war verschlossen, und alle Lichter waren aus. Also wusste ich, dass du auch schon im Bett warst, und wollte dich nicht stören. Ich habe mich hier in der leeren Box zusammengerollt und bin eingeschlafen. Es ging mir schon besser, weil ich wusste, dass ich in deiner Nähe war.«

Sie rutschte näher an ihn heran und versetzte sein Innenleben ins Chaos. Nach ihrem Zusammenstoß im Hof hatte er Rink Lancaster und dessen Drohungen verflucht. Dachte Lancaster wirklich, er würde Laura Jane in irgendeiner Weise Schaden zufügen? Konnte dieser starrköpfige Bruder denn nicht sehen, dass er diese Kindfrau liebte, dass sie für ihn alles verkörperte, das rein und gut war in einer Welt, die er für verkommen gehalten hatte, voller Hass und Tod und Blut und Krieg?

Letzte Nacht hatte er sich geschworen, nie wieder mit ihr allein zu sein, sie nie wieder anzufassen. Wenn er sich nicht daran hielt und erwischt wurde, bedeutete das, dass er für immer gehen musste. Und das würde er nicht überstehen.

Aber in diesem Moment wusste er genau, dass er Lancasters Warnungen nicht beherzigen konnte. Die Nähe von Laura Janes zartem Körper wischte sie aus seinem Kopf. Ohne es geplant zu haben oder über die Konsequenzen nachzudenken, schloss er seine Arme fest um sie herum.

»Ich bin sicher, dass sie beiden nach der Beerdigung deines Vaters durcheinander waren. Sie werden ihre Streitigkeiten schon wieder bereinigen. Es ist ganz natürlich, dass es in einem Haus, in dem jemand gestorben ist, zu Spannungen kommt.«

»Ich habe beide sehr lieb. Ich möchte so sehr, dass sie Freunde sind.«

Er lehnte seine Wange an ihr Haar. Er streichelte mit seinen großen, vernarbten Händen beruhigend ihren Rücken. Sie trug ein weiches Baumwollnachthemd mit einem Oberteil, das über der Brust anmutig gesmokt war. Dünne Träger hielten das Nachthemd über ihre Schultern. Der dünne Morgenmantel, mit dem sie sich zugedeckt hatte, war zur Seite geflogen, als sie sich aufgesetzt hatte. Ihre Haut war warm und weich.

»Wenn sich alles ein wenig beruhigt hat, werden sie bestimmt Freunde werden. Dann streiten sie nicht mehr miteinander. Das verspreche ich dir.«

Sie hob ihren Kopf von seiner Brust und sah ihn an. Ihre braunen Augen blickten vertrauensvoll und voller Liebe. »Du bist ein guter Mensch, Steve. Warum kann nicht jeder so sein wie du?«

»Früher war ich kein guter Mensch«, sagte er nachdenklich und fuhr mit dem Finger ihre Wange entlang. »Das änderte sich erst, als ich dich traf. Wo immer das Gute in mir wohnt, ist es erst durch dich wachgerufen worden.«

»Ich liebe dich, Steve.«

Er schloss die Augen, um seine innere Bedrängnis zu beherrschen, hielt sie noch fester und drückte ihren Kopf unter sein Kinn. »Sag so was nicht, Laura Jane.«

»Ich möchte aber. Weil ich dich wirklich liebe. Ich glaube, wenn man jemanden liebt, sollte man ihm das sagen, oder?«

»Ich nehme an, du hast recht«, flüsterte er. Der Deich, hinter dem seine Gefühle versteckt waren, fing an zu brechen. Der Druck wurde zu groß. Er musste ein Ventil für seine Gefühle finden, und wenn es so weit war, dann gnade ihm Gott.

Sie trat zurück und sah ihn verführerisch an. Wimpern, die so lang und dicht wie weiche Bürsten waren, säumten seine Augen, durch die ein so harter und zynischer Mann wie er von seiner Gefühllosigkeit befreit wurde. Sie sah ihn erwartungsvoll an, und er hatte keine andere Wahl. Er musste es endlich laut aussprechen.

»Ich liebe dich auch, Laura Jane.«

Lächelnd warf sie sich an ihn, schlang ihre kindlich dünnen Arme um seinen Hals und drückte ihn fest. »Oh, Steve. Ich liebe dich. Ich liebe dich.« Sie bedeckte sein Gesicht mit Küssen, die so leicht und so kurz waren wie die Berührungen von Schmetterlingsflügeln. »Ich liebe dich.« Sie war dicht an seinem Mund und zögerte bei dem Gedanken an Carolines Warnung, vorsichtig zu ein.

Er sog ihren Atem ein, spürte das aufgeregte Zittern in ihrem Körper, der seinem so nahe war. Er war wie der ertrinkende Mann, der zum dritten Mal unterging. Na und?, fragte er sich selbst. Lancaster konnte ihm nichts antun, was andere nicht schon vor ihm getan hatten. Wenn man dem Tod hundert Mal ins Angesicht geschaut hat, dann kommt man irgendwann dahin, dass man ihn auslacht, ihn herausfordert.

Und nebenbei liebte er diese Frau über alles.

Sein Mund berührte ihren zart und hielt dort inne. Das leichte Beben, das von ihren Brüsten durch ihren Hals hochstieg, entsprach dem Flattern in seinem eigenen Körper. Die Gefühle, die er für sie hatte, glichen nichts, was er in seinem bisherigen Leben kennengelernt hatte. Er hatte ausreichend Frauenbekanntschaften gehabt, aber nicht von dieser Art. Frauen, die liebevoll und vertrauensvoll waren, unschuldig und bemüht, aufrichtig und gänzlich selbstlos, hatte er vorher noch nie getroffen.

183

Wie von selbst öffnete sich ihr Mund, und er stöhnte. Seine Zunge wagte sich vorsichtig zwischen ihre Lippen, forschte, lockte. Sie presste ihren Mund fester auf seinen und lehnte sich weiter an ihn, bis er ihren Busen mit den kleinen, spitzen Brustwarzen an seiner Brust fühlte. Seine Umarmung wurde inniger, als seine Zunge in ihren Mund glitt.

Sie wirbelten mit wilder Entdeckungslust umeinander. Es fand ein Lernprozess statt, der für Steve und Laura Jane gleichermaßen wichtig war. Zusammen fielen sie aufs Heu. Er legte sein gutes Bein über ihre Oberschenkel, und schnell wanden sich ihre schlanken Beine um seines.

»Laura Jane.« Er seufzte an ihrem Hals. Heldenhaft versuchte er, sein Verlangen zu kontrollieren, aber ihre Brust fühlte sich so gut an in seiner Hand und sie war fest und pulsierte vor Verlangen. Er konnte nicht aufhören, sie zu liebkosen, als er sah, wie sehr Laura Jane seine Berührungen gefielen.

»Steve, Steve«, keuchte sie. »Oh, Steve, lass uns Liebe machen.«

Sein Kopf schoss hoch, und er sah in ihr leuchtendes Gesicht. »Das geht nicht«, sagte er sanft. »Weißt du denn überhaupt, was du da sagst?«

»Ja.« Ihre Finger fuhren bewundernd über sein Gesicht. »Ich weiß, was Männer und Frauen miteinander machen. Ich möchte, dass wir es auch tun.«

»Das können wir nicht.«

Sie leckte sich über die Lippen und blickte ihn unsicher an.

»Du liebst mich nicht?«

»Doch, das tue ich. Darum kann ich nicht. Weil wir nicht verheiratet sind.«

»Oh.« Sie war zutiefst enttäuscht. Ihre Augen wanderten zu seinen Lippen. Ihre Finger folgten. »Müssen wir auch mit dem Küssen aufhören?«

Lächelnd beugte er sich zu ihr und streifte mit seinem Mund über ihren. »Noch nicht«, flüsterte er. »Noch nicht.«

»Guten Morgen.« Caroline betrat die Küche und ging zielstrebig auf die Kaffeemaschine zu. Sie goss sich eine große Tasse ein. Als sie damit zum Tisch ging, vermied sie es, Rink anzusehen, der bereits dort saß.

»Heute rufe ich den Arzt an«, sagte Mrs. Haney, während sie Eier in die Pfanne schlug.

»Arzt? Warum?«

»Weil Sie furchtbar aussehen, darum«, sagte die Haushälterin rücksichtslos. »Ich weiß, dass Sie nicht gut geschlafen haben. Sehen Sie sich doch nur diese Ringe unter Ihren Augen an. Siehst du sie, Rink? Sie brauchen Schlaftabletten oder ein Beruhigungsmittel oder was auch immer.«

»Nein, brauche ich nicht«, sagte Caroline und setzte sich Rink gegenüber. Obwohl er in die Unterhaltung einbezogen worden war, sah sie ihn nicht an, und er blieb still.

»Seien Sie nicht so tapfer«, sagte Mrs. Haney strafend. »Es wird kein Preis für die tapferste Witwe des Jahres verliehen. Niemand wird es Ihnen übel nehmen, wenn Sie zusammenbrechen und die ganze Trauer verarbeiten. Es ist natürlich, wenn man seinen verstorbenen Ehemann betrauert.«

An diesem Punkt traute sich Caroline, Rink anzusehen. Er sah sie über den Rand seiner Kaffeetasse intensiv an. Sie sah als Erste weg. »Ich brauche keinen Arzt.«

Mrs. Haney seufzte und bemühte sich erst gar nicht, ihre Verzweiflung zu verbergen. »Na, dann frühstücken Sie we-

185

nigstens anständig.« Sie häufte Eier auf einen Teller und stellte ihn vor Caroline. »Na los, essen Sie schon. Ich werde später hochgehen und Laura Jane wecken. Ich fand es besser, sie heute länger schlafen zu lassen.«

»Sie schläft gar nicht mehr«, sagte Caroline und rührte Sahne in ihren Kaffee. »Ich habe gerade bei ihr hereingeschaut.« Sie hätte sich gewünscht, dass das Mädchen sie nach unten begleitet und als Schild gegen Rinks Launen gedient hätte, welche auch immer es diesen Morgen sein würde. »Sie war nicht da.«

Rink legte seine Gabel auf dem Teller ab. Mrs. Haney drehte sich von der Arbeitsplatte zu ihnen um, einen Teller mit Toasts in der Hand.

»Wo ist sie? Haben Sie sie heute Morgen noch nicht gesehen?«, fragte er Mrs. Haney.

»Habe ich nicht gerade eben gesagt, ich dachte, sie würde noch schlafen?«

Rink warf seine Serviette auf den Tisch und stand auf. Er stapfte zur Hintertür und riss sie auf.

»Rink!«, rief Caroline, schoss aus ihrem Stuhl hoch und lief ihm nach. Als sie die Verandatreppen hinuntereilte, schritt er schon entschlossen auf die Stallungen zu.

»Rink!«, rief sie hinter ihm her und erhöhte ihr Tempo.

An der Stalltür drehte er sich zu ihr um. »Sei still!«

»Du kannst ihnen doch nicht hinterher spionieren, Rink«, begehrte Caroline auf, aber sie flüsterte es nur.

»Halt dich da raus.«

Sie wollte vermitteln, obwohl sie wusste, es wäre schlauer, nichts zu sagen, aber sie konnte nicht zulassen, dass er Laura Janes einzige Chance auf Glück zerstörte. »Sie ist kein Kind mehr.«

»Verglichen mit dem, was er im Sinn hat, ist sie es.« Vorsichtig öffnete er die Tür. Dank Steves gewissenhaften Wartungsarbeiten verursachte er dabei keinen Laut. Rink betrat das dämmrige Gebäude, Caroline folgte ihm dicht. Seine Stiefel machten ein knirschendes Geräusch auf dem Boden, als er an die Box gelangte, in der Steve und Laura Jane lagen.

Sie hörten das Geräusch, sahen Rinks wütendes Gesicht und sprangen auseinander. Unglücklicherweise hatte Rink schon gesehen, auf wie intime Art Steve seine Schwester geküsst hatte, wie sich ihr Körper an seinen schmiegte, wie seine Hand ihre Brust liebkoste.

Rinks Wutgeschrei ließ Carolines Blut gefrieren. Er griff sich Steve, packte ihn vorne am Hemd und riss ihn auf die Beine hoch, wobei Caroline befürchtete, dass die Wucht, mit der er diesen Angriff ausführte, die Prothese von Steves Beinstumpf abreißen würde.

Rink rammte dem Kriegsveteran die Faust in den Magen, sodass Steve rückwärts gegen die Boxenwand fiel. Bevor er Zeit hatte, sich davon zu erholen, traf ihn Rinks Faust krachend am Kinn.

Laura Jane schrie und rappelte sich hoch. Sie wollte sich zwischen die Raufbolde werfen, aber Caroline schnappte sie und zog sie aus dem Weg. Steves Guerillakämpfer-Instinkte waren jetzt geweckt, und er wollte Rache nehmen. Als nach einem gut gezielten Faustschlag Rinks Nase blutete, schrie Laura Jane noch mal auf und rannte aus dem Stall.

»Hört auf!«, brüllte Caroline. »Hört beide sofort auf.«

Die beiden Männer prügelten sich und schlugen heftig aufeinander ein.

Sie warf sich in das Handgemenge und zwängte sich zwischen sie.

»Hört jetzt auf. Alle beide. Mein Gott, habt ihr denn völlig den Verstand verloren?« Endlich stand sie zwischen den beiden Kontrahenten, die keuchend dastanden und sich das Blut von ihren Wunden wischten.

Als Rink schließlich wieder zu Atem gefunden hatte, sah er Steve böse an. »Bis Mittag sind Sie verschwunden.«

»Er bleibt.« Caroline drehte Steve ihren Rücken zu und sah Rink entschlossen an. »Er bleibt, bis ich ihn entlasse. Roscoe hat mir gesagt, ich könne ihn einstellen, also bin ich auch die Einzige, die ihn feuern kann. Zumindest bis das Testament verlesen ist und du Besitz von *The Retreat* nimmst. In der Zwischenzeit treffe ich als Roscoes Witwe die Entscheidungen, die den Besitz betreffen.«

»Zum Teufel, das tust du nicht«, knurrte Rink. »Das hier hat mit Laura Jane zu tun, nicht mit *The Retreat*. Sie mag ja deine Stieftochter sein, aber sie ist meine Schwester.«

»Ich stimme dir voll und ganz zu. Hier geht es ausschließlich um Laura Jane.« Carolines Brust hob und senkte sich heftig vor Aufgewühltheit und Anstrengung. Sie sah ihn zwar herausfordernd an, doch sie liebte ihn gleichzeitig so sehr und wollte seine blutenden Wunden versorgen. Aber sie war von ihrem Standpunkt nicht abzubringen. »Steve hat sie nicht ausgenutzt. Er liebt sie, Rink. Sie wollte es so.«

»Sie weiß nicht, was sie tut.«

»Oh doch, das weiß sie. Sie liebt ihn. Bist du so hartherzig und blind gegenüber menschlichen Gefühlen, dass du nicht erkennst, was so deutlich zu sehen ist? Wenn du Steve fortschickst, was glaubst du, hält sie dann von dir? Du bist ihr Gott. Sie betet dich förmlich an. Es wird sie zerstören, wenn du damit ihr Herz brichst. Ich bitte dich, lass es. Bitte.«

»Es ist zu ihrem eigenen Besten.«

»Woher weißt du, was das Beste für sie ist?«

»Ich weiß es eben.«

»So, wie Roscoe wusste, was das Beste für dich war? Würdest du die beiden genauso voneinander trennen, wie er das mit uns getan hat?«

Rink reagierte auf ihre Worte, als ob sie ihm einen Schlag versetzt hatte, der besser platziert und kraftvoller war als alle, die Steve ihm versetzt hatte. Seine Augen bohrten sich in ihre, aber sie blieb standhaft. Schließlich sah er zu Steve, der unbewusst sein schmerzendes Bein rieb. Rink starrte ihn an, sagte aber nichts und verließ den Stall.

In dem Moment sackte Caroline innerlich in sich zusammen, alle ihre Lebensgeister hatte sie verlassen. Sie stand eine lange Zeit so und starrte mit verschwommenem Blick auf das Heu am Boden. Sie hatte Rink in die Ecke gedrängt, und er hasste sie bestimmt dafür. Sie seufzte, hob ihren Kopf und wandte sich Steve zu. Sein Gesicht war durch die Schwellungen entstellt.

»Kommen Sie zurecht?«

Er nickte und tupfte mit einem Taschentuch auf seine unförmige Lippe.

»Mir ging es schon schlechter.« Er versuchte zu lächeln, aber es wurde eine schmerzhafte Grimasse daraus.

»Ich werde Mrs. Haney zu Ihnen schicken, damit sie sich um Sie kümmert.«

Er nickte wieder, und Caroline drehte sich um. Als sie bei der Boxentür angelangt war, rief er sie.

»Mrs. Lancaster.« Sie sah ihn an, und er machte zwei humpelnde Schritte auf sie zu. »Danke. Egal, wie das hier ausgeht, ich danke Ihnen dafür, dass Sie für mich eingetreten sind.«

Sie lächelte flüchtig und machte sich auf den Weg ins Haus. Als sie widerstrebend durch die Hintertür eintrat, saß Rink am Küchentisch und Laura Jane auf seinem Schoß. Ihr Gesicht war an seinem Hals gepresst, und sie weinte hemmungslos.

»Du bist böse auf mich. Ich weiß es.«

»Nein«, sagte er sanft und streichelte ihren Rücken. »Ich bin nicht böse. Ich möchte nur nicht, dass dir irgendetwas Böses zustößt.«

»Was Steve getan hat, war nicht böse. Ich liebe ihn.«

Rinks Augen trafen Carolines über den Kopf seiner Schwester hinweg. »Ich glaube, du weißt nicht, was es bedeutet, einen Mann zu lieben, Laura Jane. Oder was es bedeutet, dass er dich liebt.«

»Doch, weiß ich! Ich liebe Steve, und er liebt mich. Er würde nie etwas tun, das mir wehtut.«

Rink wollte nicht zugeben, dass er sich geirrt hatte. »Wir reden später darüber. Es tut mir leid, dass ich die Beherrschung verloren habe.«

Aber Laura Jane ließ sich nicht ohne Weiteres besänftigen. Sie hob ihren Kopf und packte Rinks Hemd an der Brust. »Du wirst dich nie wieder mit Steve prügeln. Versprich mir das.«

Rink schaffte es nicht, seine Überraschung zu verbergen. Er blickte in die entschlossenen Augen seiner Schwester und sagte schließlich: »Ich verspreche, dass ich mich nicht mehr mit ihm prügeln werde.«

Langsam löste sie ihre Hände von seinem Hemd und küsste ihn auf die Wange.

»Ich werde Mrs. Haney helfen, die Pflaster zu suchen.« Für Laura Jane war damit die Krise überwunden. Sie verließ die Küche und hüpfte die Stufen hoch.

»Ich werde heute doch noch nicht abfahren«, sagte Rink bestimmt, als sie allein waren.

Carolines Herz machte vor Freude einen Sprung, aber es war nur eine vorübergehende Reaktion. Trotzig hob sie das Kinn. »Warum hast du deine Meinung geändert? Hast du Angst, dass ich in deiner Abwesenheit deine Schwester verderbe und den Ruf der Familie ruiniere?«

Er betrachtete sie herablassend, bevor er sagte: »So was in der Art.«

Sie zwang sich, nicht in Tränen auszubrechen, so sehr litt sie unter seinem Verhalten. Er wusste genau, wie er sie verletzen konnte. »Für dich bin ich immer noch das Mädchen aus der Gosse, nicht wahr? Gut genug zum Küssen, wenn dir danach ist, aber nicht gut genug, ein Teil deiner Familie zu sein.«

»Ich gehe nicht.«

Mehr sagte er nicht, bevor er aus dem Zimmer schlenderte.

9

Guten Morgen, Mrs. Lancaster.«

»Schöner Tag heute, Mrs. Lancaster.«

Caroline erwiderte die Begrüßungen, die ihr zugerufen wurden, als sie die Fabrik betrat. Die Erntezeit hatte begonnen. Bereits jetzt waren Überstunden nötig, um die ersten Ernten zu verarbeiten. Die Arbeitsstunden waren lang, die Schichten anstrengend, es war staubig, heiß und laut. Trotzdem war unter den Arbeitern ein Stolz zu spüren, der einige Jahre gefehlt hatte. Und es war kein Geheimnis, wer die Ursache dieses Stolzes war.

Rink.

Die Maschinen liefen tadellos, nachdem sie kürzlich alle überholt worden waren. Einige Farmer, die in den letzten Jahren ihre Baumwolle zu einer anderen Entkörnungsanlage gebracht hatten, kehrten wieder zur Lancaster Gin zurück. Auch der Grund dafür war kein Geheimnis.

Rink.

In den wenigen Wochen, in denen er sich um die Gin gekümmert hatte, hatte er radikale Änderungen eingeführt. Die meisten Angestellten hatten seine Rückkehr sehr begrüßt. Diejenigen, die wirklich hart arbeiten wollten, hatten eine Lohnerhöhung bekommen. Die Arbeiter, die ständig zu spät kamen oder öfter gar nicht erschienen, wurden gefeuert. Caroline erkannte, dass die Entlassenen zu den Männern gehörten, die Roscoe für besondere Aufgaben angeheuert hatte, Aufgaben, von denen sie auch jetzt lieber nichts wissen wollte. Das einzige Mal, als sie versucht hatte, Roscoe davon zu überzeugen, einen bestimmten Mann zu entlassen, hatte sie gelehrt, sich nicht in Roscoes Angelegenheiten einzumischen.

»Er ist ein Unruhestifter«, hatte sie ihm gesagt.

Roscoe hatte vielsagend gelächelt. »Er erledigt für mich gewisse… Besorgungen, Caroline. Wenn er sich mit einem Arbeiter anlegt, tu mir den Gefallen und sieh einfach weg.«

»Aber er ist selbst ein Gin-Arbeiter.«

»So soll es jedenfalls aussehen.« Als sie ihn ungläubig ansah, fügte er diplomatisch hinzu: »Ich werde mit ihm reden, wenn er dir noch mal Ärger macht.«

Jetzt wurde ihr klar, dass es genau so ein Mann gewesen sein musste, der damals Rink nachspioniert hatte.

Mit ihrer Genehmigung hatte Rink nicht eine Minute gezögert, diesen menschlichen Ballast über Bord zu werfen und die Löhne der vertrauenswürdigen, loyalen Mitarbeiter zu erhöhen. Sie respektierten ihn. Für seinen Vater hatten sie aus Furcht gearbeitet, jetzt blieben sie, weil sie Rink mochten. Er hatte ein Händchen dafür, sie zu motivieren. Seine Kritik war immer konstruktiv. Er lobte, wo es angebracht war. Er arbeitete und schwitzte Seite an Seite mit ihnen. Caroline erstaunte es nicht, dass er ein erfolgreicher Unternehmer geworden war.

Zehn Tage waren vergangen seit der Auseinandersetzung zwischen Steve und Rink im Stall. Rink verbrachte die meiste Zeit in der Fabrik. Caroline genoss seine Anwesenheit dort. Er gab ihr Selbstsicherheit. Sie wusste, dass einige der

Männer gefeuert worden waren, weil sie an ihr herumgemeckert hatten.

Obwohl sie die Regeln dafür nicht festgelegt hatte, herrschte zwischen ihnen beiden Waffenstillstand.

Als sie eines Morgens die schier endlose Flut von Geschäftsbriefen bearbeitete, betrat er ohne zu klopfen ihr Büro. »Caroline, hier ist jemand, den ich dir gerne vorstellen möchte, wenn du nicht zu beschäftigt bist.«

Sie lächelte ihn an und breitete ihre Arme weit über den Bergen auf ihrem Schreibtisch aus. »Nein, nein, ich habe gerade nichts zu tun.«

Er grinste schief. »Es ist wichtig, sonst hätte ich dich nicht gestört.«

Sie stand auf und fragte neugierig. »Wer ist es denn?«

»Eine Überraschung.«

Er legte seine rechte Hand leicht auf den unteren Teil ihres Rückens und schob sie durch das Gewimmel in der Gin und auf eine Ladestation, an der fünfhundert Pfund schwere Baumwollballen auf ihren Transport ins Warenlager warteten.

Ein runder Mann in einem erstaunlich weißen Hemd und einem Panama-Hut auf dem Kopf – er hätte einem Tennessee-Williams-Stück entsprungen sein können –, zupfte Baumwollproben auf den Ballen und zog sie zwischen Daumen und Fingern auseinander. Er kaute auf einer Zigarre herum, die Caroline flüchtig und unangenehm an Roscoe erinnerte. Aber nichts von Roscoe überdimensionierter Persönlichkeit war an diesem Mann zu entdecken, als er aufblickte und Rink und sie aufrichtig anlächelte.

»Mr. Zachary Hamilton, dies ist Mrs. Caroline Lancaster.«

»Mr. Hamilton.« Sie streckte ihm ihre Hand entgegen und schüttelte sie herzlich. Hätte sie jemals eine Großvater gehabt, dann hätte er so aussehen müssen wie Mr. Hamilton.

»Es ist mir das reinste Vergnügen, Mrs. Lancaster. Das reinste Vergnügen. Ihr … äh … Stiefsohn Rink hier hat mir erzählt, dass die Qualität der Lancaster-Baumwolle unter Ihrer Firmenleitung erheblich verbessert wurde.«

Sie errötete leicht und sah erst Rink, dann ihren Gast an. »Rink billigt mir mehr als meinen Anteil daran zu, aber ich bin sehr stolz auf unser jetziges Produkt.«

»Mr. Hamilton ist Einkäufer für Delta Mills in Jackson.« Caroline hatte sich Rink zugewandt, sodass nur er sehen konnte, wie sie ihre Augenbrauen vor Verwunderung hob und sich ihr Mund zu einem fragenden ›o‹ formte. Einfach jeder im Süden, der Baumwolle anbaute, verarbeitete oder sie verkaufte, kannte Delta Mills. Sie lieferten weltweit Textilien von höchster Qualität.

»Es wäre uns eine Ehre, wenn Sie Proben unserer Baumwollen nähmen, Mr. Hamilton«, sagte sie so ruhig wie möglich. Sie stand vor Aufregung und Nervosität neben sich. Adrenalin pumpte durch ihre Adern. Wenn Rink und sie an Delta Mills verkaufen könnten, wäre das ein unglaublicher geschäftlicher Erfolg.

»Dank Rinks Gastfreundschaft habe ich schon Proben genommen.« Mit zwei Fingern zog er ein Büschel Baumwolle aus dem Ballen und zog es so lange auseinander, bis er die durchschnittliche Faserlänge erkennen konnte. »Das ist Baumwolle erster Güte«, sagte er nachdenklich. »Hat eine gute Stapellänge. Ich denke, Sie könnten uns einiges davon verkaufen.«

Caroline und Rink mussten sich sehr beherrschen, um nicht vor Freude laut aufzujubeln.

»Wir haben bereits eine große Menge anderen Käufern versprochen«, sagte der gerissene Rink ausweichend.

»Das kann ich gut verstehen, Rink«, sagte der Einkäufer. »Wie viele komprimierte Ballen könnten Sie mir liefern?«

Caroline trat angespannt von einem Fuß auf den anderen, während Rink mit dem Mann verhandelte. Schließlich einigten sie sich auf Anzahl und Preis der Ballen. Es war das beste Geschäft in der Geschichte der Lancaster Gin.

»Natürlich liefern wir per Luftfracht«, sagte Rink nebenbei zu Mr. Hamilton, den er zu Carolines Büro führte, um den Vertrag zu unterzeichnen.

»Per Luftfracht?« Mr. Hamilton starrte Rink bewundernd an. Dennoch war er viel weniger erstaunt als Caroline.

»Das ist ein Service, den wir nur unseren besten Kunden anbieten.« Rinks Zähne blitzen weiß auf. Als Mr. Hamilton das Büro betrat, zwinkerte er der verblüfften und sprachlosen Caroline zu.

Als Mr. Hamilton fort war, starrte sie Rink noch immer ungläubig an. »Luftfracht?«, fragte sie mit dünner, leiser Stimme. »Was ist denn mit der Bahnverbindung passiert?«

Er lachte und fing an, die Schubladen des Schreibtisches und des Aktenschrankes aufzuziehen, und schien fieberhaft nach etwas zu suchen.

»Nichts ist damit passiert«, sagte er abgelenkt. »Aha! Ich wusste doch, sie musste hier irgendwo sein.« Er zog eine Flasche Bourbon aus der untersten Schublade des Aktenschrankes. »Gibt's hier irgendwo Gläser? Ach, zur Hölle mit den Gläsern.« Er schraubte den Verschluss von der Flasche, warf den Kopf nach hinten und nahm einen tiefen Schluck. Er verzog sein Gesicht, als der Alkohol brennend durch seine Kehle lief. »Ich habe da eine alte Frachtmaschine, die ich selbst wieder instand gesetzt habe. Wir wollen Delta Mills doch beeindrucken, oder? Glaubst du, sie werden jemals die Leute vergessen, die ihre Ladung mit Luftfracht geliefert haben?«

»Aber allein die Kosten für den Treibstoff… Rink, das wird unglaublich teuer.«

»Nicht, wenn ich die Maschine belade und selbst fliege«, sagte er und grinste sie breit an. »Dann kostet es uns nur Treibstoff und ein paar meiner Arbeitsstunden. Aber ein dauerhafter Liefervertrag mit Delta Mills ist die Investition schon wert, finde ich. Auf uns.« Er hob die Flasche in ihre Richtung, nahm einen kräftigen Schluck und hielt sie Caroline hin. »Hier.«

Mittlerweile war sie durch seine Feierstimmung angesteckt worden und versuchte, die Flasche zu nehmen.

»Oh, das kann ich nicht«, sagte sie mit falscher Schüchternheit und sah über ihre Schulter zur Tür.

»Natürlich kannst du.«

»Was ist, wenn jemand hereinkommt und uns beim Trinken erwischt?«

»Er würde es verstehen. Wir haben gerade ein Mordsgeschäft an Land gezogen. Übrigens habe ich die Weisung ausgegeben, dass hier niemand ohne zu klopfen hereinkommt.«

»Du klopfst nie.«

Er nahm eine verärgerte Haltung ein. »Trinkst du jetzt mit mir oder nicht?«

Wagemutig griff sie die Flasche am Hals und imitierte ihn, indem sie den Kopf in den Nacken legte und einen großen Schluck nahm. Sie musste husten und keuchen, ihre Augen brannten, und ihr Puls flatterte. Rink nahm ihr die Flasche ab, als sie sich nach vorne beugen musste, um zu husten. Mit der flachen Hand klopfte er ihr auf den Rücken und lachte dabei brüllend.

»Besser?« Langsam richtete sie sich auf und trocknete mit dem Handrücken ihre tränenden Augen.

»Ich glaube schon«, krächzte sie, und beide lachten über den ungewohnten Klang in ihrer Stimme.

»Gott, Caroline. Mein Herz schlug mir bis zum Hals«, sagte er mit jungenhafter Begeisterung. »Ich hatte furchtbar Angst, er würde uns ablehnen oder ohne feste Zusage wieder gehen.«

»Warum hast du mich nicht vorgewarnt, dass er kommen würde?«

»Ich wollte nicht, dass du dir zu viele Hoffnungen machst.«

»Ich bin froh, dass ich es nicht vorher wusste. Die Überraschung ist dir gelungen.«

»Findest du?«

»Ja.« Sie lächelte ihn an. Ihr Lächeln wurde breiter, als sie sich vergegenwärtigte, was sie eigentlich feierten. »Ja, ja, ja.«

Es war nicht geplant. Überhaupt nicht. Er schloss sie mit den Armen um die Taille, hob sie hoch und wirbelte sie herum. Beide lachten. Er hatte seinen Kopf in den Nacken geworfen und lachte zu ihr hoch. Sie lächelte von oben zu ihm herab und legte ihre Hände auf seine Schultern.

»Wir haben's geschafft! Wir haben den besten Geschäftsabschluss in der Geschichte von Lancaster Gin erzielt. Weißt du, was das bedeutet, Caroline? Andere Einkäufer werden sich hier bald umsehen. Plantagenbesitzer werden die Möglichkeiten hier unter die Lupe nehmen«, antwortete er an ihrer Stelle. »Nicht dieses Jahr, aber nächstes. Vielleicht müssen wir sogar expandieren.« Vor lauter Freude wirbelte er sie herum und drehte sich mit ihr im Kreis.

Als er sie wieder abgesetzt hatte, schien es das normalste von der Welt zu sein, dass er sie küsste. Sein Mund traf fest und direkt auf ihren. Es war kein Kuss zwischen Liebenden, sondern einer zwischen Freunden, die einen bravourös erledigten Job feierten.

Aber mit dem Moment, an dem sich ihre Lippen berührten, änderte sich das. Sie konnten sich nicht berühren, ohne dass daraus eine Geste zwischen Liebenden wurde. Als er fühlte, dass sie seinen Kuss erwiderte, schoss das Verlangen wie ein Blitz durch ihn hindurch. Er hob den Kopf, um ihre Reaktion einzuschätzen.

Gierig erkundeten seine Augen ihr Gesicht, nahmen jedes kleinste Detail auf: die rosige Farbe ihrer Wangen, ihr kastanienbraunes Haar, die Sprenkel, die bewirkten, dass ihre Augen aussahen wie glitzernde Regentropfen auf Schiefer, ihr Mund – alles betrachtete er aufmerksam.

Sie stand erwartungsvoll, hörte, wie sein Atem schneller wurde, beobachtete, wie seine Augen immer feuriger wurden.

Er wollte sie. Oh Gott, und wie er sie wollte. Er wollte sie verschlingen, damit sie seine letzte und immerwährende Geliebte sei. Aber sie hatte seinem Vater Treue bis zum Tod geschworen. Und Rink wusste, dass der Einfluss seines Vaters bis weit über sein Grab hinausging. Sie gehörte noch immer Roscoe, und deswegen würde er nicht bekommen, wonach er sich so sehr sehnte, dass es wehtat. Die Sehnsucht verbrannte ihn, doch trotzdem machte er sich von ihr los.

Er wollte es nicht tun. Zuerst zog er seine Hände, mit

199

denen er Caroline umschlang, auf die Seiten, dann ließ er sie ganz fallen. Als ob ihre Körper durch einen unsichtbaren Klebstoff zusammengehalten wurden, wichen sie kaum voneinander zurück, bis er einen entschlossenen Schritt nach hinten tat. Zuletzt ließen seine Augen sie los, die so lange auf sie gerichtet blieben, bis er sie förmlich wegreißen musste.

Sie war enttäuscht und durcheinander, aber versuchte, es sich nicht anmerken zu lassen, als er sich an der Tür zu ihr umdrehte.

»Ich habe mir gedacht, wir könnten die ganze Mannschaft zur Feier des Tages auf ein Bier einladen. Es wird ihnen als Anreiz dienen, die bestmögliche Baumwolle für Delta Mills zu produzieren.«

»Ich finde, das ist eine wundervolle Geste, Rink. Sehen wir uns zu Hause?«

Er nickte. »Es wird nicht spät werden.«

Im Supermarkt bekam sie einen Vorgeschmack darauf, was die Leute über sie redeten.

Mrs. Haney hatte in der Fabrik angerufen und Caroline gebeten, auf dem Heimweg einkaufen zu gehen, wenn sie es einrichten könne. Caroline hatte eine Einkaufliste mitgeschrieben, die Mrs. Haney ihr diktiert hatte. »Danke. Das ist sehr nett von Ihnen.«

»Kein Problem«, sagte Caroline. »Ich komme bald nach Hause. Rink hat nach der Arbeit noch was vor, vielleicht planen Sie das Abendessen einfach eine halbe Stunde später als sonst ein.«

Sie schob den Einkaufswagen gerade durch einen Supermarktgang und kontrollierte ihren Einkaufszettel, als sie zwei Frauen bemerkte, die sie mit unverhohlener Neugier

anstarrten. Sie erkannte sie. Von einer wurde behauptet, sie
wäre die boshafteste Klatschtante der ganzen Stadt. Sie hatte
eine Tochter in Carolines Alter, die inzwischen mit einem
Fabrikarbeiter verheiratet war. Man sagte, dass er aufgrund
seines Alkoholproblems immer wieder seine Jobs verlor. Die
Tochter war früher sehr beliebt gewesen und gehörte zu der
angesagten Clique, von der Caroline immer ausgeschlossen
blieb. Wie musste es ihr sauer aufstoßen, dass ausgerechnet
das Dawson-Mädchen so eine gute Partie gemacht hatte! Die
andere Frau war die Besitzerin der Textilreinigung und gab
bei jeder Kleiderausgabe eine Tüte voll Klatsch und Tratsch
mit.

Es gab keine Möglichkeit, eine Begegnung mit ihnen
zu vermeiden, sosehr Caroline sich das auch wünschte. Sie
brachte sich in eine aufrechte Position und schob ihren Einkaufswagen absichtlich so, dass sie direkt vor ihnen entlang-
gehen würde.

»Hallo, Mrs. Lane, Mrs. Harper.«

»Mrs. Lancaster«, sagten sie unisono. Die Überschwäng-
lichkeit ihrer Begrüßung war leicht zu durchschauen. »Sie
Ärmste«, sagte eine von ihnen. »Wie kommen Sie denn nun
zurecht, wo Mr. Lancaster von uns gegangen ist?«

»Ich fand, die Beerdigung war sehr schön. Sehr schön«,
sagte die andere.

»Danke. Es geht mir gut.« Sie wollte gerade weitergehen
in dem Bewusstsein, den Regeln der Höflichkeit Genüge getan zu haben, als eine von ihnen sich beeilte, sie in ein Gespräch zu verwickeln.

»Es muss für Sie sehr hilfreich sein, Rink in solchen Zeiten zu Hause zu haben.«

Vorsichtig, Caroline, warnte sie sich. Diese hier sind Piranhas, die alles, was du ihnen sagst, zerfleischen werden. »Dass Rink nach *The Retreat* zurückgekehrt ist, bedeutet Laura Jane und Mrs. Haney, unserer Haushälterin, sehr viel. Trotz der Umstände haben sie sich unglaublich darüber gefreut, ihn wieder zurück zu haben.«

Sie leckten sich tatsächlich die Lippen nach jedem noch so kleinsten Krümel, den sie ihnen hinwarf. »Wie lange wird er denn bleiben, er ist ja schließlich ein großes Tier in Atlanta, nicht wahr? Wir müssen auf ihn wie Bauerntölpel wirken.«

»Rink liebt Winstonville. Wissen Sie, dass die Stadt nach der Familie seiner Mutter benannt wurde? *The Retreat* wird immer sein Zuhause bleiben.«

Das schien ihren Appetit sogar noch mehr anzuregen. Sie rückten näher an Caroline, wie Raubtiere sich an ihre Beute heranschlichen. »Aber was ist mit Ihnen? Da Sie mit Mr. Lancaster verheiratet gewesen waren, gehört *The Retreat* jetzt doch sicher Ihnen? Oder planen Sie, alle miteinander dort zu wohnen? Als große, glückliche Familie?«

»Das sind wir bereits«, sagte sie und lächelte kühl. »Eine große, glückliche Familie.«

»Oh, *natürlich*«, stimmten sie begeistert zu.

»Grüßen Sie Sarah bitte von mir«, bat Caroline die Mutter ihrer ehemaligen Klassenkameradin, als sie die beiden Frauen verließ. »Wie ich gehört habe, ist sie wieder Mutter geworden.«

»Zum vierten Mal.« Sie musterte mit farblosen Augen Carolines schlanke Figur, die in einem hübschen Leinenkleid besonders gut zur Geltung kam. »Es ist zu schade, dass Mr. Lancaster Sie nicht mit einem Baby zurücklässt. Ein Kind würde Sie in Ihrer Trauer so trösten.«

Das war die verlogenste Mitleidsbekundung, die Caroline

je gehört hatte. Hätte es sie nicht gerade vor Wut geschüttelt, hätte sie über diese alberne Zuschaustellung gelacht.

»Wozu braucht sie ein Baby, Flo?« Ein anderes Paar Augen, genauso niederträchtig und genauso voreingenommen, glitt über sie. »Sie hat doch Rink, der mit ihr in dem großen Haus lebt und ihr so viel Gesellschaft und Trost bietet, wie sie will.«

»Oh ja, Rink. Wir dürfen nicht vergessen, dass er da ja mit ihr lebt.«

»Guten Tag, die Damen«, sagte Caroline schnell. Sie zwang sich dazu, auch die letzten Dinge auf ihrer Liste einzupacken und erst dann zur Kasse zu gehen und schnell aus dem Geschäft hinaus. Tränen der Erniedrigung brannten in ihren Augen.

Solange ihr Mann noch lebte, hätte aus Angst vor Vergeltung niemand gewagt, auf solche Art mit ihr zu sprechen. Roscoe Lancasters Ehefrau hatte ihnen Respekt abverlangt, egal, wie widerwillig das geschehen war. Anscheinend konnte seine Witwe da nicht mithalten. Sie war wieder zu Caroline Dawson geworden, und wie es schien, würde das Stigma ihrer Herkunft ihr für immer anhaften. Es war gleichgültig, wie anständig man lebte – wenn du aus der Gosse kamst, war deine Moral zweifelhaft.

Warum verließ sie nicht einfach diesen Ort voller engstirniger, bigotter Menschen?

Aus dem gleichen Grund wie Rink. Ihre Wurzeln saßen zu fest. Er gehörte zur obersten Gesellschaft, sie zur untersten, aber ihr Platz hier war genauso felsenfest verankert wie seiner. Es machte sie wütend, darüber nachzudenken, dass man bei der Geburt einen Platz in der Gesellschaft zugewiesen bekam, ohne die Chance zu erhalten, diesen zu wechseln.

Bedeutete es denn nichts, dass sie eine der besten, auf jeden Fall aber eine der größten Entkörnungsanlagen der Region leitete? Bedeutete es auch nichts, dass sie ein College-Diplom hatte? Oder weckten ihre Erfolge nur den Neid der anderen?

Warum sollte sie sich selbst so bestrafen? Sie konnte doch dorthin ziehen, wo man sie nicht kannte.

The Retreat.

Solange sie sich erinnern konnte, hatte sie davon geträumt, in *The Retreat* zu wohnen. Und wenn Rink es jetzt als sein Erbe beanspruchte, was würde sie tun? Die Stadt verlassen? Niemals zurückkommen?

Nein. Sie würde sich ein anderes Haus in Winstonville suchen und weiter von *The Retreat* träumen. Aber sie könnte es niemals ganz verlassen. Niemals.

Beim Abendessen war sie sehr still. Sie aßen ihr gebratenes Hühnchen im formellen Esszimmer, weil Rink die Mahlzeit als offizielle Feier für das Delta Mills Geschäft erklärt hatte. Mrs. Haney und Laura Jane teilten seine Fröhlichkeit. Caroline fand es sehr schwer, in Feststimmung zu kommen, nachdem sie am Nachmittag das Ziel einer Hetzjagd im Supermarkt gewesen war.

Sie bemerkte, dass Rink sie fragend ansah, und riss sich aus ihren verstörenden Gedanken. Ab da an verdoppelte sie ihre Bemühungen, sich ihre Trübsal nicht anmerken zu lassen.

Nach dem Essen ging sie auf dem Anwesen spazieren. Der Abend war kühl und klar. Eine vereinzelte Brise spielte über ihr mit den saftigen Sommerblättern der Bäume. Sie setzte sich auf die breite Schaukel, die in einer Ecke des Gartens an einem riesigen Pekannussbaum aufgehängt war. Dies war einer ihrer liebsten Plätze auf dem Anwesen. Der Seitenarm des Flusses gurgelte in der Nähe still vor sich hin. Das Moos hing so weit von den Ästen herunter, dass es beinahe den Boden berührte. Das Buschwerk wuchs üppig. Mit ihrem Zeh, der kaum den Boden berührte, schaukelte sie sich träge hin und her.

Ihre Gelassenheit kehrte sich ins Gegenteil, als sie einen langen, schlanken Schatten sah, der sich aus dem Schatten eines Baumes löste und auf leisen Sohlen auf sie zukam. Er schob einige lange Glyzinien zur Seite und musste sich ducken, um unter den weit ausufernden Armen einer Eiche hindurchzulaufen, bis er direkt vor der Schaukel stand.

»Was ist los, Caroline?«

»Du musst Indianerblut in deinen Adern haben. Immer wieder schleichst du dich an mich an.«

»Ich bin nicht hergekommen, um meine Herkunft zu besprechen. Antworte mir: Was ist los?«

»Wie hast du mich gefunden?«

»Ich habe dich gefunden.« Er griff nach den Seilen an beiden Seiten der Schaukel und brachte sie zum Stillstand. Dann beugte er sich über sie: »Und jetzt, verdammt noch mal, frage ich dich das zum letzten Mal: Was ist los mit dir?«

Sie rutschte unbehaglich hin und her. »Nichts.«

»Jetzt sag schon. Was ist es?«

»Es ist nichts.«

»Ich werde mich nicht von der Stelle rühren – und du auch nicht –, bis du es mir gesagt hast. Und die Mücken können hier ganz schön blutrünstig werden nach Einbruch der Dunkelheit. Wenn du also nicht von einem Schwarm der durstigen, kleinen Stechmücken entführt werden willst, solltest du mir jetzt erzählen, was dich bedrückt. Ist etwas in der Gin geschehen? Bin ich es? Was?«

»Oh, diese Stadt!«, explodierte sie und stand auf. Rink musste auf die Weise die Schaukelseile loslassen. Ihr Wutausbruch kam so überraschend, dass er zur Seite trat und sie vorbeiließ. Die Schaukel wackelte nach ihrem Verlassen heftig hin und her. Sie ging zu einem gewaltigen Baum, kreuzte ihre Hände über dem Stamm und lehnte ihre Stirn darauf.

»Was ist mit dieser Stadt?«

»Sie ist voll von kleinkarierten Leuten.«

Er lachte leise. »Und das hast du erst heute herausgefunden?«

»Nein. Das weiß ich schon, seit ich alt genug war, hinter meiner Mama und ihrem Handwagen herzulaufen, mit dem sie die frische Wäsche auslieferte. Ich habe immer schon gewusst, dass die Leute hier voreingenommen sind und schnell jemanden verurteilen.« Sie drehte sich um und lehnte ihre Schultern gegen den starken Baumstamm. »Es ist nur, dass ich gedacht hatte, ein College-Diplom, ein guter Job, ein neuer Name würden mich in ihren Augen aufwerten, damit sie mich nicht länger als Proleten ansehen.«

»Das hättest du besser wissen müssen. Du wirst für immer als armes, ungebildetes Mädchen abgestempelt sein.«

»Wie gut ich das weiß. Und damit ich das nicht vergesse, wurde ich heute extra daran erinnert.«

»Was ist geschehen?«

Sie warf ihr Haar zurück und ließ ihre Augen über ihn zucken, dann sah sie wieder weg. »Es ist wirklich zu albern und unwichtig, um sich darüber aufzuregen.«

»Dann sag es mir, und wir regen uns gemeinsam nicht darüber auf.«

Sie seufzte und nannte ihm die Namen der zwei Frauen, mit denen sie im Supermarkt gesprochen hatte. Rink machte ein ungehobeltes Geräusch. »Die Geschichte gefällt mir schon jetzt nicht. Aber erzähl weiter.«

»Sie… sie sprachen mich darauf an, wie viel Glück ich hätte, dass du nach Roscoes Tod hiergeblieben bist und im selben Haus mit mir lebst. Diesen Teil haben sie ganz besonders betont. Sie deuteten an… na ja, du kannst du dir ja denken, was sie angedeutet haben.«

»Sie haben angedeutet, dass bei unserem Zusammenleben mehr im Spiel sei als lediglich eine gemeinsame Adresse. War es so?«

Sie sah zu ihm hoch. »Ja.«

Er fluchte leise. »Sie haben darauf angespielt, dass hier nicht alles in geregelten Bahnen verläuft.«

»Ja.«

»Dass sich hier etwas Ungehöriges abspielt.«

»Ja.«

»Dass wir mehr füreinander sein könnten als Stiefmutter und Stiefsohn.«

Sie antwortete nicht mehr, sondern nickte nur. Schweigen trat ein. Um sie herum sangen Zikaden ihr fröhliches Lied. Ochsenfrösche quakten trauernd. Sie schafften es einfach nicht, ihre Augen voneinander zu lassen. Ihr Herz schlug immer schneller. Sie hätte schwören können, dass der Puls, der in Rinks Schläfen pochte, im selben Tempo schlug wie ihrer.

»Vergiss, was diese Leute sagen, Caroline. Gerüchte zu verbreiten, ist ihre Lieblingsbeschäftigung. Wenn es nicht über uns herginge, dann würden sie eben jemand anderes über dem offenen Feuer rösten. Sobald Roscoes Tod mit al-

207

lem, was dazu gehört, als Thema abgenutzt ist, werden sie etwas anderes finden, worüber sie herziehen können.«

»Ich weiß, aber ich kann ihre gemeinen Anspielungen trotzdem nicht ertragen. Ich will nicht Zielscheibe ihrer äußerst lebhaften Fantasie sein.« Ihre Blicke trafen sich, doch sie sah schnell wieder zur Seite. Die Vermutungen der Gerüchteküche beruhten nicht nur auf einer lebhaften Fantasie.

»Es wäre absolut lächerlich, wenn einer von uns beiden aus dem Haus auszöge, bevor die rechtlichen Angelegenheiten geklärt sind«, überlegte Rink. »Würden wir dadurch nicht sogar noch mehr Gesprächsstoff liefern?«

»Vermutlich schon. Jeder würde sich fragen, wer wen vertrieben hat. Sie würden behaupten, du hättest mich nicht akzeptiert.«

»Als Ehefrau meines Vaters, meinst du?«

Caroline hätte sich in die Zunge beißen können, weil sie das Thema aufgegriffen hatte. »Ja.«

»Warum würden sie annehmen, ich würde dich nicht akzeptieren?«

»Weil ich die bin, die ich bin, und woanders herkomme als du.« Sie rutschte unruhig am Stamm hin und her, sodass ihr Kleid von einer Borke einen Riss bekam. »Wegen des Altersunterschiedes zwischen Roscoe und mir.«

Als sich ihre Augen diesmal trafen, konnten sie nicht wegsehen. »Sie hätten recht«, flüsterte er und lehnte sich ihr dicht entgegen. »Ich hätte dich niemals als seine Ehefrau akzeptiert.«

»Bitte, Rink, lass das doch.« Sie wollte nach hinten flüchten, aber der Baum blockierte ihr den Weg.

»Was kümmert dich das Gerede, Caroline?«, fragte er

sanft und kam noch näher. »Dein Gewissen ist rein, oder? Du weißt, dass nichts Unlauteres auf *The Retreat* geschieht.«

»Natürlich.«

Noch näher. »Es passiert nichts Unlauteres zwischen uns, richtig?«

»Nein.«

»Lügnerin.«

Das letzte Wort stieß er keuchend aus. Er legte seine Daumen der Länge nach auf ihre Kehle und umschloss ihren Hals mit seinen starken, schlanken Fingern, die sich in ihrem Nacken kreuzten. Mit den Daumenspitzen drückte er ihren Kopf hoch.

»Sag mir, dass da nichts zwischen uns ist.« Sie stöhnte leise und versuchte, ihren Kopf zur Seite zu drehen. Er ließ es nicht zu. »Sag mir, ob du jedes Mal, wenn du mich anschaust, nur deinen Stiefsohn siehst. Sag mir, dass du dich nicht daran erinnerst, wie es zwischen uns war. Sag mir, dass du nicht mehr an den Tag denkst, an dem es geregnet hat. Sag mir, dass ich dich nie wieder küssen soll. Sag mir, dass du nie wieder meine Berührung fühlen willst. Kannst du mir all das sagen, Caroline?« Ihre einzige Antwort war ein Wimmern. »Das dachte ich mir schon«, knurrte er.

Sein Mund senkte sich hart und sicher über ihren. Ihre Arme schlenkerten unentschlossen herum, bis sie ihre Handballen auf seine Schultern legte und sich in halbherzigen Versuchen übte, ihn wegzustoßen. Als Antwort darauf drückte er sie nur noch enger an sich. Wie Teile eines Puzzles, die zusammenpassten, rückte er sie ineinander zurecht. Sein Mund bewegte sich über ihrem und versuchte, ihre Lippen dazu zu zwingen zu tun, was er wollte. Seine Zunge spielte um die Konturen ihrer Lippen.

»Küss mich, Caroline. Du willst es. Du willst es.«

Und sie tat es. Mit einem leisen Gemurmel gab sie sich geschlagen und legte ihre Arme fest um seinen Hals. Ihre Lippen gaben der Verführung durch seine Zunge nach, die ohne auf Widerstand zu treffen in ihren warmen Mund eindrang.

Schonungslos erregte er ihr Verlangen nach ihm. Seine Küsse wühlten sie auf. Der Druck seines Glieds zwischen ihren Schenkeln löste in ihr ein Verlangen aus, das sie nicht aushalten konnte. Sie wollte, dass er ihre schmerzende Leere ausfüllte. Sie hatte entsetzliche Sehnsucht, und nur er konnte diese Sehnsucht stillen.

Er öffnete die Knöpfe ihres Kleides und ließ seine Hand unter den Stoff gleiten. Sie trug ein spitzenbesetzes Bustier. Sinnlich strich er mit seinen Händen über ihre warme Haut. Er massierte sie mit langsamen Bewegungen, die sie gleichzeitig hypnotisierten und verführten.

Seine Lippen formten sich abwechselnd zu Flüchen und Stoßgebeten, die sich zu einer Litanei verbanden, die in ihren Ohren wie ein Liebeslied klang. In seiner Stimme hörte sie die Verzweiflung ihrer eigenen Seele und den Schmerz über eine unerfüllte Sehnsucht. Durch die Spitzen und den Satin hindurch liebkoste er ihren Busen, suchte ihre Brustwarzenhöfe, und als er sie gefunden hatte, umrundete er sie sanft mit einer Fingerspitze. Es bereitete ihr unglaublichen Genuss. Die empfindsamen Stellen reagierten auf seine Berührung und wurden hart. Er neigte seinen Kopf und nahm eine ihrer Brustwarzen zwischen seine Lippen.

Diesen Kuss fühlte Caroline bis tief in ihren Schoß hinein, bis in ihr Innerstes. Ihr gesamter Körper zog sich vor Wollust zusammen, und sie stieß einen sinnlichen Seufzer aus. Sie wusste, wenn sie jetzt nicht aufhörte, würde sie verloren sein.

Sie befreite sich ungestüm aus seiner Umarmung.

»Nein, Rink, nein«, weinte sie. Mit ihren Händen bedeckte sie ihre Brüste und versuchte, durch schiere Willenskraft ihr Herz zu beruhigen. »Ich kann nicht. Wir dürfen es nicht tun.«

Bei jedem Atemzug hob und senkte sich seine Brust beängstigend. Ihre Finger hatten sein Haar durcheinandergewühlt. Seine Augen waren vor Leidenschaft geweitet. Er blinzelte, bis er wieder richtig sehen konnte. »Warum nicht? Wegen meinem Vater?«

Sie schüttelte den Kopf so nachdrücklich, dass ihr Haar wild umherwehte. »Nein, nein«, sagte sie elend und zupfte ihr Kleid zurecht. »Wegen der Menschen in der Stadt. Weil ich nicht so sein will, wie sie es anscheinend von mir erwarten. Ich will nicht ihren schmutzigen Vorstellungen entsprechen und erst Roscoe verführen und dann seinen Sohn.«

»Es kümmert mich einen Scheiß, was die denken.«

»Mich aber!« Sie bemerkte, dass sie weinte. Tränen liefen ihr übers Gesicht. »Wie du schon gesagt hast, wir bleiben so, wie wir geboren wurden. Du bist ein Winston und ein Lancaster. Egal, was du tust, niemand würde es dir vorhalten. Sie würden sich nicht trauen, dich zu kritisieren. Aber bei mir liegt der Fall anders: Ich komme aus ärmlichen Verhältnissen, und so werden sie immer über mich denken. Ich muss mich darum kümmern, was sie denken.«

Sekundenlang starrten sie sich an. Rink drehte sich als Erster weg, wobei er laut vor sich hin fluchte. »Ich kann nicht im selben Haus mit dir leben und nicht mit dir schlafen wollen.«

»Ich weiß.«

»Na gut, dann habe ich es ja jetzt zugegeben. Das ist es doch, was du hören wolltest, oder?«, schrie er.

»Nein, Rink. Ich brauchte es nicht zu hören, um es zu wissen.« Als er herumwirbelte, um sie anzusehen, sagte sie sanft: »Es geht mir doch genauso. Hast du etwas anderes geglaubt?«

Vielleicht spielte das Mondlicht ihr einen Streich, aber es kam ihr so vor, als ob es in seinen Augen verdächtig glitzerte. Seine Lippen bewegten sich, aber er brachte keinen Laut heraus. Reflexartig ballte er seine Hände zu Fäusten, um sie gleich wieder zu öffnen. Sein ganzer Körper war steif vor lauter unterdrückten Gefühlen. Es schien, als ob er diese Gefühle nicht mehr länger für sich behalten könnte. Sie wischte sich die Tränen aus dem Gesicht. »Verstehst du, warum ich nicht mit dir zusammen sein kann, Rink? Sie haben recht. Ich will dich. Aber ebenso, wie du es nicht vergessen kannst, werden auch sie es nicht vergessen: Ich war Roscoes Ehefrau.«

Er drehte ihr den Rücken zu. Minuten vergingen. Als er sie wieder ansah, war sein Gesicht hart, niedergeschlagen und entschlossen. »Was hast du nach der Testamentsverlesung vor?«

Sie gab sich erst gar nicht die Mühe, ihre Tränen zu verstecken. »Das Einzige, was mir zu tun bleibt. Ich werde gehen, und das war mir schon immer klar.«

Er nickte einmal kurz, machte kehrt und stapfte zum Gehölz. Caroline sank auf die Schaukel, vergrub ihr Gesicht in ihren Händen und weinte.

Keiner von ihnen bemerkte den Schatten, der zwischen den Bäumen hindurchhuschte, als er den Schauplatz verließ.

10

Steve?«

In der Wohnung brannte kein Licht, aber der tragbare Schwarzweißfernseher warf zuckende Schatten auf die Wände.

»Laura Jane?«, fragte er ungläubig.

»Ich war mir nicht sicher, ob du hier wärst. Hast du schon geschlafen?«

Steve zog schnell die schlichte weiße Decke über seine nackte Brust. Er lag in seinem schmalen Bett auf dem Rücken. Als sie sich durch die Tür drückte und ihre schmale Figur durch den Spalt schob, richtete er sich auf einem Ellbogen auf. »Nein, ich hab noch nicht geschlafen, aber was um alles in der Welt machst du hier? Wenn dein Bruder dich hier findet...«

»Das wird er nicht. Ich habe gesehen, wie er gerade in seinem neuen Pickup weggefahren ist. Caroline und er... Oh, Steve. Ich verstehe das nicht!« Sie flog durch den Raum und warf sich auf ihn. Wie von selbst nahm er sie in die Arme, und sie vergrub weinend ihr Gesicht in seiner Kehlgrube.

»Was ist denn los? Was ist geschehen? Was verstehst du nicht?«

»Rink. Ich verstehe ihn überhaupt nicht. Er hat dich in eine Schlägerei verwickelt, weil wir uns geküsst haben. Er gab mir das Gefühl, dass wir etwas getan hatten, für das wir uns schämen müssten. Aber wenn das falsch ist, warum machen Caroline und er dann dasselbe? Wenn es falsch ist, wenn wir es tun, warum gilt das nicht für die beiden? Sie sind auch nicht miteinander verheiratet.«

»Du hast sie zusammen gesehen? Wie sie sich küssten?«

»Ja. Unten bei der großen Schaukel. Sie haben mich nicht bemerkt.«

Seine Finger durchkämmten ihre Haare. Er wollte sie nicht noch weiter aufregen, darum überlegte er sich genau, was er ihr antwortete. »Ich glaube, du hast etwas gesehen, das nicht für deine Augen bestimmt war.«

Laura Jane hob ihren Kopf. »Ich hätte nicht bleiben und zuschauen sollen, meinst du das? Mrs. Haney hat mal gesagt, dass man Leute nicht beobachten oder belauschen darf, wenn sie nicht wissen, dass man in der Nähe ist.«

»Ja, stimmt, das ist unhöflich.«

Sie zog an der Ecke der Bettdecke wie ein zerknirschtes Kind. »Ich weiß, dass es falsch war. Aber ich konnte sie hören, darum bin ich dem Geräusch ihrer Stimmen gefolgt. Als ich ankam, küsste Rink gerade Caroline. Sie standen an einen Baum gelehnt da, so eng, dass ich nicht erkennen konnte, wo der eine anfing und der andere aufhörte.«

Ihre Finger fuhren durch seine dichte Brustbehaarung, was ihn daran erinnerte, dass er unter dem Bettlaken nur seine Unterwäsche trug. Laura Jane saß auf der Bettkante, ihre Hüfte nestelte sich in die kleine Kuhle seiner Taille.

Sie berichtete ihm, wie Caroline den Kuss beendet hatte. »Sie sagte, sie dürften sich nicht küssen, weil die Leute glauben würden, sie wären schlechte Menschen. Rink hörte ihr zu. Er stand ganz still. Er sah aus, als ob er auf etwas einschlagen wollte, aber nicht auf Caroline. Er sah auch so aus, als ob er sie gerne weiterküssen wollte.«

Laura Janes Stimme zitterte. »Caroline sagte, dass sie ausziehen will, wenn das Testament erst einmal verlesen ist.« Sie knickte in der Taille ein und legte ihren Kopf auf Steves Brust. »Ich will nicht, dass sie geht. Ich habe sie lieb. Ich habe auch Rink lieb. Ich will, dass wir alle weiter so zusammenleben wie jetzt.«

Steve streichelte mit der einen Hand tröstend ihren Hinterkopf, mit der anderen ihren Rücken. Er hatte sich inzwischen die ganze Geschichte zusammengereimt. Caroline hatte Rink vor ein paar Tagen daran erinnert, dass Roscoe sie getrennt hatte. Es gab also einen Zeitpunkt in der Vergangenheit, an dem sie einander sehr wichtig gewesen waren. Und obwohl sie es nicht wollten, fühlten sie noch immer diese Anziehungskraft zueinander und waren in dieser ausweglosen Situation gefangen.

»Das ist ein furchtbares Durcheinander«, murmelte er in Laura Janes Haar.

Sie hob den Kopf und sah auf ihn hinab. »Weißt du, was ich mir wünsche?«

Er untersuchte ihr Gesicht mit forschenden Fingern, bewunderte die unberührte Schönheit darin, die Reinheit ihrer Seele, das Fehlen von Bosheit und Hinterlist. Ihre Eigenschaften waren für ihn äußerst wertvoll, weil er vorher so wenig davon gesehen hatte. Bevor er Laura Jane kannte, hatte er geglaubt, die menschliche Natur sei verdorben. »Was wünschst du dir?«

»Dass sie sich so lieben könnten wie wir.«

Er wollte lachen, weinen und sie küssen – alles gleichzeitig. Er dachte kurz über die ersten beiden Möglichkeiten nach und entschied sich dann für die dritte. Sanft zog er sich zu sich und küsste ganz zart ihren leicht geöffneten Mund.

»Steve?«, flüsterte sie.

»Hm?« Er küsste ihr Gesicht und war darüber erstaunt, wie zart und weich sich ihre Haut anfühlte.

»Du trägst ja dein Plastikbein gar nicht.«

Sofort hielt er inne, sie zu liebkosen, und folgte ihrem Blick zum Bettende, wo er seine Prothese verstaut hatte. »Nein«, sagte er scharf, »das trage ich nicht.«

»Ich möchte dein Bein sehen. Bitte.« Sie streckte ihre Hand nach der Decke aus, um sie zurückzuziehen.

Er griff danach und hielt sie fest um seinen Körper gewickelt. »Nein.«

Er sprach kälter und härter mit ihr als jemals zuvor. Einen Moment lang war sie erschrocken, dann verschwand dieses Gefühl wieder. Sie legte ihre Hände auf seine und versuchte, seine Finger von der Bettdecke zu lösen. »Bitte, Steve. Ich will es sehen.«

Wütend schüttelte er ihre Hände ab. Er legte die Hände hinter seinen Kopf. Sie wollte es sehen? Na gut, sollte sie doch. Es war besser, sie würde jetzt von ihm angeekelt sein, bevor er sich noch weiter in sie verlieben würde. Sie sollte besser jetzt als später vor Entsetzen kreischend von ihm fortrennen. Er war auf abscheuliche Art deformiert, und je eher sie das begriff, umso besser für sie beide.

Voller Unbehagen fühlte er, wie die Decke von seinem Körper weggezogen wurde. Die kühle Luft der Klimaanlage, die im Fenster angebracht war, traf auf seine Haut. Er presste seine Kiefer so stark zusammen, dass sie schmerzten. Er starrte an die Decke und versuchte, sich auf das tänzelnde Muster der Schatten zu konzentrieren, die der Fernseher dort malte. Er wollte nicht den Abscheu in ihrem Gesicht sehen. Er wünschte, er könnte seine Ohren vor den Geräuschen des Entsetzens verschließen, die sie gleich ausstoßen würde.

Er würde es ihr natürlich nicht übel nehmen. Sie war immer vor den hässlichen Dingen beschützt worden. Ihre Welt war sanft und schön, ein Kokon aus Vornehmheit und Liebenswürdigkeit. In seiner Welt hatte er einen Dschungelkrieg erlebt, seine Welt war ihr so fremd wie das Leben auf einem anderen Planeten.

»Oh, Steve.«

Das war nicht die Reaktion, die er erwartet hatte. Sie sprach atemlos, zittrig. Ihr Tonfall war emotional, ehrfürchtig. Er zog das Kinn an und sah an sich herunter, um gerade noch mitzubekommen, wie Laura Janes Hand sich seinem rosafarbenen runzligen Oberschenkel näherte. Obwohl er ihre schüchterne, leichte Berührung fühlte, obwohl er sogar ihre Hand sehen konnte, die über seine haarige Haut streichelte, konnte er nicht glauben, was geschah. Sein Fleisch mochte unter ihrer sanften Berührung erzittern, doch sein Herz explodierte.

»Steve, du bist wunderschön.« Als sie ihm in die Augen sah, bemerkte er ihre Tränen. Er suchte nach Abscheu in ihnen, konnte aber keinen entdecken, noch nicht einmal eine Spur von Mitleid, nur reine Liebe und Bewunderung.

Aus seiner Kehle kam ein erstickter Laut, als er nach ihr griff und sie auf seine Brust zog. Er umfasste ihr Gesicht mit seinen Händen und hielt ihre Haare zurück, während sie sich vorbeugte, um ihn zu küssen.

Auch er küsste sie, fuhr mit seiner Zunge tief in ihren Mund und saugte sanft an ihr. Laura Jane hatte von ihm gelernt und fing an, an seinen Lippen zu nagen, saugte leicht, als er seine Zunge wieder in ihren Mund wandern ließ, und ging mit ihrer Zunge zwischen seinen Lippen auf ihre eigene Entdeckungsreise.

»Gott, oh Gott, Laura Jane.« Er hielt ihren Kopf an seine Schulter gelehnt, um sie von ihren heißen Küssen abzuhalten, um tief durchzuatmen und wieder zu Verstand zu kommen. Unter dem Stoff seiner Unterwäsche war er hart geworden und zuckte. Wo immer ihre Haut seine berührte, fühlte er ein Brennen. Er dachte, er könnte sich ablenken, indem er ihre Brüste berührte. Aber ihre weiche Fülle in seinen Händen steigerte sein Verlangen noch mehr; nicht ausschließlich sein fleischliches Verlangen, auch das nach dem heilenden Beistand, den sie bot.

»Ich fühl mich komisch innen drin«, gestand sie ihm. Federleicht streichelte sie seine Brust und seinen Bauch. Er lachte freudlos. Seine Lenden pochten.

»Mir geht's auch so.«

»Mein Herz klopft ganz schnell.« Sie nahm seine Hand und legte sie fest auf ihre Brust.

Seine Hand schloss sich sanft über den empfindlichen Hügel. Er knirschte mit den Zähnen. »Meines auch.«

»Fühlt sich das so an, wenn man Liebe macht?«, flüsterte sie.

Er konnte die Worte nicht herausbringen und nickte nur.

»Wir können nicht Liebe machen, weil wir nicht verheiratet sind, richtig?«

Er stöhnte und hielt sie noch fester. »So ist es, Baby, so ist es. Wir können es nicht tun. Es wäre dir gegenüber nicht fair.« Ihm gegenüber aber auch nicht. Wenn er sie erst mal gehabt hatte, würde er sie an jedem Tag für den Rest seines Lebens wollen.

Sie setzte sich auf und schmiegte ihre Hand an seine Wange. »Dann, lieber Steve«, sagte sie in ihrer schlichten Logik, »lass uns heiraten.«

Die Gruppe, die sich im vorderen Empfangszimmer von *The Retreat* zusammenfand, war schweigsam. Der Tag war passenderweise trüb. Dunkle Wolken hingen über der Landschaft, doch noch war es trocken. Der Regen würde eine willkommene Ablösung der drückenden Luftfeuchtigkeit bringen.

Dieser Tag war gleichzeitig herbeigesehnt und gefürchtet worden. Zweimal hatte Granger Hopkins einen Termin für die Verlesung von Roscoes Testament genannt. Beide Male war er verschoben worden. Als der erste Termin bevorstand, musste Rink unerwartet aufgrund dringender geschäftlicher Angelegenheiten nach Atlanta zurück. Granger selbst hatte um die zweite Verschiebung gebeten. Ein anderer Mandant hatte seinen sofortigen Beistand benötigt.

Im Stillen war Caroline froh über diese Aufschübe. Sie hatte sich selbst geschworen, sich nach einem anderen Haus umzusehen, das nicht zu groß war, aber Charakter hatte, nicht zu nah an der Stadt war, aber auch nicht zu abgeschieden für eine alleinstehende Frau. Aber sie konnte sich nicht dazu aufraffen, mit der Haussuche zu beginnen. Als Ausrede dafür zog sie die Fabrik heran.

Sie hatten mehr Baumwolle verarbeitet als jemals zuvor. Rink und sie verließen frühmorgens das Haus und kamen erst spät am Abend zurück. Der größte Teil der Ernte war zu diesem Zeitpunkt entkörnt und zu Ballen gepresst und wartete im Lager darauf, an die verschiedenen Händler versandt zu werden. Der Delta-Mills-Auftrag war wie versprochen nach Jackson geflogen worden.

Caroline und Rink teilten das Gefühl höchster Zufriedenheit darüber, aber gleichzeitig auch das Gefühl unausgesprochenen Verlustes. Wäre nicht ihre ständige Zusammenarbeit in der auf Hochtouren laufenden Gin, hätten sie keinen Grund, so viel Zeit miteinander zu bringen. Seit dem Abend an der Schaukel waren sie sich nicht mehr nähergekommen, aber bei jeder Begegnung zeigte sich, wie sehr sie nacheinander verlangten. Granger hustete hinter vorgehaltener Hand, um ihre Aufmerksamkeit zu erhalten. »Ich nehme an, dass wir so weit sind.« Er saß an einem kleinen Tisch, auf dem ein brauner Briefumschlag lag.

Laura Jane und Rink saßen auf einem kleinen Sofa, das von jeher in Familienbesitz war. Liebevoll hatten sie ihre Finger umeinander geschlungen. Auf ihrer linken Seite saß Caroline auf einem Stuhl mit wippender Rückenlehne. Mrs. Haney war ebenfalls eingeladen und saß rechts und ein klein wenig hinter ihnen.

Granger zog eine Brille mit Metallgestell aus seiner Brusttasche und rückte sie auf seiner fleischigen Nase zurecht. Vorsichtig öffnete er den Umschlag und entnahm ihm ein Dokument mit vielen Seiten, das er mit seiner Hand glättete. Er fing an, es vorzulesen.

Roscoe war nie ein Menschenfreund gewesen. Er hatte um jeden Cent, den seine Frau Marlena für wohltätige Zwecke verwendete, ein großes Gewese gemacht. Wenn er zu Lebzeiten Geld gespendet hatte, geschah das nie in einer Anwandlung von Großzügigkeit, sondern ausschließlich, um einen Steuervorteil daraus zu erwirtschaften. Trotzdem hatte er in seinem letzten Willen der Kirche, deren ungläubiges Mitglied er gewesen war, eine Summe hinterlassen, wie auch anderen wohltätigen Einrichtungen der Gemeinde.

Granger machte eine Pause, schenkte sich ein Glas Wasser aus der Karaffe ein, die Mrs. Haney für ihn auf dem Tisch bereitgestellt hatte, und nahm einen Schluck. Seine Stimme ließ beim Lesen keine Gefühlsregung erkennen, aber seine Zurückhaltung war deutlich erkennbar. Während er die einzelnen Punkte des Testaments methodisch vortrug, wurde der schreckliche Grund für seine Zurückhaltung deutlich. Als er fertig war, faltete er die Blätter und schob sie in den Umschlag zurück. Er setzte seine Brille ab und ließ sie wieder in die Brusttasche gleiten.

Die anderen im Raum verharrten regungslos. Sogar Laura Jane, die die Bedeutung nicht gänzlich abschätzen konnte, verstand, wie unfair das Testament ihres Vaters war.

»Er hat Rink überhaupt nichts hinterlassen«, sprach sie Granger an, aber ihre Augen wanderten durch den Raum und verharrten schließlich auf ihrem Bruder, dessen Gesicht wie in Stein gemeißelt wirkte.

»Dieser alte Mistkerl«, murmelte Mrs. Haney leise vor sich hin. Sie würde das Geld ablehnen, das er ihr »für all die Jahre hingebungsvollen Dienstes an Laura Jane« zugedacht hatte.

Langsam stand Caroline auf und ging zögernd einen Schritt auf das Sofa zu. »Rink, es tut mir …«

Sein Kopf schoss hoch, seine goldenen Augen loderten, sodass sie nicht weitersprechen konnte. Rink sprang mit der sinnlichen Eleganz eines Panthers vom Sofa auf und hatte auch denselben tödlichen Blick schwerlich zurückgehaltener Gewalt an sich. Wortlos verließ er das Zimmer. Caroline sah ihm traurig hinterher. Laura Jane drehte nervös ihr Taschentuch zwischen ihren Fingern.

Granger ging Rink hinterher und holte ihn in der Halle ein.

»Rink, es tut mir leid.« Er griff nach Rinks Ärmel und hinderte ihn daran, aus dem Haus zu stürmen. »Ich hasse es, dass gerade ich euch dieses Testament vorlesen musste. Ich hatte Roscoe gebeten, es sich noch mal zu überlegen.«

»Das hätten Sie besser wissen müssen, dann hätten Sie sich Ihren Atem sparen können«, sagte Rink verbittert.

»Ich habe damals versucht, deine Mutter davon zu überzeugen, ihm nicht das Haus und den Grundbesitz zu überschreiben. Lange vor ihrem Tod hat sie es aber doch getan, sodass alles nach ihrem Ableben in Roscoes Besitz fiel. Damals hielt ich das für keine gute Idee. Jetzt, natürlich ...«

»Zum ersten Mal in der Geschichte des Hauses gehört *The Retreat* keinem Winston mehr. Jetzt ist eine Dawson die Herrin.« Sein Ton war abschätzig, als er ihren Namen aussprach.

»Wenn du glaubst, dass Caroline irgendetwas mit Roscoes Entscheidung zu tun hat, dann irrst du dich.«

»Tatsächlich?«

»Ja«, sagte der Anwalt nachdrücklich. »Sie wusste genauso wenig davon wie von dem Stipendium.«

Rinks Kopf fuhr herum. »Woher wissen Sie davon?«

»Ich weiß es«, antwortete Granger und senkte seine Stimme. »So wie ich von allem wusste, was er im Geheimen für sie tat. Zuerst verstand ich es nicht. Ich hätte angenommen, er wäre ihr Sugar Daddy, wenn ... wenn er dafür nicht andere Mädchen gehabt hätte.« Er sah Rink scharf an. »Schließlich ist es mir klar geworden. Erst kürzlich allerdings. Seit Jahren hat er sie dafür benutzt, um dich fertigzumachen, stimmt's?«

Rink bestätigte das nicht. Offensichtlich hatte sich der Anwalt ein korrektes Bild der Lage zusammengereimt, in dem nur ein einziges Teil fehlte. Er wusste nichts von Rink und Caroline. »Wenn das sein letzter Wille war, dann hat er ihn bekommen. Denn so sicher wie es in der Hölle heiß ist, hat er mich diesmal fertiggemacht.«

Er stampfte hinaus und warf die Tür hinter sich ins Schloss.

Durch das Fenster im Empfangszimmer sah Caroline ihm nach. Sie besaß nun das, was sie immer wollte. *The Retreat*. Aber was war der Preis dafür? Der Mann, den sie liebte.

»Caroline, was soll ich mit der Baumwollfabrik anfangen?«, fragte Laura Jane bestürzt, als sie hinter ihre Stiefmutter trat. »In meinem ganzen Leben war ich nur ein paarmal dort.«

Das Mitgefühl für die junge Frau lenkte Caroline von ihrem Schmerz ab. »Du musst dir über die Fabrik nicht mehr Gedanken machen als bisher. Dein Vater hat dir lediglich die Gewinne daraus vererbt.«

»Wovon willst du leben?«

»Mir steht für die Verwaltung und Leitung von der Firma ein jährliches Gehalt zu. Granger wird uns beratend zur Seite stehen und ein Auge auf alles haben. Mach dir also keine Sorgen. Es bleibt alles so, wie es war.«

»Dann bleibst du hier? Du gehst nicht weg?«

»Du hast Granger gehört. Dein Daddy hat mir *The Retreat* hinterlassen.« Sie legte ihre Wange auf Laura Janes Haar und ließ die Träne, die sich aus ihrem Augenwinkel stahl, darauf fallen. Sie wusste genau, was sich gerade zugetragen hatte. Roscoes Motive waren alles andere als wohlwollend gewesen. Er hatte genau gewusst, dass Rink sie hassen würde, wenn er ihr *The Retreat* vermachte. Ihr gehörte nun das Haus seiner Mutter. Wenn es eine große Liebe in Rinks Leben gab, dann war es *The Retreat*.

»Du bleibst, aber Rink nicht«, sagte Laura Jane traurig.

»Nein, Rink wird nicht hierbleiben.« Dann schickte Caroline das Mädchen zu Mrs. Haney, um in Ruhe weinen zu können.

»Warum bist du noch auf?«

»Ich warte auf dich.«

»Sollte ich mich geehrt fühlen?«

»Ich dachte, wir sollten miteinander reden.«

»Worüber?«

»Sei nicht so begriffsstutzig, Rink.«

»Begriffsstutzig?«, fragte er und zog seine Augenbrauen hoch. »Kaum bist du die Herrin dieses Hauses, benutzt du solche Worte?«

In der Halle war es dämmrig. Es war spät. Er war nicht zum Abendessen erschienen, und Caroline war sich nicht sicher, ob er überhaupt wiederkommen würde. Außer wegen Laura Jane. Er konnte nicht fortgehen, ohne sich von ihr zu verabschieden. Also war sie wachgeblieben, bis sie seinen Pickup auf der Einfahrt gehört hatte, und war dann nach unten gerannt, um ihn abzufangen, sobald er das Haus betrat.

Sie stand auf der zweiten Stufe, er auf der ersten. Er sah sie herausfordernd an.

»Ich nehme es dir nicht übel, dass du wütend bist.«

»Danke. Jetzt geht's mir schon besser, da du es billigst.«

»Rink, bitte.«

»Bitte ... was?«

»Gib mir nicht die Schuld an Roscoes Testament! Ich hatte nichts damit zu tun. Ich war genauso vor den Kopf gestoßen wie du. Du kannst es anfechten.«

»Und Roscoe und der Stadt die Befriedigung geben zu sehen, wie viel es mir bedeutet? Nein, danke.«

Roscoe ist tot!, wollte sie schreien. Wann hörte dieser Krieg zwischen Vater und Sohn endlich auf? Mit erzwungener Ruhe sagte sie: »Egal, was auf diesem Papier stand, *The Retreat* gehört dir, Rink. Das wird es immer. Du kannst hier für den Rest deines Lebens wohnen, wenn du willst.«

Er lachte, aber er klang nicht fröhlich.

»Im Testament war nur festgelegt, dass Laura Jane ein lebenslanges Wohnrecht hier genießt, nicht aber ich. Deine Gastfreundschaft ist lobenswert, Mama«, sagte er und verbeugte sich leicht.

Sie zuckte bei seinen gemeinen Worten zurück, aber sie hob das Kinn. »Wie ich sehe, tust du alles dafür, um mir wehzutun. Na gut. Wenn du dich dann besser fühlst, mach weiter. Beschimpf mich!«

Seine Hand schoss reflexartig nach vorne, schnappte sich ihren Gürtel und riss sie zu sich. Der Aufprall nahm beiden den Atem. Er drehte den Gürtel so lange um seine Hand, bis seine Knöchel sich in ihren Bauch drückten. Sein Kiefer war angespannt und hart, seine Zähne aufeinandergepresst. Er schloss die Augen. Einen kurzen Moment, vielleicht für die Länge eines Herzschlages, lehnte er seinen Kopf an ihre Brust und stöhnte fast lautlos. Dann entfuhr ihm ein knapper Kraftausdruck, und er ließ sie los.

»Entschuldige, Caroline, es tut mir leid.« Er seufzte. »Ja, ich bin so wütend wie nie zuvor. Aber nicht auf dich. Auf ihn. Was es noch schlimmer macht, ist, dass ich keine Chance habe, es ihm heimzuzahlen. Er ist tot, und ich habe keine Möglichkeit, mich gegen diesen Schweinehund zur Wehr zu setzen. Wie soll da mein Zorn verebben?«

Er schlug seinen Kopf gegen das Treppengeländer aus Eichenholz. Instinktiv streckte sie eine Hand nach ihm aus, um ihn zu trösten, zog sie aber zurück, bevor sie ihn berühren konnte. Er würde ihre Liebe nur fälschlicherweise als Mitleid interpretieren und sie dafür hassen.

»Wo warst du?«, fragte sie leise.

Er tat einen tiefen Atemzug, der seinen Brustkorb weitete, und öffnete sein Hemd, wodurch der Blick auf sein dunkles gelocktes Brusthaar frei wurde. »Ich bin einfach nur in der Gegend herumgefahren.« Er sah sie an. »Hier bin ich zu Hause, Caroline. Trotz all der Fehler liebe ich diese Stadt. Ich könnte meine Liebe zu dieser Stadt nicht aufgeben, nur weil die Menschen darin nicht perfekt sind, genauso wenig, wie ich meine Liebe zu Laura Jane nie aufgeben könnte, nur weil sie nicht perfekt ist. Ich werde alles hier wieder vermissen, wenn ich weg bin.«

»Du verlässt uns also?«

»Ja, morgen früh.«

Schmerz zuckte durch ihr Herz, sie griff sich mit einer Hand an die Brust. Ihr Gesicht verzog sich. So bald! Er würde fortgehen, und dieses Mal vielleicht für immer. Er konnte Laura Jane jetzt zu sich einladen, wenn er sie sehen wollte. »Rink, was für eine Art von Monster war er nur? Was für ein Mann würde einem Sohn wie dir nichts vererben?«

Er sah ihre Tränen und ihren Schmerz und wusste, dass sie wegen ihm weinte, wegen dem, was niemals war. Er wollte sie zu sich ziehen. Er wollte seinen Kopf tief in ihrer Brust vergraben und den Duft ihrer Haut einsaugen. Er wollte seine Lippen auf sie pressen. Er wollte ihren liebevollen Trost spüren. Er ersehnte das vorübergehende Vergessen, das sich einstellen würde, wenn sie Liebe machen würden. In diesem Moment war er beinahe bereit, sie darum zu bitten. Aber er erinnerte sich an die Worte, die nur deshalb ausgesprochen wurden, damit er sie nie vergaß.

Du wirst diese Frau niemals haben, Rink. Ich kenne dich. Dein dämlicher Winston-Stolz wird es nicht zulassen, dass du sie bekommst. Weil ich sie zuerst hatte. Denk dran. Sie war meine Frau, und ich hatte sie als Erster!

»Oh, er hat mir ja etwas hinterlassen, Caroline«, sagte er rau. »Sein Erbe ist für mich die reinste Hölle.«

Er schob sich an ihr vorbei und ging die Treppe hinauf. Langsam folgte sie ihm hoch und bog in ihr Zimmer ab. Sie zog ihren Morgenmantel aus, streckte sich auf ihrem Bett aus und war sich sicher, dass sie niemals wieder Ruhe finden würde.

Aber als das Telefon nur wenig später klingelte, war sie vom Schlaf betäubt und orientierungslos. Sie nahm ab: »Hallo.«

Sie hörte nur einen kurzen Augenblick zu, bevor sie den Hörer fallen ließ und zur Tür ihres Schlafzimmers rannte, ohne sich die Zeit zu nehmen, ihren Morgenmantel überzuziehen. Ihre nackten Füße flogen nur so über den Holzboden des dunklen Flures. Sie riss die Tür zu Rinks Zimmer auf und raste zum Bett. Ihre Hände landeten mitten auf seinem Rücken.

»Rink, Rink, wach auf.«

Er rollte auf die Seite und starrte sie ungläubig an. Ihre Augen waren aufgerissen, ihre Haare wild, ihre Brüste wogten, quollen fast aus ihrem Nachthemd. »Was ...«

»In der Gin brennt es!«

Seine Füße landeten gleichzeitig auf dem Boden, wobei er

Caroline fast umriss. Er griff sich seine Jeans, die zusammengefaltet auf einem Stuhl lag. »Woher weißt du das?«

»Barnes hat angerufen.«

»Wie schlimm ist es?«

»Konnte er noch nicht sagen.«

»Was ist mit der Feuerwehr?«

»Ist benachrichtigt.«

»Was zum Teufel ist hier drin eigentlich los?«, wollte Mrs. Haney wissen, die in der Tür stand und die Schärpe ihres Morgenmantels um ihre Taille schlang. »Es klingt, als ob ihr hier drin Basketball spielen würdet und –«

»Die Fabrik brennt.«

»Oh, grundgütiger Gott.«

Caroline rannte aus Rinks Zimmer. Er war bereits fast bekleidet, und sie wollte mit ihm gehen. Sie zog das Erstbeste an, was sie vorfand, eine alte Bluse und abgeschnittene Jeans. Sie schob ihre Füße in ein Paar Sandalen. Nicht gerade ein feuertaugliches Outfit, aber sie konnte bereits Rinks Stiefel hören, die auf der Treppe nach unten polterten. Sie sprang hinter ihm die Stufen herunter.

»Rink, warte!«

»Du bleibst hier«, rief er über seine Schulter und rannte zur Vordertür.

»Den Teufel werde ich tun.« Sie war direkt hinter ihm.

»Was ist denn los?« Laura Jane, die in ihrem zartrosa Nachthemd und mit aufgerissenen Augen wie eine Puppe aussah, kam die Treppen heruntergelaufen.

»In der Fabrik ist ein Feuer ausgebrochen. Rink und Caroline fahren hin, um dafür zu sorgen, dass es sofort gelöscht wird«, erklärte Mrs. Haney ihr.

»Es brennt?«, fragte Laura Jane entsetzt.

Rinks Flüche hätten einem Seemann die Ohren verätzt, während er versuchte, den Motor seines Pickup in Gang zu setzen. Mrs. Haney und Laura Jane standen zusammen auf der Veranda, ihre Arme umeinander gelegt, während Caroline verlangte, dass Rink die Beifahrertür öffnete.

»Du kommst nicht mit!«, brüllte er.

»Wenn du diese Tür nicht aufmachst, fahre ich einfach mit meinem Auto hinterher, und du wirst nicht wissen, wo ich bin.«

Er fauchte sie wütend an, bis er endlich die Tür aufstieß, um sie herein zu lassen.

Steve hatte den Aufruhr bemerkt und kam hinkend über den Hof gelaufen, wobei er sich in ein T-Shirt warf. »Was ist passiert?«

»Ein Feuer in der Gin«, rief Caroline zurück.

»Ich komme mit und helfe Ihnen.«

»Nein, Steve!«, schrie Laura Jane auf.

»Steve, bleiben Sie bei Laura Jane und Mrs. Haney«, sagte Caroline ihm durch das Autofenster.

»Genau. Sie bleiben hier«, sagte Rink lapidar. Der Motor lief inzwischen, aber Steve hielt noch den Türgriff in der Hand, sodass Rink nicht Gas geben konnte.

Steve sah Rink direkt an und sagte entschieden: »Sie werden meine Hilfe dort viel eher brauchen als die beiden hier. Ich komme mit.«

»Steve!« Laura Jane sprang von der Veranda, lief auf ihn zu und schlang ihre Arme um seine Taille. »Geh nicht. Ich habe solche Angst um dich.«

»Hey«, sagte er und hob ihren Kopf. »Ich zähle darauf, dass du Mrs. Haney beruhigst und ein Riesenfrühstück für uns fertig hast, wenn wir zurückkommen. Okay?«

Sie strahlte ihn an. »Okay, Steve. Sei vorsichtig!«

»Abgemacht.« Er gab ihr einen kurzen Kuss auf den Mund und schob sie dann sanft von sich weg, bevor er neben Caroline in die Kabine kletterte.

Einen Moment lang starrte Rink den Mann nur an, dann trat er das Gaspedal durch und fuhr den Pickup kreischend aus der Einfahrt.

Sie mussten für eine Menge Dinge dankbar sein. Es war nur ein kleines Feuer gewesen und hatte sich nur in einem Bereich des Gebäudes ausgebreitet. Dank Barnes' schnellem Handeln war die Feuerwehr bereits da, als Rink eintraf.

Unbedacht rannte Caroline in das Gebäude, um sich zu versichern, dass die Buchführungsunterlagen im Büro unversehrt waren. Rink rannte ihr nach, fing sie mit einem Griff um die Taille ein und zog sie unter wildem Umsichtreten und Protestieren wieder heraus. Als sie sich etwas beruhigt hatte, fasste er sie an den Schultern und schüttelte sie fest.

»Mach so etwas Dummes nie wieder, hörst du? Du hast mich zu Tode erschreckt.« Bei seinem grimmigen Anblick wäre sie nicht auf die Idee gekommen, ihm zu widersprechen.

Es gab viel zu tun. Rink überwachte den Abtransport der fertigen Ballen durch freiwillige Helfer, die sie von den Ladestationen weg- und in Sicherheit brachten. Steve arbeitete trotz seiner Prothese härter als die meisten von ihnen. Caroline sorgte dafür, dass die Schaulustigen nicht im Weg standen. Sie versicherte ihnen, dass niemand im Gebäude gewesen war. Nach zwei Stunden waren die Flammen gelöscht.

Caroline und Rink wurden zum Chef der Löschmannschaft gerufen. »Es war eindeutig Brandstiftung, Rink«, sagte der Feuerwehrmann. »Jemand hat das Feuer gelegt, aber eure antiquierte Verkabelung hat für die schnelle Ausbreitung gesorgt.«

Rink fuhr sich mit einer Hand, die vom Ruß geschwärzt war, durchs Haar. »Ja, ich weiß, die Kabellage war in verdammt schlechtem Zustand. Wie groß ist der Schaden?«

»Nicht sehr groß, wenn man bedenkt, wie es hätte ausgehen können, wenn wir nicht so frühzeitig gerufen worden wären.«

»Gott sei Dank war der größte Teil der Baumwolle bereits zu Ballen verarbeitet und ins Warenlager geschickt worden.« Jetzt, da sie nicht mehr umherhastete, merkte Caroline erst, wie müde sie war.

»Können Sie sich vorstellen, wer das Feuer gelegt hat, Mrs. Lancaster?«, fragte der Sheriff sie.

»Ich weiß es.« Es war Barnes, der Vorarbeiter, der auf die Frage geantwortet hatte. »Einer von ihnen hat mich telefonisch benachrichtigt. Ich schätze, ihm ist klar geworden, woran er da beteiligt war, und hat in letzter Sekunde den Schwanz eingezogen. Er hat sich nicht zu erkennen gegeben, aber ich bin sicher, es war einer von den Leuten, die du vor ein paar Wochen entlassen hast, Rink.«

Auf seine Bitte hin nannte Rink dem Sheriff die Namen all derer, die er gefeuert hatte. Der Gesetzeshüter kratzte sich am Ohr. »Das ist ein ziemlich ungemütlicher Haufen. Was haben sie für dich gemacht?«

»Sie haben nicht für mich gearbeitet. Sie waren für meinen Vater tätig«, sagte Rink. Sie sah zu Caroline und bemerkte ihre hängenden Schultern. »Wenn das erst mal alles ist, würde ich Caroline gerne nach Haus bringen.«

»Ja, natürlich. Wir melden uns, sobald wir etwas haben.«

231

Steve wollte hinten auf der Pritsche des Wagens zurück-fahren. Er streckte sich auf seinem Rücken aus und bewegte sich nicht, bis Rink das Auto gleich bei der Hintertür an-hielt. Mrs. Haney und Laura Jane stürmten ihnen sofort aus dem Haus entgegen, als ob sie die ganze Zeit nach ihnen Ausschau gehalten hätten.

Rink ging um den Pickup herum, um Caroline die Tür zu öffnen. Es fehlte nicht viel, und sie wäre dabei aus dem Auto und in seine Arme gefallen. Steve ließ sich über die Heck-klappe langsam hinunter und landete gerade rechtzeitig, um Laura Jane aufzufangen, die in seine Arme gerannt kam und sich nicht um den Ruß und den Dreck an ihm kümmerte.

»Geht es dir auch gut, Steve?«

»Klar geht's mir gut.«

»Na, danach sehen Sie nicht gerade aus«, sagte Mrs. Ha-ney schnippisch. »Mein Gott, nun schaut euch nur an. So einen Haufen übler Gestalten habe ich ja noch nie gesehen. Ihr verzieht euch jetzt alle in eure Badezimmer, danach steht das Frühstück für euch bereit.«

Sie schwankten zum Haus. Laura Jane ließ Steve nur un-gern wieder los, damit er in sein Apartment gehen konnte.

»Steve.« Der Kriegsveteran blieb stehen und drehte sich zu Rink um, der auf seinem Weg durch die Tür angehalten hatte, um dem Mann etwas zu sagen: »Danke.«

»War mir ein Vergnügen«, erwiderte Steve.

Sie sahen sich lange an, dann breitete sich bei beiden ein breites Lächeln aus.

Laura Jane zerfloss beinahe vor Liebe zu ihren beiden Helden, und Mrs. Haney kämpfte mit den Freudentränen. Caroline drückte Rinks Unterarm als Zeichen ihres Wohl-wollens.

232

Als sie oben in ihrem Zimmer war, schälte sie sich aus ihren Kleidern und ließ sie auf die Fliesen in ihrem Badezimmer fallen. Sie würde sie wegschmeißen müssen. Der Brandgeruch ließ sich nicht herauswaschen. Sie hoffte nur, dass sie den Gestank aus ihrem Haar bekam.

Einige Ladungen Shampoo erledigten das Problem. Sie stand unter dem pulsierenden Schauer der Dusche und ließ das warme Wasser den ganzen Dreck und Gestank wegspülen. Als sie schließlich den Wasserhahn zudrehte, fühlte sie sich wieder wie sie selbst. Sie stelzte über den Haufen Kleider auf dem Boden, war aber zu müde, um sie aufzuheben, und wand ein Handtuch um ihre Haare. Gerade hatte sie sich in einen Frottee-Morgenmantel gehüllt, als jemand an ihrer Tür klopfte.

»Herein.«

Sie hatte Laura Jane oder Mrs. Haney erwartet. Dass es Rink sein könnte, wäre ihr nicht eingefallen. Aber genau der kam in ihr Zimmer mit einem Tablett, das beladen war mit einer dampfenden Kanne Kaffee und einem Glas Orangensaft.

»Mrs. Haney dachte, du würdest gerne hiermit anfangen, bevor du herunterkommst.«

Seine Gedanken waren nicht bei dem, was er sagte. Die Worte mussten ihren Weg aus seinem Mund alleine finden, denn er war völlig auf die Frau mit dem feuchten Handtuch um den Kopf konzentriert, die irgendetwas trug, das die Kurven ihres Körpers kaum verbergen konnte. Ihre Haut war wie von Tau benetzt. Sie roch nach Seife mit Pfirsichduft. Ihre Augen waren groß und leuchteten, als sie ihn so ansah. Ihre Stimme klang etwas befangen, als sie sprach.

»Ich danke dir. Der Kaffee duftet fantastisch.«

Sie war auch ein wenig abgelenkt. Rinks Haar war nass und hing in Strähnen, die wie gemeißelt wirkten, an seinem Kopf herunter. Alles, was er trug, war eine enge, verblichene Jeans, die tief unter seinem Nabel saß und seine Männlichkeit darunter sehr betonte. Seine muskulöse Brust war mit dunklem, feuchtem Haar bedeckt. In seinen Augen lag ein warmer Schimmer, als er sie ansah.

Er setzte das Tablett auf dem Tisch ab, machte aber keine Anstalten, das Zimmer zu verlassen. Später war es schwer zu entscheiden, wer den ersten Schritt gemacht hatte. Hatte er seine Arme ein winziges bisschen gehoben und seine Hände weit geöffnet, wie um sie aufzufangen? Oder hatte sie mutig damit begonnen? Sie konnten sich nicht erinnern. Alles, was sie später noch wussten, war, dass sie in seinen Armen lag und er sie festhielt.

Tränen strömten aus ihren Augen, und sie hielt sich an ihm fest. Die große Angst und Besorgnis der letzten Stunden fanden den Weg durch ihre Augen. Er wickelte das Handtuch von ihrem Kopf und ließ es auf den Boden fallen. Er wuschelte mit seinen Händen durch ihr nasses Haar und drückte ihr Gesicht an seine harte, warme Brust. Sein Kopf beugte sich zu ihr herunter.

»Zwischen uns beiden, Caroline, gibt es noch etwas, das erledigt werden muss.«

Sie hob ihre tränennassen Augen, um ihn anzusehen. Sie lächelte sanft. »Oh ja, das stimmt.«

»Und es ist schon lange überfällig«, sagte er ruhig und wischte mit den Daumen die Tränen von ihren geröteten Wangen.

»Viel zu lange.«

Er langte hinter zu und schob die Tür zu.

11

Das Zuschnappen des Türschlosses war das einzige Geräusch, das im Zimmer zu hören war. Keine der Lampen war an. Die Sonne hatte gerade begonnen, den östlichen Himmel zu verfärben. Das war das einzige Licht, das durch die durchsichtigen Vorhänge in das Zimmer fiel. Der Zitrusduft einer großen Magnolie wehte hinein.

Sie lag in seinen Armen. Sie war jetzt kein Mädchen mehr, sondern eine Frau, die brauchte, was er zu geben hatte, die es brauchte, sich selbst zu geben.

Er fühlte sich warm an. So warm. Durch seinen Körper lief ein Vibrieren, das ihr bereits beim ersten Mal, als sie ihn gesehen hatte, aufgefallen war. Das hatte sie immer schon angezogen. So auch jetzt. Sie wollte, dass diese Energie genauso durch sie floss wie durch ihn, kuschelte sich dicht an ihn und schloss ihre Arme fest um seine schlanke Taille. Die Haare auf seiner Brust kitzelten ihre Nase. Bei dem Gedanken daran, wie sie sich gegen die harte Rundung seiner Brust lehnte, musste sie lächeln.

Rink hielt sie ganz dicht. Er hatte seine Augen fest geschlossen und fühlte eine großartige Zufriedenheit. Er erforschte sie durch seine Berührung. Seine Hände erkundeten die schmalen Kurven ihres Rückens. Sie glitten unterhalb ihrer schmalen Taille zu ihrem festen, aber weichen

Hinterteil. Sanft umschloss er ihn mit seinen Händen, die sachte drückten, besänftigend streichelten, um nochmals zu drücken, diesmal, um sie zu erregen.

Auch er war erregt, und sie konnten es beide fühlen. Sie seufzte leise vor Glück, während er laut aufstöhnte.

»Caroline, Caroline«, hauchte er in ihr feuchtes Haar, bevor er sich nur so weit von ihr wegschob, um sie küssen zu können. Sie überließ ihm die Führung, und er wanderte mit seiner Zunge in ihren Mund. Es war eine symbolische Inbesitznahme, für die er sich nicht entschuldigte. Seine Zunge erforschte ihren Mund mit aller Gründlichkeit, sie stieß vor, zuckte, forschte und tupfte.

All ihre Sinne sprangen an. Tief in ihr drin summten sie leise. Dann kamen sie mit jeder Bewegung seiner Zunge stärker auf Touren, drehten sich schneller und schneller, bis ihr ganzer Körper bebte.

Sie wurde von ihren Gefühlen überflutet. Sein Haar rollte sich um ihre Finger, während sie ihn am Hinterkopf liebkoste. Der Geruch der Seife, die er zum Duschen benutzt hatte, sein kerniges, frisches Eau de Cologne, sein eigener, ganz besonderer Duft – das alles stieg ihr in die Nase, in den Kopf und berauschte sie. Das leise Stöhnen, das er vor Erregung ausstieß, und die Liebesworte, die er mit stoßweisem Atem hervorbrachte, ließen sie erschauern und gaben ihr Zuversicht.

Und sie wusste, dass sie mit diesem Mann eins war, auch wenn sie keinen Sex hatten. So war es immer gewesen, so würde es immer sein. Das Schicksal hatte es so bestimmt. Von dem Moment an, als sie ihn vor zwölf Jahren das erste Mal gesehen hatte, war das ihre Bestimmung gewesen.

Er hob den Kopf, legte ihr die Hände auf die Schultern und schob sie ein wenig von sich. Ihre rauchigen Augen schimmerten, als sie in seine sah, in denen das Gold wirbelte. Langsam zog er den Reißverschluss seiner Jeans herunter und schob sie über seine Hüften. Während er sie keine Sekunde aus den Augen ließ, schälte er sich aus ihnen heraus und warf sie zur Seite. Er stand nackt vor ihr.

Sie musterte ihn von oben bis unten. Wäre sie ein Mann, würde sie ihn um seinen Körperbau beneiden. Er war hart, rank und schlank. Seine Brust war gut proportioniert. Die schwarzen Haare darauf wuchsen in so faszinierenden Mustern darauf, dass ihre Finger sich danach sehnten, sie zu erforschen. Die fächerförmige Behaarung verjüngte sich zu einem schmalen schwarzen Band, das seinen flachen Bauch in zwei Hälften unterteilte. Um seinen Nabel herum kringelte es sich, um ein wenig tiefer in dem dichten Schopf zu verschwinden, der sein Geschlecht umgab, das hart, voll und stolz war wie der Mann, dem es gehörte.

Ihr Herz hämmerte wie verrückt, während sie ihn betrachtete. Für einen Moment schloss sie die Augen, weil ihr schwindelig wurde. Sie fühlte sich schwach. Ein Verlangen, das so stark war, dass sie befürchtete, sie würde daran sterben, hatte sie ergriffen. Es war ehrliche Lust, die durch ihre Liebe gerechtfertigt wurde. Eine Lust, die Teil ihrer Liebe für ihn war.

»Geht es dir auch gut?«

Sie öffnete die Augen und sah, dass er sie anlächelte. Sie lachte auf mädchenhafte, geradezu schüchterne Art. »Ja. Ja, Rink, mir geht es gut. Es ist nur, weil du so wunderschön aussiehst und ich dich so sehr will.«

Er küsste sie mit keuscher Zärtlichkeit auf den Mund. »Vielen Dank für das Kompliment. Was das andere betrifft: Mal sehen, was ich da für dich tun kann.«

Er suchte nach dem Gürtel ihres Morgenmantels und fing ihn zwischen seinen Fingern ein. Er zog daran, die Schleife löste sich. Mit berechnender Langsamkeit legte er seine Hände innen an die Aufschläge und schob den Morgenmantel beiseite. »Mein Gott, sieh dich nur an.« Sein Flüstern war kaum zu hören, als er ihre Brüste ansah. Als ob er nicht glauben konnte, dass alles an ihr dermaßen perfekt war, zog er sie ganz aus und ließ seine Blicke frei und begierig über ihre Nacktheit schweifen. Seine Augen verrieten seine wilde Erregtheit, während er sie mit Blicken verschlang.

Dann berührte er sie mit den Fingerspitzen am Körper, so leicht, dass sie es beinahe nicht fühlte. Er berührte flüchtig die weiche Haut ihrer Brüste, ihren Bauch, ihre Hüfte. Mit seinen Händen erforschte er das dunkle Nest, das ihre Haare zwischen ihren schlanken Schenkeln bildeten. »Gott, bist du schön. Schön und süß.«

Sie spürte die aufrichtig gemeinten Worte, die er nur flüsterte, an ihrer Haut, als er etwas in die Knie ging, um sein Gesicht auf dieselbe Höhe wie ihre Brüste zu bringen. Bewundernd umfasste er eine Brust mit seiner Hand und massierte sie. Sie hob die Hände und legte sie ihm sanft aufs Haar, dann beugte sie sich leicht zu ihm und schwankte ein wenig.

Er küsste sie. Mit seinem Daumen fuhr er um die Brustwarze herum und berührte sie dabei leicht. Unter seinen geschickten Liebkosungen zog sie sich zusammen. Er sah sie an, lächelte kurz, dann beugte er sich vor und brachte seine Zunge zum Einsatz. Wieder und wieder umkreise sie den samtigen Knopf.

»Rink.« Sie flehte ihn geradezu an. Er hielt sich daran, nahm ihre Brustwarze zwischen seine Lippen und fing an zu saugen. Caroline stieß einen scharfen, überraschten Schrei auf und wölbte ihren Rücken, um ihm besseren Zugang zu verschaffen. Mit eingezogenen Wangen saugte er sanft an ihr. Dann bedachte er ihre andere Brust mit derselben süßen Folter, bis Caroline nur noch wimmerte und sich in seinem Haar festkrallte.

»Liebste.« Er vergrub sein Gesicht zwischen ihren Brüsten, wie er es sich schon so oft gewünscht hatte. Er spreizte seine Finger weit über ihrem Rücken und zog sie so eng an sich, wie es nur ging. Endlose Augenblicke lang umarmte er sie sehr fest, dann machte er sich gerade. Bewundernd sah er sie an. Er hob ihre Hand an seinen Mund, küsste deren Innenseite und sprach hinein: »Bitte, fass mich an.«

Er führte ihre Hand zu dem Teil seines Körpers, der vor Leben nur so bebte, Leben, das er mit ihr teilen wollte. Als er seine Hand zurückzog, blieb ihre dort. Ihr Herz pochte ihr bis zum Hals aus Angst, etwas zu tun, was ihm missfallen könnte, als sich ihre Finger um sein Glied schlossen.

»Oh Gott.« Er flüsterte ihren Namen und Koseworte so klangvoll, als ob er singen würde. Er legte seine Hand auf ihre und zeigte ihr, was ihm Genuss bereitete, bis er es nicht mehr aushalten konnte. Sein Atem klang laut in ihren Ohren, als er stöhnte: »Caroline, Liebling, hör besser auf.«

Er nahm ihr Gesicht in seine Hände und küsste sie innig. Seine Zunge fuhr tief in sie. Ohne den Kuss zu unterbrechen, trug er sie zum Bett, ließ sie dort herunter und folgte ihrer Bewegung, um ihren Körper mit seinem zu bedecken. Sie nahm ihn auf, und er schmiegte sich in ihre geöffneten Schenkel. Sein Bauch lag auf ihrem, seine Brust an ihrem Busen.

Die Küsse, die er auf ihre Kehle und ihren Hals drückte, waren heiß und feucht. »Wenn ich noch länger warte...«

»Oh, warte nicht länger«, sagte sie rasch und wölbte sich seiner harten Erregung entgegen.

Aber es hatte zwölf Jahre gedauert, bis sie da angelangt waren, wo sie jetzt waren, und Rink wollte das erste Mal ohne jede Hast erleben. Seine Hände glitten über ihre Brüste. Ihre Brustwarzen erwarteten bereits die zärtliche Berührung seiner Fingerspitzen. Er zog seine Finger weg, nahm stattdessen den Mund, küsste, leckte und rieb, bis Caroline beinahe besinnungslos vor Erregung war.

Er legte sich seitlich hin und sah sie an. Seine Hände streichelten sanft über ihren Bauch und ihren Unterleib, er bewunderte ihre außergewöhnlich feine, seidige Haut. Dann erreichten seine Finger ihr flauschiges Dreieck und schwelten darin. Er hatte seine Handfläche darauf gelegt und ließ seine Finger zwischen ihren Schenkeln nach unten rutschen, wo sie ganz feucht war.

Er blieb über sie gebeugt, lehnte sich dabei zurück und rieb sich an ihr. Sie beobachteten einander, erblickten in den Augen des anderen jedes Mal ein glühendes Aufleuchten, wenn er ihren magischen Punkt berührte. Vergessen waren Stolz und Schamgefühl – Caroline krallte sich in seinen Brusthaaren fest und rief: »Jetzt, Rink, jetzt.«

Sein ganzer Körper spannte sich, als er in den warmen Hafen zwischen ihren Oberschenkel einlief und sich auf sie legte. Er schob sich tiefer und tiefer, bis ...

Sein ganzer Körper wurde steif, und seine Augen, die plötzlich wieder klar blickten, starrten in ihre. Er atmete schwer, als er sich auf seine Arme hochstieß.

»Caroline.« Sie las ihren Namen auf seinen Lippen. Was er sprach, war kaum zu hören, so unglaublich kamen ihm die Worte vor. »Du bist noch Jungfrau.«

»Ja, ja«, rief sie froh und verschränkte ihre Finger in seinem Nacken, um ihn mit einiger Kraft wieder herunterzuziehen. »Ich habe immer nur dir gehört, Rink. Nur dir. Jetzt nimm mich.«

Einen Moment passierte gar nichts. Dann stieß er ein Stöhnen aus, mit dem er seine unglaubliche Dankbarkeit herausließ. Er sank wieder auf sie herab und presste sie aufs Bett. Seine Stöße waren sanft, aber bestimmt. Das ausgedehnte Vorspiel hatte sie vorbereitet. Als er auch dieses Tor durchschritten hatte, geschah das, ohne ihr sonderlich weh zu tun. Ihr leises Luftschnappen wurde durch seinen Mund gedämpft. Sie seufzten in höchster Erregtheit miteinander, als er vollkommen von ihr Besitz nahm.

Er füllte sie aus. Sie umgab ihn. Und für eine lange Zeit bewegte sich keiner von ihnen. Sie genossen das Gefühl, eine Einheit zu sein, so miteinander verschmolzen zu sein, wie zwei einzelne Lebewesen es nur sein konnten, verbunden durch Liebe, Sehnsucht und Schmerz.

»Ich kann es nicht glauben. Herr im Himmel, Caroline, bitte lass dies nicht nur einen weiteren Traum von dir sein.«

»Dies ist kein Traum, Rink«, flüsterte sie in seine Schulter. »Ich kann dich in mir spüren.«

Er hob seinen Kopf und lächelte sie an. Dann küsste er sie kurz. »Kannst du?«, flüsterte er und stellte sicher, dass sie es konnte.

Ihr Hals bog sich durch, aus ihrem Mund kam ein schnurrendes Geräusch. »Ja. Ja.«

Er fing an, sich zu bewegen. Aus Rücksicht auf sie waren seine Stöße kurz und langsam, aber mächtig genug, sie immer näher an die magische Sphäre zu führen.

»Tu ich dir weh?«

»Nein, mein Liebster, nein.«

»Caroline... Caroline...« Er konnte seine aufgestaute Leidenschaft nicht länger zurückhalten. Als er seinen Höhepunkt erreichte, erfuhr er damit auch den höchsten Grad der Ekstase. Als es vorüber war, brach er in ihren Armen, die ihn liebevoll aufnahmen, zusammen, erschöpft, gesättigt und geliebt.

»Caroline und Rink brauchen aber wirklich sehr lange, um nach unten zu kommen«, beschwerte sich Laura Jane. Sie befürchtete, dass das Frühstück, bei dessen Zubereitung sie Mrs. Haney geholfen hatte, kalt werden könnte und es Steve dann nicht mehr schmeckte.

»Fangt ihr zwei ruhig schon an«, sagte Mrs. Haney.

»Es macht mir nichts aus, noch zu warten«, sagte Steve freundlich.

»Nein, das geht nicht. Du musst doch schon fast verhungert sein. Das weiß ich genau.« Laura Jane häufte lockeres Rührei auf seinen Teller. »Wie viele Scheiben Schinken möchtest du?«

»Zwei«, sagte er.

»Drei«, hatte sie das letzte Wort.

Mrs. Haney setzte ihre Kaffeetasse ab. »Ich werde mal nach oben schleichen und ihnen ein wenig Dampf machen. Natürlich wollen sie jetzt schlafen, aber sie sollten erst mal etwas essen, nachdem sie die halbe Nacht über wach waren.«

Vor sich hin murmelnd verließ sie das Zimmer, aber Laura Jane und Steve vermissten sie nicht sehr. Sie waren völlig ineinander vertieft.

Oben angekommen, sah Mrs. Haney neugierig zu Rinks Zimmertür. Sie stand offen, aber als sie ihren Kopf hineinsteckte, konnte sie ihn nirgendwo entdecken. Auch war er nicht im angrenzenden Badezimmer. Wenigstens antwortete er ihr nicht, als sie ihn leise rief.

»Na so was«, grunzte sie und stemmte dabei ihre großen Hände in die Hüften. »Wo könnte er denn ...?« Sie sah zu Carolines Zimmer hinüber. Die Tür war geschlossen.

Die Haushälterin überlegte angestrengt, wobei sie die Augen zu Schlitzen verengte. »Ich schick ihn mit einem Tablett zu ihr. Jetzt ist das Tablett weg und er auch. Ihre Tür ist verschlossen, und ich habe so ein Gefühl in meinem Bauch, dass sie auch für eine längere Zeit verschlossen bleiben soll.«

Sie ging wieder zur Treppe. »Einerlei, ist ja nicht meine Sache, was die da drin tun, aber eine Unterhaltung habe ich jedenfalls nicht gehört.« Am Fuß der Treppe sah sie noch mal hoch und nickte zustimmend. »Macht mehr Sinn, dass sie mit Rink zusammen ist als mit seinem Vater, dem alten Halunken«, brummelte sie auf ihrem Weg zur Küche.

»Kommen sie jetzt?«, fragte Laura Jane.

»Nein, jedenfalls nicht so bald.« Mrs. Haney drehte sich um und fing an, das Geschirr zu spülen.

»Warum nicht?«

»Sie schlafen, darum.«

»Aber sie sollten erst etwas essen. Das hast du doch auch gesagt. Ich werde sie wecken und ihnen sagen, dass ...«

»Setz dich mal schön wieder hin«, befahl Mrs. Haney und drehte sich mit einem herrisch erhobenen Zeigefinger, der eine seifige Tropfenspur auf dem Küchenboden hinterließ, zu Laura Jane um. »Sie sind völlig fertig. Du kümmerst dich jetzt um deine eigenen Angelegenheiten, und das bedeutet, dass der hungrige Mann neben dir etwas zu essen bekommt.«

Durch Mrs. Haneys barschen Ton verletzt, ging Laura

Jane langsam zurück zu ihrem Stuhl. Steve fing den Blick der Haushälterin auf und sah sie fragend an. Sie verdrehte ihre Augen kurz zur Decke. Mrs. Haney beobachtete sein Gesicht, als ihm nach und nach dämmerte, was dort oben geschah.

Steves Augen glitzerten verschmitzt. »Laura Jane, kommst du nach dem Frühstück mit mir in den Stall? Du hast das Fohlen schon tagelang nicht mehr besucht.«

Laura Jane sah ihn an, und ihre Unbeschwertheit kehrte zurück. »Aber du willst heute Morgen doch sicher schlafen.«

»Neee«, sagte er gedehnt. »Ich bin nicht müde. Wenn Mrs. Haney dich entbehren kann, wäre es mir sehr lieb, wenn du mit mir kommen könntest und mir bei einigen Dingen zur Hand gehen würdest.«

»Oh Steve«, sagte sie und presste ihre Hände gegeneinander. »Das würde ich sehr gerne.«

Mrs. Haney und Steve tauschten einen Blick aus. Er blinzelte ihr zu.

»Warum hast du es mir nicht gesagt?« Er wickelte eine Strähne ihres Haares um seinen Finger und pinselte sich damit über den Mund. Er lag auf dem Rücken. Caroline hatte sich auf den Bauch gerollt und beugte sich über ihn.

Sie zupfte an den Büscheln seiner Brustbehaarung und verfolgte mit einem Finger die verschlungenen Bahnen auf seiner Brust. »Weil ich wissen musste, wie sehr du mich liebst. Wenn ich dir gestanden hätte, dass dein Vater und ich niemals miteinander intim gewesen wären, hättest du mir dann geglaubt?«

»Schon möglich. Das hätte ich ja schnell genug herausgefunden.«

Sie schüttelte den Kopf. »Ich wollte nicht, dass unser erstes Mal ein Test wird.«

Er ließ seine Augen liebevoll über ihr Gesicht gleiten. »Ich verstehe. Aber was wäre gewesen, wenn ich dir von ganzem Herzen geglaubt hätte?«

»Dann wäre es sehr leicht für dich gewesen, zu mir zu kommen.« Sie berührte seine Brustwarze und sah, wie diese sich daraufhin zusammenzog. »Aber ich hätte niemals das Ausmaß deiner Liebe erfahren. Jetzt bist du zu mir gekommen mit den schlimmsten Gedanken, aber in Liebe. Daher weiß ich, dass du bereit warst, deinen Stolz wegen deiner Liebe zu mir zu überwinden.«

Er zog sie zu sich hinunter und gab ihr einen langen, tiefen Kuss. Als er sie schließlich wieder freigab, sagte er: »Nicht, dass ich in dieser Situation besonders scharf darauf wäre, darüber zu sprechen, aber warum hast du nie mit Roscoe geschlafen? Und erzähl mir nicht, dass er aufgrund einer vornehmen Gesinnung Rücksicht auf deine Jungfräulichkeit genommen hat.«

»Nein, davon würde ich niemanden überzeugen wollen. Ich bin mir sicher, dass er die Ehe in unserer Hochzeitsnacht vollziehen wollte.« Sie schloss die Augen und schauderte. »Er kam hier herein. Ich hatte keine Ahnung, wie ich das überleben sollte, wo ich dich doch so liebte.« Sie hob die Hand und rieb unbewusst mit ihren Fingerrücken über ihre Wange. »Aber ich habe mich auf die Sache eingelassen und war gewillt, meinen Teil dazu beizutragen.«

Sie schwieg einen Moment lang. Rink starrte an die Decke und wollte nicht daran denken, dass sie denselben Raum, dieselbe Luft mit diesem üblen alten Mann geteilt hatte. »Was passierte dann, Caroline?«

»Er küsste mich einige Male. Das ist alles. Dann verließ er mich ohne ein Wort. Ich war verwirrt. Ich wusste nicht, was ich davon halten sollte. Nicht lange danach fiel mir auf, dass er krank sein musste. Ich sah Dinge, die ich normalerweise nicht gesehen hätte, wenn wir nicht zusammen gelebt hätten. Er nahm enorme Mengen an Medikamenten für den Magen und auch andere.

Als er nicht wieder in mein Zimmer kam, wurde mir klar, dass er höchstwahrscheinlich impotent war und dass das wohl an seiner Medikation lag. Jetzt weiß ich, dass es so war. Wir haben niemals darüber gesprochen. Es hätte sein Ego ganz schön angekratzt, wenn er bei mir versagt hätte, dass er es gar nicht erst versuchte. Wir haben platonisch miteinander gelebt.«

Nach einer kurzen Pause fragte er: »Hättest du es mir jemals erzählt?«

»Du meinst, um uns all diese Streitigkeiten zu ersparen? Ich weiß es nicht. Ich habe mich das selbst jeden Tag gefragt. Warum sage ich es ihm nicht einfach und beende unseren Konflikt?« Ihr Finger fuhr von oben bis unten über seine Nase. »Ich habe auch meinen Stolz und wollte, dass du mich trotz allem liebst.«

»Es war hart. Ich wollte dich. Aber jedes Mal, wenn ich an dich und ihn zusammen dachte, dann ...«

»Sch«, sagte sie und brachte ihn durch ihren Zeigefinger, den sie ihm auf den Mund legte, zum Schweigen. »Ich weiß. Ich verstehe, was du durchgemacht hast.«

»Weißt du, was er zu mir gesagt hat, damals, als du sein Zimmer im Krankenhaus schon verlassen hattest?« Sie schüttelte den Kopf. »Ich habe dir doch angedeutet, er hätte mir etwas hinterlassen. Und zwar dieses: Er warf mir an den

Kopf, ich würde dich niemals haben, weil mein Stolz dem im Wege stehen würde.« Sein Blick verschmolz mit ihrem, ein Mundwinkel hob sich zu einem halben Lächeln. »Und damit lag er falsch. Er hat nicht damit gerechnet, dass ich dich so sehr liebe.« Er berührte ihr Gesicht. »Dann sagte er mir noch, dass ich immer daran denken sollte, dass du seine Frau gewesen bist und dass er dich als Erster hatte.«

Sie starrte ihn erstaunt an. »Du meinst, er ließ dich absichtlich glauben, dass ...«

»Ja.«

»Oh, mein Liebling.« Weich küsste sie seine Wange und wischte ein paar Haarsträhnen von seinen Augenbrauen. »Ich dachte, du würdest nur *annehmen*, dass wir ... Aber dass er tatsächlich noch im Sterben wollte, dass du diese Lüge glaubst!«

Rink lachte verächtlich. »Er kannte mich sehr gut. Fast hätte es gereicht, uns weiterhin zu trennen.«

»Ich bin froh, dass es nicht funktioniert hat.«

»Oh Gott«, flüsterte er wild, »ich auch.« Er wand eine Handvoll ihrer Haare um seine Faust. »Wenn ich an all die Stunden denke, in denen ich mich mit dieser Vorstellung zermartert habe. Jedes Mal, wenn ich an euch zusammen dachte, zogen sich meine Eingeweide so stark zusammen, dass es schmerzte. Und die ganze Zeit warst du immer noch du.« Er berührte ihre Lippen. »Meine Caroline aus dem Sommerwald. Dieselbe. Dieselbe.«

Er zog sie runter und küsste sie, bis sie beide atemlos voneinander ließen. »Dieselbe, aber anders.«

An seinem weichen Gesichtsausdruck erkannte sie, dass er genug über ihre Ehe mit seinem Vater gesprochen hatte. »Anders? Wie denn?«, fragte sie schelmisch, zog ihre Knie an und streckte daraufhin ihre Beine in die Luft. Sie machte elegant spitze Füße wie eine Ballerina. Er beobachtete ihre Füße. Sie waren wunderschön, schmal, mit hohem Spann. Ihre Zehennägel glänzten in einem kühlen korallenrot. Er schmiedete erotische Pläne für diese Füße.

Er ging auf ihren Flirt ein.

»Zum Beispiel…« Er schob eine Hand unter sie. »Deine Brüste.« Er umfasste eine und knetete sie.

»Was ist mit ihnen?«

»Sie sind größer.« Er zwirbelte die Brustwarze leicht zwischen Daumen und Zeigefinger hin und her. »Diese ist dunkler. Nicht viel. Aber doch ein wenig.«

»Sonst noch was?«

»Du bist weicher, runder, viel fraulicher, aber immer noch so grazil wie als junges Mädchen. Du bist all das, wovon ich seit Jahren träume. Und mehr.«

»Dann bist du nicht enttäuscht?«

Er fuhr mit der Zunge an ihrem Schlüsselbein entlang und drückte einen heißen Kuss auf den Brustansatz. »Nein, mein Gott, oh nein.« Er warf ihr einen bedauernden Blick zu. »Aber ich fürchte, du warst es.«

»Ich nicht, Rink Lancaster.« Sie küsste seine Augenbraue. »Ich bestimmt nicht.«

»Aber du hattest nicht… du weißt schon. Worauf du ein Recht hast, wie du in allen Frauenzeitschriften nachlesen kannst.«

Ihre drei mittleren Finger spielten mit seiner Lippe. »Und es hat mir nicht das Geringste ausgemacht. Ich habe deinen miterlebt. Ich habe ihn beobachtet, ihn in mir gefühlt und wusste, wie es für dich war. Ich wollte erleben, wie du mich liebst.«

Seine Arme schlossen sich fest um sie. »Das tue ich. Dich lieben. Auch wenn ich mich in den letzten Wochen wie ein Schweinehund benommen habe und verletzende Dinge zu dir gesagt oder auch nur angedeutet habe. Je stärker meine Liebe zu dir wurde, umso gemeiner habe ich mich dir gegenüber verhalten.«

Sie lachte leise und legte ihren Kopf auf seine Brust, ihre Hand lag unterhalb von seinem Bauch. »Du brauchst mich nicht daran zu erinnern, wie gemein du bisweilen gewesen bist. Aber ich wusste, warum. Und deswegen verzeihe ich dir. Ich liebe dich.«

Er legte seine Hand auf ihre und schob sie weiter nach unten. »Magst du?«

Sie umfasste sein Glied. »Ich liebe es, dich anzufassen.«

Seine Hand lag jetzt auf ihrer Brust und liebkoste sie. »Lass uns ein wenig schlafen.«

»Du willst schlafen?«

»Eigentlich nicht. Aber ich möchte mit dir zusammen aufwachen.«

Sie kamen um die Mittagszeit ins untere Stockwerk. Sie liefen Arm in Arm und lächelten sich an, sodass sie Laura Jane und Steve gar nicht bemerkten, bis sie in der großen Halle angekommen waren.

»Steve möchte mit dir reden, Rink«, verkündete Laura Jane. Sie sah aus wie ein kleines Mädchen, das kurz davor war, mit dem Geheimnis über ein Geburtstagsgeschenk herauszuplatzen. Ihre Augen glänzten. Sie schaffte es nicht, still zu stehen.

Rink sah erst sie an, dann Steve, der nervös den Rand seines Cowboyhutes zwischen den Fingern drehte. »Caroline und ich sind am Verhungern. Hat das Zeit bis nach dem Mittagessen?«

»Ja.« »Nein.« Sie antworteten gleichzeitig.

Caroline, die ahnte, um was es Steve ging, griff diplomatisch ein.

»Ich bin sicher, dass wir uns alle besser fühlen, wenn wir etwas gegessen haben.« Sie warf Rink einen liebevollen Blick zu, löste ihren Arm von ihm und ging zu Laura Jane. »Hat Mrs. Haney schon etwas fertig für uns?« Sie steuerte die junge Frau in Richtung Esszimmer. »Worüber möchte Steve denn mit Rink sprechen?«, fragte sie leise.

»Über unsere Hochzeit«, flüsterte Laura Jane zurück.

»Dann würde ich vorschlagen, dass wir damit warten, bis er satt ist.« Caroline drückte ihren Arm als Zeichen ihrer stillschweigenden Rückendeckung.

Während sie aßen, kam Mrs. Haney mit dem schnurlosen Telefon ins Esszimmer. »Der Sheriff möchte dich sprechen.«

Die Brandstifter waren verhaftet worden. Einer von ihnen, derjenige, der zugegeben hatte, Barnes angerufen zu haben, um ihm von dem Feuer zu erzählen, war zusammengebrochen und hatte gestanden. Dabei hatte er die anderen Täter genannt. »Es wird ihnen nicht viel helfen, auf unschuldig zu plädieren. Ich schätze, bis zum Abendessen haben wir drei weitere formgerechte Geständnisse.«

»Danke, Sheriff. Stellen Sie bitte sicher, dass ihre Familien mit Essen, Geld für die Miete und was sie für die nächsten Monate benötigen, versorgt werden, und schicken Sie mir die Rechnung dafür.«

Er legte auf und berichtete den anderen, was der Sheriff gesagt hatte. Sobald die Eisschalen weggeräumt waren, trieb die aufgeregte Laura Jane alle ins Arbeitszimmer. »Na los, Steve«, sagte sie und stupste ihn an.

Sein Adamsapfel schoss hoch und runter, als er schluckte. »Rink, mit Ihrem Segen möchte ich Laura Jane heiraten.«

Als Rink sich in den schweren Ledersessel hinter dem breiten Schreibtisch setzte, gab er mit nichts preis, was er von dieser Bitte halten mochte. Er nahm einen Schluck von seinem Eistee, den er aus dem Esszimmer mitgebracht hatte. »Und ohne meinen Segen?«

Steve zuckte nicht einmal mit der Wimper. »Will ich sie trotzdem heiraten.«

Rink sah den Mann lange, sehr lange forschend an. Beide hielten den Blick auf den anderen gerichtet. Schließlich sagte Rink: »Meine Damen, würdet ihr uns bitte entschuldigen? Und Caroline… bitte schließ die Tür hinter euch.«

»Woher wusstest du, dass ich hier bin?«

»Eine Ahnung.« Er schob die Zweige einer jungen Kiefer zur Seite und trat in die Lichtung. Sie saß unter einem Baum, hatte die Beine unter sich gezogen und hielt ein Buch in ihrem Schoß. Sie hatte nicht darin gelesen, sondern ins Leere gestarrt, als er durch die Bäume kam. Er ging zu ihrem Baum, stemmte seine Hände gegen den Stamm und sah in ihr Gesicht, das sie ihm entgegengehoben hatte. »Weißt du denn nicht, dass es für dich gefährlich sein könnte, allein im Wald unterwegs zu sein?«

»Warum? Das ist mein Wald.«

»Aber ein sexbesessener Mann könnte hier vorbeikommen und dich vernaschen wollen.«

»Darauf baue ich ganz fest.«

Lachend ließ er sich neben sie auf den Boden nieder und

251

nahm sie in den Arm. Er küsste sie viele Male zart über ihr ganzes Gesicht, dann presste er seinen Mund besitzergreifend auf ihren. Sie genoss ihn nur für einen Moment, bevor sie ihn von sich wegschob. »Warte. Erst will ich wissen, was du Steve gesagt hast.«

»Ich habe ihm gesagt, dass ich ihn töten müsste, wenn er ihr jemals wehtut.«

»Das hast du nicht!«

Er zuckte mit den Achseln und grinste diabolisch. »Na ja, ich hab's ihm auf freundliche Weise gesagt.«

»Aber hast du ihrer Heirat zugestimmt?«

»Ja, habe ich«, sagte er ernst.

Sie drückte ihn fest. »Rink, ich freu mich so darüber.«

Vorsichtig machte er sich frei. »Tust du das? Glaubst du wirklich, dass das das Beste für Laura Jane ist?«

»Ja, das tue ich. Sie liebt ihn. Und du musst dir keine Sorgen darüber machen, ob er ihr wehtun könnte. Er vergöttert sie. Er hat nie über seine Vergangenheit gesprochen, aber ich habe das Gefühl, dass sie ganz schön düster war. Dann der Krieg und der Verlust seines Beines. Ich bin sicher, Laura Jane erscheint ihm wie eine Märchenprinzessin. Er hat noch gar nicht richtig verinnerlicht, dass es ihm erlaubt ist, sie anzufassen.«

»Er klang aufrichtig«, sinnierte Rink. »Ich habe zur Bedingung gemacht, dass Laura Jane immer auf *The Retreat* leben muss. Ich glaube nämlich nicht, dass sie sich an ein anderes Zuhause gewöhnen könnte. Er war einverstanden, bestand aber darauf, dass ihm in dem Fall mehr Verantwortung übertragen wurde. Er ist ein wenig empfindlich, was das angeht, weil sie eine Erbin ist und er ein einfacher Angestellter.«

»Das hätte ich bei ihm auch vermutet. Er arbeitet härter als jeder andere, um sein Handicap auszugleichen.«

»Er hat mir eindeutig zu verstehen gegeben, wie er fühlt. Er sagte, oder ich sollte besser sagen: er warnte mich, dass ihre Ehe eine richtige Ehe sein würde.« Er zog die Brauen zusammen. »Glaubst du, dass Laura Jane damit zurechtkommt, mit einem Mann zu schlafen?«

Caroline lachte und vergrub ihre Nase an seinem Hals. »Ich habe den Eindruck, dass es Laura Jane ist, die Steve bereits seit Monaten um die Ställe gejagt hat, und dass er derjenige ist, der die ganze Zeit versucht hat, ihre Tugend zu bewahren.«

»Aber versteht sie wirklich die Verantwortung, die damit einhergeht?«

»Rink.« Sie nahm sein Gesicht in ihre Hände, um seine volle Aufmerksamkeit zu erhalten, und sagte: »Laura Jane ist mit einer Lernschwäche geboren worden. Aber sie hat die Gefühle einer Frau und den Körper dazu. Niemand darf ihr vorenthalten, wonach dieser Körper verlangt, genauso wenig, wie man ihr die Luft zum Atmen verweigern darf. Sie wird viel glücklicher als jemals zuvor sein. Er liebt sie. Er wird sie anbeten. Den Rest werden sie zwischen sich ausmachen.«

Sie konnte fühlen, wie seine Spannung nachließ und sich sein Gesicht entkrampfte. Es erregte sie zu sehen, wie sehr er ihre Meinung schätzte.

»Was ist mit dir?«

»Mit mir?«, fragte sie.

»Was war mit deinen Bedürfnissen in all den Jahren, in denen du sie dir selbst verweigert hast?«

»Ich habe überlebt, weil ich Erinnerungen und Träume

hatte. Erinnerungen an dich. Und Träume, von denen ich wusste, dass sie nie in Erfüllung gehen würden.«

Langsam ließ er sich mit ihr Stück für Stück auf das weiche Gras niedersinken und beschäftigte sich mit den Knöpfen an ihrer Bluse. »Du hast an mich gedacht? Ab und zu mal, so zwischendurch?«

»Jeden Tag. Jede Stunde. Und wenn ich dich nie wiedergesehen hätte, hätte ich noch in meiner Todesstunde an dich gedacht.«

Er musste die Augen schließen, als er von seinen Gefühlen übermannt wurde. Als er sie wieder öffnete, leuchteten sie in ihre hinein. »Ich kann Donner hören. Oder sollte das mein Herz sein?«

Sie lächelte. Er hatte schon mal fast dieselben Worte gesagt. »Donner. Es wird bald regnen.«

»Macht es dir was aus?«

»Das ist mir sogar lieber.«

»Süße, Süße«, hauchte er über ihrem Mund. »Oh Gott, ich liebe dich.«

Sie half ihm, sich von seinem Hemd zu befreien. Er stand auf, öffnete erst seinen Gürtel, dann seinen Reißverschluss und stieg aus seiner Hose. Anschließend hakte er seine Daumen in den Stoff seiner hellblauen Unterhose und zog sie über seine harten, kräftigen Oberschenkel herunter.

Seine Nacktheit passte zu der wilden, naturbelassenen Umgebung. Im dämmernden Licht, das den Regen ankündigte, wirkte sein Körper robust und athletisch. Während sie ihn sich ansah, fielen bereits die ersten Regentropfen auf seine bronzefarbene Haut.

Er kniete neben ihr, zog sie in eine sitzende Position hoch und streifte ihre Bluse ab. Sie trug einen seidig-glänzenden

BH, der mit Spitzen besetzt war. Ein absoluter Gegensatz zu dem Modell, das sie damals im Wald getragen hatte. Durch das seidige Gewebe hindurch berührte er ihre Brüste. Er reizte ihre Brustwarzen, bis sie sich fast durch den dünnen Schleier bohrten.

»Jetzt sieh dir mal an, was du getan hast«, schimpfte sie, während sie aus dem Wäschestück glitt, das er inzwischen geöffnet hatte. »Schämst du dich wenigstens?«

»Ja«, erwiderte er zerknirscht, sah aber eher nach dem Gegenteil aus.

Er öffnete ihren üppigen Bauernrock und zog ihn herunter, sodass sie nur noch mit ihrem Slip bekleidet dastand. Dann beugte er sich nach unten, um die Lederriemen ihrer Sandalen zu lösen, die sich verführerisch um ihre Knöchel wanden. Als sie keine Schuhe mehr anhatte, fing er an, ihre Füße zu streicheln, massierte ihre Sohlen und rieb ihre Zehen zwischen seinen starken Fingern. Sie stützte sich auf ihre Ellbogen und sah diesen Liebkosungen verwundert zu. Aber als er seinen Kopf senkte und mit seiner Zunge ihre Zehenspitzen berührte, erzitterten ihre Brüste vor Leidenschaft.

»Rink.« Ein leiser Aufschrei entfuhr ihr, dann fiel sie zurück auf ihr Bett aus grünen Pflanzen.

Er war über ihr. Sie versenkte ihre Hände in sein inzwischen feuchtes Haar und drehte es um ihre Finger, während sich sein Mund heiß mit ihrem vereinte. Er genoss ihren Mund, wie er eine köstliche Frucht genießen würde. Dann tupften seine Lippen so weich wie fallende Regentropfen über ihr Gesicht, machten an ihren Ohren Halt. Seine Zunge zupfte spielerisch an ihrem Ohrläppchen. Er küsste ihren Hals, ihre Brust.

Der Regen fiel auf ihre Brüste und verlieh ihnen einen

nassen Glanz. Er nippte an der Flüssigkeit, die sich in einer kleinen Lache angesammelt hatte. Auf ihrer kalten Haut fühlte sich sein Mund heiß an, als er an einer ihrer harten Brustwarzen saugte. »Ich habe deinen Geschmack niemals vergessen. Niemals.«

Aufgewühlt bewegte sie sich unter ihm hin und her, um seine harte Männlichkeit in der Höhle ihrer Weiblichkeit aufzunehmen. Ihre Körper schmiegten sich aneinander, er rieb sich an ihr, drang aber nicht in sie ein. Sie stöhnte mehrmals lustvoll auf und rief seinen Namen.

»Noch nicht«, flüsterte er gegen ihren bebenden Bauch. »Dieses Mal ist es für dich.«

Er schob sich an ihr weiter runter, wobei seine Küsse ihre Rippen zählten. Sein Mund glitt zum Bauchnabel und küsste sie dort auf eine Art, die sie dazu brachte, sich aufzubäumen und zu stöhnen. Seine Zungenspitze fuhr wieder und wieder in diese flache Mulde. Dann nahm er seine Zähne, seine Nase und sein Kinn zu Hilfe und zog ihren Slip über ihre Hüften, dann ihre Beine herunter, bis sie ihn wegtreten konnte.

Caroline spürte, dass der Druck, der sich in ihrem Inneren aufbaute, sie bald zum Zerbersten bringen würde. Sie hatte das Gefühl, ihn nicht mehr ertragen zu können. Doch er hatte gerade erst begonnen. Seine Lippen schwebten über ihrem dunklen Haarbüschel und brachten es durch seinen leichten, schnellen Atem in Unordnung. Seine Zunge erforschte die Furche, die den Übergang vom Unterleib zu den Oberschenkeln darstellt, und verfolgte deren Abhang.

»Rink...« Sein Name war nur mehr ein Stammeln, hervorgestoßen durch zitternde Lippen. Sie hielt sich an seinem Haar fest.

256

Sanft rückte er sie mit seinen Händen in Position, öffnete ihre Schenkel und streichelte ihre Scham. Aber nichts hätte sie auf diesen süßen Kuss an ihrer intimsten Stelle vorbereiten können. Seine Lippen waren zärtlich, seine Zunge forsch. Zusammen brachten sie sie zu einem ekstatischen Höhepunkt, der sie ihrer Fähigkeit zu denken beraubte. Er entzündete sie und schmeckte sie, bis ihr gesamter Körper vibrierte. Er hatte einen Vulkan in ihr entfacht. Als er merkte, dass sie bereit war, schob er sich an ihr hoch und drang tief in sie hinein.

Die Hände, die nach seinen Hüften griffen, die Schenkel, die seine umschlossen, die Liebesworte, die sie nicht zu Ende brachte, feuerten ihn an. Sein Körper pulsierte in ihrem, füllte ihn ganz aus und trieb sie mit jedem Stoß weiter und weiter in schwindelerregende Höhen, bis sie beide kamen.

Als der Höhepunkt vorüber war und sie allmählich in diese Welt zurückkehrten, umgab sie das schwindende Abendlicht. Sie fanden sich in einer willkommenen Welt aus Schatten und Wolken wieder. Ein silberner Nebel versteckte sie, der so wild herumwirbelte wie noch vor einem Moment ihre Herzen und ihre Seelen. Als es weich zu regnen begann, lagen sie noch immer ineinander verschlungen da.

12

Die Braut war ganz in Weiß. Das Kleid aus Seide hatte einen einfachen Schnitt, war aber perfekt auf ihre schlanke Figur zugeschnitten. Es wirkte nicht überladen, wie es leicht mit einem herkömmlichen Hochzeitskleid mit meterweise Stoff und Spitzen hätte geschehen können. Sie trug feine Strümpfe und weiße Slingpumps. Ihr Haar war durch einen Mittelscheitel geteilt, an den Seiten waren ihre Haare nach hinten frisiert und wurden dort mit zwei Kamelienblüten, ihren Lieblingsblumen, gehalten. Sie hätte nicht reizender aussehen können. Ihre Augen leuchteten und zeigten, wie glücklich sie war. Es waren bei ihr keine Anzeichen von Nervosität zu erkennen.

Bei ihrem Bräutigam schon. Er fummelte an seinem Anzug herum, musste sich ständig räuspern und wechselte immer wieder auf sein gutes Bein. Er zog an dem Knoten seiner Krawatte, die sich ungewohnt anfühlte, weil er nur selten eine trug. Jemand hatte einmal die Sprache darauf gebracht, dass er sich für diese Gelegenheit nicht extra feinzumachen bräuchte, aber er hatte darauf bestanden. Er wollte, dass dieser Tag für seine Braut ein ganz besonderer werden sollte. Er wollte, dass jeder sah, dass diese Hochzeit offiziell war und dass ihnen beiden bewusst war, was sie taten und dass sie stolz darauf waren.

Caroline berührte ermutigend Steves Arm, als sie nebeneinander standen und auf die Braut warteten. Er lächelte sie dankbar an. Aber als die Pfarrersfrau ansetzte, auf dem Flügel den Hochzeitsmarsch zu spielen, hatte er nur noch Augen für Laura Jane. Und sie für ihn. Ihre riesengroßen Augen fanden ihn in der Eingangshalle und blieben auf ihn geheftet, während sie am Arm ihres Bruders die geschwungene Treppe hinabschritt.

Es gab nur wenige geladene Gäste. Rink und Caroline. Der Pfarrer, der erst vor Kurzem den Trauergottesdienst für den Brautvater gehalten hatte, und dessen Frau. Granger. Und Mrs. Haney, die während des ganzen Treuegelöbnisses schluchzte. Glücklicherweise wurde es eine kurze Zeremonie.

Steve küsste seine Braut zärtlich und entledigte sich ohne Umschweife seiner Krawatte.

»Steve.« Er drehte sich herum und ergriff Rinks ausgestreckte Hand. »Willkommen in der Familie.«

Steves Gesicht legte sich vor Freude in tiefe Falten, als er breit grinste und die Hand seines neuen Schwagers wie einen Pumpenschwengel schüttelte. »Danke, Rink. Ich bin sehr glücklich, Teil dieser Familie zu sein.«

»Meinen Glückwunsch, Steve«, sagte Caroline und küsste ihn auf die Wange. »Laura Jane.« Caroline nahm die junge Frau fest in den Arm. »Ich wünsche dir, dass du immer glücklich bist!«

»Das werde ich, das werde ich«, sagte sie eifrig und nickte schnell ein paarmal. »Lass uns zu den Erfrischungen übergehen. Ich glaube, Steve braucht jetzt ein kaltes Bier.«

Damit machten sich alle lachend auf den Weg ins Esszimmer, wo Mrs. Haney sich selbst übertroffen hatte in der

Zubereitung eines Büffets mit Schinken und Truthahn, unzähligen Salaten, Gemüseaufläufen, einer traditionellen dreistöckigen Hochzeitstorte und vielen Desserts. Es gab Kaffee
und Zitronenbowle. Als Rink dabei erwischt wurde, wie er
Steves Bowle mit einem Schuss Whiskey aufpeppte, musste
sogar der Pfarrer lachen. Es war eine fröhliche, unbeschwerte
Party, und Caroline freute sich sehr für Laura Jane.

Nachdem alle gegessen hatten, stellte der Fotograf sie für
die formellen Fotos auf. Steves Krawatte war verschwunden
und musste erst wiedergefunden und neu gebunden werden. Caroline bürstete Laura Jane das Haar und erneuerte
ihr Lipgloss. Als der Fotograf schließlich mit den Aufnahmen fertig war, konnte keiner von ihnen mehr etwas sehen,
so sehr tanzten die Blitzlichter vor ihren Augen.

Die Gäste verließen das Haus, und die Familie wurde mit
dem verwüsteten Büffet zurückgelassen. Braut und Bräutigam zogen sich nach oben zurück. In der Woche vor der
Hochzeit hatten sie Steves Hab und Gut in Roscoes altes
Zimmer übergesiedelt. Das neuvermählte Paar wollte dort
wohnen, weil es größer war als Laura Janes Zimmer. Caroline
hatte Renovierungspläne geschmiedet, um es ansprechender zu gestalten. Auch wollte sie, dass die beiden das Zimmer wirklich als ihres betrachten konnten.

Nachdem sie Mrs. Haney beim Aufräumen geholfen hatten, fuhren Rink und Caroline in die Stadt, um ins Kino
zu gehen. Als sie zurückkehrten, lag das Haus in Stille und
Dunkelheit da. Sie schlichen die Treppe hoch in der Hoffnung, die Neuvermählten nicht zu stören. Dann gingen sie
in Rinks Zimmer. Er schloss die Tür hinter ihnen und schaltete eine schummrige Lampe neben dem Bett an.

»Langsam habe ich diese Geheimniskrämerei satt«, be

schwerte er sich. »Ich hasse es, dass sich einer von uns bei Sonnenaufgang aus dem Bett quälen und durch den Flur ins eigene Zimmer jagen muss. Warum ziehst du nicht einfach hier mit ein oder ich bei dir?«

»Darum.«

»Das ist natürlich ein verdammt guter Grund.« Er hatte bereits Stiefel und Hemd ausgezogen und machte sich gerade an seiner Hose zu schaffen. »Vielleicht sollte ich mir diese Begründung aufschreiben, damit ich sie nicht vergesse.«

»Mach dich bitte nicht über mich lustig. Ich möchte nicht, dass es jetzt schon irgendwer erfährt.«

»Sie wissen es doch schon«, sagte er. Jetzt stand er in Unterwäsche da. Er ließ sich in den Ledersessel fallen, der schon immer sein Lieblingsplatz im Haus gewesen war.

Caroline zog sich den ärmellosen Pullover über den Kopf und sah ihn erstaunt an. »Glaubst du wirklich?«

Wortlos nickte er und sah ihr dabei zu, wie sie sorgfältig ihren Pullover faltete und über eine Stuhllehne legte. Sie trug einen hautfarbenen BH. In das glänzende elastische Gewebe war eine Rose eingewoben, deren Blütenblätter sich rund um ihre Brustwarze herum öffneten. Als ob sie sich für all die Jahre, in denen sie schöne Dinge entbehren musste, entschädigen wollte, trug sie jetzt immer wunderschöne Unterwäsche.

Rink fand seine Stimme wieder und sagte: »Steve und Mrs. Haney wissen es ganz sicher. Sie müssten blind sein, wenn nicht, Caroline. Zwölf Jahre lang musste ich meine Liebe zu dir geheim halten. Ich glaube nicht, dass ich während der letzten Tage sonderlich diskret gewesen bin. Ich bin glücklicher als jemals zuvor. Und das sieht man, meine Liebste.«

Sie errötete, während sie ihren Rock auszog und damit den Blick auf ihr Höschen freigab, das zu ihrem BH passte, außerdem einen spitzenbesetzten Strapsgürtel, an dem Seidenstrümpfe befestigt waren. Schon allein ihr Anblick erregte ihn heftig.

»Ich mag diese Heimlichtuerei auch nicht, aber lass uns meinetwegen noch ein wenig so weitermachen. Ich verletze schließlich die Regeln des Anstands.«

Sie nahm ihre Bürste und fuhr damit von unten durch ihr Haar. Das Licht der Lampe fing sich in den üppigen Strähnen und zauberte rote Glanzlichter auf sie. Die Kurven ihres Rückens, der ihm zugewandt war, verliefen in geschmeidiger Anmut links und rechts der Wirbelsäule. Der Spitzensaum ihres Höschens verdeckte kaum die untere Linie ihres Pos. Zwischen der Spitze und dem Saum ihrer Strümpfe war ihr Oberschenkel zu sehen, den er berühren wollte. »Und wie verletzt du diese Anstandsregeln?«, fragte er mit belegter Stimme.

Sie nahm eine kleine Plastikflasche aus ihrer Tasche und ließ einen Tropfen Lotion in ihre Handfläche fallen. Sie verrieb sie zwischen ihren Händen und verteilte sie anschließend auf ihren Armen. Oh Gott! Sie trieb ihn in den Wahnsinn.

»Weil du dem Gesetz nach mein Stiefsohn bist.«

»Und ist das rechtswidrig?«

Sie drehte sich zu ihm herum und betrachtete seinen harten und männlichen Körper, während er sich auf den Sessel flegelte. »Na ja, du bist mein Geliebter.«

»Komm her.« Schnell befreite er sich von seiner Unterwäsche und warf sie zu Boden.

Sie ging zu ihm und stand fügsam da, während er ihr

262

Höschen herunterzog. Der Strapsgürtel rutschte tief auf ihre Hüften, und die Strapse fassten tief am Oberschenkel in die Strümpfe. Er quetsche eine Hand hinter den Saum einen Strumpfes und kniff ganz sanft in die zarte Haut. Sie streichelte über seine Ohren, als er sich vorbeugte, um ihre Schenkel und ihren Bauch zu küssen.

Er bedeutete ihr, sich auf seinen Schoß zu setzen, und sie umschloss seinen Körper mit ihren Beinen. Sie legte ihre Arme um seinen Nacken, bog ihren Rücken durch und brachten so ihre Brüste dicht an seine Lippen. Er streichelte sanft ihren Busen, bis ihre Brustwarzen hart wurden, und er sie mit der Zunge massierte. Schließlich löste er ihren BH und ließ ihn zu Boden fallen. Er vergrub sein Gesicht in der duftenden Spalte zwischen ihren Brüsten.

Der Druck ihrer Schenkel auf seinen wurde größer, als sie ihre Hüften langsam über ihm kreisen ließ. Seine Hände streichelten die Rückseiten ihrer Oberschenkel bis zu ihren Hüften, wo er ihre weiche Haut liebkoste und sie festhielt. Sie beugte sich über seinen Kopf, den sie fest an ihre Brüste presste, und flüsterte ihm Liebesworte zu, während er sich immer heftiger bewegte und tiefer in sie eindrang. Dann, als sie vor Lust kaum mehr atmen konnte, kam er.

Caroline sackte auf ihm zusammen und bewegte sich viele Minuten lang nicht mehr. Schließlich streichelte er mit einer Hand ihren Rücken entlang. Er küsste ihre Schulter. Als sie sich immer noch nicht rührte, fragte er sanft: »Stimmt was nicht?«

»In einem Sessel? Zu was für einer Person bin ich geworden?«

Lächelnd knabberte er an ihrem Ohr. »Zu einer aufgeschlossenen, wundervollen, liebenden Frau mit all der sexuellen Leidenschaft, von der ein junger Mann nur träumen kann.« Er nahm sie fest in den Arm. »Früher habe ich oft in diesem Sessel gesessen und von dir geträumt. Hier habe ich die meisten Fantasien darüber gesponnen, wie es sein würde, wenn wir miteinander schliefen.« Er streichelte mit den Fingerknöcheln über ihre Wange. »Aber die Realität übertrifft meine Fantasien bei Weitem, Caroline.«

Sie hob ihren Kopf. Ihre Augen erinnerten ihn an stille Seen, die im Mondschein glitzerten. »Ist das so?«

»Ja.« Er berührte ihr Haar, ihren Mund, ihre Brüste. »Ich kann immer noch nicht glauben, dass das wirklich geschieht.«

»Ich kann nicht glauben, dass ich mich so verhalte. Aber letztlich hattest du immer schon einen schlechten Einfluss auf mich.«

Das liebevolle Leuchten in seinen Augen wurde durch ein schelmisches Glitzern ersetzt. »Worüber du doch sicher froh bist, oder?«

»A-ha.« Sie traf denselben aufgeräumten Ton und schob ihre Hüften vorwärts.

Er stöhnte theatralisch. »Meine Güte, Caroline. Versucht du, mich umzubringen? Könnten wir diesmal nicht wenigstens ins Bett gehen?«

Später lagen sie eng umschlungen unter der dünnen Decke. Rink flüsterte ihr ins Ohr: »Weißt du, wenn Mrs. Haney auch einen Betthasen hätte, könnten wir einen Club eröffnen.« Sie riss an einigen seiner Brusthaare, was ihn zum Aufjaulen brachte. »Ich meinte ja bloß, Laura Jane und Steve in dem einen Zimmer und wir ...«

»Ich weiß genau, was du gemeint hast.« Aus ihrem Lächeln wurde ein Gähnen. »Ich kann mir gut vorstellen, wie sich Steve gerade fühlt, aber wie geht es wohl Laura Jane in ihrer Hochzeitsnacht?«

Sie brauchten nicht lange zu warten, um das herauszufinden. Am nächsten Morgen trafen die Neuvermählten am Frühstückstisch auf Caroline und Rink. Sie standen in der Tür, die Arme umeinander gelegt. Steve hatte ein lustiges, etwas dümmliches Grinsen im Gesicht. Laura Jane strahlte. Sie erklärte allen: »Ich finde unbedingt, dass jeder heiraten sollte.«

Die Wiederaufbauarbeiten an der Cotton Gin waren bereits in vollem Gange. Caroline war dankbar für Rinks Anwesenheit. Sie hätte nicht gewusst, wo sie nach dem Feuer hätte anfangen sollen. Kaum war das entschieden, sprach er über das Überholen der ganzen Anlage. Er sprach seine Pläne mit ihr durch, denen sie zustimmte. Dazu gehörte das Demontieren der alten Maschinen, um sie durch neue zu ersetzen, ein neues elektrisches System inklusive Verkabelung. Durch diese und andere Neuerungen würde Lancaster Gin eine der modernsten Entkörnungsanlagen des Landes werden.

»Wir haben einen enormen Umsatz in diesem Jahr eingefahren. Die Bank ist bereit, uns für die Umbauarbeiten einen Langzeitkredit zum niedrigsten Zinssatz zu geben, der zurzeit möglich ist. Wir sollten dieses großzügige Angebot annehmen.«

»Da stimme ich dir zu.«

Die Sommerhitze war drückend. Sie arbeiteten lange, aber dennoch fühlten sie sich nicht geschlaucht. Es kostete sie oft Überwindung, nicht übereinander herzufallen. Sie waren sich bewusst, dass sie beobachtet wurden. Und sie wollten den Leuten nicht noch mehr Stoff für ihre Klatschgeschichten geben, als sie ohnehin schon hatten. Gerüchte gingen um, die sich mit dem Grund beschäftigten, warum Rink noch nicht nach Atlanta zurückgegangen war. Das war ein Punkt, über den sich auch Caroline Gedanken machte.

»Rink?« Sie verbrachten eine kurze Pause im Büro der Gin.

»Ja, was gibt's?« Er rollte eine kalte Getränkedose von einer Schläfe zur anderen.

»Wann gehst du eigentlich wieder nach Atlanta zurück?« Sie versuchte, einen beiläufigen Tonfall anzuschlagen, wusste aber, dass sie ihn nicht getroffen hatte, als Rink die Dose sinken ließ und sie scharf ansah.

Er nahm einen Schluck.

»Willst du mich loswerden?«, fragte er neckend.

Ihre Augen bekamen vor Liebe einen warmen Glanz. »Natürlich nicht«, sagte sie ruhig. »Ich habe mich nur gefragt, warum du all das für die Fabrik tust. Ich bekomme ein Gehalt, aber ich sehe keine Grund für dich, so viel Zeit und Energie hier einzubringen.«

Er stellte die Getränkedose auf einen kleinen Tisch, auf dem sich alte Fachmagazine stapelten. Dann stand er auf, streckte sich und ging zum Fenster, von dem er sehen konnte, wie Arbeiter Baumaterialien von einem Pritschenwagen abluden. »Die Gin bedeutet mir sehr viel, ob Roscoe es nun wollte oder nicht. Ich ziehe aus ihr dank seines Testamentes keinen finanziellen Nutzen, aber dennoch ist sie von lebenswichtiger Bedeutung für mich. Die Gin gehörte der Familie meiner Mutter, bevor Roscoe sie übernahm und ihr seinen Namen aufdrückte. Da sie also Teil meines Erbes ist und meinen Namen trägt, muss ich mich um sie kümmern. Und wenn dir diese Gründe nicht gut genug vorkommen, lass uns doch einfach sagen, dass ich das Erbe meiner Schwester schütze.«

»Ich liebe dich.«

Rasch drehte er sich zu ihr um. So, wie sie es gesagt hatte, kam es überraschend und scheinbar aus dem Zusammenhang gerissen. »Warum? Ich meine, warum hast du das gerade gesagt?«

»Weil jeder andere Mann schon längst gegangen wäre, voller Bitterkeit und wütend über die Verhältnisse.«

»Genau das hatte er ja auch von mir erwartet. Aber sogar jetzt noch wehre ich mich gegen seine Herrschaft.«

»Ist das der einzige Grund, warum du noch hier bist? Um Roscoe zu besiegen?«

Er lächelte und kam auf sie zu. Er ergriff ihre Hand und zog sie hoch. Dann drängte er sie rückwärts in eine Ecke zwischen dem Aktenschrank und der Wand. Dieser schmale Raum ermöglichte ihnen ein wenig Privatsphäre, und sie waren abgeschottet von den Blicken der Leute, die überraschenderweise hineinplatzen könnten. »Du hast auch ein wenig damit zu tun, dass ich noch hier herumhänge«, brummte er und küsste sie.

Er schmeckte salzig. Er war verschwitzt. Er war durch und durch männlich. Sie liebte diese pure Männlichkeit an ihm. Mit ihrer ganzen Weiblichkeit sprach sie darauf an. Sie schob sich näher an ihn heran und presste ihren erregten Körper an seinen. Seine Lippen wanderten zu ihrem Hals, um sie dort zu liebkosen. Mit seiner Hand streichelte er ihre Brust.

»Du kannst dir hier nicht einfach solche Freiheiten herausnehmen«, murmelte sie. »Ich bin der Boss.«

»Nicht meiner. Ich arbeite offiziell gar nicht hier, schon vergessen?«

Sie stöhnte leise auf, als sein Finger durch ihren Blusenstoff hindurch ihre Brustwarze rieb. Er senkte den Kopf und öffnete mit seinen Zähnen den obersten Knopf. Sein Mund kostete das warme Fleisch darunter.

»Trotzdem übe ich immer noch eine gewisse Kontrollfunktion aus«, stieß sie atemlos hervor.

»Nicht über mich, oh nein, bestimmt nicht.« Sie führte ihre Hand zu seinem Hosenschlitz und drückte dort auf einen äußerst verhärteten Teil seines Körpers. »Okay, okay. Ich habe gelogen«, sagte er heiser. »Du übst eine höllische Kontrolle über mich aus.«

»Ich habe immer gedacht, dies sei eine üble Spelunke.« Caroline sah sich um, soweit das im trüben Licht der Blechhütte möglich war.

»Das stimmt auch. Aber sie machen hier die besten Grillteller östlich des Mississippi. Ein altes Familienrezept, das sie aus Tennessee mitgebracht haben. Was nimmst du, Schweinerippchen oder Rinderbrust?«

»Darf ich mit den Fingern essen?«

»Natürlich.«

»Dann möchte ich die Rippchen.«

Sie lächelten, als die Kellnerin mit ihrer Bestellung forttänzelte. Sie mussten sich über den Krach der grellbunten Jukebox in der Ecke hinweg anschreien. Einige Paare tanzten auf der mit Sägemehl bestreuten Tanzfläche, hüpften im Twostep oder wiegten sich miteinander in einer engen Umarmung, je nachdem, wie innig ihre Beziehung war.

Eine Wolke Zigarettenrauch waberte knapp unterhalb der Decke. An der mit billigen Paneelen versehenen Wand blinkten in Neonrosa und –blau Reklametafeln diverser

Biersorten. Ein Model, deren Lächeln genauso üppig war wie ihre Frisur und ihr Busen, zierte ein Poster für eine Heizungsfirma. Hinter der Bar hing eine Uhr, deren Ziffernblatt durch einen Wasserfall hindurch flackerte. Dieses elektrisch animierte Wunder verursachte in Caroline leichte Übelkeitsgefühlte, wenn sie länger hinsah.

Rink und sie genossen es, zusammen zu sein. Es war ihnen zur Gewohnheit geworden, Orte zu finden, an die sie sich abends verdrückten, um Laura Jane und Steve die Gelegenheit zu geben, allein im Haus zu sein. Im Vertrauen hatte Steve ihnen erzählt, dass er Laura Jane eine Hochzeitsreise vorgeschlagen hatte, aber dass sie die Vorstellung, weit weg von zu Hause zu sein, zu sehr ängstigte. Sie hatte sich sensationell in das Eheleben hineingefunden. Er wollte nicht auf dem Thema Hochzeitsreise beharren.

»Warst du früher oft hier?«, fragte Caroline, die ihre Unterarme auf den Tisch stützte und sich zu Rink vorbeugte.

»Ständig. Als ich auf der Highschool und noch nicht alt genug war, um Bier zu kaufen, warfen alle Jungs sich in ein einziges Auto und kamen her. Hier hatte niemand Bedenken, Alkohol an uns auszuschenken. Vater hat mir gesagt —« Er brach plötzlich ab, und Caroline wusste, dass der Auslöser dafür war, Roscoe mit der gewohnten Anrede bedacht zu haben.

»Erzähl weiter«, drängte sie ihn sanft. »Was hat er gesagt?«

»Er hat mir erzählt, dass dieser Laden während der Prohibitionszeit ein wahrer Tummelplatz der Alkoholschmuggler war. Hier wurde mehr illegaler Whisky verschoben als irgendwo sonst in diesem Staat.«

Er wurde nachdenklich, griff nach dem Salzstreuer und spielte geistesabwesend mit ihm. Caroline legte ihre Hand auf seine, was ihn dazu brachte, sie anzusehen. »Es war nicht immer so schlimm zwischen euch, oder? Gibt es nicht vielleicht ein paar gute Erinnerungen, die du behalten kannst, und vergisst den Rest?«

Er lächelte traurig. »Ja, einige gibt es wohl. Zum Beispiel, als ich eine seiner Zigarren rauchen wollte. Ich war ungefähr zwölf Jahre alt. Er ließ mich rauchen. Ich musste schlimmer kotzen als ein Hund, was er überaus komisch fand. Jahrelang hat er mich damit aufgezogen, aber das machte mir nichts aus. Und einmal wurde ich in der Schulzeit erwischt, wie ich auf den gegnerischen Mannschaftsbus ›Vorwärts, Wildcats‹ gepinselt habe. Roscoe hat uns alle mit vollem Einsatz gegen den Schulausschuss verteidigt und ihnen nahegelegt, dass Jungs nun mal Unfug machen müssen, sonst wären sie nicht normal.«

Er zog die Augenbrauen zusammen. »Ich erkenne jetzt ein Muster, das mir bisher entgangen war, Caroline. Wenn ich in einem Schlamassel steckte, fand das Roscoes Zustimmung. Er mochte mich dann am meisten, wenn ich in Schwierigkeiten war. Was er nicht leiden konnte, war, wenn ich für eine gute Sache eintrat. Er wollte, dass ich wie er wäre, eine einflussreiche Person, immer ein wenig abseits jeder Moral. Ich bin wahrhaftig kein Heiliger, aber ich habe nie jemanden übers Ohr gehauen oder jemanden verletzt, nur weil es mir möglich gewesen wäre.« Er sah sie direkt an. »Ich möchte, dass du Folgendes weißt. Ich bedaure zutiefst, dass er und ich uns nicht lieben konnten.«

»Ich weiß, dass du ihn lieben wolltest, Rink.«

»Sollte ich jemals eigene Söhne oder Töchter haben, werde ich sie so lieben, wie sie sind. Ich werde nie versuchen, sie zu verändern. Das schwöre ich.«

Sie fassten sich über dem Tisch fest an den Händen und verharrten so, bis ihre Bestellung kam.

Als sie ihre Mahlzeit beendet hatten, wurde die Stimmung im Lokal rowdyhafter. Inzwischen waren mehr Trinker und Tänzer als Essensgäste dort. Der Geräuschpegel hatte sich zu einem Dröhnen entwickelt. Sobald Rink die Abrechnung von der Kellnerin bekommen hatte, machten sie sich auf den Weg zur Kasse, die am Ende der Theke stand. Als gerade ihre Bestellung abgerechnet wurde, hörte Caroline die erste Stimme.

»Muss echt nett sein, in Daddys Fußstapfen zu treten, hä, was meinst du, Virgil?«

Rinks Finger, die gerade durch eine Rolle Banknoten blätterten, hielten verdächtig still. Caroline sah, wie er schneller atmete und sein Kiefermuskel ärgerlich zuckte.

Virgil kicherte. »Schätze, da hast du recht, Sam. Da geht nichts drüber, wenn dein alter Herr schon mal die Sporen eingesetzt hat, wenn ich das mal so sagen darf.«

Ruhig legte Rink sein Geld auf die Theke. »Lass uns gehen, Rink.« Caroline griff nach seinem Arm. Er schüttelte sie ab wie eine lästige Fliege. Sie sah sich unbehaglich um. Irgendjemand hatte die Lautsprecher der Jukebox heruntergedreht. Die Tänzer standen plötzlich still. Die Männer an der Theke rund um Virgil und Sam traten ein paar Schritte zurück. Die beiden waren anscheinend zu betrunken oder zu beschränkt, um zu erkennen, dass sie soeben eine ganz kurze Lunte gezündet hatten. Als Rink sich zu ihnen umdrehte, funkelten seine Augen vor Zorn, was Caroline furchtsam zurückschrecken ließ.

»Was habt ihr gerade gesagt?« Seine Lippen bewegten sich kaum, während er seine Frage mit einer tödlich ruhigen Stimme stellte. Einer von ihnen stieß den anderen an, und sie fielen lachend gegeneinander.

»Mr. Lancaster, Sir«, versuchte der Wirt zu vermitteln, »die beiden sind erst seit Kurzem in der Stadt. Sie kennen Ihre Familie nicht. Sie reißen nur ihre Klappe auf. Beachten Sie sie gar nicht. Ich werde sie hinauswerfen.«

Er hätte sowohl seinen Mut als auch seinen Atem sparen können, denn Rink ignorierte ihn völlig.

»Was habt ihr gesagt?«, fragte er lauter als vorher. Er ging auf die beiden Männer zu, die auf ihren Barhockern wippten.

»Na ja, man könnte sagen, wir finden, Sie hatten ganz schön Glück, dass Ihr Daddy Ihnen das Bett so schön vorgewärmt hat, bevor er abgetreten ist.«

Carolines legte ihre zitternde rechte Hand auf den Mund und versuchte, den neugierigen Augen auszuweichen, die auf sie gerichtet waren. Sie wusste, dass alle daran dachten, sie wäre trotz all der Verschönerungen in ihrem Leben immer noch Pete Dawsons Mädchen. Abschaum.

Virgil konnte kaum sprechen, so musste er über Sams witzige Wortwahl lachen. »Ich nehm mal an, die Laken waren noch warm, als Sie sich hineingelegt haben, richtig? Hat Ihr Daddy ihr denn ein paar schöne Tricks beigebracht? Tut sie für Sie dasselbe wie für ...«

Virgil schaffte es nicht, seine Frage zu beenden. Später erinnerte er sich nicht einmal mehr daran, sie überhaupt stellen zu wollen. Rinks Faust schoss hoch und traf ihn knirschend am Kinn. Die Wucht des Schlages hob ihn vom Barhocker und beförderte ihn in die Menge der Schaulustigen. Noch ehe er den Boden berührte, war er bewusstlos.

Sam beobachtete mit offenem Mund, wie es seinem Freund erging. Schwankend stieg er von seinem Hocker ab. Ängstlich lächelte er Rink an.

»Er... er... wir wollten Ihnen nichts Böses, Mr.... ähm... Lancaster, Sir. Wir haben uns nur einen Spaß erlaubt –«

Er sah die Faust auf sich zukommen, versuchte, ihr auszuweichen, und bekam die volle Ladung auf sein Jochbein. Vor Schmerz heulte er auf und fiel auf die Knie. Rink stand über ihm, die Füße weit auseinander und atmete stoßweise. Seine Fäuste ballten und entspannten sich abwechselnd.

»Ihr entschuldigt euch bei der Dame«, sagte er leise mit rauer Stimme. »Sofort.«

Sam in seinem Schmerz wiegte sich vor und zurück, seine Hände umfassten seinen Kopf, als ob er Angst hätte, er würde auseinanderfallen. Das einzige Geräusch, das er von sich gab, war ein kehliges Gewimmer.

»Entschuldigt euch bei der Dame«, dröhnte Rink.

Caroline eilte zu ihm und nahm seinen Arm. »Bitte, Rink«, sagte sie dringlich, »lass uns gehen. Er kann ja nicht sprechen. Es ist mir egal. Bring mich einfach von hier weg. Ich halte es nicht aus, dass mich jeder ansieht. Bitte, lass uns gehen!«

Er schüttelte heftig den Kopf, als ob er erst wieder klar werden müsste. Dann drehte er sich abrupt zur Kasse um, warf eine Handvoll Scheine auf die Theke, und während er sich noch den Rest des Geldes in die Hosentasche stopfte, griff er Carolines Arm und zog sie mit sich zur Tür hinaus.

Er fuhr rasant nach Hause, aber dem Pickup fehlte der sportliche Motor, um seinen Bedürfnissen gerecht zu werden. Er fluchte, weil der Wagen stotterte und keuchte und nicht so flott lief, wie er es gerne hätte. Als sie Zuhause angekommen waren, öffnete er ihr zwar die Tür, wartete aber nicht, bis sie ausgestiegen war. Stattdessen stampfte er ins

Haus. Sie folgte ihm und fand ihn in der Bücherei, wo er wie ein Tiger im Käfer hin und her lief. Vorsorglich schloss sie die Tür hinter sich und ließ ihre Tasche auf den nächsten Stuhl fallen.

Er starrte sie an. »Hast du mitbekommen, was jeder hier denkt? Dass du mit meinem Vater geschlafen hast.«

»Ich war mit ihm verheiratet. Was sonst sollten sie denken?«

Er fluchte fantasievoll und fuhr mit den Fingern durch sein Haar. »Ich schätze, in der Gegend bin ich wohl die Lachnummer. Die müssen ja ihren Spaß mit mir haben. Diese Vorstellung, dass ich das Erbe meines Vaters antrete.«

Seine Selbstsucht war zu viel für sie. »Hast du auch nur einen Gedanken daran verschwendet, wie *ich* mich fühle? Wie sie über *mich* denken?« Sie legte ihre Hand mit weit gespreizten Fingern auf ihre Brust. »Sie haben doch alle gedacht, dass ich deinen Vater dazu verführt habe, mich zu heiraten. Jetzt glauben sie, ich hätte auch noch meinen Stiefsohn verführt. Was auch immer sie über dich sagen, ist nicht im Entferntesten so schlimm wie das, was über mich im Umlauf ist. Ich komme aus der Gosse, erinnerst du dich? Für sie war das so und wird es immer sein. Und das hat nichts damit zu tun, ob ich mich ordentlich benehme oder nicht. Das ist das Stigma, mit dem ich geboren wurde.«

»Aber als Ehefrau von Roscoe hättest du dieses Stigma aus der Welt schaffen können, richtig?«

Sie versuchte, sich um die Antwort zu drücken, aber als sie seinen herausfordernden Blick sah, musste sie ihm antworten. »Ja.«

»Na, für dich ist es ja echt schade, dass er gestorben ist«, sagte er grausam. »Wenigstens hast du in finanzieller Hinsicht das große Los gezogen. Ich schätze, die Bedingungen in seinem Testament sind mittlerweile öffentlich bekannt. Jeder wird wissen, dass ich leer ausgegangen bin. Wahrscheinlich denkt die ganze Stadt, dass ich hier herumschmarotze, weil du *The Retreat* geerbt hast.«

»Sei doch vernünftig, Rink. Das ist schlicht unmöglich. Jeder hier weiß doch, wie erfolgreich deine Fluggesellschaft ist.«

»Sie wissen aber auch, wie sehr ich dieses Anwesen liebe. Wahrscheinlich denken sie, ich besorge es dir, damit du mich hier wohnen lässt.«

Sie zuckte zusammen, als ob er sie geschlagen hätte. »Ich hasse es, wenn du so redest.«

»Warum sollten wir nicht darüber reden? Lass uns den Tatsachen ins Gesicht sehen. Oder tue ich das nicht gerade?«, fragte er. »Welchen Nutzen habt ihr von mir? Laura Jane hat jetzt Steve, der sich um sie kümmert. Mrs. Haney ist um sie herum wie eine Gluckhenne. Alles, was ich leiste, ist, die Herrin des Hauses im Bett zu befriedigen.«

»Wag es nicht, dich als Opfer darzustellen. Du hast schließlich auch deinen Spaß dabei!« Sie verfluchte die Tränen, die ihr vor Zorn und Schmerz in die Augen traten.

»Das war, bevor mir klar wurde, dass jeder dachte, ich würde Roscoes Platz in deinem Bett einnehmen.«

»Aber das tust du nicht! Und das weißt du genau, Rink.«

»Das Ergebnis ist dasselbe.«

»Weil jeder glaubt, ich hätte mit deinem Vater geschlafen?«

»Ja«, kam es aus Rinks Mund wie eine Rakete geschossen. Darauf folgte eine tödliche Stille. Schließlich sagte Rink: »Sogar nach seinem Tod schafft er es, uns auseinanderzubringen.«

Caroline wütete nun heftig gegen ihn. »Nicht er schafft es. *Du.* Dein verdammter Stolz. Es ist dein Stolz, der uns diesmal auseinandertreibt.«

»Und was ist mit deinem?«, gab er zurück.

»Meinem?«, fragte sie fassungslos.

»Ja, deinem.«

»Was habe ich jemals besessen, auf das ich stolz sein könnte?«

»Und was ist damit, dass du ein College-Diplom hast? Dass du den reichsten Mann der Gegend geheiratet hast? Dass du in diesem Haus wohnst? Dass du gesellschaftlich über all denen stehst, die früher die Nase über dich gerümpft haben?«

»Ich habe dir gleich, nachdem du zurück warst, gesagt, dass ich es liebe, hier zu wohnen.«

»Aber was wäre, wenn jeder darüber Bescheid wüsste, dass Roscoe dich nur geheiratet hat, um mir eins auszuwischen, dass eure Ehe fingiert war?«

Ihr schuldbewusstes Schweigen zeigte, dass er genau ins Schwarze getroffen hatte. Sie ließ sich in einen Stuhl sinken. Rinks Schultern sackten hinunter. In einem ruhigeren Ton sagte er: »Ich kann nicht hinnehmen, dass sie denken, du wärst die Geliebte meines Vaters gewesen, bei dir ist es genau andersherum.« Er warf den Kopf in den Nacken und lachte. »Oh Gott, was für ein Zauberer er war, wenn es um Rache ging. Sollte sein erstes Kunststück, dass er mir versichert hat, er hätte mit dir geschlafen, keinen Erfolg haben, hatte er immer noch dieses Szenarium im Ärmel.«

Er ging zur Tür. »Sosehr ich es hasse, das zugeben zu müssen, Caroline, wir haben ihm direkt in die Hände gespielt. Genau, wie er es vorausgeahnt hat.«

In der Art, wie er die Tür hinter sich zuzog, als er sie verließ, konnte sie erkennen, dass es ihm ernst damit war und er eine endgültige Entscheidung getroffen hatte.

13

Der Junge gehört übers Knie gelegt, oh ja«, murmelte Mrs. Haney, während sie Carolines Bett frisch bezog. »Wenn es jemals einen Jungen gegeben hat, dem eine Tracht Prügel nicht geschadet hätte, dann ...«

Caroline saß an ihrem Frisiertisch und versuchte, ihre Kopfschmerzen wegzumassieren. Sie schaffte es nicht. Ihr ganzer Körper schmerzte, als ob sie zu Boden geschlagen worden wäre. Und so war es auch gewesen. Durch ihren Streit mit Rink.

Die Haushälterin türmte die alte Bettwäsche mitten auf dem Boden auf und entfaltete die neue. Die frischen Laken knisterten frisch, als sie sie über dem Bett in die Luft wedelte. Mit militärischer Akkuratesse klemmte sie die Ecken unter der Matratze fest. »Hat er Ihnen denn nicht irgendetwas gesagt letzte Nacht, Ihnen Anlass zu der Annahme gegeben, dass er sich wie ein Dieb in der Nacht hier herausschleichen wollte?«

»Nein, er ... ähm ... Wir haben noch eine Weile geredet. Er kam hoch, kurz danach bin ich ins Bett gegangen. Ich wusste nicht, dass er fortgegangen war, bis Sie heute Morgen hereinkamen.«

»Ich habe dem Jungen bessere Manieren beigebracht, und seine Mama vor mir auch. Man stelle sich nur vor: packt seine Sachen und verschwindet ohne ein Sterbenswörtchen. Fährt seinen Pickup zur Landebahn und düst in seinem Flugzeug ab. Ich schwöre bei Gott, ich habe keine Ahnung, was in ihn gefahren sein könnte.«

Zum ersten Mal wünschte sich Caroline, dass die Haushälterin weniger redselig sei. Rink war so ziemlich das letzte Thema, über das sie sprechen wollte. Ihre Wunden waren noch so frisch. Jede Erwähnung seines Namens brachten sie dazu aufzuklaffen und ihr Herz fing erneut an zu bluten. »Ich bin sicher, dass er es nicht länger vertreten konnte, sein Unternehmen in Atlanta zu vernachlässigen.«

Mrs. Haney warf ihr einen sarkastischen Blick zu. Ich weiß, woher der Wind weht, wollte sie der jüngeren Frau mitteilen. Sie platzte fast vor Neugier zu erfahren, was zwischen den beiden vorgefallen war, das Rink veranlasst haben könnte, so überstürzt fortzugehen. Wochenlang hatten sie sich mit schmalzigem Augenaufschlag angeschmachtet. Irgendetwas hatte Rink dazu gebracht, die Kurve zu kratzen. Sie bückte sich und wuchtete den Wäscheberg hoch. »Ich weiß gar nicht, was ich Laura Jane sagen soll. Ihr kleines Herz wird brechen, weil er ohne ein Wort gegangen ist.«

»Sie sagten doch, er hätte ihr einen Brief dagelassen.«

»Das ist nicht ganz dasselbe, oder?«

Caroline hatte ihren Vorrat an Liebenswürdigkeit aufgebraucht. Sie ging zu ihrem Schrank, suchte sich Kleidungsstücke aus, die sie mit ins Bad nehmen wollte, und deutete damit wortlos an, dass sie gerne alleingelassen werden wollte. »Sie wird es diesmal nicht so schwernehmen, dass Rink gegangen ist, weil sie Steve hat, der sich um sie kümmert.«

»Und wer wird sich nun um Sie kümmern?«

Caroline hielt auf ihrem Weg ins Badezimmer abrupt inne

und wirbelte herum, um der Haushälterin ins Gesicht zu sehen. Mrs. Haney warf ihr einen wissenden Blick zu, bevor sie überlegen mit dem Arm voll Bettwäsche aus dem Zimmer schlenderte.

Gewohnheitsgemäß duschte Caroline und zog sich an, ohne weiter darüber nachzudenken, wie sie aussah. Es war ihr egal. Rink würde sie sowieso nicht sehen. Sie würde ganz normal weitermachen, zur Gin gehen und den Fortschritt der Bauarbeiten überwachen. Jetzt war es wichtiger als jemals zuvor, allen zu zeigen, dass sie das Sagen hatte und fest zu allen Entscheidungen stand. Einige der Angestellten könnten denken, dass sie in Rinks Abwesenheit einen Gang zurückschalten können.

Als sie in der Gin ankam, erfuhr sie, dass Rink in der Nacht nicht so impulsiv nach Atlanta abgereist war, wie sie angenommen hatte. Barnes wartete auf sie im Büro.

Er stand auf, als sie hereinkam, und trat dann unbehaglich von einem Fuß auf den anderen, wobei er den Blickkontakt mit ihr vermied. »Rink – Mr. Lancaster, meine ich – hat mich heute Morgen ganz früh aus Atlanta angerufen.«

Sie versuchte, sich nichts anmerken zu lassen, aber ihre Hand zitterte, als sie die Schreibtischschublade aufzog, um ihre Handtasche hineinzulegen. »Ja?«

Barnes räusperte sich. »Ja, Ma'am. Und er hat mir gesagt, dass ich Ihnen auf jede erdenkliche Weise helfen soll, damit hier alles glatt läuft und so. Er hat mir auch gesagt, dass ich ihn anrufen soll, wenn mal was sein sollte.«

»Danke, Barnes«, sagte sie ruhig. Er hatte sie doch nicht ganz verlassen. Es kümmerte ihn noch, dass sie mit einer nicht einsatzfähigen Gin alleine dastand. Andererseits könnte er auch einfach nur Laura Janes Erbe beschützen.

Der Vorarbeiter drehte seinen Hut zwischen seinen Finger. »Wissen Sie, die Jungs und ich … irgendwie hatten wir uns daran gewöhnt, dass Rink wieder hier war. Er war zwar fast noch ein Kind, als er damals das erste Mal fortging, aber wir mochten ihn damals auch schon gerne. Er hat immer auf uns aufgepasst, wenn Sie wissen, was ich meine. Nicht wie sein Papa – ohne jemandem etwas Böses nachsagen zu wollen. Aber Rink war immer auf unserer Seite.«

»Ja, ich verstehe, was Sie meinen, Barnes.«

»Na dann«, sagte er, machte sich rückwärts auf den Weg zur Tür und verfluchte sich im Geiste selbst. Zum Teufel auch, er hatte doch nicht vorgehabt, sie zum Weinen zu bringen. »Wenn Sie etwas brauchen, rufen Sie mich einfach, Mrs. Lancaster, hören Sie?«

»Ja, danke.«

Als er weg war, stellte sich Caroline ans Fenster und betrachtete die Landschaft. Das Ende des Sommers stand unmittelbar bevor. Die Blumen und Bäume wirkten nicht länger üppig. Sie fingen an zu verdorren, rollten sich ein und ließen vor Schwäche die Zweige hängen. Sie welkten dem Tod entgegen. Genauso fühlte sie sich auch. In diesen kostbaren Wochen, in denen Rink und sie zusammen waren, hatte ihr Herz jubelnd das Leben gefeiert. Jetzt kam es ihr vor, als ob es genauso verkümmerte wie die letzten Blüten des Sommers, die sich mutig ans Leben klammerten.

»Es sollte niemals sein, Caroline«, flüsterte sie. Waren sie die beiden Königskinder aus dem Lied, die niemals zueinanderkommen konnten? Arrangierte das Schicksal solche menschlichen Katastrophen? Oder mussten sie unter den Sünden ihrer Väter leiden und eine biblische Prophezeiung erfüllen?

Warum es passierte, war nicht ausschlaggebend, weil das Ende unabwendbar war. Rink hatte recht gehabt. Sie waren beide zu stolz. Sie hatte es genossen, eine Lancaster zu sein, mit allen Privilegien, die damit einhergingen. Rink kannte sie gut genug, um zu wissen, dass sie das nicht aufgeben würde. Und weil er Angst hatte, es könnte wie Betteln aussehen, würde er niemals zu ihr kommen, solange sie die Besitzerin von *The Retreat* war.

Sie hob den Kopf. Ihr Herz pochte stark.

Solange sie *The Retreat* besaß.

Konnte sie es aufgeben? Was bedeutete ihr das Haus schon, wenn Rink nicht da war, um mit ihr darin zu leben? Das war immer Teil des Geheimnisses gewesen, das das Haus umgeben hatte: Rink Lancaster lebte dort. Auch als sie dort mit Roscoe gewohnt hatte, war sie durch die Flure und Zimmer gegangen und hatte sich Rink dort vorgestellt, als Kind, als Heranwachsenden, als jungen Mann. Ohne ihn war das Haus nur mehr eine Sammlung hübscher Zimmer, um die sich vier Wände zogen.

Es hatte ihr nie gehört. Nur ihm. Rechtliche Bestimmungen auf einem Blatt Papier würden daran nichts ändern.

Aber konnte sie es aufgeben?

Als es leise an der Bürotür klopfte, hob sie den Kopf aus ihren Büchern. »Herein.«

Granger betrat den dämmrigen Raum, in dem nur die grüne Schreibtischlampe Licht verbreitete. »Mrs. Haney sagte mir, du wärst hier. Ich hoffe, ich störe nicht?«

Caroline lächelte den Anwalt an. »Komm rein, Granger. Ich freue mich über die Unterbrechung.«

»Du arbeitest schon wieder viel zu viel. Ist das wirklich nötig?«

Ja, das war nötig. Weil sie an Rink denken musste, sobald sie aufhörte zu arbeiten. Sie dachte sowieso die ganze Zeit an ihn, aber die Beschäftigung mit der Buchhaltung lenkte sie ein wenig von ihrem Schmerz ab. In den vier Wochen, in denen sie jetzt ohne Rink war, hatte der Schmerz seine Qualität verändert. Er war nicht mehr so schneidend, sondern hatte sich in eine ständige, dumpf pochende Qual verwandelt, aus der es kein Entrinnen gab. »Die Buchführung muss ja auch erledigt werden. In der Fabrik werde ich ständig unterbrochen, sodass ich mehr schaffe, wenn ich abends hier arbeite. Hat Mrs. Haney dir etwas zu trinken angeboten? Einen Kaffee vielleicht?«

»Nein, danke.« Er setzte sich an die gegenüberliegende Seite des Schreibtisches. »Wie läuft es denn in bei Lancaster Gin?«

»Gut, aber es geht alles drunter und drüber, weil wir alle Hände voll zu tun haben. Aber das weißt du alles. Du warst doch gestern Nachmittag dort. Gibt es ein Problem, Granger?« Er sah aus wie ein Mann auf dem Weg zum Galgen. »Warum wolltest du mich sehen?«

Sie wurde blass. Rink. *Rink ist etwas zugestoßen.*

Granger spürte ihre aufsteigende Panik. »Nein, nein. Ich wollte dich nicht erschrecken. Es ist nichts Tragisches.« Einen Moment lang betrachtete er den Teppich unter seinem Stuhl. »Es ist nur, dass man dir eine Einladung ausgesprochen hat und ich nicht weiß, wie du sie aufnehmen wirst.«

»Eine Einladung wozu?«

»Eine Einladung, während des Herbstfestes eine Plakette entgegenzunehmen, die Roscoe als Bürger des Jahres auszeichnet.«

Er bezog sich auf ein jährlich stattfindendes Fest, das die Handelskammer von Winstonville sponsorte und bei dem sich die ganze Stadt versammelte. Caroline konnte sich nicht daran erinnern, jemals etwas mit dem Fest zu tun gehabt zu haben, genauso wenig wie Roscoe. »Sie wollen ihm die Auszeichnung posthum verleihen? Warum? Es wäre besser, jemanden zu ehren, der noch lebt.«

Granger kratzte sich hinter seinem langen, hängenden Ohr. »Das habe ich sie auch gefragt. Das soll aber nicht heißen, ich würde mich nicht freuen, dass Roscoe derart geehrt wird«, fügte er rasch loyal hinzu. »Aber wie es scheint, hat das Komitee seine Entscheidung bereits im Frühjahr getroffen, und sie fanden es unangebracht, sie wieder über den Haufen zu werfen. Jetzt wünschen sie sich, dass du die Plakette während der Eröffnungsfeier entgegennimmst.«

Sie stand auf, schlang die Arme um ihre Taille und stellte sich ans Fenster. Es war ein trister Septembertag, denn es regnete in Strömen. Die Tropfen fielen schwer, bedrückend, nicht wie ein weicher Sommerregen, der die nackte Haut, auf die er sanft perlte, küsste und streichelte, genauso wie es die Hände und Lippen auch taten. Sie presste ihre Stirn an das kühle Fensterglas. Würde sie jemals aufhören, ihn zu vermissen?

Vor zwei Tagen war sein Bild in der Zeitung erschienen. Steve hatte es entdeckt, und Laura Jane war damit zu Caroline gerannt. Air Dixie hatte in einer weiteren Stadt die Landeerlaubnis erhalten. Das Foto zeigte Rink, der dem Bürgermeister die Hand schüttelte. Er lächelte, seine weißen Zähne blitzen in seinem dunklen Gesicht. Sein Haar fiel ihm in die Stirn. Sie hatte sich danach gesehnt, es zu berühren, es nach hinten zu streichen.

»Du vermisst ihn sehr, oder?«, fragte Granger leise.

»Roscoe?«

»Rink.«

Sie drehte sich zu ihm. »Du weißt es?«

Sein Gesicht legte sich in wehmütige Falten. »Ich glaube, da war etwas zwischen Rink und dir, lange, bevor er nach Haus zurückkehrte.« Er hielt eine Hand hoch, als er sah, dass sie sprechen wollte. »Nein, nein, ich frage dich nicht nach Einzelheiten. Ist wahrscheinlich auch besser, wenn ich sie nicht kenne. Aber an dem Tag, als Laura Jane geheiratet hat, habe ich euch beide zusammen gesehen, und da war ich mir sehr sicher, dass ihr ineinander verliebt wart. Habe ich recht?«

»Ja.«

Sie nahm ihre Position am Fenster wieder ein. Beide schwiegen einen Augenblick. »Stecke ich meine Nase in Angelegenheiten, die mich nichts angehen, wenn ich frage, warum er fort ist?«

Sie schüttelte den Kopf. »Du bist mir immer ein guter Freund gewesen, Granger. Als Roscoe mich geheiratet hat, wusste ich, dass dich das sehr überraschte, aber du hast mich nie anders als mit dem höchsten Respekt und ausgesuchter Höflichkeit behandelt. Ich glaube, ich habe dir nie richtig dafür gedankt.« Sie sah ihn wieder an. »Ich danke dir jetzt. Und weil du mein Freund bist, kann ich dir sagen, dass zwischen Rink und mir ein zu großer Streitpunkt herrschte, als dass er hätte bleiben können.«

»Schätze, sein Vater.«

»Genau, sein Vater. Und meine Ehe mit ihm.«

»Rink ist sehr stolz.«

»Oh ja, das weiß ich.« Sie lächelte. Dann sah sie den Anwalt an und sagte ruhig: »Meine Ehe mit Roscoe ist niemals vollzogen worden.«

»Das habe ich mir auch schon gedacht.«

Sie lachte leise auf. »Du bist heute Abend voller Überraschungen. Ich dachte, ich würde dich schockieren.«

»Ich bin erleichtert. Du warst viel zu gut für ihn, Caroline.«

Sie ließ sich in dem Sessel hinter dem Schreibtisch zurückfallen. »Er hat einige furchtbare Dinge getan, das Schlimmste davon ist, was er Rink angetan hat.«

»Da stimme ich dir zu.«

»Du wusstest über all seine Machenschaften Bescheid?«

»Es waren mehr, als man aufzählen könnte.«

»Warum bist du dann so viele Jahre hindurch sein Freund geblieben?«

»Sein *Anwalt*. Roscoe hatte keine Freunde. Er hätte niemals einen Freund akzeptiert. Teilweise bin ich bei ihm geblieben, um ihn ein wenig im Zaum zu halten. Ich musste eine Menge von ihm einstecken, aber es schüttelt mich, wenn ich daran denke, wie schlimm er es getrieben hätte, wenn ich nicht auf seine Geschäfte geachtet hätte.«

Caroline stellte ihre Ellbogen auf dem Schreibtisch auf, stützte ihren Kopf auf ihre Finger und massierte ihre Schläfen. »Er verdient diesen Preis nicht.«

»Möchtest du meinen Rat hören?«

»Bitte.«

»Nimm ihn an und lächle dabei anmutig.«

»Dann wäre ich eine Lügnerin.«

»Nimm ihnen nicht ihre Illusionen, Caroline«, sagte er und meinte die ganze Stadt. »Sie brauchen ihre öffentlichen Helden, die sie lieben oder hassen können, die sie beneiden und denen sie nacheifern. Gib ihnen, was sie wollen. Lass Roscoe eine Stunde lang der Mensch sein, der er im wirklichen Leben hätte sein sollen.«

»Ich nehme an, du hast recht.«

Er stand auf, und sie ging auf ihn zu. Arm in Arm verließen sie den Raum. »Ich sage ihnen morgen, dass du die Auszeichnung in Roscoes Namen entgegennimmst.«

»Granger.« Sie blieb in der Tür stehen. »Was ist rechtlich nötig, um *The Retreat* jemand anderem zu überschreiben?«

Dieses Mal hatte sie es geschafft, ihn zu überraschen.

»Du denkst doch nicht darüber nach, es zu verkaufen?«, fragte er entgeistert.

»Nein, ich möchte es jemandem schenken.«

Er studierte ihr Gesicht und erkannte ihre Entschlossenheit, die ihn davon abhielt, noch weiterzubohren. Während er über ihre Frage nachdachte, zog er an seinem Ohrläppchen, das dadurch sogar noch länger wurde. »*The Retreat* ist dein Besitz, mit dem du machen kannst, was du willst. Ich denke, das hat Roscoe in seinem Testament nicht bedacht, deswegen gibt es keine Bestimmung, dass du es nicht weggeben kannst. Nur, dass Laura Jane ein Wohnrecht auf Lebenszeit hat.«

»Ich verstehe. Das würde davon nicht berührt werden.«

»In dem Fall steht einer Übertragung nichts im Wege. Wenn du dir ganz sicher bist, dass du das willst.«

Nachdenklich nickte sie. »Wann findet das Herbstfest statt?«

»In der dritten Oktoberwoche. Ungefähr in einem Monat.« Er legte seine Hand auf den Türknauf. »Sie haben nach Rinks Adresse gefragt. Ich bin mir ziemlich sicher, dass sie ihn einladen werden.«

287

»Könntest du die Urkunde bis zur dritten Oktoberwoche aufgesetzt haben?« Sie sah ihn direkt an, und er lächelte voller Zuneigung auf sie hinab.

»Weißt du, wenn mir nicht ständig diese Lancaster-Männer in die Quere kommen würden, dann würde ich mich sicher selbst ein wenig in dich verlieben.«

»He, Sie!«

Caroline blieb auf dem Bürgersteig stehen und sah über die gefüllten Einkaufstüten in ihrem Arm hinweg das junge Mädchen an, das sie auf so rüde Art angesprochen hatte. »Sprichst du mit mir?«

»Sie sind doch Mrs. Lancaster?«

»Ja.« Das Mädchen konnte nicht älter als zwölf sein, trug aber grell-lila Lidschatten und blauen Eyeliner, der mit ungeschickter Hand aufgetragen worden war. Ihr dunkles Haar war auf eine Weise geschnitten, dass es ihr vom Scheitel aus hoch stand. Das eine Ohrläppchen war an drei Stellen durchstochen. In jedem Loch baumelte eine bunte Büroklammer. Das andere Ohr zierte ein großer glitzernder Stern. Sie trug weißen Lippenstift.

Ihre Kleidung war genauso befremdlich wie ihr Make-up und bestand aus einem grünen Minirock, den sie über orangefarbenen Netzstrümpfen trug, und einem weißen Sweatshirt, auf dem ein riesiges Paar roter Lippen und eine obszöne Zunge zu sehen waren. Caroline vermutete, dass sie auf dem Weg zu einer bizarren Theateraufführung oder Ähnlichem sei. Welche Eltern würden einem Mädchen erlauben, in so einem Aufzug öffentlich herumzulaufen? Wie auch immer, das Mädchen hatte ihre volle Aufmerksamkeit auf sich gezogen. »Woher kennst du mich?«

288

»Ich kenne Mr. Lancaster. Rink Lancaster. Aber das ist schon lange her. Mein Name ist Alyssa.«

Vor Überraschung machte Caroline die Augen weit auf. Dies war Marilees Tochter, mit der Rink ein so enges Verhältnis hatte, bevor die Mutter sie brutal getrennt hatte. »Wie geht es dir, Alyssa?«

»Okay, denk ich. Sie waren mit Rinks altem Herrn verheiratet, richtig?«

»Mit Roscoe. Er starb vor ein paar Monaten.«

»Ja klar, weiß ich. Jeder weiß das. Vor einer Weile habe ich Rink und Sie in der Milchbar gesehen.«

»Warum bist du nicht zu uns gekommen, du hättest mit ihm sprechen können.«

Sie zuckte gleichgültig mit den Achseln. »War mir nicht nach. Er erinnert sich wahrscheinlich sowieso nicht an mir.«

»Mich.«

»Hä?«

»Entschuldige. Ich habe unhöflicherweise deine Ausdrucksweise korrigiert.«

»Das macht nichts. Meine Mama macht das andauernd, aber anscheinend hilft mich … mir das nicht weiter.«

Caroline musste gegen ihren Willen lachen. Aber der Anblick der Gruppe, mit der Alyssa unterwegs war, ernüchterte sie gleich wieder. Sie konnte sich gut vorstellen, dass der Gruppenzwang durch diese Gesellschaft stärker war als der elterliche Einfluss. Die Mädchen, die bei Alyssa waren, sahen wie Flüchtlinge einer Besserungsanstalt aus.

Caroline schämte sich gleich darauf, dass sie sich nur anhand der äußerlichen Erscheinung eine Meinung über die Mädchen gebildet hatte. Sie hatte die Gruppe in eine Schublade gesteckt, so wie es die Leute früher mit ihr auch getan

289

hatten. Dennoch, als sich eine von ihnen, die nicht älter als Alyssa sein konnte, eine Zigarette anzündete, war sie innerlich empört.

»Wie geht es deiner Mutter?« Caroline erinnerte sich an Marilee als ziemlich kleine und vollbusige junge Frau mit langen blonden Haaren, porzellanblauen Augen und einem Schmollmund.

»Sie hat einen neuen Ehemann. Der ist vielleicht ein Trottel. Schlimmer als der davor. Ich bin nur noch zu Hause, wenn es unbedingt sein muss.« Als ob ihr gerade in den Sinn kam, dass sie zu viel von sich preisgegeben hätte, richtete sie sich plötzlich auf und sagte: »Na, ich muss dann mal wieder los.«

»Warte!« Caroline war über sich selbst überrascht. Als das Mädchen sie durch Wimpern ansah, die mit schwarzem Mascara verkleistert waren, wusste sie nicht, was sie sagen sollte. In diesen viel zu stark bemalten Augen erkannte sie Rebellion, Misstrauen und eine Menge Verletzlichkeit. Es kam ihr fast so vor, als ob hinter dieser grellen Maske ein kleines Mädchen kauerte, das verzweifelt herausgelockt werden wollte. »Wie wär's, hast du nicht einmal Lust, mich auf *The Retreat* zu besuchen? Ich würde dich gerne kennenlernen.«

Alyssa schnaubte höhnisch. »Ja, logisch.«

»Im Ernst, das würde ich gerne.« Warum Caroline darauf bestand, wusste sie selber nicht. Auf unerklärliche Art berührte dieses Mädchen ihr Herz. Rink würde es hassen, müsste er sehen, dass das Kind, das er geliebt hatte, so einsam war. Wenn Caroline helfen konnte, würde sie das gerne tun. »Es wäre schön, wenn wir Freunde werden könnten.«

Die dunkelblauen Augen flackerten. »Warum?«

»Weil Rink so oft von dir gesprochen hat.«

»Ja? Was hat er denn gesagt?« Sie hatte ihr Kinn aufmüpfig nach oben geschoben, aber Caroline konnte erkennen, dass sie sie überrascht und ihr Interesse geweckt hatte.

»Er hat mir erzählt, was für ein süßes Baby du gewesen bist, wie sehr er dich geliebt hat und wie schwer es für ihn war, dich zu verlieren.«

»Er war nicht mein Daddy.«

»Ich weiß. Aber er hat dich trotzdem geliebt.« Das Mädchen nagte auf ihren weiß angemalten Lippen, und Caroline vermutete einen Schreckmoment lang, Alyssa würde anfangen zu weinen. »In einigen Wochen kommt Rink zum Herbstfest her. Komm uns doch dann besuchen.«

Ihre Schultern hoben sich zu einem unentschlossenen Zucken. »Mal sehen. Ich habe 'ne Menge um die Ohren.«

»Oh, das verstehe ich. Es ist nur … ich bin sicher, Rink würde sich unheimlich freuen, dich zu sehen. Deine Mutter hat es ihm schwergemacht, Kontakt zu dir zu haben.«

Ohne eine Antwort zu geben, sah Alyssa über ihre Schulter nach hinten zu ihren Freunden, die mit wachsender Ungeduld auf sie warteten. »Ich muss jetzt echt los.«

»Es hat mich gefreut, dich kennenzulernen, Alyssa. Bitte denk darüber nach, ob du mich besuchen kommst.«

»Ja, okay.«

Caroline sah dem Mädchen hinterher, das mit schleichendem Gang über den Bürgersteig hinunterlief. Sie gab ein jämmerliches Bild ab. Und trotzdem war Carolines Herz in diesem Moment unbeschwerter als in den letzten Wochen.

»Bist du stolz auf mich, Steve?«

»Ich bin immer stolz auf dich.«

Laura Jane und der ihr vor zwei Monaten angetraute Steve lagen in dem riesigen Bett in Roscoes ehemaliger Zimmersuite. Die Räume waren kaum wieder zu erkennen. Als Hochzeitsgeschenk für die beiden hatte Caroline alles renovieren lassen. Die Tapeten waren zwar neu, fügten sich aber in die Architektur des gesamten Hauses ein, das aus der Zeit vor dem Bürgerkrieg stammte. Sie hatte neue Vorhänge für die Fenster nähen lassen, eine komplett neue Badezimmereinrichtung einbauen lassen, neue Handtücher hängten an den Haltern dafür, neue Teppiche lagen auf dem Hartholzboden. Im Wohnbereich hatten ein Sofa und ein Sessel, zwischen denen ein kleiner Tisch stand, den Platz des Rollladen-Sekretärs von Roscoe eingenommen.

Laura Jane kuschelte sich enger an ihren Ehemann. Sie streichelte träge über seinen Bauch. »Aber ich meine besonders heute, weil ich alle diese Dinge ganz allein gekauft habe. Ich habe auch das richtige Wechselgeld herausbekommen und so.«

Er zog sie fester an sich heran. Nachdem er seit zwei Monaten regelmäßig mit ihr geschlafen hatte, war er bereits fast davon überzeugt, dass sie in seinen Armen nicht zerbrechen würde. »Du hast alles genau richtig gemacht. Ich wusste, dass du das schaffst.«

Er hatte sie heute mit zum Tierfutterhandel genommen. Als er ihr vorgeschlagen hatte, dass sie den Einkauf bezahlen sollte, hatte er die Furcht in ihren Augen gesehen. Aber sie hatte sich die Rechnung angesehen, die der Händler ihr gegeben hatte, und pingelig genau die richtigen Geldscheine abgezählt und dann auf ihr Wechselgeld gewartet. Als sie den Laden verlassen hatten, strahlte sie ihn an wie ein Kind, das während seines ersten Klaviervorspiels alles richtig gemacht hatte.

»Ich hatte ganz schön Angst davor. Ich kann mich daran erinnern, dass Rink mich mit in die Stadt genommen hat. Er wollte mir beibringen, Dinge selbst zu erledigen, aber ich hatte immer solche Angst, etwas Verkehrtes zu tun und ihn zu enttäuschen, dass ich es gar nicht erst versucht habe.«

Steve schob seinen Kopf quer über das Kissen, damit er sie ansehen konnte.

»Du hattest also keine Angst davor, mich zu enttäuschen?«, zog er sie auf. Sie vergrub ihre Nase in der Kuhle seiner Schulter.

»Natürlich nicht. Ich möchte dir so sehr gefallen wie noch nie jemandem in meinem Leben. Darum bin ich bereit, immer mein Bestes zu geben. Ich weiß ja, dass ich nicht so klug wie die anderen bin. Ich möchte vor allem nicht, dass es dir eines Tages leidtut, mich geheiratet zu haben.«

Er rollte sich auf die Seite und drückte sie an sich. »Mein Liebling«, flüsterte er in ihr Haar, »wie könnte mir das jemals leidtun? Ich werde dich immer lieben, egal was du tust oder nicht tust. Du brauchst dir meine Liebe nicht zu verdienen, Laura Jane. Du hast sie bereits. Für immer.«

»Steve«, murmelte sie und berührte sanft seine Brust. »Ich liebe dich so sehr.« Sie setzte sich auf, zog sich dabei das Nachthemd über den Kopf und warf es auf das Fußende des Bettes.

Ihr fehlendes Schamgefühl war erfrischend. Sie war wie ein Kind völlig sorglos, was Nacktheit betraf. Wie Eva vor dem Sündenfall war sie völlig frei von Zurückhaltung und Hemmungen. Diese Spontaneität erfreute ihren Ehemann immer wieder, obwohl er manchmal fast ein wenig beschämt darüber war, wie sehr er ihre Zügellosigkeit genoss.

Sie hatte ihn etwas über seinen eigenen Körper gelehrt. Nachdem er sein Bein verloren hatte, mochte er sich nicht mehr ansehen. Er hatte sich abstoßend gefunden. Es erstaunte ihn, dass Laura Jane so viel Freude an seinem Körper hatte. Ständig erfand sie irgendwelche Vorwände, damit sie ihn berühren konnte. Ihre porzellanweißen Hände waren dort wie Balsam, wo er nicht mehr an Heilung geglaubt hatte. Sie erregte ihn mit ihren neugierigen Untersuchungen und brachte ihn in sexuellen Höhen, die er bisher nicht gekannt kannte. Jede zärtliche Berührung war ein Zeichen ihrer selbstlosen Liebe zu ihm. In seinem ganzen Leben hatte er keinen Menschen getroffen, der so voller warmherziger Liebe war.

Jetzt legte sie sich mit einem kleinen Lächeln im Gesicht wieder neben ihn und schlang ihre dünnen Arme um seine Mitte.

Er fädelte seine Finger durch ihr langes, glattes Haar und hob ihren Kopf, um sie zu küssen. Es dauerte nicht lange, bis ihre Hände anfingen zu wandern. Er streichelte ihren Rücken, während sie sich auf ihn rollte. Sie legte ihre Handflächen an seine Wangen und küsste sein Gesicht in verschiedenen Plätzen. Ihre Zunge war wie die eines Kätzchens, momentan reizte sie sein Ohr damit, etwas, was sie von ihm gelernt hatte.

Sie rutschte an seinem Körper herunter und küsste seinen Hals und seine Brust. Dann machte sie über einer seiner Brustwarzen halt, nahm sie in den Mund und probierte sie mit ihrer Zungenspitze. Fast wäre er aus dem Bett gesprungen.

»Laura Jane«, keuchte er.

»Hm?«, murmelte sie, ohne aufzuhören. »Wenn du das

bei mir machst, fühlt es sich gut an. Gefällt es dir nicht?
Wenn nicht, höre ich auf.«

Er ließ ihr Haar durch seine Finger gleiten und umfasste
ihren Kopf. »Nein, hör nicht auf«, atmete er schwer. »Erst,
wenn ...«

Er brachte sie auf sich in Position, und mit einer langsamen Bewegung wurden sie eins.

Sie ließ sich nach vorne fallen, stützte sich auf ihre Arme
und legte ihre linke Brust auf seine Lippen. Er küsste die
winzige rosa Brustwarze, bis sie steif war. Seine Zunge fuhr
um sie herum. Sie seufzte vor Wonne.

In ihnen tobte ein Sturm, der immer wilder wurde, bis
er ihre Hüften griff und tiefer in sie eindrang. Sie schmiegte seinen Kopf gegen ihre kleinen Brüste, während ihre
Körper erzitterten. Lange danach hielten sie einander noch
fest. Dann küsste sie sanft seine Stirn und legte sich neben
ihn.

»Ich bin sehr froh darüber, dass du mir beigebracht hast,
wie man Liebe macht«, sagte sie.

Er kicherte. »Ich auch.«

»Ich wünschte, jeder auf der Welt würde so glücklich sein
wie wir.«

»Ich glaube nicht, dass das möglich ist. Niemand könnte
so glücklich sein wie ich.« Zärtlich küsste er sie auf den
Mund.

»Ich wünsche mir, dass Caroline glücklich ist. Seit Rink
weg ist, ist sie unglücklich.« Ihre Wahrnehmung hätte ihn
überraschen sollen, tat es aber nicht. Manchmal dachte er,
dass sie sensibler auf die Gefühle anderer Menschen reagierte
als alle anderen. »Glaubst du, sie vermisst Rink?«

»Ja, das glaube ich, Süße.«

»Ich auch.« Einen Moment lang schwieg sie, und er dachte, sie sei eingeschlafen. Dann sagte sie: »Ich habe Angst, dass sie genau wie Daddy stirbt.«

Steve nahm ihr Kinn zwischen zwei Finger und hob es an. »Worüber um alles in der Welt sprichst du?«

»Caroline ist krank.«

»Sie ist nicht krank. Und ganz sicher stirbt sie auch nicht.«

»Daddy rieb sich immer den Bauch, wenn er dachte, dass es keiner sieht. Oder er hat die Augen geschlossen, als ob ihm etwas wehtun würde.«

»Was hat das mit Caroline zu tun?«

»Sie macht genauso dasselbe. Gestern Abend ganz spät, als sie von der Fabrik nach Haus kam. Ich habe sie vom Wohnzimmer aus gesehen. Sie hing ihre Jacke auf und ging die ersten beiden Stufen hoch. Dann hielt sie an und lehnte sich an das Treppengeländer. Lange Zeit stand sie da und hatte ihren Kopf auf ihre Hände gelegt. Es sah aus, als ob sie schlecht Luft bekäme. Ich wollte gerade zu ihr laufen, um ihr zu helfen, doch da richtete sie sich gerade wieder auf. Es sah so aus, als ob sie all ihre Kraft dazu brauchen würde, nach oben zu gelangen.« Auf ihrem Gesicht zeigten sich Sorgenfalten. Sie beugte sich über ihn. »Steve, sie wird doch nicht auch noch sterben, oder?«

»Nein, nein, natürlich nicht«, versicherte er ihr und strich ihr das Haar aus dem Gesicht. »Sie war wahrscheinlich einfach nur müde.«

»Hoffentlich. Ich möchte nicht, dass noch irgendjemand vor mir stirbt. Besonders du nicht«, sagte sie und nahm ihn kräftig in den Arm. »Du darfst niemals sterben, Steve.«

Er hielt sie fest an sich und fühlte schon bald ihr leises Atmen an seiner Haut. Sie war eingeschlafen. Er zog die

Bettdecke über sie und hielt sie weiter im Arm. Aber er schlief nicht ein. Er starrte in die Dunkelheit, seine Augenbrauen waren gerunzelt. Er hatte sich auch schon Sorgen um Caroline gemacht. Und was Laura Jane ihm gerade erzählt hatte, erleichterte seine Besorgnis nicht eben.

14

Erfreulicherweise war für das Herbstfest gutes Wetter vorausgesagt worden. Der Tag der Eröffnungsfeier begann mit einem klaren und frischen Morgen. Caroline entschloss sich, ihr neues Kostüm anzuziehen. Es würde nicht allzu warm werden heute.

Nach einem diskreten Klopfen betrat Mrs. Haney mit einem Tablett in den Händen das Zimmer. »Es ist schrecklich, dass ich Sie stören muss. Sie sollten häufiger mal länger schlafen. Aber ich habe mir gedacht, dass Sie nicht so froh darüber wären, wenn ich Sie an einem Rummeltag wie heute nicht wecken würde.«

»Danke, Mrs. Haney.« Das Tablett war beladen mit einer Kanne Tee, zu dem Caroline in den letzten Wochen von Kaffee gewechselt hatte, einem Glas Orangensaft und zwei Blaubeer-Muffins. »Sie haben mich ja gar nicht geweckt, ich liege nur noch faul im Bett herum.«

»Das tut einem Körper hin und wieder auch ganz gut. Besonders heute, denn es ist anzunehmen, dass der Tag Sie ganz schön schlauchen wird. Soll ich Ihnen noch etwas bügeln? Wie wär's, wenn ich Ihnen ein schönes Bad einlasse?«

»Ich habe mir meine Kleider schon zurechtgelegt«, sagte Caroline und ließ sich in einen Stuhl neben dem Tisch sinken, auf dem Mrs. Haney das Tablett abgestellt hatte. Sie goss sich eine Tasse Tee ein. »Ein heißes Bad klingt herrlich. Es ist ziemlich kühl draußen.«

Mrs. Haney ging in das angrenzende Badezimmer und schnatterte dabei die ganze Zeit über die bevorstehenden Ereignisse des kommenden Wochenendes. Caroline hörte kaum zu, sondern nippte versonnen an ihrem Tee. »Ihr Bad ist fertig. Warum haben Sie Ihre Muffins denn nicht gegessen?«

»Ich bin nicht hungrig.« Jedes Mal, wenn sie daran dachte, vor der ganzen Stadt zu stehen und diese verdammte Auszeichnung entgegenzunehmen, drehte sich ihr der Magen um. Es könnte gefährlich sein, ihm irgendeine Form von Nahrung zuzuführen.

Die Haushälterin beobachtete die junge Frau, die aufstand, um sich aus ihrem Schrank einen Frottee-Morgenmantel zu holen. Durch das Nachthemd aus Batist konnte sie erkennen, dass ihre Arbeitgeberin erheblich an Gewicht verloren hatte. Ihre früher so modisch schlanke Figur war in Mrs. Haneys Weltordnung jetzt nur noch dürr.

»Glauben Sie, dass er kommen wird?« Sie beugte sich vor, um die Bettlaken zu glätten.

»Wer?«

Mrs. Haney warf Caroline einen so vorwurfsvollen Blick zu, dass diese ihren Kopf senkte und ihr antwortete: »Ich weiß es nicht.« Sie ging ins Badezimmer und schloss die Tür und damit auch das Thema Rink.

Als Caroline eine Stunde später die Treppen herunterkam, stieß Steve einen lang gezogenen Pfiff aus. Laura Jane schlug die Hände zusammen. Mrs. Haneys Gesichtsausdruck schwankte zwischen Besorgnis und Stolz.

»Mann, das hat Klasse!«, sagte Steve.

Caroline lachte, und ihre drei Bewunderer freuten sich

über dieses melodische Geräusch. In letzter Zeit hatte sie kaum noch gelacht. »Gefällt es euch?«

»Du sieht wunderschön aus, Caroline«, sagte Laura Jane begeistert. »Oh, wie umwerfend.«

»Sie ist viel zu dünn«, grummelte Mrs. Haney, pflückte aber liebevoll einen Fussel von Carolines Schultern.

»Ich dachte, solange sie noch weiter über uns reden – und das tun sie –, gebe ich Ihnen doch etwas, worüber man reden kann. Und außerdem repräsentieren wir den Bürger des Jahres. Wir sollten dementsprechend gekleidet sein.«

Ihr zweiteiliges Kostüm war aus cremefarbenem Wollcrêpe. Dazu trug sie eine taubengraue Bluse von annähernd derselben Farbe wie ihre Augen. Ihre Haare waren unter einem ebenfalls cremefarbenen Filzhut verschwunden. Seine tief hängende Krempe brachte ihre Augenbrauen optimal zur Geltung. Ihr Make-up war zurückhaltend, aber sehr sorgfältig aufgetragen, um die violetten Schatten unter ihren Augen zu verstecken. In ihren Ohren steckten Perlenohrringe. Ihre Strümpfe hatten die zarte Farbe von Elfenbein. Sie trug weiße Wildlederschuhe und Ziegenlederhandschuhe in derselben Farbe.

»Ihr seht aber auch alle schick aus«, kommentierte Caroline und betrachtete sie eingehend. Laura Jane trug Hellblau und sah aus wie die preisgekrönte Puppe eines Sammlers. Steve trug seinen Hochzeitsanzug, aber Caroline hatte dafür gesorgt, dass er für diesen Anlass eine neue Krawatte bekam. Auch Mrs. Haney hatte sich besonders fein gemacht.

»Die Kutsche ist bereits vorgefahren«, sagte Steve und bot Laura Jane höflich seinen Arm. »Lady Laura Jane, Lady Caroline.« Er drehte sich zu ihr, und sie nahm seinen anderen Ellbogen. »Mrs. Haney, wenn ich bitten darf«, sagte er, und sie verließen *The Retreat*.

Die Aula der Highschool war brechend voll. Niemand konnte sich an eine Gelegenheit erinnern, bei der so viele Menschen anwesend waren, nicht einmal, als die Aufwärmübungen aus dem Football-Stadion hierher verlegt worden waren.

Caroline saß oben auf der Bühne, auf einer Seite von ihrer Familie umgeben und von Mrs. Haney, auf deren Anwesenheit sie sehr zum Unwillen der ausrichtenden Parteien bestanden hatte, auf der anderen Seite von eben diesen Vertretern der Ausrichtenden.

Um ihre Panik in Schach zu halten, versuchte sie, sich auf die amerikanische Nationalflagge zu konzentrieren, die in einer Ecke Wache stand. Die Sterne schienen herumzutanzen, wie Bienen über einem Kornfeld. Die Streifen flackerten. Und das, obwohl sich die Flagge überhaupt nicht bewegte.

Caroline fühlte Übelkeit in sich aufsteigen.

Sie warf einen Blick auf die Anwesenden im Zuschauerraum und sah nur ein Meer verschwommener Gesichter, die ihr mit lebhaftem Interesse entgegengereckt wurden. Sie senkte ihre Augen auf ihren Schoß und bemerkte, dass ihre Handflächen vor Schweiß glänzten. Wenn sie ihre Handschuhe anzog, würden ihre Hände zu heiß werden, aber jetzt waren sie eiskalt. Sie schluckte die Übelkeit herunter, die ihr in die Kehle steigen wollte, und wünschte sich, sie hätte ihr Halstuch nicht so eng gebunden.

Ihr Magen grummelte und rollte sich dabei von einer Seite auf die andere. Warum nur hatte sie die Muffins nicht gegessen? Doch wenn sie es getan hätte, hätte sie sie nur wieder ausspucken müssen. Aber sie würde sich sowieso übergeben. Sie würde sich vor der ganzen Stadt blamieren.

Warum war es hier drin nur so verdammt heiß? Ihre Haut

301

war schon feucht. Sie sah sich um. Niemand außer ihr schien sich unwohl zu fühlen. Steve und Laura Jane sprachen leise miteinander. Mrs. Haney hatte eine ihrer Kirchenfreundinnen gefunden, mit der sie fröhlich schwatzte. Der Bürgermeister scherte sich nicht um die Hausordnung und paffte eine Zigarre, während er sich laut und ausgedehnt mit dem Amtsrichter unterhielt. Der Geruch des Rauches drehte ihr den Magen um.

Während sie noch dem Bürgermeister zusah, entschuldigte der sich bei dem Richter und ging zum rückwärtigen Teil der Bühne. »Tja, tja, dann können wir jetzt wohl anfangen. Ich hatte schon die Befürchtung, Sie würden es nicht schaffen, mein Junge. Wie geht's Ihnen, Rink?«

Caroline schluckte und versuchte, mit kurzen, flachen Atemstößen ihre Übelkeit unter Kontrolle zu bekommen. Erst wurde ihr Körper von oben bis unten eiskalt, dann kochend heiß. Ihre Ohrläppchen schienen unter Feuer zu stehen, so sehr brannten sie.

Sie hörte seine Stimme, als er alle um sie herum begrüßte. Aus den Augenwinkeln sah sie Mrs. Haney, die militärisch zackig auf ihn zuhielt. Bevor sie einsetzte, beendete er die Tirade, die er auf sich zukommen sah, mit einem Schmatz auf ihre Wange. Sie zuckte zurück, errötete wie ein junges Mädchen und umschloss ihn dann in einer enormen Umarmung. Laura Jane sprang von ihrem Stuhl auf und rannte zu ihm, um ihn zu umarmen. Steve erhob sich, und die beiden Männer schüttelten sich die Hände.

Sie sah sein braunes Hosenbein sich ihr zuwenden. Dann stand er genau vor ihr. Sie konnte die Hitze und Energie fühlen, die von ihm ausstrahlten. Und weil die ganze Stadt sie beobachtete, brachte sie ihre Lippen dazu, sich in ein

steifes Lächeln zu ziehen, und ihren Kopf, ihn anzusehen.
»Hallo, Rink.«

Rink sah sie an und schaffte es nur teilweise, seinen
Schock zu verbergen. Ihre Augen waren dunkel umschattet.
Ihre Wangen waren hohl, die Haut blass. Sie sah aus, als ob
sie zweiundsiebzig Stunden ununterbrochenen Schlaf benö-
tigte und ungefähr fünf herzhafte Mahlzeiten.

Aber sie war wunderschön.

Er brauchte seinen gesamten Vorrat an Selbstbeherr-
schung, um sie nicht in den Arm zu nehmen und sie fest an
sich zu drücken. Die letzten zwei Monate waren die Hölle
für ihn gewesen. Er konnte sich an jede traurige Sekunde erinnern, weil er nichts anderes getan hatte, als an sie zu denken, sie zu vermissen.

Verdammt sei sein Temperament. Verdammt sei sein
Stolz. Er war wütend geworden, weil sich zwei Trunkenbolde
in einer Kneipe ihre Mäuler zerrissen hatten. Und er hatte
seinen Frust darüber an ihr ausgelassen. Aber dieses Mal
hatte sie ihm Kontra gegeben. Das hatte ihn überrascht und
verärgert. Vor allem, weil sie mit dem, was sie gesagt hatte,
ins Schwarze getroffen hatte. Niemand konnte Roscoe jetzt
noch vorwerfen, sie auseinanderzubringen. Er selbst brachte
diese Qual über sich, über sie. Er war ohne ein Wort gegangen. War das ein Benehmen für einen erwachsenen Mann?

Für einen verliebten Mann?

Ach, aber das Verliebtsein machte einen Mann gemein
und verrückt. Die Liebe ließ einen zum Narren werden, sogar, wenn man merkt, dass man sich zum Narren macht und
dennoch nichts dagegen tun kann. Die Liebe ließ einen eine
schockierend kalte Hand ergreifen und ein lasches »Hallo,
Caroline. Du siehst gut aus« sagen, wenn man sie eigentlich

in die Arme schließen möchte, sie um Verzeihung bitten und Himmel und Hölle beschwören, dass niemals wieder etwas zwischen sie kommt.

Rink setzte sich neben sie. Sein Hosensaum berührte ihr Bein, und sie bewegte es besonnen zur Seite. Er sah, wie sie unbehaglich ihren Rocksaum umfasste, während sie in steifer Haltung auf der Bühne saß. Gott, sie war schon etwas Besonderes. Sie war noch immer sein Mädchen aus dem Wald, das Dawson-Mädel, das so sehr versuchte, Anerkennung zu erlangen. Sein Herz schmerzte vor Liebe zu ihr. Er wollte ihr zurufen: »Was zum Teufel kümmert es dich, was sie über dich denken? Du stehst meilenweit über ihnen.«

Dann dämmerte es ihm, dass er genauso verbohrt war wie sie. Er wollte sie mehr, als dass er ohne sie weiterleben konnte. Trotzdem hatte er es zugelassen, dass die öffentliche Meinung sie entzweit hatte. Sie war mit seinem Vater verheiratet gewesen. Was machte es schon, wenn alle anderen dachten, es sei eine normale Ehe gewesen? Er wusste es besser. Und sogar wenn es nicht so wäre …

Er drehte sich so rasch zu ihr um, dass sie ihn überrascht direkt ansah. Ihre Blicke trafen sich.

Er studierte ihr Gesicht. Er prägte sich jedes noch so kleine Detail ein. Sie war für ihn genauso schön wie damals, als er sie zum ersten Mal getroffen hatte. Er liebte sie heute tausend Mal mehr als in dem Sommer vor zwölf Jahren.

Und in einem blendenden Moment wusste er, dass er sie für immer haben wollte, selbst wenn er niemals erfahren hätte, wie das Verhältnis zwischen seinem Vater und ihr in Wahrheit gewesen war. Er liebte sie über all diese Schwierigkeiten hinweg, er liebte sie mehr, als die öffentliche Meinung kaputtmachen konnte, mehr, als er seinem Vater grollte, mehr als irgendetwas liebte er Caroline Dawson.

»Daher möchte ich jetzt Mrs. Caroline Lancaster, Roscoes Witwe, bitten, zum Podium zu kommen.«

Rinks Augen flogen zum Mikrofon, an dem der Bürgermeister stand und gerade eben Caroline vorgestellt hatte. Rink hatte der blumenreichen Rede nicht zugehört. Sie anscheinend auch nicht. Als die Zuschauer einen lauten Applaus hören ließen, zuckte sie zusammen.

Rink beobachtete, wie sie sich sichtbar zusammenriss und sich elegant erhob. Sie legte ihre Tasche und ihre Handschuhe auf den Stuhl und ging dann zum Podium, mit mehr Haltung als eine Königin, die für solche Auftritte ausgebildet worden war. Sie lächelte den Bürgermeister etwas zittrig aus. Die Zuschauer hielten ihre Gefühlsaufwallung für eine Reaktion auf dessen Rede. Rink sah sich jedes Gesicht in der Menge an. Sie hätte sich keine Sorgen zu machen brauchen. Sie waren mit ihr einverstanden.

Sie nahm die Plakette mit einer Hand entgegen und schüttelte mit der anderen die Hand des Bürgermeisters, der zur Seite trat und ihr das Mikrofon überließ. »Roscoe hätte sich sehr geehrt gefühlt, dieses Zeichen Ihrer Wertschätzung überreicht zu bekommen. Seine Familie und ich nehmen sie dankend an.«

Es war nichts Verlogenes an ihrer kleinen Rede. Alles, was sie gesagt hatte, entsprach der Wahrheit. Sie hatte die Aufzählungen seiner Wohltaten nicht angefügt, das hatte der Bürgermeister schon erledigt. Sie hatte lediglich die Auszeichnung in Roscoes Namen entgegengenommen. Sie hatte den Leuten gegeben, was sie wollten: einen Helden für einen Tag. So wie Rink es betrachtete, war das gut und schön.

Er sah, wie sie sich umdrehte. Ihr Gesicht hatte die Farbe des Porzellans, das in *The Retreat* in der Vitrine stand. Sie blieb stehen und schloss kurz ihre Augen. Ihr schien schwindelig zu sein und sie schien nach Luft zu ringen. Sie versuchte erneut zu laufen und schwankte. Der Bürgermeister griff nach ihrem Ellbogen und sprach sie mit ihrem Namen an.

Rink schoss aus seinem Stuhl hoch. Sie sah ihn an, blinzelte ein paarmal schnell hintereinander, wie um sich auf ihn zu konzentrieren. Dann fielen ihre Augen langsam zu, ihre Knie gaben nach, und sie brach auf dem Boden zusammen.

Ein überraschtes Gemurmel machte sich in dem Zuschauerraum breit. Laura Jane schrie auf und umklammerte Steves Hand. Mrs. Haney kreischte: »Oh, gütiger Gott!« und rang die Hände über ihrem gewaltigen Busen. Diejenigen, die Caroline am nächsten waren, drängten zu ihr, fielen auf der Bühne auf die Knie.

Rink, der außer sich vor Angst war, pflügte sich mit seinen Armen durch die Menge und stieß Männer aus dem Weg, die doppelt so schwer waren wie er. »Geht weg von ihr. Los – bewegt euch! Lasst mich durch. Verdammt, geht mir aus dem Weg!«

Endlich war er bei ihr. Er fiel auf die Knie und ergriff ihre Hand. Sie lag leblos in seiner. »Caroline, Caroline. Um Gottes Willen, ruf doch jemand einen Arzt. Caroline, Liebste. Oh Gott, sag doch was!«

Er kämpfte mit der Schleife an ihrer Bluse und riss die obersten Knöpfe ab. Er schob ihre Jacke beiseite und ruinierte das teure Outfit. Der Hut wurde ihr vom Kopf gerissen und irgendwo auf den Boden geschmissen. Ihre dunklen Haare ergossen sich auf den Boden. Mit kurzen, harten

Schlägen bearbeitete Rink ihre Wangen. Ihre Augenlider flatterten, und er stieß einen leisen Schrei aus. »Ruhig, mein Schatz. Was ist mit dir? Was fehlt dir? Nein, sprich jetzt nicht. Der Arzt ist unterwegs.«

»Rink«, flüsterte sie, lächelte benommen und heiter. »Rink.«

»Du bist ohnmächtig geworden, Süße.« Mit Mühe hob sie ihre Hand und berührte sein Gesicht, sein Haar.

Wie aufs Stichwort hoben die Menschen, die einen Kreis um sie bildeten, die Augenbrauen. Man hörte jemanden murmeln: »Na, sieh mal einer an.«

»Dir geht's bald wieder besser. Ich versprech's dir. Ich kümmere mich darum.« Rink führte ihre Hand zu seinem Mund und presste ihre Handfläche darauf. Er zog sie in seine Arme hoch, damit sie nicht mehr auf dem Boden liegen musste, sondern in seinem Schoß. »Der Arzt wird bald hier sein.«

»Ich brauche keinen Arzt.«

»Bitte nicht reden. Du warst ohnmächtig. Es war sicher die Aufregung, die das verursacht hat. Du wirst…«

»Ich bin schwanger, Rink.«

Ihr sanfter Einwurf brachte seinen Redeschwall abrupt zu Ende, und er sah sie sprachlos an. Sie lachte leise über seinen verständnislosen Gesichtsausdruck. »Das ist alles, was mit mir los ist. Ich bekomme ein Baby.«

Sie ließ den Blick über den Kreis neugieriger Gesichter gleiten, die auf sie hinabstarrten. Die Führer der Gemeinde hörten gespannt zu, wie sich das Drama, das in den nächsten Monaten Gegenstand ihrer Klatschgeschichten sein sollte, vor ihren Augen entrollte. Es waren Menschen wie diese, die sie und ihre Familie als Gesindel etikettiert hatten. Es waren Menschen wie diese, denen sie imponieren

307

wollte, deren Zustimmung zu erhalten ihr zur Lebensaufgabe geworden war.

Jetzt fragte sie sich, warum sie so viele Jahre darauf verwendet hatte, sich einer so unwichtigen Aufgabe zu widmen. Sie sah Rink an. Diese goldene Augen, die schon immer in ihr Leidenschaft, Verlangen und Liebe geweckt hatten. Sie legte ihre Hand auf seine Wange und sagte: »Ich werde dein Baby bekommen, Rink.«

Seine Gefühle ließen seine Augen leuchten. Er umfasste sie fester, senkte seine Lippen an ihr Ohr und flüsterte: »Ich liebe dich. Ich liebe dich, Caroline.«

Wie ein Wirbelwind war er plötzlich auf den Beinen und nahm sie auf seine Arme. »Lasst uns durch. Ihr habt die Dame gehört, sie ist schwanger. Ich bringe sie nach Hause. Herr Bürgermeister, machen Sie die verdammte Zigarre aus. Der Geruch macht mich krank, und ich bin nur der Vater, nicht die werdende Mutter. Mrs. Haney, holen Sie doch bitte Carolines Sachen, die noch auf ihrem Stuhl liegen. Steve, wenn du so nett wärst und schon mal das Auto holen würdest? Laura Jane, alles in Ordnung? So ist's gut.«

Während er seine Befehle erteilte, lag Carolines Kopf behaglich an seine Brust gelehnt. Er manövrierte sie sicher durch die Menge, versicherte jedem, dass es ihr gut ginge, dass sie vor Aufregung, der Hitze im Gebäude und weil sie nicht gefrühstückt hatte zusammengebrochen war. »Ich bringe sie nach Hause, damit sie etwas essen und sich hinlegen kann. Ihr könnt alle weitermachen und euch amüsieren. Sie ist bald wieder auf den Beinen. Soviel ich weiß, passiert das schwangeren Frauen ständig.«

Er lächelte sie an, und die ganze Stadt wurde Zeuge, wie sie ihre Arme um seinen Hals legte.

»Du bist schon wach?« Rink lehnte sich vor und drückte ihr einen süßen Kuss auf die Stirn.

»Warst du die ganze Zeit hier?« Sie hatte beim Einschlafen seine Hand gehalten.

»Jede Sekunde.«

»Wie lange habe ich geschlafen?« Sie streckte sich träge.

»Ein paar Stunden. Nicht genug. Ich habe vor, dich für ein paar Tage im Bett zu behalten.«

Ihre Augen öffneten sich weit. »Nur um zu schlafen?«

»Unter anderem.« Er knurrte bedrohlich und nahm sie fest in den Arm. Einen Moment lang kuschelte er sein Gesicht an ihren duftenden Hals, dann hob er den Kopf, um sie zu küssen.

Seine Lippen trafen mit sanftem Druck auf ihre. Seine Zunge untersuchte leicht den Rand ihrer Lippen, und als sie ihren Mund öffnete, schoss sie tief dort hinein. Sie warf ihre Arme um seinen Hals und zog ihn näher zu sich.

Er gab einem Drang nach, den er seit Stunden unterdrückt hatte aus Sorge, er könnte sie stören, streckte sich neben ihr auf dem Bett aus und hielt ihren vom Schlaf noch warmen Körper fest. Ihre Münder spielten miteinander. Sie konnten nicht aufhören zu lächeln. Aber irgendwann schaffte Rink es doch und sah sie ernst an.

»Wann wolltest du es mir erzählen, Caroline?«

Er war vollständig bekleidet, nur sein Hemd stand offen. Sie ließ ihre Hand unter den Stoff gleiten und legte sie flach auf seine Brust. »Gleich nach diesem Wochenende. Wärst du nicht zum Herbstfest nach Hause gekommen, hätte ich dich angerufen.«

»Hättest du?«

»Wenn nicht ich, dann hätte Mrs. Haney es sicher getan.«

»Sie weiß Bescheid?«

»Ich glaube, sie hat etwas vermutet. Steve auch. Sie haben nichts gesagt, aber ich habe gemerkt, wie sie mich die ganze Zeit beobachtet haben.«

»Ich musste dich nur kurz ansehen, um zu wissen, dass etwas nicht stimmt. Du bist so dünn geworden.« Seine Hand wanderte über ihre Rippen zu ihrem Hüftknochen.

»Der Arzt hat gesagt, das sei normal. Ich habe nicht viel gegessen. Und das bisschen, was ich gegessen habe, kam häufig wieder zurück.«

»Warum hast du es mir nicht gesagt? Ich weiß nicht, ob ich dich schlagen oder küssen soll.«

»Küssen.«

Er kam ihrer Aufforderung nach. Mit seiner Handfläche streichelte er über ihren Bauch. »Mein Baby ist hier drin. Oh Gott, was für ein unglaubliches Wunder.« Er umarmte sie überschwänglich. Er küsste sie wieder, erst ganz zärtlich, doch dann immer leidenschaftlicher.

Seine Hand glitt zu ihrer Brust hoch. Er hatte ihr nur einen Seidenbody gelassen, als er sie ausgezogen und ins Bett gesteckt hatte. Sie hatte den weichen Stoff mit ihrem Körper erwärmt. Er umfasste ihre Brust und drückte sie, bis sie das spitzenbesetzte Bodykörbchen dehnte. Er küsste sie durch die Spitzen, biss spielerisch und erregend in ihr festes Fleisch. »Caroline, willst du mich heiraten?«

Sie seufzte. Sein Mund schloss sich heiß um ihre Brustwarze. Er saugte daran. »Wie könnte ich das ablehnen? Ich mag deine Art zu fragen.«

Er stemmte sich über ihr hoch, nahm ihr Gesicht zwischen seine Hände. »Ich möchte, dass du eins weißt, etwas, das mir selbst bis heute nicht klar war.« Seine Augen bohrten sich tief in ihre. »Selbst *wenn* du als Ehefrau mit meinem Vater gelebt hättest, würde ich dich lieben und dich für mich wollen, so wie ich es jetzt will.«

Er sah, wie ihr Tränen in die Augen traten. Er sah, wie sie überliefen und ihre Wangen herunterronnen. »Ich liebe dich.« Sie fasste ihn um seinen Hinterkopf und brachte sein Gesicht näher zu ihr, um ihn zu küssen. »Ja, ich will dich heiraten.«

»Bald?«, drängelte er. »Es ist erst vier Monate her, dass Vater gestorben ist. Die Leute werden reden.«

Sie warf ihren Kopf aufs Kissen und lachte. »Nach dem, was heute Morgen vorgefallen ist, ist ›reden‹ eine furchtbare Untertreibung.« Liebevoll tätschelte sie ihren Unterleib. »Ich würde sagen, je eher, desto besser.«

»Diese Woche?«

»Morgen«, flüsterte sie, und er lächelte. »Was sollen wir machen, wenn wir verheiratet sind? Wo sollen wir leben?«

»Hier. Ich werde zwischen Atlanta und *The Retreat* hin- und herpendeln.«

»Ich pendel mit dir.«

»Hast du keine Angst, mit mir zu fliegen?«

»Ich habe nie Angst, wenn es darum geht, etwas mit dir zu tun.«

Das brachte ihr noch einen Kuss ein. »Wollen wir die Schlafzimmer alle paar Tage wechseln, wenn wir hier sind?«, stichelte er.

»Warum ziehen wir nicht in dein Zimmer und machen aus diesem ein Kinderzimmer?«

Er sah sich im Schlafzimmer um, dann sagte er zärtlich: »Meiner Mutter hätte das gefallen.«

Sie küssten sich wieder. »Ich kann gar nicht genug von dir bekommen. Oh Gott, wie ich dich vermisst habe.«

Er rieb mit seiner haarigen Brust an ihren Brüsten, die noch immer feucht waren nach seinen Küssen. Er legte seine Hand auf ihren Unterleib und drückte ihn ein wenig. Sie konnte ihr Verlangen nach ihm nicht länger zurückhalten. Sie zog ihr Gesicht ganz dicht an seinen Hals heran und forderte ihn flüsternd auf: »Rink, zieh dich aus.«

»Verdammt!«, fluchte er und setzte sich auf. Seine Wangen röteten sich, und man konnte seinen Puls an der Schläfe pochen sehen. »Ich kann nicht. Wir müssen unsere Versöhnungsfeier verschieben. Ich habe Mrs. Haney versprochen, dich zum Abendessen hinunterzubringen, sobald du wach bist.«

»Du meine Güte!«, sagte Caroline, warf die Laken von sich und streckte sich auf dem Bett aus. »Mir fällt gerade ein, dass wir einen Gast zum Essen haben!«

»Einen Gast? Wen?«

»Eine Überraschung. Such mir etwas zum Anziehen heraus.« Sie sauste zum Schminktisch, griff sich eine Haarbürste und zog sie wild durch ihre Haare. »Sehe ich aus, als ob wir ... du weißt schon?«

Besorgt sah sie sich ihr Spiegelbild an, während sie ihre vom Küssen aufgeschürften Lippen mit einer Puderquaste betupfte.

Er warf das weich fließende Kleid, das er für sie ausgewählt hatte, aufs Bett, trat hinter sie und nahm in jede Hand eine ihrer Brüste. Seine Finger umspielten die feste Umrandung ihrer Brustwarzen. »Oh, oh. Du siehst aber haargenau so aus, als hätten wir gerade ... du weißt schon.«

Er vergrub sein Gesicht in ihrem Nacken, gerade hinter ihrem Ohr, und schmiegte sich dort an ihre erogene Zone heran. Stöhnend brachte sie hervor: »Rink, hör auf, ich muss mich fertig machen.«

»Ich bin schon fast fertig.« Er presste sich von hinten an sie. »Ich bin schon seit Stunden bereit, fertig zu werden. Weißt du eigentlich, wie schön du im Schlaf bist?«

»Du weißt, was ich meine. Fertig machen fürs Essen«

»Oh, Essen. Mist.« Mit einem theatralischen Seufzer ließ er seine Hände fallen und ging ein paar Schritte von ihr weg.

Als sie sich wieder in einem Zustand befanden, in dem sie sich einigermaßen unter Menschen trauen konnten, gingen sie hinunter, um sich zu Steve und Laura Jane ins Wohnzimmer zu gesellen. Ohne weiter zu fragen, bereitete Steve Rink einen Bourbon mit Wasser zu und brachte ihm den Drink zum Sofa, wohin Rink Caroline fürsorglich geleitete.

»Danke«, sagte Rink und nahm den Drink. Er sah seinen Schwager an und lächelte. Hätte er noch irgendwelche Zweifel über die Richtigkeit von Laura Janes Hochzeit gehegt, musste er sich nur die beiden zusammen ansehen. Laura Jane lächelte freudestrahlend. Steve war viel entspannter und nicht mehr so verkrampft und abwehrend. Er hatte einige fantastische Ideen, wie man die Stallungen produktiver gestalten könnte. Er sprach jetzt mit Rink von gleich zu gleich. Die Männer lernten sich allmählich kennen und stellten fest, dass sie sich mochten.

Als die Türklingel ertönte, sprang Caroline sehr zu Rinks Erstaunen auf und lief rasch in die Halle. »Ich gehe schon. Genießt einfach eure Drinks.«

»Wie kann sie erwarten, dass ich irgendetwas genießen kann, wenn sie herumhüpft wie ein Kaninchen?«, beschwerte sich Rink. »Sie soll sich doch gerade in den ersten Wochen schonen, oder nicht?«

»Ich kann noch gar nicht glauben, dass Caroline ein Baby bekommen wird«, sagte Laura Jane zu ihrem Bruder.

»Was ich nicht glauben kann, ist, dass ich der Letzte bin, der es erfährt.« Rink sah seinen Schwager vorwurfsvoll an. »Warum hast du mich nicht angerufen und mir einen Tipp gegeben?«

Steve war sich keiner Schuld bewusst. »Es war nicht meine Sache, es dir zu sagen.«

Rink runzelte die Stirn. Er wollte mehr zu dem Thema sagen, doch als Caroline dazukam, hatte er keine Gelegenheit mehr. »Rink, hier ist jemand, der dir Hallo sagen möchte.«

Das junge Mädchen sah sich nervös in dem fremden Zimmer um. Es nagte an seinen Lippen. Caroline war erleichtert, dass es heute ohne ausgeflippten Lippenstift erschienen war. Auch die Büroklammern und das Make-up waren verschwunden. Seine Kleidung war heute Abend traditioneller, ein einfaches Kleid mit einem weiten Rock. Die Haare pikten noch immer in die Luft, waren aber wie bei einem Kobold um sein Gesicht herum frisiert.

»Sie hat gesagt, ich könnte kommen«, erklärte Alyssa verteidigend und warf ihren Kopf in Carolines Richtung. »Ich habe gesagt, du wirst dich wahrscheinlich gar nicht an mich erinnern, aber sie hat gesagt, dass du das doch tust, und so ...«

Sie beendet ihren Satz mit einem Achselzucken.

Caroline sah, wie Rinks Gesichtsausdruck von Verwunderung über Schock zu überschwänglicher Freude wechselte. Leise sprach er den Namen des Mädchens, dann noch einmal lauter, ganz begeistert. Er öffnete seine Arme weit und ging auf sie zu. Aber er drängte sie nicht. Er blieb stehen, bevor er bei ihr war, seine Arme immer noch weit ausgebreitet.

314

Carolina sah Alyssa an, die mit dem einzigen Taxi der Stadt zu *The Retreat* gefahren war. Sie sah, wie die Lippen des Mädchens anfingen zu zittern, sah die Tränen in seinen Augen. Alyssa setzte alles daran, eine gleichgültige Miene aufzusetzen, versagte dabei aber kläglich. Sie schüttelte die letzten Reste ihres Widerstandes ab und warf sich kopfüber in Rinks Arme, barg ihr Gesicht an seiner Brust und schlang ihre Arme um seine Mitte.

»Sie ist kein schlechtes Kind.«

Sie waren in Carolines Zimmer und zogen sich aus.

»Nein, ganz und gar nicht. Nur fehlgeleitet. Nein, ich korrigiere. Ich glaube, sie wurde nie auch nur ein kleines bisschen angeleitet. Du hättest sie sehen sollen, als ich sie das erste Mal getroffen habe. Sie sah wie eine Figur aus einem Horrorfilm aus.«

»Wann hat diese Freundschaft zwischen euch eigentlich angefangen?« Er setzte sich auf die Bettkante, um sich Schuhe und Socken auszuziehen.

»Vor ein paar Wochen. Wir haben uns zweimal in der Stadt auf einen Milchshake getroffen. Ich habe sie heute zum Abendessen eingeladen, weil ich es für ganz entfernt möglich gehalten hatte, dass du heute herkommst.« Sie drehte sich vom Schrank weg, in den sie gerade ihr Kleid gehängt hatte.

»Ich bin sehr froh, dass du hier bist«, sagte sie zärtlich.

»Ich auch«, antwortete er. »Du hast mir einen weiteren Grund gegeben, dich zu lieben. Danke, Caroline.«

»Das habe ich gerne gemacht.« Ihre Gefühle überwältigten sie und ließen ihre Stimme heiser klingen.

»Hast du den Ausdruck auf ihrem Gesicht gesehen, als wir sie eingeladen haben, morgen mit uns zum Herbstfest zu gehen? Diese Kuh Marilee! Ich wette, sie ist mit dem armen Kind niemals irgendwo hingegangen.«

»Du wirst einen guten Einfluss auf sie ausüben.«

»Nicht annähernd so gut wie du. Ich möchte, dass wir sie so oft wie möglich sehen.«

»Das möchte ich auch. Aber bist du sicher, dass du morgen auf das Fest gehen möchtest?«

»Warum nicht?«, fragte er und stieg aus seiner Hose.

Sie wandte sich ihrem Spiegel zu und warf mit gespielter Nonchalance ihr Haar zurück. »Jeder aus der Stadt wird dort sein. Und nach dem, was heute …«

Er ließ ihr keine Chance, den Satz zu beenden. Er schoss auf sie zu, drehte sie zu sich herum und verschloss ihre Lippen mit seinen. Schließlich hob er den Kopf. »Ich werde dich über jeden Zentimeter dieses Jahrmarktes führen. Wir werden mit jedem einzelnen von ihnen reden. Und ich werde jedem, der es wissen will, und auch denen, die es nicht wissen wollen, erzählen, wie sehr ich dich liebe und dass ich es gar nicht erwarten kann, bis unser Baby endlich da ist.«

Sie ließ ihre Stirn an seine Brust sinken. »Ich liebe dich so sehr. Du bist einfach wunderbar.«

»Du bist wunderbar«, flüsterte er und hielt sie sanft ein Stück von sich. Seine Augen wanderten mit großem Vergnügen über ihren Körper. Ihr Charmeuse-Body schmiegte sich verführerisch an ihre Kurven, betonte ihre Brüste mit den kecken Brustwarzen, bildete eine flache Erhebung um ihre weibliche Scham, schmeichelte sich an ihre Schenkel. »Du bist wunderschön, Caroline.«

Er berührte sie durch das seidige Gewebe, fuhr mit seinen sanften Händen über ihren Körper. Ihre Brustwarzen sprachen sofort auf das provokative Spreizen seiner Finger an. Er

rieb mit den Rückseiten seiner Fingerknöchel über das Dreieck und verursachte damit ein Prickeln in ihren Schenkeln.

Sie wusste, nur einen Moment weiter, und sie würde für
den Rest der Welt verloren sein. »Rink, warte.« Seine Hand
öffnete sich, und sein Daumen glitt über ihre satinbedeckte
Scham. »Ich … ich wollte dir noch etwas geben.«

»Ich wollte dir auch noch was geben«, murmelte er und
senkte seinen Kopf. Seine Zunge berührte ihre Brustwarze
zur selben Zeit, als sein suchender Daumen fündig wurde.
»Kann deines warten?«

»Ich … ich … schätze schon.«

»Meines nämlich nicht«, stöhnte er leise, als er ihre Hand
nahm und zwischen seine Beine legte, wo sie seine Härte
spürte, die den Stoff seiner Unterwäsche extrem dehnte.

Er hakte seine Finger unter die Träger ihres Bodys und
zog ihn herunter, damit sie ihn ganz ausziehen konnte. Sie
stand nackt und zitternd vor Erregung vor ihm. Er presste
sie an sich, hob sie hob und trug sie zum Bett. Sie legte sich
hin, und er entledigte sich seines Slips. Dann streckte er sich
nackt über sie aus.

Er kniete zwischen ihren Schenkeln. »Ich liebe dich. Ich
habe dich immer geliebt, Caroline. Lange Zeit habe ich jede
jeden neuen Tag gefürchtet, weil ich wusste, dass ich nur
wieder an dich denken würde, mich fragen würde, wo du
bist, was du tust. Ich hatte Sehnsucht nach dir, ich wollte
dich so sehr sehen, dass es wehtat. Jetzt freue ich mich auf
jeden neuen Tag, weil ich dich lieben kann und weiß, dass
du mich liebst.«

Er küsste sie auf ihren Unterleib in dem Bewusstsein, dass
sein Baby dort sicher schlief in dem Körper der Frau, die er
liebte. Sie legte ihre Hände auf den Kopf ihres Geliebten

und konnte sich nur darüber wundern, dass das Leben ihnen ein solches Glück beschied. Seine Lippen wanderten tiefer zu ihrem dunklen Haarbüschel.

Während er mit den Händen über ihre Brüste fuhr, rutschte er mit dem Kopf tiefer und küsste ihre Scham. Seine Zunge drückte sie auseinander. Er hielt nichts zurück und gab ihr alles.

»Das wird dem Baby doch nicht wehtun?« Er schob sich an ihr hoch und drang vorsichtig in sie ein.

»Nein.«

Er liebte sie wild und leidenschaftlich, ohne seine fürsorgliche Liebe zu ihr außer Acht zu lassen. Seine schmalen Hüften hoben und senkten sich rhythmisch, als er tief, aber zärtlich in sie stieß. Immer um ihre Bedürfnisse besorgt, zog er sich zurück, streichelte ihr Tor und versenkte sich geschmeidig wieder in ihr. Sie umschloss ihn fest, massierte ihn mit ihren Körperwänden. Sie gaben sich einander hin und wurden beide von einem stürmischen Verlangen mitgerissen. Sie kamen beide gleichzeitig zum Höhepunkt und flogen – fest im Arm des anderen – bis an den Rand des Universums.

Danach duschten sie zusammen, und während sie sich später abtrocknete, sagte Caroline: »Ich wollte dir noch etwas schenken.«

»Was, du meinst, noch mehr Geschenke?« Spielerisch gab er ihr einen Klaps aufs den Po, als sie sich auf den Weg ins Schlafzimmer machte. »Besser als das eben kann es nicht sein.«

»Dies ist ernst.« Sie ging zu einem antiken Schreibtisch und zog eine Schublade auf. Daraus entnahm sie ein gefaltetes Blatt Papier. Sie gab es ihm und stellte sich ans Fenster, den Rücken ihm zugewandt.

Der Septembervollmond warf sein silbernes Licht über die riesige Grasfläche. Man konnte von ihrem Platz aus sehen, wie der Fluss sich im Hintergrund wie ein glänzendes Schmuckband durch die Landschaft schlängelte. Wie sehr sie diesen Ort hier liebte. Aber sie liebte den Mann noch mehr.

Sie hörte Papierrascheln und wusste, dass er das Dokument durchlas, mit dem sie ihm *The Retreat* überschrieb. Seine Schritte klangen gedämpft, als er auf sie zuging.

»Das kann ich nicht annehmen, Caroline. *The Retreat* gehört dir.«

Sie wandte sich ihm zu. »Es war niemals mein, Rink. Immer dein. Deswegen habe ich es immer so geliebt. Wenn du nicht darin lebst, ist es bedeutungslos. Du bist das Herz dieses Anwesens. So wie du auch meines bist.«

Sie machte einen Schritt auf ihn zu und legte ihm die Hand auf die Brust. »Ich liebe dich genug, um für dich das aufzugeben, wovon ich dachte, es wäre für mich das Wichtigste auf der ganzen Welt. Liebe mich genug, um deinen Stolz zu überwinden und es zu akzeptieren. Bitte.«

Er sah erst sie lange an, dann das Blatt in seiner Hand. Er faltete es sorgfältig und legte es auf den Sekretär. »Ich nehme dein Geschenk an, aber nur unter einer Bedingung. Dass du versprichst, *The Retreat* für den Rest deines Lebens mit mir zu teilen. Versprich mir, dass wir uns hier lieben und Babys haben werden und dass wir uns niemals mit den Tragödien aufhalten, die vorher geschehen sind.«

Sie lächelte strahlend. »Das verspreche ich dir.«

Er besiegelte ihren Pakt mit einem Kuss. Dann hob er sie wieder in seine Arme und trug sie zu ihrem Bett zurück.